Isaure de VILLERS

Les Enfants d'Astra

Tome 1

Plan 439

Beta Publisher

Édition : Beta Publisher,
11 rue Blanche, 75009 Paris
Impression : BoD – Books on Demand,
Norderstedt, Allemagne
ISBN : 978-2-490163-06-9
Dépôt légal : Septembre 2018
Réédition : Juillet 2020

REMERCIEMENTS

Je n'aurais jamais pensé en venir un jour à écrire des remerciements parce que cela signifie que j'ai terminé un livre. C'est une aventure formidable que de réussir à arriver à ce mot magique de « fin » et je souhaiterais d'abord remercier ma famille, pour m'avoir suivie dans cette histoire. Ensuite mon éditrice Camille, parce que je n'oublierai jamais ma joie de savoir qu'elle était partante pour éditer ce manuscrit et pour sa patience, ainsi que ma correctrice, Julia, pour tous ces détails relevés qui ont permis de considérablement améliorer le roman de départ.

De plus, sans la découverte du site Wattpad, en décembre 2015, je n'aurais pas pu commencer la rédaction de l'univers Astra. J'ai, en effet, reçu de nombreux messages d'encouragement et je crois avoir continué d'écrire au départ juste pour ces premiers lecteurs. Un merci tout particulier donc aux deux Raphaëlle, à Chloé, à Claire, à Talia et à tous ceux qui me lisent.

Isaure de Villers

C'est à la fin du XXIIIᵉ siècle qu'a commencé la colonisation de masse de l'espace. Astra, le pays se dressant sur les ruines de la France depuis déjà des centaines d'années, a lancé le peuplement de la planète Sagan, découverte vers 2232. De son côté, la nouvelle Amérique se créait son empire sur un monde habitable proche, lui donnant le nom de l'AM.Erica. La Chine, elle, colonisait Nepsys, une planète viable, mais immergée, plus éloignée, permettant cependant de soulager la Terre dont les ressources étaient presque épuisées.

Le monde d'hier, **Juliette D, Livre II, Chapitre 15, 3146.**

Chapitre 1

- Cyndie -

La petite fille tremblait. Elle n'avait pas le droit de bouger. Même si elle avait pu, cela aurait été au-dessus de ses forces. Avec les autres, dans une immense file qui s'étendait sur toute la rue, elle tentait de se rappeler ce que lui avait inlassablement répété sa cousine : « Surtout, ne leur dis rien, ne leur fais jamais confiance ! »

Cyndie, apeurée, avait simplement hoché la tête. Des soldats encadraient l'immense ligne d'enfants de tous âges, allant des bébés de quelques mois à des adolescents de dix-neuf ans. La rue elle-même semblait sombre malgré son immense largeur : les bâtiments qui l'entouraient de part et d'autre étaient écroulés ou tout juste reconstruits, et une poussière grise salissait tout. Le ciel lui-même paraissait noir, le soleil se cachant derrière de lourds nuages orageux.

La petite fille n'osait pas regarder sa cousine, alors qu'elle aurait tant aimé un sourire de réconfort à cet instant précis. Elle devait se tenir debout, ne pas crier, ne pas pleurer, ne rien dire.

Au bout de quelques heures d'attente, des adultes commencèrent à arriver. Certains avec des enfants joliment vêtus, contrairement à ceux en loques de la file, comme elle, d'autres simplement deux par deux, ou encore des hommes et des femmes seuls. Ils s'arrêtaient devant chaque enfant, l'examinaient, et, de temps en temps, en désignaient un en disant : « Je l'adopte ». Alors, officiellement, l'autre ne faisait plus partie des orphelins.

Cyndie ferma les yeux, tentant de rester courageuse comme elle l'avait promis. Mais ces gens, tous ces gens, lui faisaient affreusement peur. C'est alors qu'un petit garçon d'environ neuf ans, son âge, accourut vers elle avec un grand sourire et des yeux brillants de joie de vivre.

— Bonjour toi ! Comment tu t'appelles ?

Elle resta silencieuse, commençant lentement à le dévisager. Ses cheveux noirs en broussaille, ses joues pleines de taches de rousseur, son entrain et enfin sa main tendue - avec tout le sérieux que peut mettre un petit garçon à imiter un adulte - inspiraient tout de suite confiance et donnaient envie de lui sourire en retour. Cyndie mit pourtant quelques minutes à se décider à lui serrer la main d'un geste trop rapide avant de détourner de nouveau les yeux.

— C... Cyndie, murmura-t-elle finalement d'une voix rendue rauque par la fatigue et la peur.

Elle avait failli ajouter son nom de famille, ce qu'elle ne devait jamais faire. Elle l'avait promis.

— Moi c'est Damien. Je suis enchanté de te rencontrer Cyndie.

De nouveau le petit ton qui se voulait très sérieux. La petite fille sourit faiblement, attendrie par l'air qu'il essayait de se donner, jusqu'à ce qu'un cri retentisse. Surprise et de nouveau instinctivement paniquée, elle tourna brusquement la tête pour découvrir une femme accourant vers eux, un chaleureux sourire aux lèvres.

— Oh, l'adorable enfant ! s'exclama-t-elle une fois parvenue à leur hauteur.

Indéniablement, Cyndie avait du charme. De longs cheveux blonds ondulés embellis par des yeux bleus illuminaient son visage, mais quelque chose avait dissuadé les autres adultes de l'approcher jusque-là. Une peur, une peur affreuse mêlée d'une colère étrange qui se devinait à sa façon de baisser la tête, de reculer. Cela n'empêcha pourtant pas l'inconnue de l'embrasser sur les deux joues avant de passer affectueusement la main dans les cheveux du garçon à côté d'elle. La femme était vêtue d'une veste bleue marine, d'une jupe élégante et un léger parfum agréable se dégageait de sa personne, rappelant à la petite fille les jours heureux de son passé.

— Je suis la mère de Damien et mon mari est... commença celle-ci d'une voix enthousiaste, avant de se redresser et de héler un homme au loin.

Ce dernier ne tarda pas à les rejoindre, tandis que la longue file des enfants commençait à se dissoudre. Cyndie eut immédiatement confiance en l'homme. Son visage hâlé, les rides au coin de ses yeux et les quelques mèches grises parsemant ses cheveux bruns lui donnaient l'air d'un père vers qui tout enfant serait naturellement allé. Mais plus que tout, ce fut son sourire qui charma Cyndie, un sourire merveilleux, un sourire qui lui rappelait...

Le rire qui commençait à s'emparer d'elle s'éteignit tout à coup et elle recula d'un pas, de nouveau terrorisée. Ils étaient tous méchants ! La femme et l'homme échangèrent un regard, laissant leur fils Damien se rapprocher d'elle malgré le fait qu'elle secouait désespérément la tête pour dire « non ».

— Ça ne va pas ? Qu'est-ce qui te ferait plaisir ?

Avec un grand sourire, il sortit alors de sa poche ce qui ressemblait à un bonbon un peu mâchouillé et, si Cyndie refusa le présent, elle se détendit cependant très légèrement. La femme revint alors vers elle et se pencha, son visage désormais à la hauteur du sien.

— Voudrais-tu venir chez nous ? lui demanda-t-elle d'un ton grave. Voudrais-tu que nous soyons tes nouveaux parents ?

Il n'y avait qu'un papa et une maman au monde, mais sa cousine lui avait bien dit de ne plus y penser. Car, à chaque fois, elle criait et retournait se cacher dans un coin, n'importe où, comme le jour de l'arrivée des hommes gris. Si Cyndie ne pouvait rien dire de tout ce qui l'agitait, elle éprouvait néanmoins une furieuse envie d'être consolée. Alors, lorsque l'inconnue s'approcha d'elle, l'enfant ne réfléchit pas et se laissa prendre dans une étreinte douce qui lui permit pendant quelques secondes d'oublier ses cauchemars.

— Là, là, tout va bien...

— Papa, elle est à nous la petite sœur ? demanda alors Damien en tirant son père par la manche.

L'homme esquissa un doux sourire, acquiesça et partit chercher l'un des gardes. Deux minutes plus tard, il revenait avec le soldat lorsque Cyndie poussa un hurlement en le voyant s'approcher d'elle.

— Noooon ! Ne venez pas !

Mais la femme la reprit dans ses bras, la berça doucement, tandis que son parfum de fleur calmait l'enfant, l'endormait, lui rappelant un autre monde. L'officier était resté loin, tenu à l'écart par l'homme et par Damien qui s'était posté devant elle pour la protéger, bras croisés, l'air farouche.

Cyndie s'était rarement sentie aussi en sécurité qu'en cet instant, blottie dans les bras de la jeune femme. Pas depuis un an au moins. Elle sanglotait toujours en revanche, se libérant de toutes les larmes qu'elle retenait depuis des mois et des mois. Elle eut honte un instant en repensant à sa cousine. Elle avait promis d'être forte, de tout faire pour plaire à sa nouvelle famille, puis de venir la rejoindre quand il serait temps. Mais qu'est-ce que cela voulait dire « quand il serait temps » ?

Dans son épreuve, Cyndie avait pourtant de la chance : elle comprenait les inconnus. Son père et sa mère lui avaient appris d'autres langues, mais ce n'était pas le cas des autres enfants. Tout le monde avait l'air gentil ici. Alors pourquoi ne s'attaquaient-ils pas aux hommes gris ? Eux, ils étaient méchants. Ils avaient tant hanté ses nuits.

Le père de Damien revenait déjà vers eux, tandis que le garde repartait, appelé pour une autre adoption. L'homme au doux sourire souleva alors l'enfant dans ses bras avec un rire. Damien caracolait à leur côté lorsqu'ils se mirent en route, tandis que Cyndie s'efforçait de cacher sa peur et de se laisser aller au début de confiance qu'elle commençait à éprouver pour eux.

— Tu as une maison maintenant, lui dit doucement la femme aux courts cheveux bruns.

Oui. Oui, pourvu que ça ne soit plus jamais comme la dernière fois...

***

Un homme la serrait contre elle. Ses cheveux bouclés ainsi que ses mains, puissantes et douces, sentaient bon la cannelle. Elle l'aimait beaucoup et elle savait que c'était le meilleur soldat de son Grand-Pa. Ils se trouvaient tous deux près de l'étang au fond du parc du palais. Ils venaient de terminer leur course à travers les grandes allées encore humides de rosée à cette heure de la matinée. Il promettait de faire beau aujourd'hui et le ciel était splendide avec ces milliers de nuances orangées et ocres. L'enfant se sentait cependant inquiète et ne parvenait pas à comprendre la raison qui avait poussé l'homme à la tirer si tôt de son sommeil pour courir. Il s'agenouilla devant elle, lui caressant la joue.

— Petite, il faut partir. Tu comprends ? Vas-y, va-t'en !

Il l'avait prise par la main, lui avait fait parcourir la moitié du palais, puis l'avait amenée devant les arbres qui s'étendaient à perte de vue de ce côté-ci.

— Ils incendieront les forêts... Ils ont prévu de le faire en exemple pour tous ceux qui osent soutenir Astra. Mais tu leur échapperas peut-être. Cours, sois courageuse.

Le problème, c'est qu'elle ne l'était pas. Pas du tout. À sa grande honte, Cyndie se mit à pleurnicher sans pouvoir se retenir.

— Si... Si Grand-Pa veut qu'on parte, on peut prendre l'un des aéronefs ? réussit-elle à demander d'une voix éraillée, entre deux hoquets.

À ses mots, les traits du garde se creusèrent et une grimace sombre déforma son visage à l'air d'ordinaire si jovial.

— Ce n'est pas possible, admit-il. Ils piratent les ondes. Plus aucun de nos engins ne fonctionne.

— Et les aéronefs spatio-temporels ? dit Cyndie d'un ton plus paniqué encore.

Elle connaissait ces appareils, son père et sa mère ayant toujours eu des ennuis avec le ministère du Temps avant qu'ils ne meurent tous les deux.

— Eux non plus. Cyndie, il faut que tu coures, le plus vite possible ! Maintenant !

Alors, avant qu'elle ait pu y redire quoi que ce soit, il la gifla très fort. Sa tête lui sembla tourner un instant, tandis que le sol tanguait sous ses pieds.

— Obéis ! Qu'est-ce que tu fiches encore ici ? hurla-t-il, un mélange de peur et de colère venant assombrir à nouveau ses traits.

Personne n'avait jamais frappé Cyndie. Sur le coup la petite voulut détaler, mais elle n'en eut pas le temps. Le bouclier magnétique qu'elle avait l'habitude de voir en transparence dans le ciel venait soudainement de voler en éclats. Des dizaines de milliers de vaisseaux spatiaux commencèrent à descendre vers le palais. Le garde blêmit et enleva brusquement l'enfant, complètement dominée par sa frayeur, alors que l'enfer commençait à se déchaîner autour d'eux. Elle cria et se débattit, avant que tout n'empire lorsqu'ils franchirent les premiers arbres. Les vaisseaux se posèrent, des cris retentirent et l'on put voir les premières volutes de fumée entacher le ciel. Dans la précipitation, l'homme qui portait Cyndie chuta lourdement sur le sol. L'enfant roula sur elle-même dans les feuilles sur plusieurs mètres. Les hauts arbres qui la rassuraient d'ordinaire ne parvenaient, pour l'heure, qu'à la paniquer un peu plus. Elle sentit son cœur se mettre à battre trop fortement dans sa poitrine à l'idée de devoir s'enfoncer seule dans l'immense forêt qui bordait les jardins du palais et le sud de la capitale. Cyndie entendit alors le bruit d'un nouveau pas derrière elle. Un pas assuré assorti d'une respiration paisible qui ne correspondait pas à celle saccadée du garde quelques minutes plus tôt. Un homme aux cheveux courts et au regard dur la contemplait, juste à côté du soldat de Grand-Pa qu'il venait d'abattre de son arme encore fumante. Cyndie savait parfaitement ce que signifiait la blessure béante sur le ventre du soldat et le sang qui s'écoulait dans l'herbe. Le bruit de la détonation avait été couvert par le choc et le tonnerre des explosions qui résonnaient derrière la lisière des bois, vers la ville et le palais. Elle cria, voulut courir, mais trébucha avant de s'effondrer en sanglotant. En deux pas, le soldat gris fut près d'elle, lui tenant fermement le bras.

— Le parlement a dit pas un seul survivant. Question d'exemple, murmura-t-il d'une voix rauque.

La main toujours serrée autour du bras de l'enfant, l'homme ne la regardait pas, comme perdu dans ses pensées, lorsqu'elle tenta désespérément de lui échapper en se tortillant. Pour toute réaction, il resserra sa poigne en fronçant ses fins sourcils d'un air qui fit perdre à Cyndie toute velléité de s'enfuir.

— Quel âge ? lui demanda-t-il brusquement en la secouant.

— Sept... Sept ans et demi, monsieur.

C'était ce que maman lui disait toujours : ne jamais mentir à un adulte. À cet instant précis, elle aurait bien aimé en être un, d'adulte. Peut-être qu'elle aurait moins tremblé alors. Le soldat la dévisagea un long moment, contemplant sans réagir ses cheveux blonds, ses grands yeux bleus et son menton volontaire.

— Près du palais hein... Comment t'appelles-tu ?

— Cyndie. Cyndie Astra. Grand-Pa est le chef d'ici, de la planète, dit-elle en relevant le nez avec fierté, sans comprendre la pâleur soudaine de l'homme.

— Je peux peut-être la sauver... La sauver elle ! murmura-t-il pour lui-même.

Il la souleva alors dans ses bras, et se mit à marcher à pas rapides. Lorsqu'ils arrivèrent près du palais, Cyndie se remit à pleurer. Elle avait pensé trouver de l'aide, mais il n'y avait que des hommes gris, partout. L'un d'eux s'avança jusqu'à se tenir à quelques mètres des deux arrivants.

— Prince Orys, votre père et le parlement ont dit pas de survivant ! cria-t-il d'un ton qui fit froid dans le dos à l'enfant.

— Peut-être, mais cette gamine a presque l'âge de ma fille. C'est mon otage, elle est princesse de Sagan.

— Quand nous en aurons fini, il ne restera rien de cette terre. Mieux vaudrait qu'elle ne lui survive pas en tant que petite reine, répliqua l'autre en crachant.

— Souviens-toi de tes propres enfants Ector, rétorqua le prince d'un ton menaçant. Garde-les bien en tête avant de faire quoi que ce soit d'inconsidéré.

À sa remarque, Ector baissa les yeux et garda le silence, avant de s'éloigner. En revanche, d'autres hommes ne se privèrent pas de murmurer, sans qu'aucun ne prenne cependant le risque de provoquer ouvertement Orys.

— Dis donc, il nous reste le palais à brûler en plus de la ville derrière, déclara soudain une femme soldat en riant, déclenchant des sourires cruels chez la plupart des autres gardes présents.

Une fumée âcre et noire s'élevait depuis déjà plusieurs heures de la ville la plus proche, à savoir la capitale. Cyndie avait beau s'efforcer de ne pas regarder de ce côté-là, son regard semblait prendre un malin plaisir à toujours lui échapper pour y revenir, accentuant à chaque instant un peu plus sa terreur.

— Que l'on donne à la petite un pistolet lance-flamme, ça lui plaira, j'en suis sûre.

Orys ne put s'interposer et ses efforts se soldèrent cette fois-ci en un échec. Cyndie cria et se débattit de toutes ses forces, en vain, ne réussissant à apitoyer personne malgré son visage d'ange et les larmes qui roulaient librement sur ses joues. Le pistolet brûlant entre les mains, elle tira comme on le lui demanda et tout s'enflamma. Sa maison, son enfance...

— Tu sais qu'il y a encore des gens à l'intérieur ? demanda la femme entre deux froids éclats de rire. Dont ton grand-père.

Cyndie ne l'entendit pas. Elle n'était pas responsable, elle était très loin, pour ne plus pleurer, pour ne pas sentir la rougeur de la flamme. Enfin, enfin quelqu'un l'écarta.

— Nous allons l'envoyer comme avertissement à Astra, grogna Orys, défiant quiconque de s'y opposer. Inutile de prévenir mon père et le parlement, je m'en chargerai moi-même une fois que cela sera fait. Quelqu'un y voit une objection ?

Cyndie ne sut même pas comment elle s'était retrouvée, des heures plus tard, dans la navette téléguidée, répondant au micro de la radio quand les canons d'Astra se pointèrent sur elle en demandant son numéro d'identification.

— Cyndie ! C'est Cyndie Astra !

Étaient-ils prévenus ? Elle atterrit sur l'une des plateformes de verre des hautes tours d'Astra et sa cousine fut la première à accourir vers elle. Le ciel paraissait avoir perdu toute couleur au regard de Cyndie et de fait, il s'était effectivement assombri, la nuit tombant sur cette partie de la planète. En un instant, la petite fille se retrouva entourée d'une bonne dizaine de personnes l'assaillant de questions, des centaines de questions. Ils ne semblaient pas comprendre qu'elle n'aspirait qu'à une chose : tout oublier de cette sinistre nuit et se réveiller plus tard en ayant l'impression que rien de tout ceci n'était arrivé.

— Sagan... Sagan a-t-il tenu ?

— Princesse, répondez, c'est notre sort à tous que vous tenez dans vos mains !

Elle parla des flammes, du palais, de ce qu'on lui avait fait faire. Sibylle recula avec effroi et ses yeux s'agrandirent sous l'effet de l'horreur.

— Je serais morte plutôt que..., murmura-t-elle sans terminer.

***

Cyndie sentit qu'on la secouait. Elle se réveilla en sursaut pour voir, penchés au-dessus d'elle, Damien et ses nouveaux parents.

— T'inquiète, les grands méchants, ils ne sont plus là !

Elle résista à l'envie de se terrer sous la couchette et de leur répondre que c'était eux les méchants. À la place, elle se contenta de baisser la tête, cachant ainsi ses larmes.

— Je... Je ne voulais pas vous réveiller. C'était juste un... un cauchemar.

Elle tremblait pourtant encore lorsqu'elle se força à reposer la tête sur l'oreiller, évitant de regarder son frère d'adoption pour ne pas de nouveau fondre en larmes. C'était toujours ainsi lorsqu'elle dormait. Les souvenirs resurgissaient et elle criait, de toutes ses forces, sans parvenir à oublier sa terreur liée à cette nuit ainsi que sa peine d'avoir perdu tous ceux qu'elle avait un jour aimés.

Le pays Astra acheva d'envahir la Terre dans son ensemble le 14 mars 2799, mettant fin à une expansion commencée des années plus tôt sous le règne de la reine Ysaïne. Les autres puissances se laissèrent faire, préférant se replier sur les planètes qu'elles avaient colonisées au début du siècle. C'est ainsi que l'AM.Erica cessa d'être un astre et un pays pour ne devenir qu'une planète, totalement indépendante de l'ancienne Terre qui changea de nom pour devenir Astra.

Chronique d'un siècle, Anonyme, Tome 1, 3345.

Chapitre 2

- Sibylle -

— Ils vont nous séparer, forcément et...

La jeune fille hésita un instant à compléter, puis acheva enfin dans un souffle en direction de son voisin :

— Je ne suis pas certaine d'être suffisamment forte, je ne vais pas y arriver.

Elle releva la tête et fixa résolument ses yeux dans ceux de son frère. Il lui serra la main calmement, sans un mot, un regard leur suffisant toujours pour se comprendre, tandis que les premiers habitants de l'AM.Erica s'approchaient de l'immense file d'enfants dont ils faisaient tous deux partie.

Sibylle songea alors en regardant son compagnon que leur unique année de différence d'âge - elle avait seize ans, lui dix-sept - ressortait à cet instant précis. Il paraissait tellement plus sûr de lui ! D'un geste nerveux, la jeune fille vint entortiller autour de son doigt l'une des mèches folles de ses courts cheveux frisés. Physiquement, son frère et elle se ressemblaient assez : ils avaient la même façon de se tenir, la tête haute et le regard frondeur, des cheveux bruns, plus sombres peut-être chez Sibylle, ainsi qu'un visage plutôt ovale et un nez court qu'elle fronçait à tout instant d'un petit geste instinctif et comique.

— Prends bien soin de toi... Quoiqu'il arrive, on se retrouve, n'est-ce pas ? demanda-t-il sans la regarder, visiblement sous le coup de l'émotion.

— Bien sûr. Tu arriveras à te maîtriser ?

Il blêmit, comme si elle avait mis le doigt sur sa crainte la plus secrète, mais parvint à se contenir en baissant les yeux sur le sol poussiéreux.

— Et toi ?

Elle regarda ses mains, dépliant et repliant ses longs doigts, avant de hocher la tête, la gorge serrée.

— Je crois que je ne peux que l'espérer. Quand commencerons-nous les préparatifs ?

— Dans deux mois. On en a déjà discuté mille fois.

Il n'y avait ni colère ni impatience dans sa voix, au contraire, il souriait à sa sœur qui le lui rendit. Entre eux, il n'y aurait jamais de désaccord, du moins l'espérait-elle.

— Je sais, mais j'avais besoin de te l'entendre dire de nouveau.

Trop vite, les deux jeunes gens durent se taire à l'approche d'un vieil homme négligé. Il s'arrêta à leur hauteur, attisant l'appréhension de Sibylle, et fixa son frère d'un sourire grimaçant. Un froid désagréable envahit l'adolescente des pieds à la tête.

— 'Te plairait de porter mon nom, gamin ? demanda le vieil homme à son frère avec un petit mouvement de tête qui n'inspirait pas vraiment confiance.

Sibylle observa du coin de l'œil, et le cœur serré, l'adolescent à côté d'elle acquiescer silencieusement. Elle n'était pas certaine d'être capable de sourire ou de regarder son frère en face sans se mettre à pleurer. Leur séparation était en train de se concrétiser sous ses yeux et son imagination ne l'avait pas préparée au vide qui se créait déjà dans son esprit, la laissant à vif. Un garde gris arriva, enregistra l'adoption, et, avant qu'elle ait pu saisir la réalité de la situation, Rodolphe s'éloignait déjà derrière l'inconnu. Il se retourna quelques mètres plus loin et leurs regards se croisèrent tandis que son cœur se déchirait en mille morceaux. Deux longs mois où ils seraient séparés, mais même après, comment être certaine de le retrouver ?

Elle retint ses larmes, grimaça, avant de parvenir à se ressaisir et se redresser, nez dans le vent, inspirant profondément. Elle leur cacherait sa peine, comme elle se l'était promis. Il faisait chaud, et le ciel était d'un bleu limpide. Sibylle ne sut combien de temps, d'heures passèrent, mais il se trouva bientôt beaucoup moins d'enfants dans la rue. Il lui sembla que les gens qui s'arrêtaient devant elle se faisaient de plus en plus rares. Pourtant, un garçon de son âge vint soudainement s'immobiliser à un mètre d'elle, la fixant avec une intensité gênante. Elle parvint à ne rien dire, restant bien sagement à sa place, attendant anxieusement de voir ce qu'il allait se passer.

— Alors c'est *ça* les enfants d'Astra ? lâcha-t-il froidement.

Ne rien répondre. Se contrôler. Sa respiration s'accéléra néanmoins et elle sentit ses muscles commencer à changer, lui faisant perdre en un instant tous ses moyens. Heureusement, Sibylle parvint à se contenir et à se calmer. Le garçon, plutôt grand, et les cheveux oscillants entre le blond et le roux, ne sembla pas le remarquer. Il s'approcha encore d'un pas avec un sale sourire narquois.

— Et moi, je peux t'adopter ?

Pour le coup, elle recula, avant de grincer des dents.

— Ce n'est pas drôle.

— Oh, que si ! Mais c'est vrai que toi et les tiens, vous n'avez pas vraiment le sens de l'humour. Comment sont morts tes chers parents, dis-moi ?

Le sourire de l'adolescent s'était fait plus vicieux et Sibylle dut fermer les yeux. Une démangeaison terrible commençait à remonter le long de son bras. Lorsqu'elle rouvrit les paupières, elle remarqua que ses ongles avaient déjà commencé à changer de couleur. Une nouvelle fois, elle parvint malgré tout à garder le contrôle. Mais l'autre continuait, sans deviner la tension qui l'habitait.

— Alors ? Une balle entre les deux yeux, ou pire ? De toute façon, ils n'ont eu que ce qu'ils méritaient. Des va-nu-pieds, des moins que rien. Comme vous. Alors, dis, tu l'as entendue crier ta mère ?

À cette simple mention, Sibylle oublia tout. Elle se précipita sur le jeune homme et ils chutèrent tous deux à terre, à coup de poings et de cris. L'adolescente n'aurait pu dire combien de temps avait duré leur combat lorsqu'ils furent séparés par deux gardes.

— C'est elle ! Cette furie m'a attaqué lorsque j'ai dit qu'elle était une enfant d'Astra !

Avant que Sibylle n'ait eu le temps de se défendre, le garde qui la retenait l'entraîna violemment à l'écart vers un petit groupe d'enfants, sans qu'elle puisse articuler le moindre mot.

— Pas d'adoption pour toi gamine ! grogna-t-il d'un ton qui semblait presque désolé en la poussant vers un responsable.

Elle trébucha, se rattrapa de justesse à la main secourable d'un adolescent, avant de se redresser et de détourner les yeux tandis qu'on inscrivait son nom sur une liste, celle des indésirables. Elle retint des larmes de colère et de regret, songeant qu'elle avait magistralement raté la première étape : réussir à s'intégrer.

Elle se mordit violemment la lèvre en refoulant cette pensée pour se concentrer sur le positif. Elle n'avait peut-être pas réussi à jouer le jeu, mais elle avait au moins limité les dégâts : elle ne s'était pas transformée. Personne ne devait apprendre pour les mutations. Seul son frère partageait son secret. Un homme d'aspect maussade s'approcha alors d'elle et lui désigna deux enfants.

— Tu t'en charges en tant qu'aînée jusqu'à notre arrivée à l'orphelinat.

Sibylle les regarda et ressentit instinctivement de la compassion pour les deux enfants.

— Qu'ont-ils fait ?

L'homme lui lança un regard mauvais avant de répondre.

— Tu apprendras vite qu'à moi on ne pose pas de question. Mais pour ta gouverne, ces deux-là ont refusé d'être séparés. Ils sont frères.

Aussitôt, un élan d'affection l'envahit. Sibylle, malgré toutes ses inquiétudes, leur lança un sourire, tandis que l'homme s'éloignait. Ce fut cet instant que choisit l'adolescent qui lui avait tendu la main, pour l'aborder.

— Je m'appelle Carlys. Tu as fait quoi pour te retrouver ici ? l'interrogea-t-il avec un petit sourire en coin agaçant.

— Une bagarre.

Le regard du garçon s'illumina d'une lueur moqueuse.

— Tu as l'air de quelqu'un de calme et de gentil pourtant. Moi, c'est pour insulte à un citoyen de l'AM.Erica, mais ça m'est égal.

Elle grimaça. Le jeune homme aurait dû vouloir s'intégrer. Il ne devait pas parler de son échec d'un ton aussi léger.

— Tu te souviens du plan ? souffla-t-elle sans chercher à dissimuler son agacement.

Il se rembrunit avant de hocher la tête.

— Personne ne risque de l'oublier. Ils l'ont gravé sur notre peau, n'est-ce pas ?

La jeune fille ne put s'empêcher de repenser au tatouage qui leur ornait à tous le dos.

***

Sibylle avança sans rien dire dans le bâtiment, vers l'ascenseur qu'on lui désignait. Elle y entra avec une dizaine d'autres enfants et, quelques minutes plus tard, la cabine de verre descendit dans les profondeurs du bâtiment. Tout était moderne, propre, et la tour semblait pouvoir accueillir au moins cinq mille enfants. La cabine finit par s'arrêter à l'étage -871 et Sibylle fut la première à sortir. Les couloirs étaient lumineux malgré l'absence de lumière naturelle, éclairés par de froides lampes électriques. Le jeune homme qui lui avait parlé tout à l'heure la rejoignit en grommelant un juron puis il prit la parole.

— Je n'aime pas l'idée d'être autant sous terre...

Elle haussa les épaules. Elle avait déjà visité les immenses villes souterraines de Sagan taillées dans la glace, sans compter leur dernière terrible année à Astra, et l'idée de n'avoir une fois de plus pas le ciel juste au-dessus de sa tête ne la dérangeait pas.

— Quand il y a des bombardements, on est bien plus en sécurité ici, se décida-t-elle à répondre.

— Mais la guerre est terminée avec nous comme perdants, tu te souviens ? répliqua le jeune homme avec un brin d'ironie.

Carlys la fixa un instant du regard, hésitant à reprendre la parole.

— Qu'est-ce qui est marqué sur ton tatouage ? lui demanda-t-il tout à coup.

Elle tressaillit et porta instinctivement la main à sa nuque, gardant cependant son calme.

— Rien qui te concerne, murmura-t-elle d'une voix apparemment neutre avant de s'éloigner de lui pour se diriger vers un homme qui venait de surgir d'une autre cabine en verre.

— Les filles, couloir de gauche, les garçons à droite ! aboya ce dernier d'une voix rauque.

Ce fut avec un certain soulagement que l'adolescente quitta le jeune homme trop curieux. Elle se dirigea dans la direction désignée, non sans adresser au passage un petit sourire aux deux garçons qu'elle avait surveillés durant le trajet. Bientôt, elle se retrouva à patienter dans une longue queue où des filles de tout âge attendaient. Les ascenseurs ne cessaient de dégorger de nouveaux arrivants à un rythme effréné. Plus loin, derrière deux guichets de fer qui barraient l'accès, deux femmes assises demandaient nom, prénom, âge et problèmes de santé.

La jeune fille n'avait pas à réfléchir, son mensonge était prévu depuis longtemps. Aussi, lorsqu'arriva enfin son tour, tout lui vint naturellement et elle put paraître suffisamment crédible.

— Frael Sibylle, seize ans. Pas de problème de santé...

La femme, visage sévère, la contempla quelques secondes des pieds à la tête puis une partie de la vitre coulissa et elle lui fit signe de passer son bras. Non sans frissonner, tâchant de maîtriser chacun de ses muscles, la jeune fille s'exécuta. La guichetière lui injecta mécaniquement une micropuce électronique dans le poignet et l'adolescente laissa échapper un petit cri de surprise avant de reculer et de serrer instinctivement son bras. La femme lui désigna alors, sans un regard, un portillon de fer qui s'ouvrait à sa droite.

— Vous avez accès aux salles communes, au réfectoire, à la bibliothèque, à votre dortoir, le numéro 11, centre 5. Ce sera tout.

Elle avait débité tout cela d'un trait, sans y attacher d'importance, et tandis que Sibylle avançait dans le couloir, une autre enfant vint la remplacer devant le visage revêche.

Elle songea avec regret à tous les adoptés du jour. Eux ne découvraient pas comme nouvelle maison un orphelinat. Elle poussa un soupir, se laissa guider par le flot des jeunes devant elle, jusqu'à un nouveau barrage. Devant le guichet, on lui demanda cette fois-ci simplement de passer son bras sous un détecteur, puis deux pinces lui tendirent un paquet qu'elle prit d'une main calme.

— Vous avez droit à un écran que vous devez toujours avoir sur vous, deux tenues par semaine, une paire de chaussures, un sweat chaud, une brosse à dents, du dentifrice, le livre du Règlement intérieur...

Tout cela dit encore une fois sur un ton monocorde et détaché, comme si la situation n'avait rien d'exceptionnel. La jeune fille sentit sa gorge se serrer un peu plus sans qu'elle sache pourquoi.

***

Sibylle laissa échapper un lourd soupir en s'asseyant sur l'une des six couchettes uniformément blanches du dortoir. Arrivée la première, elle choisit de s'installer sur l'un des lits du bas. Elle entreprit alors d'ouvrir le paquet de papier kraft marron, résultat des pénuries de la guerre issu de divers recyclages, et découvrit, une à une, les maigres possessions qu'on lui octroyait. Les deux tenues rigoureusement identiques qui composaient désormais son uniforme étaient grises : un pantalon simple, mais élégant, un tee-shirt sombre et un sweat à capuche. Même constat concernant les sous-vêtements. De plus, un grand numéro 5 s'étalait dans le dos du tee-shirt et du sweat.

Encore une fois, il faudrait bien s'en contenter.

Accolée au dortoir, Sibylle découvrit une salle d'eau aux murs blancs, à l'image de tout ce qu'elle avait pu voir du reste de la tour. Prestement, elle attrapa l'une de ses nouvelles tenues et se dirigea vers les douches.

Tandis qu'elle se déshabillait, son reflet dans le grand miroir mural attira son attention. Lentement, elle observa l'immense tatouage qui s'étalait de ses omoplates au bas de son dos, avant de se résoudre à s'en détourner pour passer sous l'un des jets d'eau chaude. Son corps se détendit sous la chaleur et elle se surprit même à rire au contact des gouttes d'eau ruisselant sur sa peau. Sortant ensuite de la douche et se séchant rapidement à l'aide d'une serviette étiquetée de son numéro, l'adolescente put laisser échapper un grand soupir de soulagement, goûtant de nouveau au plaisir de se sentir propre pour la première fois depuis longtemps. La jeune fille avait beau se sentir mieux, la tristesse et le regret l'assaillirent lorsqu'elle dut passer ses vieilles guenilles au broyeur. Sibylle enfila ensuite rapidement sa tenue, avant de revenir dans le dortoir, pieds nus, pour enfiler les chaussettes et les tennis gris. Ceci fait, elle s'assit sur sa couchette, posa la tête dans ses bras et ferma les yeux.

Ils avaient quitté Astra il y avait maintenant un mois de cela. Oui, ça devait être ça, pile un mois, depuis leur départ des immenses entrepôts où ils avaient été enfermés par mesure de sécurité. Elle sentit sa gorge se serrer comme à chaque fois qu'elle rappelait se souvenir. Elle se remémora la mort de Tim, tué par l'un des gardes. Il n'avait pas pu contenir sa fureur à la vue des assassins de leurs parents. Quant à elle, elle était restée en apparence calme, le front ruisselant, parvenant à peine à se maîtriser et se rattachant de toutes ses forces à la simple idée qu'il fallait s'en tenir au plan. C'était tout, c'était tellement simple.

À son poignet, le nouveau bracelet-écran émit un petit bruit et s'alluma. Le visage avenant d'une femme aux cheveux roux apparut tandis que le message vocal était délivré.

— Vous faites partie du centre 5 qui regroupe actuellement 96 adolescentes ayant entre seize et dix-neuf ans. Sibylle Frael, vous êtes convoquée dans mon bureau pour que nous discutions de votre avenir. Je viens de vous télécharger le plan du site, rejoignez-moi d'ici quelques minutes. Je suis votre directrice d'établissement.

Et l'image s'éteignit. Sibylle laissa échapper un énième soupir tandis qu'un voyant lumineux clignotait sur sa boîte de réception. Elle n'avait pas d'autre choix que d'y aller, mais elle aurait nettement préféré se reposer un peu. De plus, cette convocation surprise avait de quoi l'inquiéter.

La guerre de Sagan contre Astra n'en est pas vraiment une. Nous avons obtenu notre indépendance pacifiquement malgré les quelques manifestations violentes des 1er et 2 février 2819. Nous chercherons toujours à conserver un lien très fort entre notre peuple et le monde de nos origines, Astra. Nous sommes partisans de la création d'une alliance militaire, économique et politique durable entre nos deux peuples. Pour ce faire, nous proposons le nom AS-SA, initiales de nos deux nations.

Paroles rapportées de Gaëtan, connu sous le nom de Gaëtan II, premier souverain à avoir choisi pour nom de famille Sagan, renonçant ainsi à celui hérité de son ancêtre Edelyne Astra.

Chapitre 3

- Saedor -

Debout dans l'antichambre du palais, il attendait depuis des heures sans dire un mot, ne détournant pas la tête devant les gardes malgré sa mauvaise mine, sa barbe négligée, ses traits amaigris et ses cheveux sales. Vêtu d'un pantalon abîmé et d'une veste déchirée découvrant la peau nue de son torse sur lequel s'étalaient de gros hématomes ainsi qu'une plaie ouverte, l'homme ne faisait pas son âge. Animé d'une rage de vivre, le regard brûlant, inébranlable, il restait debout, immobile, lorsqu'enfin la porte s'ouvrit. D'un mouvement de tête, les gardes lui firent signe d'entrer. Sans un geste de résistance, il s'avança, le regard ferme et décidé.

Le salon dans lequel il pénétra était grand et lumineux, des moulures dorées ornaient le plafond et un épais tapis couvrait le sol. Un immense lustre entièrement en cristal, imitation dispendieuse d'une époque vieille de plusieurs centenaires, pendait au plafond, illuminant la salle avec éclat. Au milieu de la pièce, aux allures de salle du trône antique, se tenait un gigantesque fauteuil en acajou surélevé, incrusté de veinures dorées. Assis sur cette véritable œuvre d'art aux motifs complexes, un homme le regardait, la tête droite, les coudes plantés sur les imposants accoudoirs. Rasé de près, aussi bien de cheveux que de barbe, vêtu d'un pantalon kaki et d'une veste assortie sans insigne, la seule fioriture que ce dernier semblait se permettre était la chevalière qui ornait sa main droite.

— Saedor. Si je congédie mes gardes, me jures-tu de ne rien tenter contre moi ? demanda-t-il avec un sourire amusé.

Le prisonnier savait qu'il ne pouvait rien faire, et l'idée de parler seul à seul avec le souverain de l'AM.Erica ne le dérangeait pas outre mesure. Il inclina la tête pour toute réponse et, bientôt, il n'y eut plus qu'eux dans la pièce.

Les deux hommes se regardèrent longuement, s'étudiant l'un l'autre. À part leur âge, ils n'avaient rien en commun. L'un roi, l'autre prisonnier. Orys resta un moment silencieux, se redressant simplement pour mieux voir Saedor. Tous deux savaient que, malgré la fatigue intense qui saisissait ses membres, le prisonnier ne demanderait pas de siège. Il resterait debout, devant lui, épuisé, mais fier.

Le souverain descendit quelques secondes plus tard de son piédestal avant de se diriger vers la fenêtre, affichant un léger sourire aux reflets tristes, mains derrière le dos, l'air rêveur. Une douce luminosité baignait la pièce, faisant ressortir le brun sombre de la table et des quelques fauteuils confortables qui garnissaient l'angle à la gauche d'Orys. À sa droite, sur le mur, s'étalait une carte représentant l'ancienne capitale d'Astra et les différents points clefs de sa défense, tels que les générateurs d'énergie qui alimentaient autrefois le bouclier.

Saedor ne put s'empêcher de remarquer avec un certain contentement que plusieurs de ces points si stratégiques étaient mal placés, preuve que l'État-Major des Eriquiens n'avait pas toujours été bien renseigné. Néanmoins, cela ne les avait malheureusement pas empêchés de gagner la guerre, songea-t-il amèrement sans parvenir à surmonter tout de suite la douleur qui l'envahit.

— Où sont tes neveux ? Parmi les enfants d'Astra ? questionna soudain le roi, les yeux fixés sur l'horizon, tournant le dos à son prisonnier.

L'homme en loques ne répondit rien. Son silence arracha à Orys un fugace sourire amer. Serrant les poings, il prit une profonde inspiration et se résolut à employer la manière forte. D'un geste brusque, il se retourna et, le regard dur et froid, se dirigea vers Saedor.

— Nous avons gagné la guerre voilà un mois ! cria-t-il avec violence. Astra est une planète détruite, incendiée, et elle nous appartient ! Je compte d'ailleurs la coloniser d'ici quelques années, lorsque la nature aura repris ses droits.

À ces mots, les yeux de Saedor s'animèrent d'un feu violent.

— Tu veux plutôt dire réparer les dégâts de tes immondes armes chimiques, compléta-t-il froidement, la mâchoire serrée et le corps tendu. Jamais je ne me serais servi d'armes pareilles contre une population.

Irrité, le souverain fit quelques pas, tel un fauve en cage, avant de revenir se planter devant son prisonnier. Il haussa un sourcil et un éclair de colère traversa son regard pâle.

— C'est pour cela que tu as perdu. Maintenant, dis-moi... Pour quelle raison as-tu caché tous les enfants d'Astra dans des souterrains ?

— Pour les protéger. Ils étaient en sûreté pendant que, sur ton ordre, tes soldats tuaient chaque Astrayen qu'ils croisaient.

Le roi recula, laissant échapper un léger soupir. Il secoua la tête et passa une main sur sa nuque pour en ôter quelques gouttes de sueur, avant de retrouver un certain calme.

— Mmm... Permets-moi d'en douter. Tu ne les as pas juste « protégés ». Tu les as entraînés pendant un an à la guerre, n'est-ce pas ?

Saedor garda le silence, le cœur soudainement étreint à la pensée de ses deux neveux. Pourvu qu'Orys n'ait pas réussi à les trouver.

— Tu es trop malin. Je voulais qu'il n'y ait plus jamais personne pour pouvoir revendiquer Astra et voilà que j'ai tous vos enfants, une centaine de milliers, sur les bras ! s'exclama Orys avec une lassitude non feinte.

— C'est l'AM.Erica qui a choisi de les adopter...

— Choisi ? Tu m'as forcé la main ! C'était si fin de ta part d'envoyer à toute la galaxie des vidéos des enfants prisonniers des souterrains, suppliant de ne pas les tuer lorsqu'ils sortiraient. Personne n'a réagi à la mort de chacun des adultes d'Astra, pas une voix ne s'est élevée. N'étions-nous pas les plus forts ? Mais des enfants ! Même ma propre population s'est révoltée. Ces imbéciles ont absolument tenu à les *adopter,* s'emporta-t-il en levant les bras au ciel. Comme si on pouvait adopter des enfants pareils ! Ils doivent nous haïr ! Mais sont-ils aveugles ? Ils sont quand même prêts à en faire leurs propres enfants. La seule chose que j'ai réussi à obtenir du parlement, c'est que les responsables militaires et politiques n'aient pas droit à l'adoption de ces maudits enfants. J'ai gagné la guerre, Saedor ! Je ne vais pas laisser tes gosses nous mettre en danger. Alors maintenant, tu vas me dire ce que signifient tous ces tatouages !

Son regard brillait d'un éclat menaçant, mais le prisonnier ne parut pas réagir et ne lâcha qu'un mot en réponse :

— Jamais.

— Alors je les torturerai, répondit-il en s'éloignant l'air résigné.

— Tu ne peux pas. Toute l'opinion publique de ton pays te surveille de très près.

— L'opinion publique ! lâcha Orys en esquissant un geste de pur ressentiment avant de se ressaisir.

Il savait que Saedor avait raison. Il était coincé. Les enfants étaient-ils aussi dangereux qu'il se l'imaginait ? Quoi qu'il en soit, tout le monde refusait de l'écouter. L'AM.Erica avait été enchantée de remporter la guerre contre l'Alliance défensive d'Astra. Elle n'avait pas bronché pour les massacres perpétrés sur Sagan, l'avant-dernière planète conquise. Mais il avait suffi que Saedor manie les écrans vidéos pour que la foule prenne en pitié ces satanés enfants. Saedor, le dernier adulte en vie d'Astra, le tuteur du futur empereur et de sa sœur. Peut-être qu'au fond, la population de l'AM.Erica avait honte de son propre comportement ? Orys l'espérait de toute son âme. Jamais il n'avait voulu cette guerre ni la façon dont elle s'était faite, quoi qu'il en dise par ailleurs. Néanmoins, il avait dû faire des choix à la mort de son père. Des choix difficiles certes, mais plus que nécessaires.

Les armes chimiques ? Les massacres ? Le parlement. Le peuple. Ah, ils avaient gagné ! Et maintenant qu'ils l'avaient obligé à faire toutes ces atrocités, ils se refusaient à exécuter la dernière d'entre elles, celle qui pouvait les sauver. Ils se croyaient hors de danger ? Orys n'avait jamais eu aussi peur que maintenant pour le peuple de l'AM.Erica. Il était prêt à tout pour les défendre, comme il l'avait juré le jour de son couronnement. Or, cette fois-ci il ne pouvait rien faire. Il allait devoir assister, impuissant, à l'installation dans de nombreux foyers d'enfants dont ils avaient tué les parents.

Si ce n'était que ça. Non, il y avait pire. Ce tatouage obsédant qu'ils portaient tous sur la peau. Plan 439. C'était la seule information que ses espions avaient pu lui rapporter. Avec le temps, il en ferait bien parler certains, mais il devait être prudent. Lesquels d'entre eux étaient les chefs ? Car il y avait des chefs, il n'en doutait pas, et toute une organisation derrière cette façade de pitié que semblaient inspirer les orphelins.

Sa seule chance était d'éliminer les enfants d'Astra. Très vite. Pourtant, rien que l'idée suffisait à lui faire tourner la tête et lui tordre les entrailles. Bon sang, il les avait vus aujourd'hui, alignés dans les rues, le visage blafard, les traits tirés, certains pleurants, d'autres à l'air simplement choqué, ne réalisant pas encore ce qui leur arrivait. Sa fille l'avait regardé avec tristesse avant de lui demander, ce qui avait pu tous les conduire à un aussi grand malheur. Il n'avait pas pu lui dire que c'était lui qui avait signé le décret ordonnant l'exécution de tous les habitants d'Astra, après celui de Sagan, signé par son père. Non, il n'avait pas pu. En revanche, il lui avait parlé de celui graciant les enfants. Elle avait ri avant de lui dire, des étoiles plein les yeux, qu'il était un père formidable et le meilleur des hommes.

Ça lui avait brisé le cœur. Orys y repensait encore en renvoyant Saedor à sa prison. Ensuite, il ne pensa plus qu'au plan 439.

On a dit de l'empereur Rodolphe qu'il était un héros. Je crois que c'était simplement un homme, empli de doutes, mais que l'Histoire l'avait choisi dès la naissance.

Alex M., ministre de 3455 à 3459.

Chapitre 4

- Rodolphe -

Dans une tour d'apparence neuve, peu haute et parfaitement rectangulaire, Rodolphe se penchait pour regarder par la fenêtre de l'appartement. Derrière lui, le vieil homme qui l'avait adopté lui expliquait que c'était l'une de leurs bombes qui avait détruit l'immeuble précédent, obligeant les Eriquiens à reconstruire un nouvel immeuble, en dehors de toute règle esthétique ou architecturale, mais qui avait au moins l'avantage d'offrir un toit à ses habitants.

Le jeune homme acquiesça sans chercher à se défendre. Il se redressa, se décala de la fenêtre aux ridicules petits rideaux lilas et revint dans le salon. L'homme arrivait déjà avec deux tasses d'un liquide fumant. Ils s'assirent sans se concerter dans des fauteuils plus ou moins confortables et un lourd silence s'installa entre eux. Les doigts autour de la tasse chaude, Rodolphe ne parvenait pas à se détendre. Une question le hantait. Il ne put la retenir plus longtemps et finit par prendre la parole :

— Comment se fait-il que vous parliez ma langue ?

L'autre lui jeta un regard de biais, étrangement gêné. Le jeune homme fronça les sourcils devant le silence du vieil homme, mais préféra se taire. Il en profita pour observer ce qui l'entourait. La grande pièce était parfaitement carrée, partagée entre le coin salon où ils se trouvaient, un minuscule espace-cuisine, derrière un bar comportant un distributeur de nourriture sur commande, la porte d'entrée à leur gauche, et une autre ouverture qui devait certainement mener à deux chambres ainsi qu'à la salle de bain. La pièce à vivre était décorée de façon hétéroclite, avec des meubles récupérés çà et là. Il y avait un vieux poêle à bois dans un coin, qui avait dû servir en fin de guerre lors des pénuries d'électricité, une petite table basse bancale entre les quelques sièges, couverte d'un napperon synthétique brodé, et un écran rayé au mur.

La pièce était vétuste, mais ça n'était pas important. Même s'il y avait peu de meubles, ils avaient au moins le mérite d'exister. Droit dans son fauteuil finalement peu confortable, Rodolphe reposa sa tasse sans l'avoir portée à ses lèvres et fixa le vieil homme toujours silencieux, d'un regard froid et interrogateur.

— Pourquoi m'avoir adopté ? demanda-t-il en choisissant un autre angle d'attaque.

Adopté ! Un mot qui le faisait rire et grincer des dents, mais il ne fallait pas le montrer, surtout pas.

— Parce que personne d'autre ne se serait mis un gamin pareil sur le dos. Tu respires la révolte, petit.

La réponse le désarçonna et il eut du mal à le cacher.

— Ne m'appelez pas comme ça ! s'emporta-t-il, avant de reprendre son calme, encore légèrement sur la défensive. Et c'est faux...

L'autre sourit de toutes ses dents avant de continuer.

— Peu importe ce que tu veux, ça m'est égal. Et tutoie-moi. Je m'appelle Lint. Quant à ton adoption... J'avais un fils et une femme, il y a quelques années de cela. Elle est partie avec le gamin après une violente dispute. Il doit bien avoir ton âge maintenant. Je me suis laissé rattraper par le temps tu vois. Je n'ai pas fait de soins comme on dit, je me suis laissé dépérir et j'ai l'air d'un vieux maintenant. Mon visage dans le miroir me rappelle chaque matin mes remords. Je ne sais pas ce qui m'a pris quand je t'ai vu. Un coup de tête, je crois.

Rodolphe ne répondit pas tout de suite. Quelque chose dans les manières de Lint lui plut tout à coup, mais il se garda bien de le montrer. Il voulait conserver son ton brusque ainsi que son air froid et distant, ne tenant en aucune façon à nouer des liens plus que nécessaires avec les Eriquiens.

— Qu'allez-vous faire de moi ?

— Je sais qu'à Astra, il n'y a plus de lycées depuis des siècles. Votre système éducatif est totalement différent. Dans le nôtre, la scolarité dure cinq ans, et d'après les rapports que j'ai reçus, tu vas devoir en faire minimum trois en tâchant de rattraper ton retard.

D'un geste vif, le jeune homme se leva de son siège, croisa les bras sur sa poitrine et fixa l'homme avec colère. Il savait qu'il devrait se plier à leur éducation, mais cette simple idée le révoltait. Il allait maintenant dépendre totalement des règles qu'ils édicteraient pour lui. La violence de son ressenti ne s'exprima que par la tension visible des muscles de ses bras et de son cou. Une force palpable qui tendait son tee-shirt en lambeaux et révélait l'encre tachant la peau de sa nuque et de ses épaules. Sous le regard intrigué de l'homme, Rodolphe décroisa les bras et recula précipitamment.

— Où est ma chambre ? demanda-t-il alors rapidement.

— La deuxième au fond.

Il n'attendit pas plus longtemps pour s'éloigner, lorsque Lint se leva à son tour de son siège et le retint par le bras. L'impression de ses doigts sur sa peau le fit sursauter. Il se dégagea d'un geste brusque. Les yeux de l'Eriquien étincelèrent d'une lueur triste avant qu'il ne désigne du doigt la table et qu'il ne prenne la parole.

— Si tu veux pouvoir circuler, compléta-t-il à haute voix.

Le jeune homme contempla quelques secondes l'implantateur posé sur le meuble. Décidé à en finir, il s'en saisit d'un mouvement ferme, tourna le poignet et s'entailla la chair en un instant pour y introduire la puce électronique. Quelques gouttes de sang perlèrent de son bras sans qu'il paraisse en souffrir.

— C'est fait. Rien d'autre ? lâcha-t-il froidement.

Lint se pencha pour ramasser un autre objet sur la table puis le lui tendit en silence. Le garçon attrapa le mince écran-bracelet d'une main avant de tourner les talons pour s'éloigner et rejoindre sa chambre. Le vieil homme resta seul dans la pièce principale, soudainement envahi d'un sentiment qu'il ne connaissait que trop bien. Peut-être allait-il partir, ne jamais l'aimer et finir par lui briser le cœur… comme son fils ? D'un mouvement de tête, il écarta cette éventualité avant de se diriger à son tour d'un pas pesant vers sa chambre.

De son côté, Rodolphe s'était enfermé dans la sienne et s'était laissé tomber à même le sol. Ses yeux le piquaient de larmes contenues et il se força à inspirer puis expirer lentement pour tenter de se calmer. Il ne savait même pas ce qui le mettait dans cet état. Toute cette situation probablement, alors même qu'il avait toujours été persuadé d'être prêt. Pourquoi cet élan, cette faiblesse, lui étreignaient-ils le cœur ? Il revoyait ce jour où son oncle les avait fait venir, lui et sa sœur. Souvenir auquel il détestait penser, mais qui se rappelait à lui après cette discussion avec l'Eriquien.

— Vous êtes les éléments principaux du plan. Ne l'oubliez pas. Tu te souviens de tout ce que tu as à faire, Sibylle ?

— Oui, mon oncle.

— Et toi, Rodolphe ?

Le jeune homme ferma les yeux. Sa réponse lui revint aisément à l'esprit et les mêmes tourments l'envahirent.

— *Je peux tout faire. Tout. Mais pas votre dernière mesure...*

— *Pourquoi cela ? Tu y arriveras au contraire, c'est notre seule chance. Approche les Eriquiens les plus influents que tu pourras, par n'importe quel moyen, deviens leur plus proche ami, celui sur lequel ils compteront plus que tout... Et trahis-les le moment venu. Il n'y a... Il n'y a pas d'autre solution.*

Rodolphe rouvrit les yeux, le corps désormais agité de convulsions. Il grinça des dents, une lueur de détresse traversant son regard.

— Maudites mutations, maudites... cracha-t-il avant de ne plus pouvoir continuer.

Parler devint soudainement totalement impossible. Ses muscles se modifièrent, ses sens s'aiguisèrent un bref instant, avant qu'il ne reprenne le contrôle. Soudain, la voix de Lint résonna derrière la porte.

— Ça va, gamin ?

— Allez-vous-en ! Ça va très bien !

Il se mordit alors violemment les joues, un filet de sueur dégoulinant de son front et dans son dos, tandis qu'une chaleur anormale se répandait dans tout son corps. Ce n'était pas ainsi qu'il allait s'intégrer.

— Pardon. Désolé Lint. Oui, ça va, reprit-il d'une voix sifflante en tentant de maîtriser au mieux ses intonations.

— Pas de ça avec moi, gamin. Dis ce que tu penses, rien d'autre, répliqua le vieil homme, durement.

Résister devenait plus difficile. Tout son corps lui échappait.

— Alors, va-t'en, cria Rodolphe en abandonnant la lutte.

Lint resta quelques secondes derrière la porte, hésitant peut-être, avant de partir. Le son de ses pas fut libérateur. En un instant, le corps de Rodolphe fut parcouru d'une dernière convulsion qui le fit se tordre de douleur et, lorsqu'elle cessa, c'est avec des yeux nouveaux qu'il inspecta les lieux.

Sa chambre était jolie. Les murs blancs et verts, la couchette spacieuse et réglable, ainsi que les casiers de rangements dans les angles lui plurent. Tout, jusqu'à ce que ses yeux dorés se posent sur le panneau numérique, défilant des images de son monde. La vue d'une Astra qui n'existait plus, une Astra que lui, le prince héritier, avait été obligé d'abandonner et de regarder mourir. La vue de ces images lui enflamma le cœur d'une peine intolérable. À cet instant, il renonça à toute idée de contrôle : ses griffes s'enfoncèrent profondément dans le plancher, le rayant sur toute la longueur, le libérant ainsi d'une partie de la rage qui l'incendiait de l'intérieur.

***

Rodolphe n'avait pas dormi de la nuit, se contentant de se lover sous sa forme mutante, dans un coin de sa chambre à moitié détruite. Il avait gardé les yeux ouverts dans les ténèbres, ressassant encore et encore ses douloureux souvenirs. Pourtant, malgré la souffrance qu'il avait pu éprouver, certains lui avaient mis du baume au cœur, comme le sourire de sa sœur qu'il adorait et qu'il espérait revoir très vite.

Aux premiers rayons de soleil qui avaient percé l'obscurité de sa chambre, l'adolescent se retransforma en humain pour aller fouiller les meubles de rangement. Il y trouva une serviette de bain qu'il enroula autour de sa taille et alla toquer à la porte de la chambre d'à côté. Lint lui ouvrit presque aussitôt et ne posa aucune question lorsque le jeune homme lui demanda sèchement des vêtements de rechange. S'il n'avait pas été eriquien, Rodolphe lui aurait été très reconnaissant de sa discrétion, mais en l'occurrence, il se contenta de prendre les vêtements que l'homme lui tendit, puis de retourner se changer dans sa chambre. Il s'habilla rapidement avant de s'assoir sur sa couchette. Il s'écoula bien une heure avant que Lint ne vienne frapper à sa porte.

— Gamin, tu veux déjeuner ?

Rodolphe avait faim, mais le fait de devoir supporter une nouvelle conversation avec son père légal le retint.

— Non, grogna-t-il suffisamment fort pour que l'autre l'entende.

Lint s'en alla sans ajouter un mot et l'adolescent s'allongea sur sa couchette en tentant de ne plus penser à rien. Vint ensuite le moment de partir pour le lycée, échéance qui arriva bien trop vite à son goût, mais à laquelle il ne dérogea pas. Lorsque la sonnerie de rappel de son écran portable résonna, il se leva. Il sortit de sa chambre, prit bien soin de refermer derrière lui, puis alla directement au salon où son père adoptif l'attendait avec un sac à dos en main. Il le lui tendit devant la porte d'entrée.

— Tiens, j'ai mis dedans ce dont tu devrais avoir besoin, ainsi que quelques notes explicatives concernant les lycées chez nous. Lis-les sur le trajet avant d'arriver, ça te sera utile. Pour la route à suivre, c'est vingt minutes de marche jusqu'au bâtiment avec plein de jeunes comme toi, toujours dans cette rue sur ta droite. Il n'y a plus aucun appareil de transport par économie, donc pas d'autre solution que la marche.

Rodolphe garda longtemps son regard planté dans celui du vieil homme avant d'attraper son sac sans un mot, de se détourner, d'ouvrir la porte et de sortir sans répondre au « bonne journée » qu'il lui lança.

Il dévala les escaliers, songeant que se dépenser physiquement aurait au moins le mérite de l'aider à se contrôler. Dehors, il suivit exactement les consignes indiquées et prit même la peine de lire les quelques notes explicatives. Il arriva enfin face à un important attroupement de jeunes attendant devant les portes de bâtiments atypiques par rapport à ceux d'Astra.

L'adolescent marqua un léger temps d'arrêt devant les grilles. Elles étaient ouvertes et des dizaines de lycéens regroupés discutaient çà et là. Les bâtiments formaient un U, encadrant un grand parc où quelques allées s'étendaient et où les élèves pouvaient se détendre. Le jeune homme ramena machinalement son sac sur son épaule. D'après les notes de Lint, ce lycée venait tout juste d'être reconstruit et ses bâtiments, moins hauts et moins impressionnants que ceux d'origine, paraissaient, malgré tout, angoissants.

Il inspira profondément, se mit même à sourire en repensant soudainement à sa sœur pour s'encourager, et franchit les grilles. L'écran de son bracelet lui indiquait le plan à suivre, mais il le dédaigna, préférant s'approcher d'un petit groupe de filles et de garçons à sa gauche.

— Vous savez où je peux trouver la salle, demanda-t-il une fois à leur hauteur, 762 ?

Une fille aux longs cheveux bruns et aux yeux rendus violets par pigmentation hocha la tête.

— C'est ma salle. Si tu veux, je te montrerai dans cinq minutes, quand il sera l'heure d'y aller. Je m'appelle Aileen.

Elle se retourna ensuite pour continuer sa conversation, rit un instant avec l'un puis avec l'autre, avant de finalement se diriger vers leur salle. Ils ne mirent pas longtemps à arriver au bon endroit et Rodolphe, après un rapide « merci », alla s'installer à la première table venue, près de certains enfants d'Astra facilement repérables à leur air trop calme pour être tout à fait crédible.

L'adolescent n'avait jamais été dans un endroit comme celui-ci. La salle était ronde et meublée d'une trentaine de tables numériques transparentes disposées en arc de cercle. Disposition qui se divisa très vite en deux moitiés d'arc, l'une composée des nouveaux arrivants, dont il faisait partie, et l'autre des Eriquiens. Rodolphe échangea quelques mots avec sa voisine la plus proche, joliment vêtue d'un simple débardeur blanc et d'une jupe froufroutante. Il apprit qu'elle s'appelait Laurie et qu'elle venait du même quartier des souterrains que lui. Ils se turent tous deux lorsqu'un homme habillé de façon classique, un pantalon noir et une tunique uniforme sans fantaisie complétés par une cravate et une veste, entra dans la salle. Leur professeur devait avoir dans les vingt-cinq ans et semblait déborder d'une énergie communicative lorsqu'il débuta ses explications de début d'année pour les enfants d'Astra.

— Une aire nouvelle s'ouvre pour l'AM.Erica. Nous sommes désormais une terre d'accueil, une terre d'asile pour tous les enfants d'Astra. Je vous demande de les applaudir bien fort !

Quelques-uns commencèrent, puis les autres suivirent. Rodolphe ne se joignit pas au mouvement et n'esquissa pas un sourire. Bon sang ! Mais à quoi s'attendaient-ils de leur part ? De la reconnaissance ? Si c'était le cas, la tâche serait plus facile que prévu. Tour à tour, le professeur demanda alors à chaque Eriquien de se présenter. Rodolphe écoutait attentivement lorsque sa voisine, Laurie, son tatouage s'étalant sur sa nuque et ses épaules à la vue de tous, se tourna vers lui.

— Tu les comprends, toi ? lui demanda-t-elle anxieuse.

Il la regarda quelques secondes sans répondre, tandis que le professeur interrompait la présentation d'une élève pour les écouter. Le fait d'entendre parler astrayen sembla tout à coup rappeler à leur professeur que, désormais, plus de la moitié de ses élèves ne comprenaient pas un mot de sa langue.

— Quelqu'un pourrait-il nous servir d'interprète ? demanda-t-il, ne laissant ainsi pas le temps à Rodolphe de répondre à sa voisine.

Personne ne bougea. Passées de longues minutes dans le silence le plus profond, le professeur parut embêté et c'est à ce moment seulement que l'adolescent releva la tête avec un apparent sourire aimable.

— J'ai du retard à rattraper. Combien de points ajouterez-vous à celui qui traduira ?

Rodolphe n'avait qu'un but : être le meilleur. Il n'avait pas le choix s'il voulait réaliser le plan et cela n'allait pas être facile. Durant les cinq années de lycée, les professeurs se contentaient d'augmenter ou de baisser les jauges de points numériques des élèves. Or, le jeune homme savait qu'il avait deux ans à rattraper pour arriver en tête des classements. Il jeta un coup d'œil pensif à l'écran de son poignet dont la jauge indiquait 0.

À ses mots, le visage de son interlocuteur s'illumina d'un sourire.

— 30 points vous suffiraient-ils, monsieur...?

— Rodolphe, termina-t-il. Adopté par Lint Kent. Et non, je trouve que c'est peu en comparaison de tout le travail qui m'attend.

Il gardait un grand sourire poli aux lèvres, feignant la décontraction alors qu'il savait pertinemment qu'il jouait gros. Soit le professeur acceptait de se soumettre à ses exigences, soit il faudrait travailler dur pour parvenir à combler son retard. Sans compter le fait qu'il avait besoin de se faire bien voir s'il voulait avoir la moindre chance de décrocher le métier qu'il lui fallait. En un an, la moyenne des élèves atteignait 1000 points. Les meilleurs pouvaient parfois même atteindre le double, d'après les notes de Lint. Autant dire qu'un petit coup de pouce ne serait pas de refus. Le professeur plissa ses petits yeux bruns, amusé par la situation, tandis que les élèves suivaient la conversation, intrigués par la confrontation.

— Et combien demandez-vous, Rodolphe Kent ?

— 150 points.

Il y eut un émoi de surprise collectif à l'annonce du nombre et plus encore lorsqu'Aileen crut bon de prendre la parole pour protester.

— Monsieur, c'est totalement impossible et hors de question, vous le savez ! C'est injuste, c'est...

D'un geste de la main, il se contenta de la faire taire et continua de regarder Rodolphe droit dans les yeux.

— Accepté, jeune homme, lâcha-t-il au bout d'un court instant. Transfert de 150 points pour Rodolphe Kent, murmura-t-il ensuite à l'écran sur son poignet.

Aileen continua de se tortiller sur son siège, visiblement exaspérée par la situation.

— Cela nous pénalise, monsieur ! Vous avez un certain nombre de points dans l'année à distribuer et si jamais...

— Mademoiselle Aileen, la coupa-t-il sèchement, j'ai beau être nouveau, je sais gérer ma classe, quoi que vous en pensiez.

Rodolphe esquissa une moue amusée devant le regard interrogateur que lui lança Laurie.

— Je traduis ce que vous venez de dire, monsieur ? demanda-t-il avec un nouveau sourire, franc celui-là.

Ceux qui avaient pu suivre leur échange en eriquien se mirent à sourire et l'adolescent entendit même quelques plaisanteries un peu moqueuses fuser au sujet de la jeune fille qui venait de s'opposer, en vain, au professeur. Cette dernière, loin de se calmer, lança un coup d'œil incendiaire à Rodolphe derrière ses prunelles violettes. D'un geste brusque, elle empoigna le mince sac à ses côtés, se leva de sa chaise et se dirigea vers la porte dans un grand bruit de claquement de talons. Ses longs cheveux flottèrent autour d'elle tandis qu'elle ouvrait la porte, sans retenue. Les sourires disparurent au moment où ses doigts se posèrent sur la poignée. Seul Rodolphe garda une expression légèrement méprisante et moqueuse.

— Aileen ! Restez ici ! cria le professeur.

Elle se retourna, le toisa des pieds à la tête quelques secondes avant de prendre un air froid et dédaigneux.

— Je fais ce que je veux ! Quand il saura ce qu'il se passe ici, mon père vous donnera à tous une bonne leçon, répliqua-t-elle d'un ton furieux.

Elle s'apprêta à sortir lorsque Rodolphe, toujours souriant, se leva tranquillement de son siège.

— Et peut-on savoir qui est le père de mademoiselle ? demanda-t-il amusé, presque nonchalant.

— Le roi Orys, lâcha-t-elle avant de s'engouffrer par la porte et de la claquer d'un mouvement brusque.

À ces mots, Rodolphe comprit qu'il venait de commettre sa première erreur.

« Environ trente mille enfants astrayens n'auront pas de parents en AM.Erica, et ce malgré le nombre élevé de volontaires pour l'adoption. Statistiquement, recueillir tous les enfants d'une planète entière sans orphelinat est de toute façon impossible. Dans chacune des villes classées mégalopoles, des centres d'accueil et d'hébergement doivent être construits dans les plus brefs délais. »

Décision du conseil, signée par le roi Orys
le 29 décembre 3125.

Chapitre 5

- Sibylle -

Le bureau de la directrice était rangé, agréable et ordonné. Les murs colorés, sans porte ni fenêtre, s'ornaient de deux grands tableaux abstraits égayant la pièce. La femme qui avait convoqué Sibylle était quant à elle assise derrière une large table blanche, confortablement installée dans un siège à propulseurs, à côté d'une grande plante verte dans un pot de cuivre recréé. Elle était vêtue d'un tailleur bordeaux et d'une veste assortie, à laquelle était piquée une petite broche en or fin représentant une fleur que Sibylle n'avait jamais vue auparavant.

La jeune fille, assise face à cette sévère dame aux cheveux roux ramenés en un chignon impeccable, attendait patiemment, les mains posées sur les genoux et le dos droit.

— Ma chère enfant...

Sibylle baissa la tête. Son oncle Saedor l'appelait ainsi chaque fois qu'il voulait la punir, mais, à cet instant, ce souvenir ne faisait que la remplir de nostalgie et de tristesse.

— Oui, madame ?

— Le centre 5 que je dirige n'accueille que des adolescents comme vous, en âge d'étudier.

Sibylle fronça les sourcils. À Astra, les études à son âge se limitaient à choisir un centre d'intérêt. Les étudiants constituaient ensuite un dossier, passaient des concours et effectuaient des stages, jusqu'à ce qu'ils soient en mesure d'exercer la profession choisie.

— Vous voulez savoir mon secteur d'intérêt ? Il s'agit des sports, la gymnastique en particulier, mais la littérature aussi et...

La directrice l'interrompit d'un mouvement calme de la main.

— Je sais qu'à Astra, il vous est demandé de choisir un projet. Néanmoins ici, nous avons un autre système. L'apprentissage que vous venez de citer, nous le pratiquons pour les enfants de dix à quatorze ans. Suivent ensuite cinq ans de lycée, puis des épreuves écrites et virtuelles en vue du futur métier que vous souhaitez exercer.

Cela allait compliquer les choses. Oncle Saedor aurait dû la mettre au courant, mais, au fond, elle comprenait la raison pour laquelle il ne l'avait pas fait. Elle, tout comme Rodolphe d'ailleurs, n'était pas tout à fait apte à la vie en société.

— Écoutez madame je... Je ne pense pas que cela soit une bonne idée.

Le sourire de la femme s'agrandit doucement. D'un geste simple, elle demanda à Sibylle de lui tendre la main et referma ensuite les siennes sur ses doigts.

— Je comprends que cette perspective vous effraye jeune fille, mais il est impossible, hélas, de faire autrement si vous souhaitez vous intégrer. Considérez les choses sous un angle positif : vous avez la chance de parler notre langue. La plupart de vos camarades vont devoir redoubler à cause de cela au moins la première année...

Pas s'ils s'en tiennent au plan, pensa-t-elle.

Délicatement, elle retira sa main et esquissa un sourire un peu crispé.

— Les cours auront lieu... ici ? Dans le centre 5 ?

Si elle restait entourée uniquement d'enfants d'Astra, peut-être parviendrait-elle à garder son secret, à conserver le contrôle de ses facultés particulières. Malheureusement, le mouvement de tête négatif de la directrice mit rapidement fin à ses espérances.

— Non, après-demain matin vous rejoindrez une capsule de transport. Ce véhicule vous conduira jusqu'au lycée le plus proche, où l'on vous débloquera les accès, les salles, et où vous sera fourni un emploi du temps.

Résignée, Sibylle baissa les yeux avant de se lever pour partir. Tout avait été dit. Alourdie d'une angoisse presque paralysante, elle sentit soudain la main aux ongles teintés de rouge se poser sur son bras. Elle se retourna et aperçut un catalyseur pointé sur son poignet. Une fois sa manipulation terminée, la directrice lâcha Sibylle avec un clin d'œil amusé.

— Je comprends tout ce que vous devez ressentir. Je viens de vous débloquer l'accès à la salle de gym.

La jeune fille hocha la tête, légèrement souriante.

— Vous n'avez reçu que moi dans votre bureau ? demanda-t-elle en se frottant machinalement le poignet et pour se convaincre que la directrice ne pouvait rien soupçonner de son identité réelle.

— Oh non, j'ai reçu déjà une vingtaine de jeunes et je n'ai pas du tout fini... Je souhaiterais apprendre à tous vous connaître. Une rude journée m'attend donc demain. Je veillerai à avoir un rendez-vous avec chacun de mes petits pensionnaires.

Sibylle inclina la tête, inspira et quitta la pièce quelques secondes plus tard. Alors qu'elle repensait à leur échange en marchant dans les couloirs et en rejoignant son dortoir, elle songea que la directrice ne lui avait pas fait l'effet d'être une femme méchante. Non, au contraire, elle lui avait semblé à l'écoute, n'avait pas dit un mot des raisons qui faisaient qu'elle n'avait pas été « adoptée » et avait souri tout au long de la conversation. Tout s'était très bien passé, sauf cette histoire de lycée qui commençait après-demain. Elle n'avait aucune idée de la façon dont elle allait pouvoir s'en sortir.

***

En entrant dans son dortoir, elle se retrouva nez à nez avec quatre autres filles, toutes plus ou moins de son âge. La porte de la salle de bain était fermée et l'on entendait le ruissèlement de l'eau d'une des douches. Elles étaient donc six au total, avec Sibylle.

L'adolescente esquissa un franc sourire, avant de refermer la porte derrière elle. Sous les regards attentifs de ses nouvelles colocataires, elle inspira profondément et se décida à prendre la parole.

— Je m'appelle Sibylle. J'ai seize ans, je suis fan de lecture, de gym et de sport en général.

Une fille aux cheveux noirs mi-longs s'avança et se présenta, omettant de la même façon son nom de famille, ou matricule selon son rang social.

— Jili. J'aime bien manger et dormir, la grasse matinée, ne rien faire de mes journées... Bon je suis aussi active de temps en temps hein, vous méprenez pas ! sourit-elle avec une joie spontanée et appréciable.

Les deux suivantes, des jumelles, un peu frêles, avaient refusé de se séparer et se nommaient respectivement Flore et Oréa. La quatrième se présenta en se penchant par-dessus le bord de sa couchette en hauteur.

— Moi c'est Zarine. J'ai dix-sept ans, j'apprécie les maths et... heu, je ne sais pas trop quoi ajouter. J'avais un chien avant et je l'aimais beaucoup donc je suis plutôt attachée aux animaux.

Elle aussi arborait un solide sourire malgré la pointe de tristesse qui avait percé dans ses derniers mots. Plus que ça, ce qui attira tout de suite le regard de Sibylle fut son visage criblé de taches de rousseur en totale contradiction avec ses cheveux foncés. Ses joues potelées et ses sourcils épais n'ôtaient rien à son charme qui faisait d'elle une très jolie fille avec sa longue tresse lui tombant dans le dos.

Sibylle sourit, se dirigea vers sa couchette sans un mot et avoua qu'elle n'avait plus qu'une envie : dormir. Elles attendirent que la retardataire de la douche arrive avant d'éteindre les lumières. Plutôt petite, aux yeux gris et cheveux d'un blond presque blanc, assez longs, elle se nommait Heather et n'émit aucune objection à ce qu'elles aillent toutes se coucher. Aucune d'entre elles n'avait osé parler du plan 439.

***

— Oh non, encore toi ?

La jeune fille leva les yeux au ciel en voyant arriver Carlys, tout sourire.

— J'ai demandé à aller dans le même lycée que toi. J'étais certain que tu serais absolument ravie...

Elle lui décocha un regard agacé, mais garda le silence. Debout, l'un à côté de l'autre dans un long couloir sombre, ils attendaient, lorsqu'une espèce de petite cabine en verre apparut à un tournant, filant à toute allure, pendue à un mince fil métallique au plafond, avant de s'immobiliser devant eux. Les parois transparentes encadrées de barres de fer rouillées ainsi que le grincement désagréable que firent les portes en s'ouvrant n'auguraient rien de bon. Carlys observa la jeune fille avec un sourire ironique, tandis que Sibylle regardait avec inquiétude la petite cabine dans laquelle elle allait devoir monter.

— Pénurie de la guerre encore... Voilà un drôle de moyen de transport, remarqua l'adolescent.

La jeune fille haussa les épaules, grimpa à l'intérieur, bientôt suivie du garçon.

— Nous sommes les seuls à aller à ce lycée ? finit-elle par demander.

— Non, mais les autres doivent partir de points de départ différents. Et puis nous sommes effectivement peu nombreux de l'orphelinat à nous y rendre. Il y avait peu de places d'après ce que notre directeur m'a dit.

— Tu l'as interrogé sur tout ça ?

— Oh, chérie, tu ne te souviens pas du plan ? Avant tout, rechercher un maximum d'infos, ensuite être les meilleurs. Si facile. Mais j'aurais pensé que tu t'en préoccupais plus que moi.

L'adolescente grimaça, peu habituée à ce genre de familiarité, et s'apprêta à le remettre à sa place. Pourtant, devant le sourire joueur de Carlys, elle comprit rapidement que rentrer dans son jeu ne ferait que le satisfaire et la jeune fille préféra garder le silence. Agrippée à l'une des barres de soutien de la cabine toujours à l'arrêt, Sibylle dévisagea plus calmement le garçon vêtu du même uniforme gris que le sien.

— Ne m'appelle pas comme ça. Et oui, je compte faire le maximum, répliqua-t-elle quelques secondes plus tard.

Tout à coup, la cabine se mit brusquement en mouvement sans qu'ils s'y attendent et Carlys tomba sur Sibylle qui le repoussa d'un geste vif. Sans se préoccuper des possibles bleus qu'elle venait de lui infliger, elle continua à s'agripper à la barre, tandis que la cabine tournait dans un angle du couloir souterrain sans aucune douceur. Sibylle grimaça, retint ses émotions et un haut-le-cœur durant tout le trajet infernal.

Faisant preuve d'une étonnante maîtrise, son corps ne réagit même pas lorsque la cabine s'arrêta brutalement dans un autre couloir tout aussi sombre. Le sol n'était que dalles irrégulières, éclairées par quelques néons clignotants ; tout à coup, la cabine monta en ligne droite, lui soulevant de nouveau l'estomac.

Sibylle n'aurait su dire combien de temps avait duré le trajet lorsque la cabine infernale s'immobilisa enfin, débouchant à l'air libre sur un trottoir, au milieu d'une rangée d'autres ouvertures dans le sol. Les passants semblaient n'y attacher aucune importance. La jeune fille se précipita pour sortir de l'habitacle de verre lorsque les portes s'ouvrirent et s'immobilisa un pas plus loin, essoufflée comme si elle avait couru, une main en travers de son estomac.

— Je ne monte plus *jamais* dans un engin pareil, déclara-t-elle sans ambages.

Carlys, pas plus décoiffé qu'à son arrivée, sortit les mains dans les poches en sifflotant.

— Si tu pouvais arrêter un peu de faire tout le temps le malin, ça m'irait assez.

— Oh, mademoiselle en a déjà marre de moi ? questionna Carlys avec son éternel petit rire moqueur.

— En effet, mais je crains de devoir te supporter encore quelque temps. Je n'ai jamais su me repérer dans une ville, encore moins dans une que je ne connais pas. Je me disais qu'au pire, j'interrogerais les passants, mais si tu pouvais au moins me servir de guide jusqu'au lycée, ça te conférerait un minimum d'utilité, argua Sibylle avec une moue méprisante.

L'animation de l'avenue à cette heure de la matinée était élevée et, tandis que leur cabine replongeait dans le sol, une dame trop parfumée bouscula Sibylle par inadvertance. La jeune fille maugréa un juron en jetant un regard noir à la femme qui ne s'excusa pas, et resserra son pull d'uniforme, frissonnant légèrement sous la fraîcheur de ce début de mois de novembre. Carlys pendant ce temps avait consulté en quelques clics son écran portable et ne tarda pas à relever la tête, nullement vexé par les derniers mots de l'adolescente.

— Si mademoiselle veut bien me suivre, c'est par ici, à gauche, expliqua-t-il tout sourire.

Il se mit ensuite à marcher sans l'attendre. Elle dut courir sur quelques pas pour le rejoindre, manquant au passage de se faire bousculer une nouvelle fois par un homme à forte carrure.

— Tu es sûr ? Non parce que j'étais persuadée que nous devions prendre à droite, c'est même la seule chose que j'avais compris du plan qu'on nous a fourni ! cria-t-elle, agacée, en se portant à sa hauteur.

Carlys ne prit même pas le temps de lui répondre et, devant son silence, la jeune fille finit par hausser les épaules, songeant qu'au pire elle tâcherait de revenir sur ses pas. Il lui fallut néanmoins admettre que le garçon avait un bien meilleur sens de l'orientation qu'elle. Ce fut lui qui les guida au travers de trois grandes avenues, entre les tours de pierres si différentes de celles d'Astra, tout en verre et aux formes tellement plus variées ! Le style architectural de l'AM.Erica se résumait à de simples murs sculptés et à quelques peintures, même si certaines statues, au détour de bâtiments originaux, pouvaient couper le souffle du passant saisi par les proportions monumentales et la finesse de ces œuvres. Celui d'Astra, au contraire, se distinguait par la forme unique de chacune des tours qui, au regard des simples rectangles uniformes qui se dressaient devant les yeux de Sibylle, semblaient d'un raffinement supérieur. Elle regrettait aussi les arbres gigantesques de chez elle, même en ville, dépassant parfois en hauteur les gratte-ciels les plus élevés d'Ivy, la capitale de son enfance.

Ici, tout était en chantier. Partout. Étonnamment, les gens qu'ils croisaient jetaient de fréquents coups d'œil au ciel, l'idée de la paix ne s'étant visiblement pas encore ancrée dans leurs esprits. Les boucliers magnétiques qui s'étendaient au-dessus de la cité étaient censés empêcher tout débarquement de troupes ou de bombes. Néanmoins, il était régulièrement arrivé que certaines réussissent à traverser la protection de manière aléatoire, expliquant ainsi les dégâts et les reconstructions hâtives. Sibylle en ressentit une amère satisfaction, tandis qu'ils arrivaient en vue de leur lycée. D'après Carlys, tous les bâtiments destinés à l'apprentissage de cette planète étaient construits exactement sur le même modèle, ce qui amena la jeune fille à dire que les Eriquiens manquaient singulièrement d'originalité.

Trouver leur classe s'avéra extrêmement facile, grâce au jeune homme qui fit preuve d'une étonnante débrouillardise. Si bien que Sibylle accepta malgré tout de s'asseoir à ses côtés, ne connaissant de toute façon personne d'autre. Le premier professeur de la journée était une femme d'une trentaine d'années, semblait-il, particulièrement encline à l'empathie au vu des regards pleins de pitié qu'elle n'arrêtait pas de jeter aux six enfants d'Astra présents dans sa classe. Ce n'était heureusement pas leur professeur principal.

Sibylle trouvait son attitude exaspérante et les autres enfants de sa planète, Carlys compris, semblaient partager son avis. Durant tout le cours, ils l'interrogèrent pour obtenir la traduction exacte de ses paroles et se faire une idée du discours qu'elle tenait.

— Que dit-elle ?... Je n'ai pas compris là... Désolé, mais pourrais-tu traduire ?

Sibylle s'exécutait sans discuter, ravie de pouvoir aider les siens. La professeure, quant à elle, remarqua très vite ses capacités et ne se priva pas pour les utiliser, se tournant délibérément vers l'adolescente à chaque fois qu'elle voulait s'adresser à l'un d'eux.

Au bout de quelques minutes, ce fut néanmoins bien à Sibylle qu'elle s'adressa, attirant ainsi l'attention de toute la classe.

— Mademoiselle, je fais partie de l'association « Défendons la paix ». Vous savez, j'étais tellement contre cette guerre. Pourriez-vous témoigner de ce que vous avez vécu ?

Il y avait dans ses yeux une étincelle de curiosité mauvaise, une envie d'apprendre une sordide histoire bien triste qu'elle pourrait colporter. Mais plus que cela, il y avait une fierté stupide et terriblement mal placée d'appartenir au groupe « Défendons la paix ». Ce fut cela que Sibylle ne put supporter. Elle se leva en silence sous le poids des regards emplis de curiosité. Seul celui de Carlys ne lui pesait pas : un peu ailleurs, comme perdu, très loin, dans un rêve qu'il était seul à partager. Après un instant de silence volontaire, la jeune fille se décida enfin à prendre la parole dans la langue eriquienne.

— Madame, souffla-t-elle, je n'ai pas envie de témoigner.

Il y eut quelques soupirs de déception, les écrans allumés pour enregistrer disparurent des tables et la professeure eut une moue désolée.

— En revanche, je tiens à vous dire ce que je pense du groupe « Défendons la paix ».

Ah oui ! La si belle idée qui l'avait elle-même séduite quelques années plus tôt. Une association sans frontière, réunissant tous les partisans de la paix à travers les planètes, jusqu'au jour où la façade dorée s'était écroulée.

— Le monde entier sait ce qu'ils ont organisé il y a quatre ans, poursuivit Sibylle d'une voix dure, les yeux secs.

La professeure changea de couleur.

— C'était pour la bonne cause et...

— C'était stupide ! coupa-t-elle. Tous les dirigeants de la galaxie s'étaient réunis, en pleine guerre, pour discuter. Un vrai miracle. Mais il a fallu que votre groupe, comme vous dites, s'en mêle en les supprimant tous ce jour-là ! Un coup de folie qui aurait soi-disant dû arrêter la guerre !

Sibylle ferma les yeux avant de s'obliger à terminer.

— L'empereur et l'impératrice d'Astra sont morts, le roi et la reine de Sagan aussi, même le roi de l'AM.Erica a succombé, remplacé par son fils. Ce même fils qui venait aussi de perdre sa femme dans l'attentat ! Et d'autres dirigeants encore... Tous réunis au nom de la paix ! C'est la faute de votre association si nous sommes encore... si la guerre ne s'est terminée que maintenant.

La professeure la regarda bouche bée. Aucun mot ne parvint à sortir de sa bouche, mis à part un bredouillement incohérent qu'elle se ravisa d'allonger outre mesure pour se détourner, gênée, et poursuivre son cours. L'adolescente resta un instant debout face à elle, revoyant passer devant ses yeux tous les disparus qu'elle venait de citer. Sagan par exemple, la dernière planète de l'Alliance à avoir été détruite avant Astra par les Eriquiens. La reine, mère de Cyndie, sa tante, et ses parents… Lorsqu'elle se rassit, elle se surprit à jeter un coup d'œil à Carlys.

— Je n'ai pas tout compris, lui murmura-t-il, mais je crois que j'ai saisi l'idée principale… As-tu si peu de considération pour ton intégration et pour le plan ? Non pas que cela me fasse quelque chose, mais tu es parvenue à me surprendre !

« Nous sommes restés environ deux mois enfermés dans de gigantesques hangars entre notre arrivée en AM.Erica et notre adoption, le temps d'organiser notre transfert vers des orphelinats ou de nouvelles « familles ». Il y avait des rangées de matelas par terre, mais il faisait chaud, et les cris des plus petits se faisaient entendre à toute heure du jour et de la nuit. Je crois n'avoir jamais autant haï les Eriquiens qu'à ce moment-là. »

Extrait du journal infographique de Sasha 99-T-41,
surnommé One-day, 3126.

Chapitre 6

- Cyndie -

— Où est Damien ?

Sa mère adoptive releva la tête pour fixer Cyndie qui esquissa un petit sourire crispé. Instinctivement, la petite fille s'était assise près de la porte, dans le salon, comportement que les deux adultes avaient bien évidemment remarqué sans rien dire. Elle avait besoin de pouvoir s'enfuir. Ce fut son nouveau père qui se leva, s'approcha d'elle et vint s'agenouiller à sa hauteur.

— Tu n'as plus à avoir peur. Damien devait aller à un stage de deux jours. Une préparation pour distinguer quels sont ses centres d'intérêt, pour les études, pour plus tard, tu comprends ?

Cyndie hocha la tête, songeant qu'elle aimait bien simplement poser des questions, entendre les réponses, étouffer les voix dans sa tête et ne pas trop se souvenir.

— Et vous, vous ne travaillez pas ?

Elle regarda tour à tour les deux adultes. Le père la souleva alors dans ses bras et l'amena entre eux sur le canapé. Il lui adressa un chaleureux sourire tandis que sa femme caressait doucement la joue de l'enfant.

— Nous avons un jour de congé pour nous occuper de toi. Cyndie, de quoi as-tu si peur ? Nous pouvons t'aider.

La petite secoua farouchement la tête.

— Je n'ai pas le droit de le dire, répondit-elle.

Les parents échangèrent un regard désolé. La jeune femme détourna le sien quelques minutes plus tard, repensant aux horribles cris de l'enfant cette nuit. Jamais Leonor n'avait entendu une voix humaine exprimer un tel désespoir. L'une des pires nuits qui lui avait été donnée de passer. Elle en avait ensuite discuté avec Matthew et ils étaient tombés d'accord. Il fallait réussir à faire parler Cyndie, faire en sorte qu'elle se libère de ce qui la hantait. Mais comment ? Ils n'en avaient aucune idée. Elle tenta pourtant de nouveau de s'adresser à la petite fille.

— Cyndie, pourquoi ne peux-tu rien nous dire ?

L'enfant releva ses yeux vers la jeune femme. Elle avait envie de lui faire plaisir, de lui expliquer, mais elle ne le pouvait pas.

— On me l'a dit. Vous... Vous ne m'en voulez pas ?

Elle leva la tête vers Matthew en disant cela et celui-ci esquissa un sourire fatigué. Lui non plus n'avait pas très bien dormi. Quelques minutes de silence passèrent avant qu'il lui prenne tendrement la main.

— Tu peux nous tutoyer, tu sais. Et tu n'es pas obligée de nous appeler tout de suite papa et maman...

Il avait remarqué qu'elle évitait de dire ces mots à haute voix. Cyndie ne voulait pas se rappeler.

— Comment alors ? questionna-t-elle timidement en hochant la tête.

— Par nos prénoms. Leonor, et moi Matthew.

Elle leur adressa à tous deux un nouveau sourire et Leonor lui ébouriffa les cheveux. Après un instant de rires, la jeune femme changea radicalement de sujet.

— Quelle est la date de ton anniversaire, Cyndie ?

À ces mots la petite fille se referma de nouveau sur elle-même. Sibylle l'avait bien dit : aucune information personnelle. Sa nouvelle maman parut attristée, mais n'insista pas.

— Puisque nous avons toute la journée, que voudrais-tu faire ? demanda-t-elle en se levant du canapé et en tentant de garder le sourire.

— Je... je peux aller dormir ?

Cyndie n'avait pas osé le demander avant. Elle était très fatiguée après sa nuit et elle dormait toujours mieux le jour.

— Bien sûr que tu peux, lui répondit Matthew en se levant à son tour du canapé.

Elle se faufila entre les deux adultes, avant de gagner la porte de sa chambre. Lorsqu'elle fut dans le couloir, elle eut juste le temps d'entendre quelques mots lâchés par son père adoptif avant de passer le pas de la pièce qu'elle partageait avec Damien.

— Chérie, je crois qu'il va nous falloir un peu plus de temps que prévu pour apprivoiser notre petit oiseau...

L'enfant sourit. Elle aimait beaucoup les petits oiseaux. Une fois allongée sur sa couchette, elle s'endormit pratiquement instantanément. Elle rêva de sa cousine une fois de plus, mais ce n'était pas un cauchemar. Il n'y avait pas de flamme.

Sibylle lui bandait la jambe et lui étalait une crème pour atténuer la douleur de la brûlure. Elle ne l'avait même pas sentie avant qu'on ne le lui fasse remarquer.

— Ne t'inquiète pas, je vais m'occuper de toi. On est de la même famille, tu le sais n'est-ce pas ? Ta mère était la sœur de mon père. On a le même nom, tu vois ? Astra fait partie des patronymes dominants, donc tu n'as pas celui de ton papa. Nous sommes cousines, lui avait-elle dit ensuite avec un sourire.

Oui, Cyndie s'en souvenait. Sibylle était venue une fois à la maison, visiter Sagan avec son frère. Elle avait été tellement étonnée en visitant les grandes cités souterraines taillées dans la glace et la roche ! Il n'en restait plus rien aujourd'hui. C'était une amie, ce n'était pas quelqu'un qui allait lui faire du mal. Alors l'enfant s'était débrouillée pour la suivre partout, pour être toujours avec elle. Et même s'il arrivait à Sibylle de s'éloigner, elle acceptait de passer la plupart de son temps avec Cyndie. Néanmoins, quand ils étaient montés dans les vaisseaux pour partir sur l'AM.Erica, sa cousine n'avait pas voulu qu'elle vienne avec elle.

— Non, c'est trop dangereux que nous soyons ensemble.

— Pourquoi ?

— Tu es importante, Cyndie. Tu es la dernière personne de Sagan. Tu comprends ?

Non, elle ne comprenait pas. La petite fille avait commencé à pleurer, ce qui exaspérait toujours Sibylle, elle le savait.

— Mais, pourquoi on ne peut pas être ensemble ? Tu pars avec Rodolphe !

— Si on découvre mon identité, je ne veux pas te mettre en danger. Mon frère, c'est différent, il faut qu'on discute de quelques derniers détails concernant le plan. C'est une raison supplémentaire cependant pour que nous soyons séparées toutes les deux, car si on découvrait qui nous sommes tous les trois, tu...

À cette idée la voix de Sibylle s'était brisée et elle avait perdu son petit ton de commandant. Elle l'avait brusquement prise dans ses bras et l'avait serrée très fort.

— Oh Cyndie ! Je te promets qu'on se retrouvera. Il faudra juste que tu sois patiente, mais on se reverra !

Elle avait reculé, et la petite fille l'avait fixée avec deux grands yeux inquiets.

— Tu ne disparaîtras pas ? Pas comme maman et papa ? Pas comme Grand-pa ? Pas comme les autres ?

Sibylle avait secoué la tête, lui avait adressé un dernier sourire crispé et était montée dans le vaisseau. L'enfant quant à elle avait été poussée vers un autre. Enfin sur l'AM.Erica, elle avait découvert Damien et ses parents. Ce n'était pas sa cousine, mais c'était des gens qui la protégeraient. Qui ne disparaîtraient pas.

Cyndie poussa un gémissement et ouvrit les yeux.

Comment en être sûre ?

Les expatriés d'avant-guerre, les seuls adultes d'Astra à avoir survécu sur d'autres planètes, ne sont jamais parvenus à comprendre le plan 439. Ils n'en faisaient, de toute façon, pas partie. On notera cependant que le sentiment patriotique restait fort chez la plupart d'entre eux et qu'ils aidèrent les enfants survivants chaque fois qu'ils le purent, en règle générale.

Le monde d'hier, Juliette D, Livre V, Chapitre 5, 3146

Chapitre 7

- Rodolphe -

La fille d'Orys ! Rodolphe ne pouvait plus la lâcher des yeux. Elle était réapparue au milieu des cours de l'après-midi et personne n'avait fait de commentaire. D'étranges sentiments se mêlaient en lui. Il éprouvait pour elle une haine indéniable d'abord, pour tout ce qu'elle symbolisait, pour sa famille dont elle était la représentante, pour son père qui avait ordonné la mort de pratiquement tous ceux qu'il aimait. Enfin, une étrange curiosité, un besoin de la connaître pour la comprendre et pouvoir la détruire le jour où elle se trouverait entre lui et l'avenir qu'il voulait créer pour les enfants d'Astra le rongeait.

La phrase de son oncle résonna en son esprit : « Fais-toi apprécier des personnes les plus influentes que tu pourras rencontrer ». Elle en faisait malheureusement partie. Par quel hasard avait-il été placé dans son lycée ? Puis il se rappela soudain que le roi Orys avait eu plusieurs filles. Aileen n'était pas l'aînée, mais la dernière, celle sans importance en somme. Tant mieux, parce qu'ils ne risquaient pas de s'apprécier.

Malgré la présence indésirable de la princesse, autre chose occupait l'esprit du jeune homme, une multitude de pensées bien plus importantes. Le dernier cours de la journée se déroulait en plein air et le professeur était le même que celui du matin. Sans doute avait-il deux spécialités.

— Nous allons faire de la course à pied, annonça-t-il vivement. Je vais créer différents groupes de niveaux. On commence dans deux minutes, échauffez-vous. Je donnerai deux points à celui qui tiendra le plus longtemps et ira le plus loin.

Rodolphe esquissa un sourire en coin. Personne ne pouvait le battre à la course, excepté sa sœur peut-être, et encore, elle avait toujours préféré la gym. Il se pencha vers le sol, laça l'une de ses vieilles chaussures, puis se redressa et vint se mettre en ligne. Sa voisine de la matinée, Laurie, le rejoignit avec un sourire timide.

— Tu es bon à ça ? questionna-t-elle.

— Assez. Je pense pouvoir gagner.

Il l'avait dit sans vantardise, simplement avec franchise.

— Vraiment ? interrompit Aileen ironiquement, un large sourire lui fendant le visage en deux. Serais-tu aussi bon coureur que parleur ? Dans ce cas-là, nous verrons qui de nous deux sera le meilleur.

— Tiens-toi bien l'enfant d'Astra ! Elle est championne du lycée depuis deux ans, jamais vaincue ! ajouta un garçon placé un peu plus loin sur la ligne de départ, d'un air narquois, visiblement l'un des amis de la jeune fille.

Rodolphe hocha la tête, amusé, puis haussa les épaules.

— Il y a une première à tout, répliqua-t-il très sûr de lui.

Le professeur avait suivi leurs échanges tandis que les derniers rejoignaient les rangs des coureurs.

— Arrêtez vos chamailleries ridicules ! lança-t-il d'un air mécontent. Tout le monde est en place ?

Rodolphe tendit alors chacun de ses muscles et cessa d'écouter les conversations. Il remarqua du coin de l'œil qu'Aileen se mettait dans la même position, effectivement habituée à la course à pied.

— Partez !

Comme chaque fois qu'il commençait à courir, Rodolphe oublia tout. Il aimait ça depuis toujours et ne se rappelait pas avoir su marcher sans courir. Ses foulées se firent d'elles-mêmes régulières, organisées, et il se retrouva rapidement en tête du groupe d'élèves sans avoir l'air de faire le moindre effort. Il aurait pu aller bien plus vite s'il l'avait voulu, mais c'était dangereux. Cela aurait attiré les soupçons et il n'en avait pas besoin.

Bientôt, il n'y eut plus qu'une personne dans son sillage : Aileen. Déterminée, le fusillant de son regard violet chaque fois qu'il tournait la tête vers elle, la jeune fille se maintenait malgré tout à ses côtés.

— Abandonne ! Tu n'as aucune chance ! lui lança-t-il avec un sourire ironique.

Pour toute réponse elle accéléra et se porta à sa hauteur. L'effort lui coûtait, cela se voyait sur son visage, tandis qu'il aurait pu continuer ainsi des heures et même augmenter sa vitesse. Il s'écoula de longues minutes avant qu'ils ne repassent devant le troupeau d'élèves et le professeur sur la piste ovale. Aucun des deux ne voulait s'arrêter, mû par une énergie décuplée. Rodolphe se surprit à admirer le courage et l'endurance indéniables d'Aileen pendant un court instant. Elle se battait maintenant avec l'énergie du désespoir.

— Non ! J'étais la meilleure en course, j'étais… laissa-t-elle échapper dans un souffle.

À peine avait-elle fini sa phrase que le jeune homme accéléra légèrement. Tentant vainement de le rattraper, elle tomba à terre. Immobile et épuisée, elle mit quelques minutes avant de se relever, tandis que Rodolphe s'arrêtait plusieurs mètres plus loin. Il devina ses joues rouges et ses cheveux en bataille, en plus de sa respiration saccadée et essoufflée. Elle ne ressemblait plus à rien. Il hésita un instant avant de faire demi-tour pour la rejoindre.

— Il n'y a pas de honte à avoir. Tu ne pouvais pas me battre, chuchota-t-il d'un ton doux en se penchant vers elle.

Il esquissa un sourire compatissant avant de rejoindre les autres pendant qu'Aileen le regardait s'éloigner, sous le choc. Il l'avait dit sans méchanceté, simplement, comme une vérité, et elle se surprit à le remercier. Néanmoins, ses bonnes vieilles habitudes reprirent vite le dessus. Elle se fustigea, se reprit et regagna avec mauvaise humeur l'endroit d'où ils étaient partis. Le professeur congratulait Rodolphe pour son impressionnante performance en lui assénant de grandes tapes régulières dans le dos.

— Bravo mon garçon ! répéta-t-il pour la énième fois, avant de se tourner vers Aileen les yeux brillants.

— Vous êtes un fameux duo tous les deux. Vous avez un énorme potentiel, constata-t-il avec fierté. Il ne vous manque qu'une chose : l'esprit d'équipe. Je vous inscris aux cours du jeudi soir.

Rodolphe haussa un sourcil interrogateur, alors que la jeune fille fut soudainement parcourue par une décharge électrique.

— Le jeudi soir ? s'étrangla-t-elle. Le jeudi soir ! Mais c'est le cours des épreuves en... en…

— ... en duo oui, finit le professeur. Ne viens-je pas de te dire que vous formiez une parfaite équipe ?

Aileen voulut à nouveau ouvrir la bouche, mais Rodolphe s'interposa dans la conversation.

— Ces cours, qu'est-ce que c'est exactement ?

— Des épreuves dans des réalités virtuelles, souffla-t-elle en levant les yeux au ciel. On s'entraîne à être les meilleurs par équipe de deux et on participe une fois par mois à des épreuves interlycées où on peut gagner des points en plus. J'y étais l'année dernière. Avec quelqu'un de bien, lâcha-t-elle d'un ton acide.

Avoir des points en plus, grâce à la course ? Que demander de plus ? Il serait le meilleur, loin devant les autres. Le seul inconvénient allait être de devoir se débrouiller pour faire gagner cette insupportable fille. Quoiqu'avec un peu de chance, elle lui permettrait de rencontrer sa sœur aînée, l'héritière, avec qui il essaierait de s'entendre au mieux.

— Je suis partant, asséna-t-il. Je n'ai pas peur de me faire battre, moi.

La pique fit mouche, mais Aileen parvint à garder son calme.

— Très bien, siffla-t-elle. J'irai et on verra si tu feras autant le malin demain, Rodolphe.

Finalement, elle tourna les talons et rejoignit ses amis qui l'attendaient à l'écart pour la consoler, chose bien inutile puisqu'elle était désormais sûre d'une chose : elle allait le battre. Elle s'entraînerait deux fois plus, et ce jusqu'à ce qu'elle puisse prendre sa revanche. En attendant, elle pouvait toujours espérer le vaincre dans les réalités virtuelles. Là-bas, il ne suffisait pas toujours de savoir courir, il fallait aussi être intelligent. Très intelligent. Manque de chance, elle avait l'impression que Rodolphe Kent l'était... Il n'y avait plus qu'à espérer qu'elle le soit davantage.

J'étais un soldat eriquien parmi tant d'autres dans la guerre nous opposant à l'AS-SA. Pourtant je me souviens comme si c'était hier de la question qui nous hanta des jours durant lorsque nous avons enfin débarqué sur la planète mère de l'alliance ennemie : où étaient les enfants ? Tous, nous appréhendions l'instant inévitable où nous allions les découvrir.

Aymar, extrait de *Vingt-deux ans et la guerre.*

Chapitre 8

- Sibylle -

Petite pause de vingt minutes, entre un cours de stratégie militaire qui avait de quoi faire grincer des dents et un de sciences technologiques. Sibylle était sortie de classe pour aller s'assoir à une table vide dans l'une des salles communes où les étudiants pouvaient se retrouver. Elle profita de ces quelques minutes de solitude pour laisser ses pensées dériver sans sujet précis, rêveuse.

Carlys la rejoignit quelques secondes plus tard et se laissa tomber sur le siège à côté d'elle, dans le silence le plus total, comme il commençait à en prendre l'habitude. Les yeux toujours dans le vague, elle ne réagit pas, jusqu'au moment où il prit la parole en se tournant vers elle.

— Pour quelle raison est-ce que ça te tient tellement à cœur cette histoire de « Défendons la paix » ? Cet attentat était horrible, d'accord, mais rien de plus par rapport à tout ce qui a été commis durant cette foutue guerre.

Sibylle sentit une tristesse emplie de nostalgie s'emparer d'elle et ne put répondre avant quelques secondes.

— Sans eux, nous aurions peut-être eu la paix bien plus tôt. Ça ne te suffit pas ? Des centaines de milliers de vies auraient pu être épargnées ! répliqua-t-elle, retrouvant sa fougue habituelle.

Furieuse, Sibylle regardait maintenant la table, essayant sans grand succès de réfréner le tourbillon de ses émotions. Carlys quant à lui parut un instant dubitatif avant de se décider à répondre.

— Peut-être, admit-il en haussant les épaules. On ne sait pas ce que cette réunion aurait donné. Mais, à mon avis, rien de bon.

Les dirigeants d'Astra voulaient juste gagner, rien d'autre. Alors la paix, c'était un espoir qui n'avait aucun sens !

Sibylle releva si vite la tête que ses yeux parurent un instant changer de couleur.

— Tu n'as pas le droit de dire ça ! C'est faux, et tu le sais très bien ! Mon...

Elle s'arrêta juste à temps, se maudissant intérieurement au passage.

— Ton quoi ?

Comment répondre « son oncle » pour désigner Saedor, alors qu'elle était censée cacher son identité ? Sibylle inspira tandis que l'image de sa mère, calme et posée, lui revenait en mémoire. Ses mots prononcés ce jour-là s'étaient à tout jamais gravés dans son esprit : « Nous aurons la paix, à n'importe quel prix ». L'adolescente savait que sans ces terroristes, car voilà ce qu'ils étaient, toute cette guerre se serait terminée bien plus tôt. Tant de vies auraient été épargnées, à commencer par sa famille ! Devant le regard inquisiteur de Carlys, elle laissa l'image de sa mère lui échapper pour reprendre pied dans la réalité.

— Rien. Tout ça pour dire que je sais de source sûre que l'impératrice d'Astra et son mari voulaient vraiment la paix.

Carlys laissa passer un lourd silence.

— Désolé, souffla-t-il. Je n'en sais strictement rien et c'était bête de ma part de te provoquer alors que ça te tient visiblement à cœur.

— Ce n'est rien, vraiment, aucune importance, répondit la jeune fille en esquissant même un sourire et en se radoucissant.

Le jeune homme voulut reprendre la parole, mais tous deux se turent en voyant une adolescente se faufiler jusqu'à eux et venir s'assoir à leur table.

— Salut ! Moi c'est Heather, tu te souviens de moi, Sib' ? lâcha-t-elle d'un ton jovial.

— Bien sûr ! On partage la même chambre.

Ce n'était pas tout à fait vrai. Il lui avait bien fallu quelques secondes pour s'en rappeler, ce qui l'étonna quelque peu maintenant qu'elle reconnaissait le physique atypique de la jeune fille. Carlys esquissa une grimace et tendit une main que l'autre serra.

— Enchanté. Moi c'est Carlys, seize ans, ajouta-t-il.

— Bonjour, Heather TE-86-ZA. Je suis super contente de vous retrouver en tout cas ! Je suis la seule enfant d'Astra de ma classe et je ne comprends pas un mot de ce qu'ils racontent...

Sibylle esquissa un sourire désolé et compatissant.

— Comment se fait-il que nous n'ayons pas été au lycée ensemble ce matin ? demanda-t-elle.

— Question d'horaire, je pense, je commençais plus tard que votre classe. Enfin les autres jours, je pourrai y aller avec vous, sauf si nos horaires sont de nouveau décalés. Ça serait plus sympa d'avoir de la compagnie... Affreuse la cabine d'ailleurs ! ajouta-t-elle les yeux brillants.

Sibylle acquiesça et elles discutèrent des moyens de transport invivables qu'offrait la ville, tandis que Carlys restait silencieux, son éternel petit sourire moqueur au coin des lèvres. Après plusieurs minutes, un léger vibreur agita en même temps le poignet des trois adolescents. Heather fut la première à se lever en soupirant.

— Pouh ! C'est reparti pour une heure d'un cours que je serai la seule à ne pas comprendre…

— Bon courage ! Mais je suis sûr que tu parleras bientôt la langue, l'encouragea amicalement Carlys en lui tapant légèrement l'épaule.

Heather secoua la tête et ses cheveux blonds se répandirent sur ses épaules.

— Pas question, ce sont eux qui devront parler la nôtre ! « Astra avant tout...

— ... Ne jamais oublier de ne pas complètement s'intégrer, précepte dix-huit, » terminèrent en cœur les deux autres adolescents, même si un petit accent de profonde lassitude se fit sentir dans la voix du jeune homme.

— Allons-y, ce serait bête de perdre des points à cause d'un retard.

Sibylle hocha la tête et ils se retrouvèrent dans le couloir parmi d'autres élèves quelques minutes plus tard. Lorsque la jeune fille franchit la porte de leur salle de classe, leur professeur n'était pas encore de retour et il y régnait un joyeux brouhaha. Alors qu'elle cherchait à gagner sa place, un garçon lui barra le passage.

— Saleté d'enfant d'Astra ! Tu n'as rien à faire ici ! lui cracha-t-il.

Sibylle resta calme et voulut le dépasser sans mot dire, mâchoires et poings serrés, mais il s'obstina. Musclé, le visage bronzé et les traits durs, le jeune homme faisait facilement passer Carlys pour un poids plume.

— Oh, laisse-nous un peu avancer, lâcha en astrayen ce dernier, exaspéré.

— Nathan, tu ne vas quand même pas leur faire le même numéro à tous ? cria alors une fille dans le fond de la classe.

— Je les déteste ! répondit-il d'une voix froide, sans se retourner.

Sibylle remarqua que Carlys avait perdu son insupportable sourire, comme s'il avait compris, et elle se tourna vers l'eriquien.

— Pourquoi nous en veux-tu ?

— Mon père est mort sur votre planète.

— Alors, demande-toi pour quelle raison nous sommes ici, nous ! Abruti ! lâcha-t-elle, ne contenant plus sa colère.

Elle ne vit pas le coup venir, mais se sentit brusquement projetée au sol, heurtant violemment les dalles. Un miracle qu'elle ne se soit pas transformée sous le coup. Leur professeur dut faire irruption dans la salle quelques secondes plus tard, car tout le monde regagna sa place dans le plus grand silence. Nathan, lui-même, s'éloigna avec un regard noir. Tous s'étaient dispersés, sauf Carlys qui resta pour l'aider.

— Joli matricule, glissa-t-il amusé à son oreille lorsqu'elle fut debout.

La main du jeune homme effleura la peau du bas de son dos avant qu'il ne se tourne sans un mot de plus et regagne sa place. Sibylle sentit ses cheveux se dresser sur sa nuque et la panique l'envahir. La chute avait, un bref instant, mis à jour son tatouage, un magnifique numéro 2, unique parmi les enfants d'Astra. Numéro dont l'importance ne semblait pas échapper à Carlys ; cela voulait-il dire qu'il était digne de confiance ? Les seuls à connaître la signification de ces numéros avaient été triés sur le volet. Elle avait pourtant du mal à se rassurer, tétanisée à l'idée qu'il savait maintenant qu'elle était la sœur de l'empereur.

***

Il était huit heures du soir et Sibylle se défoulait, enchaînant des figures complexes sur la barre à symétrie. La salle de gym était immense et déserte à cette heure-ci, à l'exception d'Heather qui avait tenu à l'accompagner. Elle ne lui avait rien dit de ses inquiétudes. Carlys n'avait pas mentionné « l'incident » et Sibylle s'était sentie incapable d'aborder le sujet sur leur trajet de retour.

Beaucoup trop tendue, à fleur de peau, la moindre émotion aurait suffi à la transformer en quelque chose de bien trop effrayant.

Elle ferma les yeux quelques secondes, exécuta une nouvelle figure sur la barre avec laquelle jouaient ses mains, et sentit l'épuisement se répandre dans tout son corps avec un plaisir inavoué. Se dépenser lui avait toujours permis de contrôler la bête en elle, tout comme Rodolphe. Elle ouvrit les yeux et observa Heather, assise contre le mur.

Ses cheveux blonds, très pâles, étaient réunis en un léger chignon et ses yeux bleus suivaient avec la plus grande attention les mouvements de sa nouvelle amie. Ce ne fut qu'au bout d'un bon moment que Sibylle, essoufflée, vint s'assoir à côté d'elle en silence.

— Alors comme ça, tu leur as parlé du groupe « Défendons la paix » ?

La jeune gymnaste s'empara de sa serviette et essuya la sueur qui ruisselait de son front avant de hocher la tête.

— Je les hais, souffla-t-elle les yeux brillants. Tu ne peux pas savoir comme je les hais !

Ils lui avaient pris ses parents : sa mère, si douce et souriante, qui en partant leur avait dit, à Rodolphe et à elle, que lorsqu'elle serait de retour, ce serait avec la paix en cadeau. Une phrase qui, elle ne le réalisait que maintenant, s'était avérée lourde de conséquences. Quant à son père, il s'était toujours efforcé d'être présent, regrettant de les laisser une fois de plus tous seuls, mais sans pouvoir l'éviter. Il avait dit qu'un jour ils seraient enfin ensemble et qu'il cesserait de craindre à tout instant pour la sécurité de ses merveilleux enfants. Ce jour-là, elle avait tout perdu, la paix, mais surtout sa famille. Sibylle n'y avait pas cru. C'était si irréel, impossible...

La jeune fille parvint difficilement à s'extirper du flot de ses pensées, la tristesse lui nouant la gorge. Tandis qu'elle revenait à elle, l'adolescente constata en se tournant qu'Heather demeurait figée, les yeux rivés droit devant elle, sans bouger.

— Heather ! Qu'y a-t-il ?

— Je peux te montrer mon tatouage ?

Sibylle hésita, gagnée de nouveau par le souvenir des mots de Carlys et la scène de l'après-midi.

— Si tu veux, mais je ne te montrerai pas le mien, choisit-elle de répondre avec franchise.

Son amie esquissa un sourire triste.

— C'est vrai, le plan nous laisse quoi déjà ? Un, deux mois de répit ? Après, étape une : dévoiler nos tatouages et tous nous retrouver...

—... le plus dur sera de repérer les enfants de moins de trois ans et les bébés, mais vous ne devez abandonner aucun des enfants d'Astra. Vous devez vous réunir en syndicats libres, qui seront soutenus par l'opinion publique qui n'y verra rien de mal... continua Sibylle d'un ton monocorde.

Elle revit un bref instant passer devant ses yeux les grands haut-parleurs vétustes de leurs souterrains qui crachaient à toute heure du jour et de la nuit les étapes du plan. Elles échangèrent toutes deux un sourire crispé avant que Sibylle n'éclate tout à coup d'un joli rire, se forçant de nouveau à se détendre.

— Oh et puis nous avons plus d'un mois de vacances ! Profitons-en !

Heather acquiesça, mais se tourna cependant de manière à lui montrer son dos. Elle souleva son tee-shirt gris uniforme barré du chiffre 5 et Sibylle vit apparaître son tatouage. Le dragon stylisé, partiellement caché par ses sous-vêtements, laissait pourtant un numéro et quelques lettres apparaître clairement aux yeux de Sibylle qui laissa échapper un cri de surprise.

Chaque enfant connaissait la signification de son propre tatouage. Seule Sibylle, son frère et quelques autres jeunes triés sur le volet avaient dû s'appliquer à mémoriser par cœur tous les symboles et leur signification. Les deux lettres figurant sur la peau pâle de Heather lui firent mal au cœur.

— 87 985, PM... Prisonnier mineur ?

Heather hocha la tête sans se retourner et laissa son tee-shirt retomber dans son dos.

— Je faisais partie de « Défendons la paix », expliqua-t-elle lentement. J'ai été arrêtée en même temps qu'une centaine d'autres pour avoir participé à l'attentat. C'était une erreur, Sibylle, une erreur je te jure ! J'ai regretté notre projet le jour de la réunion, mais je me suis décidée trop tard à prévenir les officiels présents.

Après quelques secondes d'un lourd silence, Sibylle vit des larmes apparaître dans les yeux de son amie puis ruisseler le long de ses joues. Des larmes desquelles, elle le devinait, transpiraient une profonde douleur et un remords sans fond. Ne sachant quoi dire, elle préféra l'attirer doucement à elle et la serrer dans ses bras en silence.

— C'était horrible la prison. Maman venait me voir une semaine sur deux, papa l'autre et puis un jour...

Elle laissa échapper un hoquet qui résonna dans la salle déserte avant de se resserrer contre Sibylle sans s'en rendre compte.

— Un jour maman n'est plus venue. Une bombe, je crois... Et puis, un mois plus tard, je n'ai plus eu de visite du tout. Je me suis retrouvée complètement seule avec des adolescents qui avaient commis des actes affreux et j'étais seule, terriblement seule.

Sibylle ne savait que dire, le tourbillon de ses pensées l'empêchait de trouver ses mots. En elle, deux sentiments antinomiques se livraient une bataille acharnée : la colère pour la part qu'Heather avait prise dans l'attentat et une profonde compassion pour ce qu'avait vécu l'adolescente. Elle ferma un instant les yeux et se remémora, comme l'on se rappelle les images d'un film inclusif, les quelques titres des journaux qui avaient défilé devant ses yeux sans qu'elle ne les lise. Ceux qui évoquaient la dureté de la justice en temps de guerre, son impartialité froide et presque inhumaine qui avait conduit tant de jeunes dans ces prisons.

Serrant le corps tremblant d'Heather entre ses bras, elle ne put s'empêcher de se sentir coupable d'inaction, honteuse d'avoir su sans avoir prêté attention. Perdue dans ses souvenirs, elle sentit soudain la jeune fille se dégager doucement de son étreinte réconfortante, parvenant lentement à se reprendre.

— C'est du passé tout ça. Lorsque j'ai compris que j'allais rejoindre les souterrains, les autres enfants... J'étais folle de joie. Je ne m'attendais simplement pas à ce qu'ils... qu'ils me tatouent mon ancien état.

Sibylle imagina tout à coup ce que pouvait être sa peine et sa douleur. Pour toujours, elle serait « Prisonnier mineur ». Elle soupira. Pourquoi rien n'était-il jamais simple ?

— Ça te paraît une bonne idée d'apprendre aux Eriquiens la langue d'Astra ? demanda soudain Heather d'une tout autre voix.

— Plutôt que nous la leur ? Une excellente idée même !

Elles échangèrent un franc sourire pour tenter d'oublier. Les faire parler astrayen, langue héritée du français et de leur pays, serait déjà une belle victoire.

Nous avons fait l'erreur d'adopter, mon compagnon et moi, un adolescent de dix-neuf ans. Chaque fois qu'il parlait à nos autres enfants, âgés de dix et quinze ans, c'était avec haine et mépris. Notre famille s'est trouvée très vite divisée avec cet Astrayen qui nous toisait toujours d'un air accusateur, même lorsqu'il ne disait rien.

Maud B., témoignage public posté sur le forum *Aide aux nouveaux parents.*

Chapitre 9

- Aileen -

— Bonjour Papa !

Aileen rejoignit son père dans le salon privé et lui planta un baiser sur la joue. Il lui rendit un sourire fatigué. Il avait toujours cherché à s'en défendre, sans jamais y parvenir : il avait une nette préférence pour la cadette de ses enfants. Ignorante des pensées qui l'envahissaient, Aileen prenait déjà la parole de son habituel ton impétueux.

— J'ai rencontré les enfants d'Astra aujourd'hui.

— Tu as suivi mon conseil ?

Elle eut un petit sourire.

— Votre ordre, corrigea-t-elle. Mais oui, je n'ai pas cherché à sympathiser avec eux. J'en déteste même un cordialement. Malheureusement, je vais être obligée de passer des épreuves de réalités virtuelles avec lui. C'est le professeur Kevans qui l'a demandé.

— Je vais me débrouiller pour que tu en sois dispensée, répondit son père, contenant difficilement sa colère.

— Non ! Je n'ai pas envie d'avoir de faveurs particulières. Je voulais juste que vous ne soyez pas inquiet. Je ne m'attacherai à aucun des enfants d'Astra, vous le savez n'est-ce pas ?

Il lui sourit et l'attira contre lui.

— Bien sûr. Je suis désolé de vous demander à tous cela, mais ils sont dangereux, souffla-t-il.

Aileen recula en fronçant les sourcils.

— Ce sont eux qui vous contrarient tant depuis quelques jours ?

Il acquiesça et cela suffit à ajouter la colère au panel d'émotions qu'elle ressentait déjà, presque malgré elle, à l'encontre de Rodolphe.

***

Aileen poussa la porte des appartements de sa sœur et traversa une enfilade de pièces avant de gagner son petit bureau. La jeune femme de vingt-et-un ans était assise, penchée sur un croquis, sourcils froncés, une longue mèche de cheveux bruns ondulés lui retombant sur le front. Elle tentait visiblement de comprendre quelque chose. À ses côtés, assis et lui aussi penché sur le dessin, se tenait leur frère James, âgé d'une année de moins. Leur cadette admira un instant Sandrine, plongée dans l'incompréhension la plus totale. Comment son aînée pouvait-elle toujours porter des talons hauts et des robes de grand luxe au lieu d'une simple tunique, de bottines et d'un pantalon confortable, comme elle ?

Aileen tira un fauteuil à elle pour s'assoir auprès d'eux.

— Toujours tes yeux violets, p'tite sœur ? lui lança son frère en lui donnant une légère bourrade dans le dos.

— Je n'ai pas changé de couleur en deux jours, James. Désolée, mais tu ne gagneras pas ton pari, riposta-t-elle avec amusement.

Cela faisait déjà trois ans que son frère, au style vestimentaire pourtant très sobre et sombre à l'image de leur père, s'était teint les cheveux en bleu électrique et avait adopté une unique boucle d'oreille à son oreille gauche. Au même moment, Aileen avait quant à elle modifié la pigmentation de ses pupilles, et un pari était né entre eux : lequel des deux assumerait le plus longtemps son originalité ? James et Sandrine échangèrent un coup d'œil amusé. Ils étaient tellement proches l'un de l'autre, tout comme les jumeaux, qu'il arrivait parfois à Aileen de se sentir exclue des conversations. Néanmoins, ce ne fut pas le cas cette fois-ci, lorsqu'elle posa ses coudes sur la table sous les regards et les sourires agréables des deux jeunes gens.

— Où sont les jumeaux ?

Liam et Edward, ses deux autres frères, avaient la sale manie de disparaître et de mener tout le monde en bourrique dans le palais.

— Aucune idée et je crois que je préfère l'ignorer, répondit James en haussant les épaules. Comment était ta journée ? Tu as dû croiser les héros du jour ?

Aileen aurait bien aimé parler d'autre chose, mais Sandrine elle-même releva tout à coup la tête avec un vif intérêt. Aucun d'eux n'allait plus au lycée. À leur âge, ils restaient aux côtés de leur père qui leur enseignait la politique, l'art de la guerre et ce qui leur permettrait plus tard de diriger à leur tour.

— Bah... Ils sont une dizaine dans ma classe, peut-être plus, je n'ai pas fait attention. Il y en a un qui m'a dépassée à la course ce matin, remarqua la jeune fille d'un involontaire ton maussade.

— P'tite sœur, tu as perdu une course ? Toi ? releva son frère gentiment moqueur, avant d'éclater d'un grand rire amusé. Telle que je te connais, tu dois être furieuse ! Ça te fait du bien, tiens, d'être un peu vexée, ajouta-t-il sans parvenir à retrouver son sérieux.

La cadette fit mine de se fâcher tout en gardant le sourire. Elle appréciait ces moments trop rares de complicité.

— Tu as vu leurs tatouages ?

Aileen réfléchit quelques secondes, la curiosité de sa sœur étant communicative.

— Eh bien, j'ai remarqué quelque chose sur les bras et la nuque de certains, lâcha-t-elle après avoir croisé les jambes sur son siège. Mais rien de très précis... Qu'est-ce que c'est ?

Sans mot dire, Sandrine tourna vers elle le croquis qu'ils regardaient à son arrivée sur le large écran tactile.

— Regarde, papa a fait faire ce croquis d'après le tatouage d'un des enfants d'Astra, expliqua-t-elle après avoir remis ses longs cheveux dans son dos d'un mouvement mécanique. La moitié du palais est en train de l'étudier en ce moment pour essayer de comprendre ce qu'il signifie. A priori, la forme sombre qui prend le plus de place est un dragon stylisé, le symbole d'Astra. Mais là, tu vois ? Une lettre et un numéro, dit-elle en suivant du doigt le dessin. C'est ça qui intrigue papa.

Sandrine fit une légère pause.

— J'avoue que je m'interroge autant que lui, termina-t-elle le regard sombre.

James passa une main derrière sa nuque avant de soupirer.

— Seul un des enfants d'Astra pourrait nous expliquer ce dont il s'agit. Et il faudrait probablement en interroger plusieurs pour avoir une réponse fiable, car je suis d'accord avec papa : on devine une organisation derrière tout ça... C'était dangereux de les adopter.

Aileen hésita. Elle était d'accord avec son frère, mais l'idée de tous les tuer... Elle croisa le regard de Sandrine qui secoua gravement la tête.

— Personnellement, je ne regrette rien. Je préfère que nous soyons un peu en danger plutôt que d'avoir un crime de plus sur la conscience.

La plus jeune des princesses était de cet avis et elle hocha la tête.

— Dis donc, on ne pourrait pas essayer de se rapprocher d'eux plutôt qu'essayer de les éviter ? demanda-t-elle au bout de quelques secondes, en rendant la tablette, une étincelle grave au fond des yeux. Les enfants d'Astra je veux dire... On doit d'abord comprendre ce danger pour pouvoir le combattre, non ?

Son frère et sa sœur échangèrent un regard hésitant.

— Il n'y a que toi, parmi nous, qui pourrais faire ça, observa-t-il. Et tu sais ce que papa en pense !

Oh oui, Aileen s'en souvenait parfaitement. Ne venait-elle pas de lui redire quelques minutes plus tôt qu'elle ne s'approcherait pas des enfants d'Astra ? Mais elle n'allait pas mentir : elle ne comptait pas sympathiser avec eux. Simplement faire semblant et leur soutirer des informations. Alors pour quelle raison se sentait-elle coupable ? Elle hésita, jeta un coup d'œil à ses deux aînés, avant de se rappeler une chose : l'homme qui était le plus en danger ici, c'était justement leur père. Alors si elle pouvait tenter de découvrir ce qui se tramait pour l'aider, elle était prête à prendre n'importe quel risque.

— Je vais le faire. Je vais essayer de me rapprocher des enfants d'Astra. Mais de votre côté, vous me promettez de me dire tout ce que vous apprendrez ?

Sandrine hocha la tête et James grimaça.

— Fais quand même attention Aileen, lâcha-t-il. Tu n'es pas imbattable, souviens-t-en. Tu pourrais bien te faire avoir dans cette histoire. Ou perdre une nouvelle course.

La planète AM.Erica a adopté, dans l'optique de gagner la guerre, une terrible tactique : s'attaquer aux systèmes alliés à Astra, un par un, du plus faible au plus fort. À chaque victoire, les Eriquiens anéantirent les planètes conquises, les brûlant entièrement. On ne connaît aucun survivant à ce jour des cent-trois alliés d'Astra, à part sur les deux plus puissantes planètes de l'Alliance : Sagan, l'avant-dernière détruite, dont la petite princesse héritière a été sauvée par le prince eriquien de l'époque, et Astra elle-même, dont tous les enfants ont été sauvés et adoptés par les vainqueurs.

Lorsque le monde a basculé dans l'enfer, Martin B.,
Livre III, Chapitre 2, 3192.

Chapitre 10

- Rodolphe -

Pourquoi avait-il fallu que le lendemain de son premier jour de lycée soit précisément un jeudi ?

Rodolphe n'arrivait pas à penser à autre chose tandis qu'il gagnait un bâtiment annexe du lycée au fond du parc. Un homme de peut-être quarante ans - les soins esthétiques rendaient la tâche difficile - les attendait, habillé d'une combinaison kaki ample, casquette sur la tête. Tous les adolescents étaient déjà arrivés. À vrai dire, Rodolphe faisait partie des derniers et il semblait être le seul enfant d'Astra.

L'homme darda sur lui des prunelles de couleur claire et lui adressa un mince sourire, lèvres serrées, sans un mot. Le jeune garçon avisa alors Aileen, discutant deux pas plus loin avec une autre fille. Il ne fit pas mine de la rejoindre, ni même de la voir. À sa grande surprise cependant, ce fut la princesse elle-même qui vint dans sa direction et se posta à côté de lui, en silence.

— Bon, nous n'avons cette année qu'un nouveau. Bienvenue à bord, jeune homme ! Je suis Toes, professeur de réalités virtuelles. Ton professeur m'a dit beaucoup de bien de tes talents de coureur, mais autant que tu saches que ce ne sera pas suffisant pour gagner ici.

Le jeune homme jeta un coup d'œil presque mécanique à son écran. Il n'avait gagné qu'un point aujourd'hui. Il était à 153. Lorsqu'Aileen leva le bras et passa une main dans ses cheveux, il aperçut son compteur et retint une grimace : 2546 points.

— Nous commencerons par des épreuves basiques afin que vous puissiez vous familiariser de nouveau avec les principaux décors, reprit leur professeur. Direction les vestiaires maintenant !

— Les vestiaires ? demanda Rodolphe sans comprendre.

— Tu ne comptais quand même pas aller dans la réalité virtuelle dans cet équipement ? répliqua Aileen frisant le mépris, avant qu'elle ne se reprenne. Enfin bon, c'est vrai que tu ne faisais pas ça chez toi. En clair, on va te fournir une combinaison adaptée et deux ou trois trucs utiles.

Rodolphe ne répondit pas et se contenta d'entrer dans le bâtiment à la suite du professeur et des élèves. Les garçons et les filles se séparèrent dans leur vestiaire respectif. Lorsqu'il voulut en faire de même, Toes l'appela, lui faisant signe de le rejoindre dans une petite salle adjacente. L'homme ne tarda pas à lui remettre une combinaison noire ainsi qu'un sac à dos rempli de différents objets dont l'adolescent ne comprenait pas l'utilité. Son professeur le regarda soudainement droit dans les yeux, son regard franc inspirant la sympathie malgré toutes les appréhensions du jeune homme.

— Dans la salle d'à côté je peux suivre toutes vos réalités grâce à mes écrans. Aujourd'hui, je vous prévois des mondes différents, c'est-à-dire que tu ne rencontreras pas les autres groupes, ok ?

Rodolphe avait l'impression d'être coaché avant une épreuve majeure, mais il ne le releva pas avec ironie, comme il en avait l'intention, et se contenta d'acquiescer. Il avait l'intuition, aussi étrange que cela paraisse, qu'il ne trouverait pas ces renseignements si stupides que ça dans quelques minutes. Dans quoi s'était-il fourré exactement ?

— Visiblement tu ne sais pas ce qu'est une réalité virtuelle. Sache que tu n'as accès qu'à ce que tu as pris avec toi. Quand tu t'installeras dans le fauteuil électronique, n'oublie pas ton sac. C'est pour ça aussi que tu dois te changer et enfiler une combinaison. Tout compris ?

— Je crois oui. Ce n'est qu'un premier entraînement de toute façon, non ?

— Oui, mais je préfère te dire ça dès maintenant. Autre chose : tu peux m'appeler Capitaine. Allez, file au vestiaire.

Rodolphe s'agaça un instant de sa familiarité avant de comprendre que celle-ci n'avait rien d'inhabituel. Non, c'était simplement qu'il n'avait pas l'habitude d'être traité ainsi. Cela l'avait déjà surpris à plusieurs reprises au cours de la journée. Il rejoignit enfin le vestiaire désert des garçons et se changea rapidement. La combinaison était proche du corps, renforcée à divers endroits, tout en restant étonnamment légère. Elle n'était pas noire comme il l'avait d'abord cru, mais grise. Un frisson lui parcourut le corps lorsqu'il réalisa qu'il portait une ancienne combinaison militaire. Une semblable à celles portées par les soldats qui avaient tué tous ceux qu'il aimait... Tous les adultes en tout cas, même Saedor séparé de lui par les murs d'une prison. Heureusement qu'il lui restait Sibylle !

Le jeune homme mit encore quelques minutes à se préparer avant de rejoindre les autres devant une rangée de petites salles ouvertes sur un couloir. Elles ne contenaient toutes que deux sièges côte à côte et tous avaient déjà pris place. Il ne restait que celle d'Aileen à côté de qui il s'assit.

— Pourquoi des duos ? demanda-t-il, sans rien trouver d'autre à dire.

— Aucune idée... Ce sont les règles, c'est tout. Pourquoi deux cavaliers à un concours de dragons biologiques ?

Il voulut répliquer que cela paraissait logique, lorsque les bras métalliques du siège parurent se mettre en mouvement. De fins cercles métalliques vinrent se refermer sur les jambes et les bras de Rodolphe, l'immobilisant ainsi parfaitement, tandis qu'une fine aiguille maniée par un bras robotique s'approchait de son poignet. Aileen dut sentir qu'une anxiété irraisonnée commençait à l'envahir, car elle esquissa un léger sourire.

— Ne t'inquiète pas, c'est normal.

Tout à coup, l'écran qui occupait tout le petit mur devant eux s'alluma, détournant un instant l'attention de Rodolphe. Avant qu'il puisse la voir, la pointe de la seringue s'était déjà enfoncée dans ses veines et, sans qu'il ait eu le temps de demander ce qu'elle contenait, il vit le liquide blanchâtre disparaître et l'imagina se mêler à son sang, étouffant sur ses lèvres un cri de surprise.

***

Il fallut quelques secondes à Rodolphe pour ouvrir les yeux. Le ciel était d'un bleu pâle limpide, et une douce odeur lui caressait les narines. Il se redressa lentement, tandis qu'Aileen, déjà debout, s'éloignait de quelques pas, regardant tout autour d'elle, une arme à la main.

— Où sommes-nous ? demanda-t-elle en se tournant vers son camarade. Cela ne ressemble à aucun endroit de mes précédentes réalités virtuelles.

La gorge de Rodolphe se serra.

Il n'arrivait plus à réfléchir au milieu du paysage qui l'entourait. L'air doux qui soufflait sur son visage et l'odeur iodée lui rappelaient de vieux souvenirs. Une brusque crainte s'empara de lui tandis qu'il tournait la tête de tous les côtés, tentant de reconnaître ce lieu qui lui semblait étrangement familier. La ruine d'une vieille tour de verre à la structure métallique le troublait au plus haut point, mais il s'efforça de se rassurer. Pourtant c'était comme si un voile se déchirait dans sa tête. Il ne pouvait pas se trouver là où il pensait être ! Comment en être sûr cependant, si ce n'est en vérifiant ?

— Astra… murmura-t-il en détournant les yeux, la voix rauque. Nous sommes sur l'une des plages d'Astra.

Le jeune homme ne se préoccupa plus alors de sa co-équipière et s'élança vers la dune qui leur faisait face, la gravissant d'un pas rapide et saccadé.

— Non, normalement on est censés rester ici et attendre un ordre ou qu'un danger... cria Aileen derrière lui en secouant la tête avant de s'interrompre devant le regard fou que lui renvoya le jeune homme.

— Rien à faire !

Tout lui était égal. Ses pas s'enfonçaient légèrement à chaque foulée dans le sable humide de la plage.

— Rodolphe ! Qu'est-ce que tu fais ?

L'adolescent ne répondit pas, accélérant même encore l'allure, jusqu'à s'immobiliser en haut de la dune, dévorant des yeux le paysage qui s'offrait à lui. Il eut l'impression qu'un cube de glace s'était formé dans son estomac. Un violent désir de hurler le saisit alors, tandis que sa peau perdait toute couleur et qu'un éclat dur, presque métallique, envahissait ses yeux.

— Là-bas s'élevaient les tours étincelantes du palais, ici, c'était... la capitale, Ivy, lança-t-il d'une voix brisée, avant de s'interrompre sans pouvoir poursuivre, le doigt levé vers un point sombre se détachant sur l'horizon.

Il sentait au plus profond de lui sa colère se muer en une terrible détresse. Devant eux, tout le paysage n'était que cendres noircies sur des milliers de kilomètres. Lorsque soufflait la brise, ce n'était que pour apporter une odeur brûlante à leurs narines et leur piquer les yeux. Pas une couleur... Seulement des restes de tours fondues, des arbres brûlés à terre, des impacts de bombes... Rodolphe ferma les yeux et inspira profondément.

— Cette réalité virtuelle... Elle montre la vérité ?

Lorsqu'il tourna la tête pour vriller son regard dans celui d'Aileen, il s'aperçut qu'elle semblait incapable de lui faire face. Elle détourna les yeux, les baissants jusqu'à revenir aux grains de sable sous ses pieds, qui semblaient eux-mêmes de funeste augure.

— Je... Nous n'avons aucun moyen de le savoir. Mais je... je pense que oui.

Un torrent de sentiments et d'images le traversait avec la force d'un ouragan, le laissant impuissant et seul face à la douleur qui grandissait en lui. Il ne parvenait pas à soutenir la vision qui concrétisait tous ses pires cauchemars.

— Où est l'épreuve là-dedans ? Où est-elle ? À quoi joue ce... ce professeur ? Il n'avait pas à me montrer ça, pas à moi ! hurla-t-il sans contenir la violence qui perçait dans son cri.

Sa colère disparaissait cependant et Rodolphe ne sentit bientôt plus qu'une sourde tristesse dans son âme. Il avait envie de revenir sur la plage, de ne plus voir ce paysage terrifiant et les restes sombres des tours brillantes du palais où il avait vécu toute son enfance. Où était maintenant le conseiller de son oncle qui lui adressait toujours un sourire ? Cette insupportable commère de tante éloignée ? Ce cousin de vingt ans qui avait pleuré en apprenant qu'il ne serait pas sauvé à cause de son anniversaire tout juste passé ? Morts ! Ils étaient tous morts !

Alors pour Rodolphe, tout le plan prenait encore un peu plus de sens. Il fallait qu'il se venge, jamais il ne pourrait vivre sans cela... Le jeune homme serra ses poings, inspira une goulée d'air poussiéreux qui lui arracha une sévère quinte de toux, et se rappela alors la présence de sa coéquipière à ses côtés. Aileen ! La fille d'Orys ! Il lui paraissait presque sacrilège qu'elle pose le pied sur ce que son père avait détruit, même dans un monde virtuel. Il voulut se retourner vers elle pour extérioriser sa colère ou tout du moins affronter son regard pour lui demander : « Comment peux-tu encore être fière de ton pays et de ta famille maintenant que tu as vu les restes de mon monde ? ».

Malheureusement, ce fut à ce moment précis que le paysage tout entier commença à vaciller puis à disparaître.

***

Rodolphe rouvrit les yeux, de retour dans la petite salle exiguë, la respiration haletante, les bras et les jambes toujours enserrées au fauteuil. Aileen lui jeta un coup d'œil, sans rien dire, tandis que leur professeur prit calmement la parole dans leur dos.

— Je vous ai ramenés plus tôt que les autres. Rodolphe, tu dois savoir que les réalités virtuelles sont faites pour déstabiliser. Savoir affronter un paysage peut parfois faire la différence dans un concours. C'est visiblement l'une de tes faiblesses.

— Était-ce une vraie vue d'Astra ? demanda le jeune homme, sans desserrer les dents.

Seul le silence lui répondit tandis qu'il tâchait de contrôler sa respiration sans véritablement y parvenir.

— Était-ce la vérité, oui ou non ? cria-t-il alors pour obtenir une réponse.

Les bras du fauteuil le relâchèrent et il put enfin se relever d'un bond. Il lança un regard accusateur au professeur qui brisa enfin le pesant silence.

— Oui. C'était une véritable vue d'Astra prise par satellite... Mais ce n'est plus chez toi, ça ne représente plus rien.

Dire qu'il avait cru que ce serait facile de tout faire pour s'intégrer ! Ça ne l'était pas. Fou de colère et de douleur, Rodolphe ne répondit rien avant de se ruer vers la sortie sans se retourner. Il disparut avant même que Toes ou Aileen aient pu réaliser. Il n'alla pas bien loin cependant, s'écroulant dans la salle adjacente au couloir qui bordait les boxes. Ses jambes ne le portaient plus et son souffle était toujours aussi saccadé. Un profond et dérisoire besoin de se réfugier dans les bras de son oncle lui étreignit le cœur, comme lorsqu'il était enfant. Rodolphe redressa son visage couvert de larmes en entendant soudain une voix de l'autre côté de la cloison. Les paroles d'Aileen, ainsi que celles de Toes, perçaient au travers du mur.

— Capitaine ?

— Je sais ce que tu vas me demander Aileen, répondit leur professeur. Toi aussi tu refuses d'y croire, hein ? Mais je n'ai pas menti : c'est une vraie vue d'Astra. Que croyais-tu ? Tous les adultes ont été tués, exterminés... Pas un n'a été laissé en vie ! Alors, je répète, à quoi t'attendais-tu ?

Rodolphe entendit la jeune fille retenir son souffle puis balbutier quelques mots.

— Je... Je ne sais pas... Je...

Du désarroi. Se pouvait-il qu'une princesse eriquienne soit troublée par le spectacle qu'ils venaient de découvrir ? Rodolphe essuya d'un geste rageur les quelques larmes sur ses joues et se releva sans attendre la suite de la conversation. Il venait de voir les ruines fumantes d'Astra qu'il n'avait pu qu'apercevoir brièvement à sa sortie des souterrains ; le reste, il n'avait fait que l'imaginer mille fois. Que lui fallait-il de plus pour se convaincre que tous les Eriquiens, la famille royale plus particulièrement, étaient des monstres ?

Un pays arrête de vivre le jour où sa population cesse d'être fière de ses origines. Astra a gagné la guerre à l'instant où l'AM.Erica a adopté les enfants des souterrains, reconnaissant ainsi publiquement sa culpabilité et les crimes de guerre qu'elle avait commis.

Paroles de Saedor quelques heures avant de mourir,
issues des *Mémoires d'un soldat*, 3167.

Chapitre 11

- Sibylle -

Nouvelle matinée. Pas d'Heather en vue lorsque Sibylle rejoignit ce qui servait de quai pour attendre la cabine. En revanche, Carlys était bien là. La jeune fille se retint d'accélérer le pas pour courir vers lui, calmant son inquiétude.

— Comment ça va, numéro 2 ? lâcha-t-il en lui adressant un petit sourire.

— Tu pourrais m'appeler autrement, s'il te plaît ? grogna-t-elle avant de lancer un coup d'œil inquiet dans le couloir heureusement désert.

— Pas de problème. De toute façon, ça m'est prodigieusement égal... Et non, je ne compte pas en parler à la planète entière. Ça te va ?

Sibylle lui lança un regard soupçonneux, mais se détendit légèrement. Elle risqua même un léger sourire figé.

— Tu fais partie de ceux qui ont été choisis pour connaître tous les numéros ?

Il éclata d'un petit rire amusé, la regardant droit dans les yeux.

— En clair, est-ce que je fais partie des chefs des enfants d'Astra ? Tu m'as bien regardé ?

Sibylle croisa les bras sur sa poitrine et lui lança un regard à la fois amusé et exaspéré.

— Franchement, si c'était moi qui avais réparti les rôles, je ne t'aurais jamais donné autant de responsabilités... Mais comme ce n'était pas moi...

— Ne t'inquiète pas, ils ont eu le même raisonnement.

— Mais alors, comment es-tu au courant pour mon numéro ? questionna-t-elle en passant nerveusement sa main dans ses cheveux courts.

— Oh, ce joli petit tatouage... Eh bien, en fait je suis plutôt débrouillard, tu ne vas pas aimer ça en tant que miss parfaite...

— Redis ça et je t'étrangle !

— Alors je n'ai ni le droit de t'appeler princesse, numéro 2, ou encore miss parfaite ? Je fais comment moi ?

Toujours cet insupportable petit sourire. Sibylle se sentait pourtant incapable de lui en vouloir.

— Attends, on parlait de quoi déjà ? demanda-t-elle simplement après un long soupir.

— De ma capacité à connaître des informations dont je ne devrais pas être au courant ?

— Ah oui, un truc comme ça. Alors ?

— J'avoue - j'insiste encore sur le fait que tu ne vas pas aimer ça - avoir un peu, bon carrément, espionné le chef de notre groupe. Du coup, j'ai appris diverses choses dont je n'ai malheureusement retenu que la moitié... Le numéro 1, c'est ton grand frère, pas vrai ? Le célébrissime Rodolphe ? Lui aussi a changé de coupe de cheveux pour qu'on ne le reconnaisse pas ?

Sibylle haussa un sourcil plus haut que l'autre, songeant que c'était effectivement dans un souci de disparaître qu'elle-même les avait coupés et Rodolphe laissé pousser.

— Tu es en train d'essayer de me soutirer des informations là ? répondit-elle à moitié sérieuse.

— Ça se voit tant que ça ?

La jeune fille leva les yeux au ciel et choisit d'abandonner là la conversation.

— Très bien, on va dire que je te fais confiance, termina-t-elle dans un grognement agacé.

— Encore heureux ! Je ne m'imaginais absolument pas continuer à vivre sans cela...

— Tu ne peux pas être sérieux, disons deux minutes ?

— Je ne le suis pas là ?

Heureusement, un bruit se fit entendre dans le couloir désert qui dispensa Sibylle de répondre. Essoufflée, Heather arrivait vers eux en courant et ne tarda pas à les rejoindre. Elle s'arrêta à leur niveau, pliée en deux, haletante, avant de jeter un coup d'œil à son écran.

— Pile à l'heure. C'était juste... Salut vous deux !

La cabine arriva au même instant et s'arrêta quelques secondes plus tard devant le groupe de jeunes gens. Le trajet fut aussi chaotique que celui de la dernière fois, Sibylle ne parvenant toujours pas à anticiper les brusques changements de direction. Quelle misère !

***

Un léger vrombissement au poignet. Sibylle commençait à s'y habituer et un immense sourire lui monta aux lèvres : pause déjeuner ! Elle et Carlys suivirent les autres élèves dans les méandres des couloirs, dans lesquels le jeune homme naviguait sans problème, contrairement à elle, jusqu'à rejoindre une salle uniforme.

Elle s'empara d'un plateau, de couverts métalliques, puis gagna l'une des files qui patientaient devant les machines. Carlys prit place dans celle à côté et, au bout d'une dizaine de minutes d'attente, la jeune fille put commander. Sur l'écran tactile auquel elle se connecta à l'aide de son empreinte digitale, elle ouvrit son compte et de multiples propositions de plats se matérialisèrent. Enfin, pas si multiples que cela. La plupart des cases étaient grisées pour cause de pénurie alimentaire et Sibylle dut se contenter de commander la même chose qu'avant : à peu près trois fois l'équivalent de ce que mangeait Carlys. Mais elle avait faim, vraiment faim. Pourtant, elle ne put s'empêcher de ressentir un terrible pincement au cœur en voyant les chiffres défiler sur son compte : à ce rythme, ses crédits ne lui permettraient jamais de manger pendant un mois comme prévu. Cependant, la machine vrombissait déjà et la jeune fille put attraper trois sachets identiques contenant sa commande.

Carlys avait déjà fini pour sa part et elle le rejoignit à une table à quatre places en se laissant tomber lourdement en face de lui. Le jeune homme regarda les plats alignés sur le plateau devant elle et esquissa un sourire dubitatif.

— Comment tu fais pour manger autant ? Au réfectoire le soir, tu avales la même quantité de nourriture ?

« Métabolisme particulier », disait un vieil ami à Astra, un conseiller de son oncle, qui partageait tous les secrets de la jeune fille. Elle reposa sa fourchette sur la table, avant de répondre avec franchise.

— À vrai dire si je le pouvais, je mangerais plus. Mais je ne sais pas comment je vais faire en fin de mois.

Elle détourna les yeux avec agacement devant l'amusement visible du jeune homme, mais ne put s'empêcher de revenir les poser sur lui, un léger sourire en coin.

— Tu penses à un nouveau surnom, n'est-ce pas ? Du genre de « glouton » ?

— Quoi ? Oh non ! Je pensais plutôt à quelque chose comme « mystérieuse »... Tu peux me dire ce que tu me caches encore, Sib ?

Sib ? La jeune fille fronça les sourcils.

— Je ne suis pas la seule cachotière. Tu ne m'as jamais rien dit de toi...

Carlys s'adossa au fond de son siège, pensif. Le brouhaha de la cantine emplissait l'espace et il ne semblait pas pressé de répondre. Il finit pourtant par le faire, ne la quittant pas des yeux, comme à son habitude.

— Pas grand-chose à savoir. Mes parents sont morts tous les deux quand j'avais deux ans dans un bombardement ou un truc du genre. J'ai été placé dans une famille d'accueil dont la mère, soldat, n'a pas tardé à partager le même sort. Les autres se fichaient un peu de ce que je pouvais devenir, et ça m'était bien égal. J'aime beaucoup mon indépendance. Quant à mon numéro sur mon tatouage, sourit-il, il comporte tant de chiffres que je ne doute pas de n'être absolument pas un élément crucial dans le plan 439. Pour le reste, eh bien... il n'y a pas grand-chose à ajouter. Ah si, j'aime bien jouer de la flûte.

— De la flûte ?

— Oui, l'instrument archaïque, c'est bien ça.

Sibylle retint mal un nouveau sourire. Carlys se pencha soudain sur la table, les coudes heurtant les bords de son plateau, et pencha légèrement la tête sur le côté arborant son infatigable sourire malicieux.

— Il me semble que tu ne caches pas qu'un secret. Tu continues de me taire quelque chose, ça se voit dans ton attitude. Et j'avoue que je suis plutôt intrigué. J'ai du mal à imaginer ce que tu peux avoir en plus d'être l'une des personnes les plus recherchées de la galaxie…

L'adolescente avala sa salive et grimaça. Elle écarta sa chaise de la table et se leva sans un mot, agacée à l'idée qu'on puisse aussi facilement la percer à jour. Elle n'avait cependant pas fait plus de deux pas que le jeune homme se levait aussi et la rattrapait, l'arrêtant, une main sur son bras.

— Laisse tomber, je sais que je suis parfois vraiment trop pénible. Excuse-moi et restons en bons termes, ok ? Garde tes secrets si tu veux.

Elle sentit pendant quelques secondes une profonde hésitation l'envahir, mais elle finit par se décider à hocher la tête, éprouvant malgré elle un profond soulagement.

***

La journée passa très vite après la conversation du déjeuner et le moment de rentrer ne tarda pas, obligeant les jeunes gens à revenir aux moyens de transport que la princesse ne supportait pas et à serrer les dents durant ce trop long trajet.

Sibylle sortit dès qu'elle le put dans le couloir sombre, se précipitant hors de la cabine. Il devait être six heures, horaire du retour des jeunes à l'orphelinat. La jeune fille se tourna ensuite vers Carlys qui sortait à son tour de son pas tranquille, tandis qu'Heather, rentrée avec eux, descendait derrière lui.

— Tu n'as presque rien dit depuis que j'ai refusé de te dire ce que je te cachais, à part quelques plaisanteries bien sûr, observa Sibylle à voix basse, hors de portée d'Heather.

— Je t'avoue que ça m'a coûté pas mal d'efforts. Je suis effroyablement bavard, mais j'espérais bien que sous le coup du repentir tu me dirais tout.

Elle retint une demi-douzaine de remarques avant de pousser un énième soupir qui fit rire Carlys.

— J'ai l'impression de te faire souvent soupirer ! Tu vas finir par me faire penser que je suis invivable !

— Tu n'en avais pas encore conscience ?

— Pas vraiment, non. Je m'entends très bien avec moi-même.

À sa remarque ils éclatèrent tous deux d'un rire joyeux, tandis qu'Heather pressait le pas pour les rejoindre, souriante.

— À mon avis vous êtes tous les deux aussi insupportables et c'est pour ça que vous vous entendez aussi bien ! s'exclama-t-elle avec amusement.

Ils se mirent à nouveau en marche dans le couloir sombre sans répondre, lorsque la jeune fille vint rompre le silence qui les avait enveloppés.

— Ça vous dirait qu'on aille travailler ensemble dans une des salles communes ?

Carlys secoua la tête d'un air désinvolte.

— Travailler ensemble, pourquoi pas, mais à la bibliothèque. Je me suis promis d'aller y faire un tour.

—Tu lis toi ? intervint Sibylle en grimaçant.

— Pas vraiment. Enfin, uniquement des trucs qui ne plaisent qu'à moi. Des bouquins de philosophie généralement...

Heather marqua un temps d'arrêt dans le couloir avant d'esquisser une moue incrédule.

— Non, sans rire ? De la philo ?

— Pourquoi pas ? C'est très intéressant, tu devrais t'y mettre !

Il continua de marcher à côté de Sibylle et Heather les suivit tout en lâchant quelques remarques sur les garçons et leurs étrangetés. Pour sa part, la princesse ne voyait pas tout à fait les choses de la même manière. Elle trouvait simplement l'idée intéressante.

— Quel genre de philosophie ?

— Profiter de la vie, etc. À mon humble avis, ça te ferait un bien fou de lire un peu de tout ça.

— J'ai un léger doute, mais si tu le dis, admit-elle en secouant la tête et réprimant un sourire naissant.

Au bout de quelques minutes, ils arrivèrent enfin devant une porte de verre sur laquelle était peint un vieux numéro cinq écaillé. Heather passa son poignet sous le détecteur, les deux autres firent de même, histoire que le service informatique enregistre leur retour, puis tous trois entrèrent une fois que le battant eut coulissé.

Ce fut Carlys qui se chargea de les guider à travers les nombreux couloirs jusqu'à la bibliothèque grâce au plan de son écran, mais surtout à son sens de l'orientation. Lorsqu'ils entrèrent dans la salle, la première chose que remarqua la jeune fille fut la taille de la pièce et la luminosité qui se dégageait de l'ensemble. L'endroit était intégralement blanc : murs, étagères, fauteuils... Les seules touches de couleur semblaient être les réceptionnistes.

Dans les milliers de casiers, les écrans étiquetés par sujet étaient tous uniformément noirs et Sibylle songea qu'une touche d'originalité n'aurait pas fait de mal. Elle allait finir par se convaincre que les Eriquiens détestaient tout ce qui n'était pas uniforme. Elle s'approcha d'une table libre et y posa son sac, tandis qu'Heather s'y installait pleinement. Sibylle, quant à elle, préféra découvrir ce que contenaient les rayons classés par ordre alphabétique afin de dénicher quelque chose qui pourrait lui plaire.

Elle s'engagea entre plusieurs rayonnages dans l'espoir de tous les parcourir. Néanmoins, le côté titanesque de la tâche l'en dissuada et elle finit par connecter son écran au réseau de la bibliothèque. Il ne lui restait maintenant plus qu'à taper dans la barre de recherche ce qu'elle désirait. Mais que pouvait-elle bien vouloir apprendre ? Le premier mot qui lui vint à l'esprit fut « Astra », mais elle secoua la tête.

Pas question de plonger dans la nostalgie, pas maintenant. Sur quoi avait-elle toujours rêvé d'en savoir plus ? Elle eut alors comme une illumination et ses doigts se mirent à taper tous seuls, comme animés d'une volonté propre : « Mutation ».

Aussitôt, une liste d'ouvrages apparut et une petite voix électronique jaillit même de l'appareil.

— Veillez tourner à gauche dans le premier rayon, puis prendre la rangée numéro 42, et ensuite...

Sibylle suivit les instructions et ne tarda pas à se trouver devant une rangée de casiers en tous points similaires aux autres. Elle avait perdu de vue la table où elle avait posé son sac, mais cela n'avait aucune importance, car son regard venait de tomber sur un titre qui la captivait littéralement :

Mutation - Effets des nouveaux rayonnements iadium.

C'était ça ! Un nom que la jeune fille avait entendu des dizaines de milliers de fois. Chaque fois que son frère ou elle en discutait, encore et encore, ou que son oncle tentait de lui expliquer les raisons qui avaient fait d'elle un être à part. Elle cliqua sur le titre et un voyant rouge se mit alors à clignoter sur sa gauche en haut d'une étagère.

Légèrement trop petite, elle se mit sur la pointe des pieds et parvint à tirer le casier. Après avoir effectué un léger tri, elle remit ceux qui ne l'intéressaient pas à leur place et n'en garda qu'un entre les mains.

Alors qu'elle ouvrait presque fébrilement l'écran, elle entendit le pas de Carlys se rapprocher.

— Les œuvres complètes de Montaigne ! lança-t-il joyeusement en passant l'angle de sa section. Ah ! Franchement je n'y croyais pas ! Et toi, qu'est-ce que tu as pris ?

Sibylle lui sourit, avant de répondre, gentiment moqueuse.

— Rien qui te concerne...

***

Il faisait nuit dans le petit dortoir et tout le monde dormait, excepté Sibylle, son écran projetant une faible lueur bleutée à peine suffisante pour prendre connaissance du texte. Cela faisait maintenant plusieurs longues minutes qu'elle lisait et relisait le titre sans se résoudre à cliquer dessus, convaincue qu’elle n’apprendrait en réalité rien de nouveau, mais incapable de s’empêcher d'espérer malgré tout.

Elle prit une longue et silencieuse inspiration avant de finalement poser son doigt sur l’écran et de voir apparaître les premières lignes de l’ouvrage. Le prologue expliquait en quelques mots ce que Sibylle savait déjà parfaitement bien, même si elle prit tout de même le temps de le lire.

Ces nouveaux éléments chimiques et les radiations qu'ils dégagent apparurent à la fin du trente-et-unième siècle avec les premières bombes mH. Ces bombes furent pourtant rapidement abandonnées quelques années plus tard par la plupart des pays qui les créèrent pour deux raisons : la mise au point de prototypes encore plus puissants et, surtout, leur terrible effet. Les radiations entraînaient, suite à un temps d'exposition extrêmement court, d'importantes mutations. Ces mêmes rayonnements, presque impossibles à contrôler, avaient de plus été mesurés à l'extérieur des containers dans lesquels étaient entreposées les bombes. L'arme était donc dangereuse pour ses propres créateurs. Divers cas de mutations ont été observés et analysés dans ce livre, et c'est ce que nous souhaiterions étudier avec vous aujourd'hui.

Sibylle releva la tête dans le noir, puis revint à l'écran. Elle fit coulisser le sommaire avec son doigt avant de s'arrêter sur un chapitre : « Effets sur des femmes enceintes ».

Elle cliqua sans réfléchir et se plongea cette fois-ci directement dans la lecture. Elle sauta les premiers passages, des détails qu'elle connaissait par cœur, mais s'arrêta vers le milieu d’une page pour relire plus attentivement quelques lignes.

Les effets les plus étranges ont sans conteste été observés sur des femmes enceintes. Les enfants naissaient avec d'étranges particularités dont aucun, à ma connaissance, n'a survécu.

La jeune fille releva de nouveau la tête, cliqua sur l'écran pour l'éteindre, le plaça à côté d'elle et laissa sa tête retomber contre la couchette.

Il y avait au moins un enfant qui avait survécu : sa mère... Et qui aurait cru que la mutation était transmissible génétiquement ? Sibylle grimaça dans le noir.

Au bout d'une heure, incapable de trouver le sommeil, elle se décida à sortir du lit. Lentement, elle se laissa tomber sur le sol lorsque, alors qu'elle gagnait la porte sur la pointe des pieds pour ne pas faire de bruit, la voix ensommeillée d'Heather s'éleva.

— Où vas-tu ?

Sibylle se retourna et esquissa un petit sourire calme.

— Juste me promener un peu, je n'arrive pas à dormir.

Cela parut lui suffire et l'adolescente se rendormit presque aussitôt, laissant la voie libre à Sibylle. Elle ne savait pas exactement ce qu'elle comptait faire, même si une idée commençait à se faire jour dans son esprit. Cela faisait beaucoup trop longtemps qu'elle ne s'était pas transformée et elle en ressentait le besoin. Un besoin presque viscéral.

Elle traversa plusieurs couloirs, s'arrêta dans l'un d'eux et vérifia à plusieurs reprises qu'il était bien désert avant de se diriger dans un coin sombre. Là, elle ôta rapidement ses vêtements avant de fermer les yeux et de se concentrer.

La sensation de sa métamorphose lui fit un bien fou. Ses mains se transformèrent petit à petit en longues pattes griffues, tandis qu'une profonde excitation l'envahissait et qu'une sensation enivrante d'être enfin totalement elle-même se répandait dans tout son corps. Sa tête s'allongea, ses yeux changèrent de couleur, une chaude fourrure la couvrit bientôt entièrement et, quelques minutes plus tard, il n'y avait plus qu'un mutant, semblable à une louve, au milieu du couloir. Un gros animal au poil brillant dans la faible clarté des néons.

Sibylle adorait cette forme d'elle-même lorsqu'elle ne la mettait pas en danger. Elle pouvait courir, vite, terriblement vite, et même si elle atteignait des vitesses similaires sous sa forme humaine, ce n'était pas pareil.

Le loup frissonna de plaisir, releva ses babines comme pour sourire, avant de s'élancer dans le couloir. Sibylle ne pensait plus à rien. Elle humait les odeurs, enregistrait chaque détail, et courait, courait...

Les couloirs se ressemblaient tous plus ou moins, tantôt gris, tantôt blancs, mais toujours aux dimensions à peu près identiques, éclairés des mêmes néons clignotants.

Elle ne sut bientôt plus du tout où elle était. Restant sous sa forme de fauve, elle commença alors à arpenter un à un les couloirs. Peine perdue. Elle faillit même rentrer dans un jeune homme assis sur le sol, une tablette à la main. La première chose que le regard acéré du mutant accrocha fut le titre bien visible sur l'écran tombé à terre : « *Intégrale – Montaigne* ».

Il n'y avait qu'une personne pour lire ça. Et, lorsqu'elle releva la tête, elle se trouva nez à nez avec Carlys qui la contemplait avec de grands yeux effarés.

— Je... Je rêve ! Un loup !

Il se dressa d'un bond, mais ne s'enfuit pas immédiatement. Il guettait les mouvements de l'animal, cachant mal sa peur, même s'il fit mine de ramasser son écran avant de se raviser. Pour sa part, Sibylle était absolument paniquée. Son instinct la poussait à bondir en avant toutes griffes dehors, mais sa pensée parvenait de justesse à raisonner la bête.

Elle essayait de trouver des solutions de fuite, lorsqu'elle perçut une odeur différente derrière elle, masculine, elle aussi. Avant qu'elle n'ait le temps de tourner le museau, une voix retentit dans le couloir, laissant deviner au loup la panique de l'individu.

— Ahhh ! C'est quoi ce truc ?

L'adolescente céda alors à son instinct et se retourna d'un bond, babines retroussées, laissant échapper un grognement d'avertissement. Le garçon qui avait jailli dans le couloir, un blondinet, se cacha immédiatement derrière le couvert de la porte.

— Comment tu fais Carlys pour te mettre dans des ennuis pareils ? Et ce chien, il sort d'où ? Sans compter cette couleur bizarre, ce bleu électrique sur ces poils noirs, c'est vraiment d'un ridicule ! Les manips' génétiques n'étaient pas passées de mode ?

Louve, pas chien, pensa Sibylle incapable de s'enfuir, désormais entourée de toutes parts par d'autres étudiants émergeant dans le couloir. Visiblement, le jour s'était levé. Pour le coup, elle se sentit réellement prise au piège et le brouhaha des murmures s'élevant l'empêcha de se concentrer. Ses yeux hagards se posèrent tour à tour sur les différents visages qui l'entouraient sans qu'elle puisse calmer les battements de son cœur. Tout cela devait cesser. Elle voulut courir pour fendre la foule et disparaître, lorsque la main de Carlys se posa subitement sur son museau. Surprise, elle faillit le mordre, mais parvint à se retenir.

Agenouillé à son niveau, les lèvres recourbées dans un demi-sourire et les yeux brillants d'une étincelle amusée, il la caressa lentement d'une main et récupéra son ouvrage de l'autre.

— C'est vrai ça... Un gros chien. Comment ai-je pu te prendre pour un loup ? Ridicule. L'espèce a disparu depuis des années. Et puis à vrai dire, tu t'en fiches pas mal, pas vrai vieux ? ajouta-t-il en lui gratouillant doucement les oreilles. Qu'est-ce que tu peux bien faire ici ?

Une peur viscérale la paralysa un peu plus et elle sentit que l'émotion qui l'étreignait commençait à modifier son métabolisme, lorsqu'un bruit la fit soudain sursauter : un léger vrombissement au poignet de Carlys. Celui-ci lut les quelques lignes à voix haute.

— « Je viens de recevoir un message m'affirmant que vous avez en votre compagnie un animal domestique classé 2DV, soit interdit dans nos bâtiments. Vous êtes prié de venir immédiatement dans mon bureau avec celui-ci pour que nous résolvions le problème. Alain DA-84-SE, votre directeur. »

— Les nouvelles vont vite dis donc ! commenta un autre à ses côtés.

— En effet... Ça n'a jamais été mon chien, mais bon, après tout allons-y, cela me promet un certain divertissement.

Le jeune homme se tourna ensuite vers le loup et Sibylle sentit son sang se glacer un peu plus dans ses veines tandis que ses poils se hérissaient sur son échine.

— Bon, allez viens. On va voir ce qu'en dit le directeur. Je suis vraiment curieux de savoir d'où tu sors !

Trop curieux ce garçon, eut juste le temps de penser l'adolescente avant qu'une main ferme ne se pose sur son cou, se mêlant à sa fourrure.

Le 28 novembre 3125, au sommet d'une tour proche de la mer, à moitié écroulée, livrée au vent, le régent Saedor Astra a signé la reddition, contre l'assurance que les enfants d'Astra seraient épargnés. Il pleurait, mais personne ne parvenait à rire ou à se moquer de cet homme qui imposait malgré tout un respect des plus profonds.

J'ai vu tomber un empire, témoignage de Danielle R, 3128.

Chapitre 12

- Aileen -

— Papa ?

C'était le vendredi matin et Aileen se tenait derrière la porte à laquelle elle venait de toquer. Mécaniquement, cette dernière ne tarda pas à coulisser sur le côté pour lui ménager un passage. La jeune fille entra dans le petit bureau et fit quelques pas avant de s'immobiliser au centre de la pièce. Son père, Orys, resta assis à son bureau, se contentant de lever son regard clair sur elle après avoir jeté un coup d'œil à son écran.

— Tu ne devrais pas être en classe toi à cette heure-ci ?

Il n'y avait pas l'once d'un reproche. Seule une légère trace de fatigue perceptible dans sa voix transparaissait. Aileen vint s'assoir face à lui.

— Si. Mais il fallait que je vous parle... J'ai besoin de vos réponses pour avancer et ne plus sentir tous ces doutes en moi. Je veux retrouver mes certitudes.

Orys esquissa un sourire aux reflets tristes. Sa fille songea qu'un autre jour, ils auraient peut-être discuté de tout et de rien comme à leur habitude, partageant aussi bien des francs sourires que des grimaces questionneuses. Son père disait souvent qu'elle était celle de ses enfants qui lui ressemblait le plus, la plus apte à se remettre en question et à sans cesse s'interroger.

— Quelle est ta question ? demanda-t-il en tentant de la rassurer d'un doux regard.

— Pour quelle raison avons-nous fait la guerre à Astra ?

Le sourire attendri d'Orys disparut de ses lèvres, mais il ne chercha pas à s'esquiver et se contenta de fixer quelques secondes sa table des yeux avant de les relever sur sa fille.

— Le fait que tu te poses la question... C'est déjà une victoire pour Eux.

Encore une fois, le ton n'était pas accusateur. Une simple observation.

— Les enfants d'Astra, n'est-ce pas ? Ils nous font nous remettre en question... En quoi est-ce un mal dans le cas présent ?

Son père se leva alors de son fauteuil pour faire quelques pas dans la pièce et Aileen fit pivoter son siège pour pouvoir le suivre des yeux.

— Ce pays n'a pas la conscience tranquille, mais nous ne reviendrons pas sur le passé. Qu'allons-nous faire pour réparer cela ? Sacrifier notre victoire pour leur rendre leur planète ?

La question plana dans l'air avant qu'elle ne puisse plus y tenir.

— Mais papa, il y avait bien une raison pour que nous leur fassions la guerre ! cria-t-elle, presque désespérée. Une raison à tous ces... ces horribles...

— ... assassinats ? Crimes ? Tu me demandes la raison ? Aileen, ne te l'a-t-on pas apprise au lycée ?

Elle se mit soudain sur la défensive et récita d'un ton monocorde la réponse qui lui vint aux lèvres. Jusqu'à hier soir, jusqu'à l'émotion de Rodolphe devant le spectacle que leur avait offert la réalité virtuelle, jamais encore elle ne l'avait remise en question.

— Parce que la planète Astra et ses alliés voulaient nous détruire. Ils étaient dangereux.

— Maintenant, rappelle-moi un détail : qui a déclaré la guerre ?

Aileen aurait tant voulu se débarrasser de cette once de remords qui s'enracinait au plus profond d'elle.

— Nous, récita-t-elle en se raccrochant aux mots. Mais Astra comptait le faire si nous ne les avions devancés pour bénéficier de l'effet de surprise.

— Vraiment ? Tu m'as demandé la vérité, Aileen... Je ne t'ai jamais menti. L'AM.Erica se voile la face en continuant de penser que l'on peut justifier les crimes commis pendant la guerre. Nous n'étions pas innocents, et nous n'avons fait que servir nos propres intérêts.

Il marqua une pause et baissa les yeux avant de reprendre.

— La vérité, c'est que je n'ai jamais connu de plus grands pacifistes que l'empereur et l'impératrice d'Astra. Tu comprends ce que cela veut dire ?

Aileen se sentait au bord des larmes.

— Nous voulions simplement être les plus forts, répondit-elle dans un murmure. C'est tout. Et Astra nous... nous gênait...

Les ruines affreuses entrevues dans la réalité virtuelle de la veille revenaient maintenant la hanter. La jeune fille baissa les yeux vers le tapis de style sagannais du bureau... La dernière mode. Sa gorge se serra un peu plus. Son père vint alors s'agenouiller devant elle et lui prit les mains avant de lui relever le menton.

— Maintenant, écoute-moi bien, Aileen. Retire ce « nous » de ta phrase et tu auras complètement raison. *Je* suis en partie responsable. J'aurais dû empêcher cette guerre. Le parlement, chaque personne ayant voté pour cette déclaration de guerre, est responsable. Pas toi.

La jeune princesse détourna les yeux.

— Je représente mon pays.

— Ma petite cadette revendique son titre ?

— Je ne l'ai jamais renié.

— Mais tu sais parfaitement que la future reine, c'est ta sœur Sandrine, lâcha-t-il après une courte hésitation presque imperceptible. Ne te donne pas des responsabilités supplémentaires.

Il se releva et fit de nouveau quelques pas dans la pièce, tendu et nerveux. Quelques secondes plus tard, Aileen se leva à son tour et le rejoignit, marchant lentement à ses côtés.

— Papa, pour quelle raison continuez-vous de soutenir l'AM.Erica ? Le parlement et la population vous ont forcé la main pour la guerre… Vous ne la vouliez pas.

— Un roi se doit à ceux qu'il dirige, dit-il gravement en plongeant son regard bleu dans le sien. J'ai juré de les protéger et je le ferai, quoi qu'il advienne. Le plus grand péril est à venir, j'en suis persuadé. Ces enfants d'Astra ne resteront pas inactifs très longtemps.

Elle crut soudain saisir l'attitude de son père et un poids se souleva de sa poitrine. Si elle ne pouvait rien changer au passé, elle pouvait, en revanche, aider le peuple dont elle faisait partie et vaincre un danger tout en restant sur le chemin de la justice.

— J'ai décidé de tenter de me lier d'amitié avec un enfant d'Astra pour en apprendre plus sur leur plan, expliqua-t-elle calmement. Me désapprouvez-vous ?

Orys jeta un regard plein d'angoisse à sa fille. Il avait peur pour elle, comprit l'adolescente, mais comment pouvait-il s'opposer à sa décision alors qu'il venait d'affirmer qu'un roi, ou une princesse se devaient à son pays ?

— Non, répondit-il en s'efforçant de contenir sa voix et de chasser toute trace d'anxiété. Essaie d'en apprendre le plus possible Aileen.

Il hésita un instant avant de reprendre avec regret.

— Je vais demander à tes deux frères de faire de même, je n'ai pas d'autres solutions dans l'immédiat.

Les jumeaux n'étaient pas toujours raisonnables, mais cela, ils le feraient. Aileen faillit lui demander de ne pas les mêler à cette histoire, tandis qu'elle s'immobilisait devant la porte de la pièce qu'elle venait de rejoindre. Pourquoi avait-elle l'impression qu'ils étaient en train de s'éloigner les uns des autres ? Finalement, elle ne dit rien et se contenta d'ouvrir le battant sans un regard en arrière, devinant que son père devait toujours être sous le coup de l'émotion, lui qui aurait tant aimé les tenir tous à l'écart des enfants d'Astra et du danger qu'ils représentaient.

***

Aileen regarda la porte de la salle de classe d'un air indifférent avant de passer son bras sous le détecteur. Elle venait de sécher toute la matinée de cours, mais cela lui était bien égal. Non, ce qu'elle avait en tête, c'était l'angoissante image de Rodolphe et les durs mots de son père. Lorsque le battant coulissa sur le côté, la jeune fille s'avança pourtant d'une démarche assurée et le professeur cessa son cours en la voyant se diriger vers lui.

— Mademoiselle d'Erica ! Vous nous faites donc l'honneur de nous rejoindre ?

Elle jeta un coup d'œil à son bracelet-écran et le maudit. Le petit appareil, toujours connecté à celui du professeur, indiquait en haut à gauche comme chaque matin : « Bonne santé, pas de problème majeur d'ordre familial ou médical ». Aileen releva alors les yeux vers l'homme et grimaça.

— Oui j'ai séché, et alors ? lâcha-t-elle sans réfléchir. Cela ne m'était jamais arrivé depuis mes cinq ans, pardonnez-moi donc cette petite fraude !

Et elle tourna les talons sans attendre un mot de plus.

— Aileen ! Excusez-vous... Immédiatement.

Elle se retourna lentement, devinant que tous les élèves retenaient leur souffle, et dévisagea longuement le professeur. Qu'estce qui s'agitait au fond d'elle-même ? Une envie de bravade ? Elle voulut lui répondre lorsqu'une phrase de son père lui revint à l'esprit. Elle se mordit violemment les lèvres. « Ne te crois jamais supérieure aux autres, car c'est le meilleur moyen pour devenir la dernière de ceux qui méritent le respect ». Elle pouvait presque revoir son regard confiant d'enfant et entendre sa réponse tout en se serrant contre lui. Cela paraissait si loin !

— Désolée. Excusez-moi, monsieur.

— Bien, tu peux gagner ta place.

Le professeur lui adressa une grimace qui pouvait passer pour un sourire, mais n'insista pas tandis que la jeune fille se dirigeait vers un espace libre près de l'un de ses meilleurs amis qui lui adressa un grand sourire.

— Je me demandais si tu viendrais un jour !

— Bah, tu me connais Johan, je suis une bonne élève.

Il grimaça en jetant instinctivement un coup d'œil à son compteur de points tandis qu'elle s'asseyait. Lui ne dépassait généralement pas les trois cents crédits par an. Il faut dire qu'il était aussi mauvais qu'indiscipliné. Aileen le connaissait depuis qu'ils avaient quatre ans et s'était toujours formidablement entendue avec lui. C'était aussi le cas avec Soralie, une jeune fille aux cheveux bruns, assise à la gauche de Johan, qui lança un clin d'œil à la princesse.

— Ne me dis pas que c'est le beau nouveau qui te met dans cet état ?

Aileen fit mine de lui lancer son sac à la tête, mais ne put s'empêcher d'échanger un sourire amusé avec ses deux amis lorsqu'un rire s'éleva derrière elle. Elle se retourna vivement et tomba nez à nez avec le regard moqueur de Rodolphe.

— J'espère que je ne suis pas trop déstabilisant, lâcha-t-il dans un murmure pour ne pas attirer l'attention du professeur.

— Un peu trop en effet, répondit-elle, acerbe. Mais pas dans le sens où tu l'entends, tu es juste incroyablement insupportable.

Sur ses mots, elle se retourna furieuse tandis que Johan et Soralie ne pouvaient s'empêcher de sourire, sans montrer le moindre regret. Mais visiblement les ennuis ne faisaient que commencer ; le professeur la tira de ses pensées en prenant de nouveau la parole.

— Pour le cours de stratégie militaire, nous allons procéder à des travaux de groupe. Constituez-en moi plusieurs de cinq élèves chacun, d'accord ? Je veux les noms des groupes dans deux minutes.

Aileen, Johan et Soralie, cela faisait déjà trois. Plus Rodolphe et son amie, Laurie, cinq. La jeune princesse n'était vraiment pas sûre d'aimer l'idée, mais ses camarades ne lui avaient pas laissé le choix. En même temps, elle devait gagner son amitié, mais comment faire lorsqu'il était aussi insupportable ? Aurait-elle pu choisir quelqu'un d'autre, un autre enfant d'Astra, dans la classe ? Elle trouva l'idée séduisante un instant avant de se raviser. Les autres élèves ne parlaient pas sa langue. Pour mener une conversation et obtenir des informations, ce n'était pas vraiment l'idéal.

Aileen soupira tandis que Johan énonçait à voix haute le nom des élèves du groupe. Elle fut étonnée de voir brusquement Rodolphe se pencher vers elle à cet instant précis.

— S'il faut qu'on se réunisse, tu as la plus grande « maison », non ? murmura-t-il en conservant une expression indifférente.

L'adolescente resta un instant silencieuse, avant de hausser les épaules. Se montrait-il soudain presque courtois parce qu'il était curieux de voir le palais ? Ou voulait-il rencontrer sa sœur aînée, l'héritière ? Aileen avait l'habitude de ce genre de curiosités.

— D'accord, vous viendrez tous au palais, répondit-elle sans enthousiasme particulier.

Soralie éclata d'un joli rire cristallin et prit la parole en croisant ses mains élégamment manucurées sur la table.

— Pfff, je connais par cœur. J'aurais préféré découvrir l'endroit où habitent les deux enfants d'Astra...

Rodolphe ne releva même pas, visiblement préoccupé. À quoi pensait-il ? À Astra ? Cela paraissait probable, vu son regard sombre.

Laurie de son côté ne put résister et la corrigea d'un ton agacé :

— Nous ne sommes pas des enfants…

C'était la première fois que la jeune fille ouvrait la bouche. Aileen n'avait jamais vraiment remarqué Laurie, mais maintenant il lui sautait aux yeux que l'amie de Rodolphe n'était pas heureuse. Et, en repensant au décor fumant des ruines d'Astra, la gorge de la princesse se serra d'autant plus. Où était la justice ? Où était-elle vraiment ?

En quelques centaines d'années, les patronymes ont beaucoup évolué. La plupart des Astrayens possèdent aujourd'hui un nom composé de quatre lettres et deux chiffres, comme beaucoup d'Eriquiens d'ailleurs. Ces noms fonctionnent sur le même principe d'attribution d'un identifiant à la naissance.

Us et coutumes, Florence B., Chapitre 1.

Chapitre 13

- Cyndie -

— On joue à quoi maintenant ?

Cyndie se mit à rire joyeusement en dévisageant Damien. Leurs parents les fixaient tous deux dans le salon d'un regard attendri.

— Aux méchants Astrayens et aux gentils Eriquiens ! cria le petit garçon tout joyeux. À la guerre !

Leonor voulut immédiatement se lever pour intervenir, mais son mari la retint doucement d'un regard.

— Laisse... lui chuchota-t-il à l'oreille. Regarde, Cyndie est tout à son jeu, elle n'a même pas réagi. Ça sera intéressant de voir quelle attitude elle va adopter.

Les deux enfants n'avaient rien remarqué de cet échange et la femme acquiesça avant de se laisser retomber dans le canapé. La petite fille riait aux éclats en roulant au sol avec son nouveau frère et en tentant de l'attraper.

— Oui ! cria-t-elle d'enthousiasme. Pour Sagan et Astra ! L'Alliance galactique AS-SA !

La petite fille était très fière de l'AS-SA, l'Alliance de plus d'une centaine de planètes dont Astra et Sagan, les deux plus puissantes et les dernières planètes à avoir été détruites, avaient fait partie.

Leonor jeta un regard perplexe à son mari, mais Matthew, pour sa part, gardait les yeux fixés sur les deux enfants. Damien se relevait déjà en riant et répliqua par quelques mots malhabiles dans la langue de Cyndie, qu'il avait retenus et qu'il trouvait drôles.

— Eh ! Astra méchant ! Gentils Eriquiens ! L'armée grise, l'armée grise arrive !

L'enfant bondissait dans toute la pièce avec enthousiasme, imitant ses héros. Son père se leva alors précipitamment pour rejoindre la petite fille tandis que Leonor courait vers son fils pour le prendre dans ses bras.

— Chut, chut tais-toi... lui murmura-t-elle doucement.

Le petit garçon se dégagea vivement de son étreinte pour se retourner avec inquiétude.

— Qu'est-ce qu'elle a Maman, qu'est-ce que j'ai dit ? Je ne voulais pas lui faire peur, je ne voulais pas...

Cyndie était recroquevillée sur le sol et se balançait d'avant en arrière sur la pointe des pieds, serrant ses genoux contre elle, le visage hagard et les yeux fermés.

— Les hommes gris, noooon ! Les hommes gris ! répétait-elle dans un cri presque frénétique.

C'était un hurlement de peur et de désespoir qui leur transperçait à tous le cœur. Matthew se sentit désolé de ne savoir que faire, désemparé de ne pas pouvoir s'approcher de celle qu'il aimait déjà comme sa propre fille. À chaque pas qu'il faisait, elle criait plus fort. Il tenta alors de lui parler doucement pour la calmer, comme pour apprivoiser l'oiseau sauvage qui sommeillait en elle.

— Cyndie, Cyndie ! Écoute-moi, rien ne t'arrivera ici, rien d'accord ? Tu es en sécurité...

L'enfant releva alors la tête sans cesser de se balancer, et les deux parents sentirent leur cœur se serrer : ses joues étaient couvertes de larmes. Que s'était-il passé pour que l'on passe si vite du simple jeu, du rire, aux larmes ? Leonor avait interrogé quelques amis sur les enfants qu'ils avaient adoptés. Certains criaient la nuit, oui, mais rien de comparable à Cyndie. Jamais la jeune femme ne s'était sentie aussi inutile, aussi incapable de soulager la douleur d'une enfant. Damien n'osait bouger, tétanisé par la peur et le remords d'avoir peut-être dit une bêtise qu'il ne comprenait pas. Ses parents lui avaient expliqué qu'il fallait être gentil, très gentil... Et il essayait, vraiment.

Cyndie quant à elle restait les yeux figés sur le visage de Matthew sans paraître le voir.

— Eux... eux aussi m'avaient dit que je serais en sécurité ! lâcha-t-elle tout à coup entre deux hoquets. Et nous avons dû partir, encore et encore... J'ai perdu ma poupée... Elle est restée là-bas.

Cyndie n'avait pas de jouet de la sorte, mais elle n'avait pas le droit de dire « sa cousine ». Matthew esquissa un sourire rassurant, parvint à s'avancer d'un pas et posa un genou à terre, tout près d'elle, sans qu'elle crie de nouveau.

— Cyndie, calme-toi. Il n'y a plus de guerre, il n'y a plus...

Il était à deux doigts de pouvoir la serrer doucement dans ses bras lorsque son fils accourut vers eux, se dégageant de sa mère.

— C'est les gardes gris qui te font peur ? lui demanda-t-il avec un grand sourire. Mais ils sont gentils tu sais, ils nous protègent.

La petite fille sentit à nouveau sa peur, cette peur affreuse qui ne la quittait jamais, et poussa un autre hurlement de détresse qui la libérait de tout ce qu'elle ne pouvait dire. Son seul appel au secours. En voyant le regard de Damien, perdu, elle eut cependant envie de tenter de lui faire comprendre et, agitée de spasmes, secouée par des sanglots, elle trouva la force de s'exprimer.

— Ils... Ils m'ont forcée à...

Une petite voix dans sa tête lui disait de ne pas le raconter. Elle repensa au tatouage qu'elle avait sur le dos, que Sibylle lui avait interdit de montrer et qu'elle cachait toujours à sa nouvelle famille. Mais bientôt, il n'y eut plus dans son esprit que la peur et une terrible envie de tenter de leur expliquer ce qu'elle-même ne comprenait pas.

— Ils... Ils m'ont dit d'appuyer sur le lance-flamme...

Matthew et Leonor échangèrent un regard empli d'appréhension. Leurs visages blêmirent et ils sentirent, l'un comme l'autre, leur respiration s'accélérer. Comment dire à Cyndie, songeait son père adoptif, qu'il avait fait partie de cette armée ? Pour le moment c'était impossible. Face à cette petite fille en pleurs, chacun de ses muscles semblait soudain le brûler de l'intérieur. Il commençait à sentir, comme sa femme, un sentiment amer au fond de lui : un remords inavoué, naissant. Quelque chose d'insondable qui commençait lentement à l'emplir d'un dégoût qu'il ne comprenait pas encore.

Cyndie inspira. Elle ne pleurait plus et ses cheveux, collés à son front par les grosses gouttes de sueur qui coulaient sur son visage et dans son dos, la gênaient. Malgré tout, elle trouva au fond de sa terreur pour les hommes gris un regain d'énergie et oublia tous les interdits.

— J'ai... Il y avait la flamme qui sortait du... de l'arme. Et quelqu'un a ri, ri ! Et ils m'ont dit que Grand-Pa était toujours à l'intérieur, et j'ai pensé à lui, à Doudou, mon petit dragon apprivoisé, à Rizade, mon amie, à Ulos, le cuisinier qui... les plats sentaient si bon chaque jour dans la cuisine et...

Elle se recroquevilla un peu plus sur elle-même.

— ... et il fallait que j'appuie encore, encore ! continua-t-elle d'une voix presque inaudible. Ils riaient les hommes gris quand les flammes dansaient ! Il y avait des gens qui criaient à l'intérieur, qui criaient... mais je ne sais pas si ce n'était pas moi qui criais...

Tout s'embrouillait dans sa tête, toutes les images, tous les sons, tout devenait confus. Brusquement, elle se détendit, et se laissa tomber dans les bras de Matthew. Il se redressa, rassurant la petite fille qui fermait déjà les yeux comme pour s'endormir.

— Oublie tout ça. Tu es en sécurité maintenant, balbutia-t-il en lui caressant doucement les cheveux.

Il n'osa pas tourner la tête vers sa femme. Il savait que le regard de Leonor refléterait exactement l'horreur du sien et il n'était pas certain de pouvoir le supporter. Qui était vraiment l'enfant qu'il portait dans ses bras ? N'était-elle pas avec les autres dans les souterrains au moment de l'arrivée des Eriquiens sur Astra ? Comment était-elle restée en vie ?

Il resserra ses bras sur elle et sa voix se fit rauque lorsqu'il essuya une larme de la joue de Cyndie.

— Ne pleure pas petite... Nous veillerons toujours sur toi, quoi qu'il arrive...

Et quoi qu'ils apprennent… En effet, Matthew commençait, sans le comprendre, à avoir peur de ce que l'enfant pourrait encore révéler.

***

Les deux parents avaient choisi de passer l'après-midi avec les enfants au grand aquarium de la capitale. La tour de verre, comme beaucoup d'autres bâtiments, venait d'être reconstruite et les poissons de regagner leurs immenses bassins qui s'étendaient au-dessus, en dessous et aux côtés des visiteurs.

Pour l'heure, dans ce lieu pourtant mythique de Graël, la capitale, ni Leonor ni Matthew n'avait tout à fait la tête à la visite. Ils ne quittaient pas des yeux leurs deux enfants, et surtout Cyndie qui courait partout aux côtés de Damien, tout sourire, semblant avoir oublié la scène du matin. Alors qu'ils s'arrêtaient tous deux devant une énorme tortue phosphorescente occupée à nager gracieusement derrière la vitre, la jeune femme ne put s'empêcher de briser le silence qui s'était installé entre eux.

— Plus j'y repense, moins je comprends. Cette histoire d'incendie est incompréhensible.

Son mari se retourna vers elle et elle sentit son inquiétude croître tandis qu'il baissait la voix tout en regardant autour de lui les autres visiteurs.

— Ce n'est pas le moment de parler de tout ça. Il faut absolument que ce soir nous regardions le tatouage de Cyndie.

— Elle ne voudra jamais...

— Alors il faut que Damien réussisse. Leonor, tu ne comprends pas... Je suis réellement inquiet. Si Cyndie était à Astra, hors des souterrains durant l'attaque, comme le laisse penser son récit... Alors elle ne serait jamais restée en vie.

Sa femme avala trop rapidement sa salive et ferma les yeux un instant. Admettre qu'ils auraient sciemment tué un enfant... Et pourtant c'était la vérité, et rien ne pourrait jamais la changer.

— Que penses-tu alors ? Que Cyndie ment ?

Il secoua la tête, laissant ses yeux se poser sur les deux enfants riant devant une autre vitre de l'aquarium.

— Oh, regarde ! Il y avait les mêmes à Sagan !

Les yeux de Matthew s'assombrirent.

— J'espère qu'elle ment, lâcha-t-il d'une voix d'outre-tombe qui finit d'inquiéter sa femme. Mais je n'y crois pas. On n'invente pas un tel traumatisme à neuf ans. Écoute, il faut que nous voyions ce tatouage. Il pourra me conforter ou non dans ma... ma théorie...

Cette fois-ci, Leonor ne lui demanda pas plus d'explication et ce fut elle qui dévisagea, inquiète et méfiante, chacun des passants. Elle n'avait qu'une envie : courir vers la petite fille pour la rassurer, lui redire, encore et encore, que personne ne l'abandonnerait plus jamais, mais elle avait peur désormais que ce ne soit plus le cas, qu'on lui enlève l'enfant si jamais... si jamais on venait à savoir... quoi au juste ?

Cyndie riait toujours de son côté avec Damien, complice, et les deux enfants ne tardèrent pas à se faufiler entre quelques adultes pour passer dans une autre pièce de l'aquarium géant et à s'arrêter en extase devant une nuée de petites salamandres d'eau bariolées.

Si Cyndie parlait couramment la langue eriquienne, elle n'était en revanche pas capable de bien la lire. Elle se contenta de poser ses mains sur la vitre, et d'y coller son visage, fascinée par les jolis poissons évoluant devant ses yeux. Un bref instant, elle s'imagina de l'autre côté, dans l'eau, comme sur l'une des plages de Sagan. Elle était certaine qu'il y avait des animaux de ce genre. La petite fille repensa alors à la salle précédente et esquissa une petite moue en reculant d'un pas. Elle avait toujours trouvé très étrange qu'il y ait des mers d'eau salée à Astra. À Sagan, il n'y avait que d'immenses étendues de lacs, de rivières, de cascades, mais toujours de l'eau extrêmement douce, un peu sucrée à cause des plantes qu'elle traversait, mais jamais, ah non jamais, salée ! En y repensant, elle sentit la soif s'emparer d'elle et retint une grimace triste en constatant qu'elle ne voulait pas un simple verre d'eau, mais celle d'un lac de Sagan, qui était tellement meilleure !

Elle s'apprêtait à en faire la remarque à Damien, car lui ne comptait pas dans les interdictions de sa cousine, n'est-ce pas ? Ce n'était pas... Comment disait-elle déjà ? Ah oui ! *Un adulte potentiellement-méchant*. Cyndie récita les mots dans sa tête puis se mordit la lèvre. Elle était sûre que Sibylle aurait fait sa petite moue inquiète si elle l'avait entendue parler de Sagan à Damien, mais elle en avait tellement envie. Elle poussa un petit soupir, résignée à garder le silence cette fois-ci, lorsque ce fut son frère adoptif lui-même qui aborda le sujet en désignant le petit écran explicatif.

— Cyndie ! Ce sont des poissons de Sa...

— Sagan !

Elle avait précipitamment complété ses mots et il éclata de rire en voyant son sourire. Depuis le matin, Damien avait très peur de la faire de nouveau pleurer. Il sentait qu'il s'attachait de plus en plus à elle. Il lui lança un regard plein d'amour fraternel, puis la prit par la main et l'entraîna vers une autre salle.

Dans la pièce suivante, immense et ronde, les deux enfants focalisèrent immédiatement leur attention sur un requin rouge originaire de Nepsys, une planète alliée à l'AM.Erica, lorsque le regard de Cyndie dériva vers une mère et son fils, un enfant d'Astra d'après le haut du tatouage que l'on voyait poindre sur ses bras.

— Quel est ton pays, mon petit ? lui demandait la femme.

— Astra.

— On en a parlé ! Je t'ai dit que tu avais eu la chance d'être adopté par une famille eriquienne qui t'offrait une nouvelle vie et toi, tu t'obstines à répéter cela !

Elle poussa un nouveau soupir puis reprit la parole sans remarquer que Cyndie et maintenant Damien les observaient attentivement.

— Alors ?

Le garçon, onze ans peut-être, se contenta de répondre d'un ton buté, son accent astrayen parfaitement perceptible.

— Astra un jour...

Cyndie pensa aussitôt à la suite de la phrase qu'elle avait beaucoup entendue dans les vieux haut-parleurs des souterrains.

... Astra toujours.

Les grandes familles nobles se distinguent par la possession d'un nom, transmis de façon héréditaire. Une hiérarchie stricte de ces patronymes permet de savoir dans un mariage quel est le nom dominant et donc celui qui s'imposera au conjoint. Dans le cas du nom Astra, le plus important de la liste du Gotha, il est dominant sur quatre générations à partir de la lignée régnante. Si les porteurs du nom ne proviennent pas de la lignée directe, mais gouvernent une planète de façon héréditaire, ils conservent le nom dominant. Ensuite, il cesse de l'être au profit de l'attribution d'un identifiant à la naissance ou du patronyme d'une autre grande famille par mariage.

Us et coutumes, Florence B., chapitre 1.

Chapitre 14

- Sibylle-

Le loup marchait silencieusement derrière Carlys. Le jeune homme se retournait de temps en temps pour vérifier que l'animal le suivait et Sibylle sentait sa peur se muer en agacement. Actuellement, elle n'était a priori pas en danger. Un gros chien venant de nulle part, et c'était tout... Mais bon sang, pour quelle raison le jeune homme lui attirait-il toujours des ennuis ?

S'ils avaient été seuls, elle se serait débrouillée pour faire comprendre à Carlys qui elle était. Malgré toutes ses manies agaçantes et ses philosophes à la noix – il avait toujours son cher Montaigne à la main – il était celui qu'elle considérait presque comme un véritable ami. Il savait qu'elle était princesse et, à sa connaissance, il n'en avait rien dit à personne. En revanche comment réagirait-il s'il apprenait en plus qu'elle était un loup ? Une affreuse mutante ?

Son cœur se remit à galoper dans sa poitrine et la peur revint s'infiltrer dans chacune de ses veines, tandis qu'elle suivait le jeune homme, contrainte. Pourtant, si seulement elle avait pu lui fausser compagnie quelques minutes pour réussir à se retransformer !

Quelques secondes, tout au plus… puis elle se souvint qu'un autre problème se serait alors posé : ses vêtements.

À cette idée, la jeune fille se sentit presque rougir, mais avant qu'elle n'ait eu le temps d'y réfléchir davantage, la main de Carlys se posa sur son cou, l'entraînant en avant dans le bureau du directeur. Elle se laissa faire et, lorsque la porte se referma derrière elle, fit défiler dans sa tête les milliers de conseils d'oncle Saedor : « Ne révèle jamais la vérité, ou le moins possible », « Aie toujours confiance en toi », « N'oublie pas que tu es l'héritière de ton frère, c'est une position dangereuse par les temps qui courent... »

Malheureusement, aucun de ces conseils ne pouvait l'aider pour le moment. Elle sentait chacun de ses poils se hérisser sur son échine, faisant ressortir l'impressionnant bleu électrique de sa fourrure et la rendant quelque peu menaçante.

Carlys pour sa part s'était assis dans un fauteuil face à un homme d'une quarantaine d'années, ce qui, d'après ce qu'elle avait compris des soins de beauté, voulait sûrement dire qu'il était d'un âge plus avancé. Le bureau était une réplique masculine de celui de la directrice de Sibylle : à peu près les mêmes meubles, mais plus froids, moins chaleureux et des couleurs variant tout au plus du blanc au gris.

— Qu'a-t-il à gronder comme ça votre chien ? questionna-t-il en astrayen.

Pour toute réponse Carlys commença à caresser Sibylle entre les deux oreilles dans l'espoir de la calmer et cette dernière se tut instantanément. Elle ne s'était pas rendu compte que son instinct animal avait brièvement pris le dessus. Le jeune homme retira sa main et se tourna vers l'homme avec son petit sourire habituel.

— Excusez-moi monsieur, mais je tiens à mettre les points sur les i. Cette imposante bestiole ne m'appartient absolument pas. Je l'ai juste trouvée dans le couloir près du bâtiment six.

— Peut-on savoir ce que tu faisais dehors à cette heure-ci ?

Il n'y avait aucun reproche particulier dans la voix du directeur, mais plutôt un brin de lassitude. Sibylle pensa soudain qu'il avait déjà dû recevoir le jeune homme à maintes reprises en l'espace de quelques jours pour diverses bêtises.

— Je lisais Montaigne.

— Ce récit archaïque ? Tu y comprends quelque chose ? demanda l'homme, une petite note admirative dans la voix.

— Pas tout, admit Carlys avec un large sourire. Mais j'ai un dictionnaire sur l'écran-livre pour les mots astrayens trop vieux. Ou français, la vieille langue.

Le directeur parut soudainement se rappeler du sujet réel de l'entretien et lança un bref coup d'œil à Sibylle qui se maudit une nouvelle fois d'avoir réussi à se mettre dans une telle situation. Chacun de ses muscles était tendu à l'extrême, prêt à frapper, mais en quoi cela aurait-il aidé ? Elle calma son instinct sauvage et se raisonna pour écouter la suite de la conversation.

— Bon bref, jeune homme. Je ne préfère pas savoir comment tu as fait pour obtenir les accès de nuit aux couloirs ni tout ce que tu as pu avoir d'autre. La seule chose qui m'intéresse, c'est ce que tu comptes faire exactement de ton drôle de chien. Une sacrée manipulation génétique quand même ! Un loup au poil noir et bleu ! Ce qu'on ne va pas inventer quand même pour nos animaleries...

— Il doit être précieux, monsieur. Un tel animal pendant la guerre... Il est probablement perdu. Vous ne pourriez pas chercher son propriétaire ?

Le directeur parut de nouveau las.

— À mon avis son propriétaire est mort, tout simplement, et depuis son chien erre dans la nature... On a eu pas mal de cas comme celui-ci.

— Qu'allez-vous en faire alors ?

Sibylle ne respirait plus depuis quelques minutes. Au départ, elle avait trouvé agaçant qu'ils discutent presque du prix de sa fourrure, mais elle attendait désormais, avec une anxiété grandissante, la réponse du directeur.

— Peut-être que le zoo de Graël le prendrait. Mais c'est peu probable... Non, je crois que nous n'avons qu'une solution : tuer cette bête. C'est malheureux, mais en ce moment personne n'a de crédits à jeter par la fenêtre. Ni les moyens d'entretenir un animal pareil.

Il sortit alors d'un des tiroirs de son bureau un fin pistolet et Sibylle sentit son cœur s'arrêter pendant un instant. Un nouveau grondement sourd lui échappa tandis qu'une peur puissante et destructrice s'emparait de tout son être.

Maintenant ! Il voulait la tuer maintenant !

Sans en avoir conscience, elle se ramassa alors sur ses pattes, retrouvant son instinct primitif, puis sauta jusqu'à l'homme sur lequel elle s'écroula, toutes griffes dehors.

— Noooon ! cria Carlys en se levant d'un bond.

Sibylle devina l'incompréhension du jeune homme et leva vers lui des yeux brillants, en soulevant ses babines dans un grognement sourd pour le dissuader d'approcher. Elle se déplaça ensuite légèrement, gardant seulement une patte griffue sur le directeur, permettant à sa poitrine de se soulever à nouveau régulièrement. Il tourna la tête vers sa gauche et Carlys aperçut en même temps que Sibylle le pistolet qui lui avait échappé des mains sur le parquet.

L'adolescente ne réagit pas assez vite, tentant de combattre en elle le mouvement instinctif la poussant à attaquer de nouveau, et son camarade eut le temps de se ruer sur l'arme et de se redresser pour braquer celle-ci dans sa direction.

Pendant un instant, elle eut l'impression qu'il hésitait à tirer. Dans sa panique, elle voulut s'avancer vers lui pour lui montrer qui elle était, avant de se raisonner, saisissant qu'elle n'avait pas une seconde à perdre.

En effet, le jeune homme semblait décider à sauver la vie du directeur et son doigt s'approcha dangereusement de la détente. Sibylle ne prit pas le temps de réfléchir et, au moment précis où il appuyait sur la détente, elle bascula sur le côté. La balle lui déchira la fourrure au côté droit, n'occasionnant qu'une blessure légère. Elle n'attendit pas davantage et bondit de nouveau en avant, droit sur la porte en verre. Elle la percuta de toute sa masse et passa au travers, fichant au passage des dizaines d'éclats dans sa peau. Elle retint un hurlement de douleur et se mit à courir le plus vite possible à foulées régulières dans le couloir maintenant désert.

Derrière elle, la louve entendit soudainement le pas régulier et vif de Carlys qui s'était lancé à sa poursuite. Elle franchit deux nouveaux couloirs, traversa en coup de vent trois salles vides, puis gagna un autre lieu de passage. L'adolescente sentait ses forces la trahir, augmentant son désarroi au fur et à mesure que le danger se rapprochait.

Plus loin dans le couloir, l'animal haleta. Ses pattes criblées d'éclats de verre ne la portaient plus et laissaient derrière elle des traînées de sang. Une véritable piste pour celui qu'elle avait fait l'erreur de presque considérer comme un véritable ami !

Il était courageux indéniablement, mais elle ne savait que faire : tenter de l'attaquer pour sauver sa vie comme avec le directeur ? Elle avait eu tellement peur alors. Sans le cri de Carlys, elle lui aurait arraché la gorge. Il n'était pas question qu'elle risque la même chose avec ce garçon qui était le seul à être venu vers elle. Sa seule chance était de se retransformer, de...

Il la rattrapait. Bon sang, pourquoi n'arrivait-elle pas à se métamorphoser de nouveau ?

Au fond, elle en connaissait la raison. Elle avait peur. Tout son corps avait conscience du danger extrême dans lequel elle se trouvait. Ses membres refusaient d'adopter une autre forme que celle qui la mettait le plus en sécurité et la rendait plus forte. Pourtant Sibylle réussit à ralentir un peu plus dans un nouveau couloir. Comment en était-elle arrivée là ? Elle n'en pouvait plus...

Tout à coup, la louve arriva dans un cul-de-sac et n'eut d'autre choix que de s'engouffrer dans une pièce heureusement restée ouverte. Néanmoins, un rapide coup d'œil lui permit de comprendre que celle-ci ne possédait pas d'autre sortie. Paniquée, Sibylle fit le tour de la chambre tentant d'oublier que Carlys ne devait plus être très loin. Se calmer. Il fallait à tout prix qu'elle se calme. Elle avait deux minutes pour le faire. La jeune fille laissa sa colère et sa peur lentement retomber, se rapprocha d'un des lits du dortoir désert, et sentit enfin son corps commencer à lui obéir.

La fourrure disparut petit à petit de ses pattes, son museau se transforma en un nez fin, ses cheveux recommencèrent à lui couvrir les oreilles et elle s'effondra derrière le lit, retrouvant sa forme humaine. Couverte de sang et transpercée de part et d'autre par des éclats de verre, elle était méconnaissable. Malgré tout, elle trouva la force d'attraper un drap sur l'un des lits et en recouvrit son corps meurtri. Elle tenta ensuite de se redresser, mais elle n'en eut pas le temps. Les pas précipités de Carlys résonnaient déjà dans le couloir adjacent. Encore paniquée, Sibylle se laissa retomber au sol tandis que l'adolescent, entrant dans la pièce au même instant, s'avançait les yeux rivés au sol, suivant les taches de sang.

Elle n'arrivait pas à se relever et se sentait littéralement vidée de ses forces. Ses oreilles bourdonnaient, son corps entier la suppliciait et elle sentit naître de nouveau un violent besoin de se retransformer. Carlys s'avançait toujours, lentement, regardant derrière les deux premières couchettes, l'arme au poing.

— Où est ce fichu loup, je...

C'est alors qu'il la vit. Elle n'avait même plus la force de se redresser et se contenta de lui rendre son regard. L'adolescent paniqua à la vue du sang et se rua vers elle, abandonnant toute prudence.

— Sibylle ! C'est cette sale bête qui t'a fait ça ? Bon attends, aucune importance, on va aller à l'infirmerie, on va te soigner tout de suite !

Il s'apprêtait à la soulever lorsqu'il ramassa précipitamment son arme.

— Attends... Le loup est forcément là...

Il se redressa lentement.

— Pas... Pas ici... parvint-elle à cracher.

Carlys parut à la fois soulagé et encore plus inquiet. Il reposa son arme, s'agenouilla de nouveau près de la jeune fille et tenta de la soulever. Il grimaça sous son poids et ses gémissements avant de la reposer à terre.

— Je crois que je serais plus utile en appelant de l'aide, et il faut que je les avertisse pour ce monstre.

Mue par l'inquiétude qui la rongeait, la jeune fille releva douloureusement sa main et emprisonna le poignet du jeune homme entre ses doigts.

— Non... Non... murmura-t-elle avec désespoir en secouant la tête.

Carlys dévisagea la blessée quelques secondes sans comprendre. Il sentit alors quelque chose le piquer dans sa chair et détacha la main de la princesse de son poignet pour l'observer quelques secondes. Il étouffa alors un cri d'incrédulité qu'elle parvint pourtant à lire sur ses lèvres.

— Du verre ! Des éclats de verre !

Sibylle savait que sa vie n'était pas en danger. En revanche, tout dépendait désormais de Carlys. Elle grimaça et voulut répondre, mais elle fut secouée d'un long spasme. Elle réussit à ne pas bouger tandis qu'un picotement désagréable se propageait dans ses veines.

Sibylle sentit la profonde incompréhension du jeune homme au regard trouble qu'il posa sur elle et aux quelques mots sans suite qu'il laissa échapper.

— Des secours... Prévenir...

La peur qui traversa la jeune fille comme une décharge ne put être contenue par sa volonté seule et c'est alors, sous les yeux horrifiés et incrédules de Carlys, que tout son corps lui échappa. Elle se transforma de nouveau, déchirant son drap de fortune et laissant apparaître son museau, de même que la fourrure bleue et noire tachée de sang. Ses blessures guériraient vite grâce à son métabolisme... enfin, si Carlys la laissait vivre jusque-là. Dans un réflexe, le jeune homme s'était redressé, l'arme fermement serrée dans la main, tout en la dévisageant avec de grands yeux ronds.

— Ton... Tu... Tu as emprunté un livre sur les mutations à la bibliothèque…

Sibylle ne fut pas étonnée qu'il soit au courant et gronda comme le fauve qu'elle était. Carlys ne recula pas.

— N'essaie pas de me faire peur. Je sais très bien que tu es toujours là, Sib... Tu étais parfaitement consciente dans le bureau du directeur.

La louve cessa de grogner et recula d'un pas malhabile, titubant. La jeune fille n'avait, en réalité, pas complètement eu le contrôle de la situation justement, mais il n'en savait rien.

Elle commençait à comprendre que Carlys n'était pas si désinvolte qu'il voulait bien le laisser paraître. Elle vrilla sur lui son regard gris-bleu, sans bouger, lui laissant le temps d'intégrer ce qu'il venait de découvrir et attendant avec une certaine angoisse sa réaction finale.

Après quelques longues secondes, et malgré elle, la jeune fille ne tarda pas à fixer un regard nerveux sur l'arme. L'adolescent le suivit, semblant comprendre sa peur. Allait-il tirer maintenant qu'il savait que c'était elle ?

Il ouvrit lentement un à un ses doigts et l'arme tomba au sol dans un bruit métallique.

— C'est fou ce que je suis quelqu'un d'ordinaire dis donc, incroyable, lâcha-t-il d'un ton faussement blasé. Je n'ai pas des secrets pareils, moi. Oh, ça va, ne me regarde pas avec ces yeux de lapin effrayé.

Sibylle lui lança un regard noir.

— Tiens le petit loup est susceptible, remarqua-t-il avec un grand sourire.

Nouveau grondement de la part de l'animal tandis que Carlys poursuivait.

— Oui, je sais, laisse-moi deviner : tu n'aimes pas non plus ce surnom, n'est-ce pas ?

Si Sibylle avait été sous sa forme humaine, elle aurait hésité entre le rire et les larmes. Carlys dut le comprendre, car il laissa, pour une fois, tomber son petit sourire pour se pencher près de la louve blessée.

— Agite seulement la tête de droite à gauche ou de bas en haut pour me répondre, ok ?

Elle s'efforça de signifier son accord en inclinant brièvement le museau.

— Tu peux te retransformer ?

Elle hésita un instant, chercha au fond d'elle-même, puis finit par incliner la tête.

— Parfait. Et je suppose qu'en super princesse, enfin comme la plupart des gens, tu as absolument besoin de te changer, car tu ne supporterais pas que quelqu'un te voie nue ?

Sibylle gronda au mot « princesse », mais hocha ensuite la tête, tout en dévoilant ses crocs. Le jeune homme se releva alors, et jeta un coup d'œil rapide aux alentours avant de soupirer.

— Un vrai carnage ici, avec le sang partout et les draps déchirés, soupira-t-il. Et je suppose qu'en plus tu vas vouloir que je garde ton deuxième petit secret, n'est-ce pas ? Génial, enfin bref.

Il se dirigea alors de son pas nonchalant vers les casiers muraux et passa son poignet sous l'un des détecteurs. Tous s'ouvrirent aussitôt et Sibylle en conclut qu'il avait dû réussir à se faire implanter un passe-partout, même si pour le moment c'était le cadet de ses soucis. Qu'est-ce qu'elle était fatiguée ! Pour que ses blessures guérissent, il allait falloir qu'elle dorme au moins plusieurs heures. Avant qu'elle n'ait pu réagir, son nouvel acolyte lui balançait déjà de nouveaux vêtements sur le museau.

— Ne dis pas merci, hein, surtout...

Devant le grondement qu'il obtint en réponse, il retrouva son petit sourire avant de se diriger vers la porte.

— Je vais dans le couloir. Dépêche-toi si tu veux qu'on ait le temps de s'occuper des traces. C'est voyant des traînées de sang et des marques de pattes de loup.

Il parut alors soudain se rappeler de ses blessures.

— Au fait, tes blessures... Elles vont guérir facilement ?

La louve hocha la tête et le jeune homme parut soulagé avant qu'il ne quitte la pièce. Sibylle parvint ensuite à se retransformer et enfila lentement les vêtements qu'il lui avait donnés en étouffant, à chaque fois, un nouveau gémissement de douleur.

Malgré tout, sa peur ne l'avait pas complètement quittée. Qu'allait vraiment faire Carlys ?

Des trois enfants royaux d'Astra, Faline était celle qui aurait le plus aimé régner. Elle n'était pas l'aînée, mais au contraire dernière de la fratrie, derrière Clarence et Saedor. Ce n'est donc pas étonnant qu'elle ait été éblouie par Vizar, le prince héritier de Sagan. On ne peut pas dire que leur mariage ait été un franc succès au départ, mais, après la naissance de leur fille Cyndie, Faline s'est réellement attachée à son mari, sans que les observateurs de l'époque ne puissent en expliquer la raison.

Le monde d'hier, Juliette D., Livre III, Chapitre 6, 3146.

Chapitre 15

- Cyndie -

Ce soir-là, toute la famille était de nouveau réunie dans le petit salon chaleureux. Leonor et Matthew échangèrent un regard tendu.

— Alors ? Quelle était ta... ta théorie ? demanda la jeune femme après s'être assurée que les deux enfants jouaient dans un coin et ne les écoutaient pas.

Il parut hésiter et son front se plissa de quelques rides. Il était d'ailleurs temps qu'il se fasse de nouveau faire un soin, s'il ne voulait pas paraître trop âgé pour ses trente-neuf ans. Il se décida à répondre après avoir laissé passer un instant, les yeux fixés sur Cyndie occupée à rire d'une farce de Damien.

— Tu l'as entendue comme moi... As-tu vu combien de fois elle a parlé de Sagan ?

Leonor s'attendait à tout sauf à cela. Elle plissa les yeux et répliqua d'une voix rendue terriblement froide par l'inquiétude :

— Tu penses que Cyndie a un rapport avec Sagan ? Mais c'est... ce serait hautement improbable. Je veux dire, tout le monde sait qu'il n'y a eu qu'une survivante... Et elle a dû ensuite être tuée sur Astra par nous, enfin nos soldats, si seulement elle y est parvenue...

Matthew ferma les yeux. Il se revoyait quelques années plus tôt avec ses camarades, huant le prince Orys qui revenait avec une petite gamine blonde dans les bras, s'obstinant à vouloir la sauver.

En revanche, il n'avait pas ri lorsqu'ils avaient parlé de lui faire brûler son palais. Non, il s'était détourné et éloigné avec d'autres. Un passage de sa vie que les atrocités d'Astra, un an plus tard, lui avaient pratiquement fait oublier. Il avait été un soldat parmi tant d'autres, qui avait eu la chance de revenir chez lui. Parfois - il n'en parlait jamais à Leonor -, il se demandait si ce n'était en fait pas une affreuse malédiction.

Il avait fait ce qu'on lui demandait, il l'avait fait avec enthousiasme même, pour son pays, pour l'AM.Erica. Il avait été l'un de ces hommes gris qui faisaient hurler de terreur sa nouvelle petite fille.

Lorsqu'il avait entendu cette annonce, là-bas, à Astra, qu'il y avait une centaine de milliers d'enfants sur tous les continents de la planète dans des souterrains, il se souvenait encore de sa consternation. Oui, ils avaient tous remarqué qu'il n'y avait aucun jeune parmi les habitants tués. Mais personne ne l'avait dit, personne. C'était devenu une peur palpable dans l'air que de les trouver bientôt et de devoir les assassiner. La population, leurs femmes ou leurs maris restés à l'arrière, allait le vouloir, pour éliminer définitivement la puissante Astra qui avait dominé la galaxie des dizaines d'années durant. Sans compter le fait que chacun conservait une peur instinctive des Astrayens, capables de venger leurs défaites avec une sévérité proche de la violence, au moins dans l'imaginaire collectif.

Ce jour où il avait appris qu'ils étaient en fait sous leurs pieds, il se souvenait avoir pensé en étouffant un sanglot et en se mordant le poing : « Ils n'auront pas besoin de nous, il suffira de quelques bombes et tout sera fini ». Il se maudissait encore d'avoir imaginé cela. Mais, quelques heures plus tard, la galaxie tout entière, y compris l'alliance de l'AM.Erica, prenait à cœur la défense de ces pauvres orphelins contre les méchants militaires. Jamais Matthew n'avait été plus soulagé. Lorsqu'il avait entendu qu'ils allaient pouvoir les adopter, il avait été parmi les premiers militaires à rendre sa carte et à regagner le civil. Il n'y avait plus d'ennemis à combattre de toute façon. Leonor avait été facile à convaincre. S'occuper d'un enfant de plus les rendrait heureux tous les deux. Mais voilà, il n'avait pas prévu les cris, la peur qui brillait au fond des yeux de Cyndie, nuit et jour. Les phrases à ne pas dire, et surtout, ce secret qu'il commençait lentement à deviner. Il répondit cependant enfin à sa femme qu'il aimait tant, lui serrant doucement la main pour tenter de lui cacher sa propre anxiété.

— Si Cyndie a réellement un rapport avec Sagan...

Leonor blêmit et ses yeux se posèrent sur lui, suppliants.

— Non ! Ne me demande pas de l'abandonner !

Il ferma les yeux, repensant à l'ordre formel que tous les habitants avaient reçu de la part du gouvernement : « Parmi les enfants se trouvent, selon toute probabilité, trois particulièrement dangereux pour la paix : Rodolphe Astra et Sibylle Astra, le futur empereur et sa sœur, ainsi que leur cousine, Cyndie Astra, princesse de Sagan. Il est ordonné à tous ceux qui soupçonneraient que leur enfant puisse être l'un d'eux de joindre au plus vite le ministère de la Défense ».

Mais comment Matthew aurait-il pu deviner ? Les trois prénoms étaient courants chez les Astrayens, alors comment ne fût-ce qu'imaginer l'impossible ?

Leonor devait être en train de penser la même chose, car elle jeta un regard fou d'inquiétude aux deux enfants qui jouaient toujours dans un coin du salon avec insouciance avant de prendre la parole.

— Il y a plein de Cyndie parmi ces enfants ! Pour quelle raison serait-ce la nôtre la petite recherchée…

Elle ne put terminer sa phrase et Matthew se pencha brusquement vers elle pour la prendre dans ses bras. Ils restèrent ainsi un long moment avant qu'elle ne recule en baissant ses yeux tristes.

— Il faut que je sache pourtant. J'en ai besoin et... et nous verrons ce que nous ferons alors, n'est-ce pas ?

Matthew avait toujours obéi aux lois, et celle-ci lui paraissait être l'une des plus intelligentes. Ces trois enfants étaient dangereux, de potentiels meneurs de guerre et de révolte. D'autant qu'il y avait ce fichu tatouage qu'ils portaient tous et qui ne laissait présager que des ennuis.

Mais Cyndie ? La petite fille éclata alors de nouveau d'un petit rire cristallin et il se vit de nouveau à Sagan, huant avec les autres Orys et sa protégée.

— Cyndie ?

C'était Leonor qui l'avait appelée doucement. L'enfant lui sourit et vint rejoindre les deux adultes près du canapé. Damien la suivit en souriant également et ils s'immobilisèrent tous deux.

— Qu'y a-t-il ? demanda la petite fille.

— Pourrais-tu nous montrer le tatouage dans ton dos ? À Matthew et à moi ?

Cyndie recula, la lueur de peur qui ne la quittait jamais tout à fait brillant dans ses yeux. Pourtant elle réussit à se calmer, un peu plus vite que d'habitude.

— Non, répondit-elle cependant à voix basse en baissant les yeux.

Damien sourit alors.

— Moi je sais à quoi il ressemble. Elle me l'a décrit, pas vrai, Cyndie ? lâcha-t-il d'un air important.

Matthew sentit son cœur s'accélérer dans sa poitrine et ne quitta plus des yeux son garçon qui finissait tandis que la petite fille pâlissait.

— Un dragon stylisé pour Astra, un grand numéro 3 et en lettre un grand « S ».

Matthew avait la sensation de ne plus respirer et Leonor pleurait presque. Cyndie avait beau avoir neuf ans, elle portait en elle une blessure qui la poussait à se raccrocher désespérément aux gens et à vouloir conserver leur amitié le plus longtemps possible. Devant les larmes de sa mère d'adoption qu'elle commençait à aimer, elle choisit d'oublier toutes les instructions que sa cousine lui avait répétées pendant des heures, sans croire réellement que cela pourrait la faire souffrir davantage plus tard.

— Si ça te fait plaisir de savoir Maman ! Le « S » est en dessous du dragon et je suis la seule à l'avoir.

Leonor posa une main tremblante sur celle de son mari et une autre sur l'épaule de l'enfant.

— Ça veut dire Sagan ! C'était ma maison là-bas tu sais, termina la petite fille les yeux brillants après une légère hésitation avec, malgré tout ce qu'elle avait vécu, une étincelle de fierté à l'évocation de ses origines.

Le silence soudain de la pièce fit peur aux deux enfants.

— J'avais... j'avais promis de ne pas dire tout ça. C'est très mal ... Vous êtes fâchés ? demanda finalement Cyndie en baissant une nouvelle fois les yeux, traduisant ainsi son éternel manque de confiance en elle.

Matthew n'arrivait pas à se réveiller du cauchemar dans lequel il avait l'impression d'avoir plongé. L'enfant, pleine d'innocence, fixait son regard bleu, tantôt sur lui, tantôt sur sa femme.

Ce fut Leonor qui se ressaisit la première. Elle serra doucement la main de la petite fille avant de la rassurer, faisant abstraction de ses propres doutes et angoisses.

— Non ça va. Ça me touche, ça nous touche beaucoup que tu nous aies fait confiance.

— J'avais promis ! répéta simplement l'enfant en réponse, sans regarder sa mère, regrettant déjà ce qu'elle venait de révéler.

Damien la saisit doucement par le bras.

— C'est pas grave, viens, on retourne jouer à la révolte des robots d'Astra ! murmura-t-il avec un timide sourire.

Cyndie hésita, puis finit par céder, choisissant d'écarter volontairement de ses pensées sa peur grandissante, ne connaissant aucune autre façon de s'en sortir.

— Oui... oui je veux bien.

Elle s'enfuit à la suite du petit garçon au bout du salon, loin des deux parents qui n'osaient ne fût-ce qu'échanger un regard. Leonor fut la première à prendre la parole sans tout de suite aborder le sujet qui les hantait maintenant tous les deux, préférant adopter un biais malgré elle.

— Ils jouent à la révolte des robots…

— Un événement qui a marqué Astra et Sagan. En 3057, il me semble.

— Depuis, ils ont tous été détruits ? questionna la jeune femme, sans se résoudre encore à revenir à Cyndie.

— Sauf ceux restés loyaux et qui n'ont pas cherché à détruire les humains. Ceux-là se sont battus aux côtés des Astrayens, et ils ont été détruits par...

— ... nous.

Ils se turent de nouveau et la jeune femme sentit sa gorge se dessécher. On en arrivait toujours à la même fin, qu'importe le chemin emprunté. Matthew ne parvenait pas à réaliser. Et pourtant les mots de Cyndie laissaient si peu de place au doute.

— C'est la gamine d'Orys...

Tout le monde avait ainsi appelé avec dérision l'enfant qu'avait sauvée le prince au nez et à la barbe du gouvernement. Personne n'avait trouvé ça noble ou héroïque, au contraire. C'était mal de sauver quelqu'un de potentiellement gênant, c'était de la lâcheté de ne pas oser la tuer... En plus l'héritière de Sagan !

Pourtant plus tard, toute la galaxie soutenait le sauvetage des enfants d'Astra. Ils étaient innocents. Ils étaient touchants. Ils faisaient pitié.

Ceux de Sagan n'étaient que des rejetons gênants, se trouvant là où il ne fallait pas. Ils avaient été des dommages collatéraux en quelque sorte... Il le fallait bien. Saedor avait fait un coup de maître en dissociant les jeunes Astrayens des adultes, permettant ainsi de ne plus les voir comme des ennemis, mais simplement comme des victimes.

Matthew n'avait qu'une envie : se prendre la tête entre les mains et pleurer. Il fallait qu'il donne la gamine au gouvernement, il n'avait pas d'autre choix. Comme lorsqu'il était soldat. Mais pourquoi avait-il ri ce jour maudit où Orys avait sauvé l'enfant ? Peut-être que s'il avait réfléchi, ils auraient pu en ramener deux, rien qu'un de plus au moins… Cette pensée le torturait encore aujourd'hui, chaque minute, face au miroir le matin, à son travail, sur les routes, partout où son esprit se rappelait le passé. Il se mordit les lèvres jusqu'au sang puis se tourna vers sa femme sans vraiment la voir.

— Je vais l'amener directement à Orys, murmura-t-il. Il l'a sauvée une fois, il devrait bien s'en occuper de nouveau.

— Pas question, répliqua-t-elle du même ton, en détachant chacun de ses mots. Je me fiche de savoir qui elle est ou d'où elle vient. C'est ma fille, c'est notre enfant. Je la garde, peu importe ce qu'il y a de marqué sur son dos. Tu sais très bien ce qu'ils lui feront sinon.

— Orys la protégera...

Il n'y croyait pas vraiment lui-même, mais il savait que garder Cyndie, revenait à conserver une bombe à retardement. Il se tourna un peu plus vers sa femme, la regardant droit dans les yeux.

— Nous avons compris qui elle était... Combien d'autres le comprendront aussi ?

— Nous nous débrouillerons pour que personne ne le sache.

— Cela nous mettra tous en danger, y compris Damien.

Une lueur de doute vacilla alors dans les prunelles de Leonor tandis qu'elle jetait un coup d'œil aux deux enfants.

— Prenons le risque... répondit-elle enfin, sans regarder son mari. En l'adoptant, nous avons choisi d'en faire notre fille, au même titre que Damien est notre enfant.

Matthew ne pouvait pas dire le reste de ce qu'il avait sur la conscience. Même Leonor ne savait pas tout, ne pouvait pas comprendre l'enfer qu'avaient été Sagan puis Astra, sans compter les autres planètes détruites avant les deux dernières de l'Alliance. Il ferma les yeux. Il revoyait Orys, une enfant aux traits flous dans les bras. S'y superposa alors l'image de Cyndie et il fut soudain totalement certain qu'elle était bien la dernière survivante de Sagan. Les cris, les hurlements qui lui échappaient la nuit... Oh, et ses yeux lorsqu'elle parlait des gardes gris ! C'était comme s'il avait brusquement traversé un miroir et qu'il voyait tout de l'autre côté.

Lui avait toujours pensé être un glorieux défenseur de sa patrie. Parfois, cela l'avait poussé à commettre des actes dont il n'était pas fier, mais c'était ça aussi la guerre. Voilà qu'il ne contemplait plus que l'image d'un vulgaire assassin qui faisait hurler les petites filles et les empêchait de dormir dans le noir. Alors seulement, il comprit qu'il ne pourrait de toute façon plus jamais contempler son visage s'il livrait aujourd'hui Cyndie à la justice de l'AM.Erica. Il échangea un très long regard avec sa femme avant de reprendre la parole.

— Il va falloir lui apprendre à ne rien dire de tout cela.

— Elle n'a que neuf ans, cela ne va pas être facile.

— C'est notre unique chance, répondit-il d'une voix trop calme pour son cœur qui battait la chamade.

Il reposa ensuite ses yeux sur la petite fille et Damien qui riaient et un début de sourire affleura à ses lèvres.

— Elle est adorable.

Sa femme acquiesça avant de soupirer d'un soulagement mêlé d'une nouvelle angoisse. Maintenant, il allait falloir à tout prix protéger Cyndie d'elle-même. Une pensée vint tout à coup à l'esprit de Leonor.

— Attends, tu te souviens de la personne qui lui a interdit de nous parler, qui a déjà essayé de la protéger ?

—Sa cousine ! La sœur de l'empereur... termina-t-il d'une voix d'outre-tombe.

La jeune femme se ressaisit plus vite que lui.

— Si nous voulons garder Cyndie, pas question de l'utiliser pour essayer de retrouver les deux autres. D'accord ?

Il lui serra la main et ils échangèrent un sourire crispé.

— D'accord. Cyndie ne doit être personne d'autre que Cyndie 10-AM-01.

Clarence s'entendait très bien avec son frère, mais les deux hommes se fâchèrent le jour où l'empereur ne nomma pas Saedor, qui en rêvait pourtant, ambassadeur d'Astra pour l'AM.Erica. Cette dispute est le résultat d'un quiproquo entre eux deux : Clarence n'a pas compris l'importance de ce rôle aux yeux de son frère. Cela explique que Saedor ne soit le parrain ni de Rodolphe ni de Sibylle. Valentine, la mère des deux héritiers, fut l'instigatrice de leur réconciliation deux ans et demi plus tard.

Le monde d'hier, Juliette D., Livre III, Chapitre 20, 3146.

Chapitre 16

- Rodolphe -

Le jeune homme était de mauvaise humeur en se changeant dans le vestiaire avec les autres garçons.

— On est vendredi ! Je croyais que les entraînements de réalité virtuelle étaient le jeudi !

L'un d'eux releva la tête et lui lança un sourire d'encouragement.

— Il y a souvent des cours supplémentaires... et la première compétition est dans deux semaines. Aucun de nous n'est prêt et j'aimerais bien pour ma part, au moins, me classer dans les quinze premiers.

Rodolphe ne répondit rien malgré les questions qui fusaient dans son esprit. Il était six heures du soir et il était d'une humeur exécrable depuis que son écran avait affiché un message du professeur Toes lui indiquant l'entraînement général supplémentaire.

Lorsqu'il eut bouclé ses tennis et terminé de mettre en place sa combinaison, le jeune homme suivit cependant les autres sans regimber dans le couloir un peu miteux menant aux petites stalles à deux sièges. Aileen était déjà prête, faisant mentir l'idée que les garçons se changent toujours plus vite que les filles, les cheveux tressés cette fois-ci, lui dégageant le visage.

Toes attendit que tous soient présents pour les répartir aux différents postes et ce fut avec une certaine répugnance que

Rodolphe se laissa bientôt tomber dans le siège de gauche de la micropièce quatre.

Il comprit alors enfin ce qui le mettait dans un tel état de nerfs : il avait une peur bleue de se retrouver de nouveau dans le paysage sombre des ruines d'Astra. La dernière scène qu'il avait vue le hantait encore et il se demanda tout à coup s'il pouvait se transformer dans une réalité virtuelle. Il espérait que non, mais il était à peu près sûr du contraire.

Aileen lui adressa un sourire lorsque les pièces métalliques l'accrochèrent sur son siège.

— J'ai demandé à Toes. Ça ne sera pas là où... où tu n'as pas envie d'aller.

Rodolphe se sentit immensément soulagé et sa mauvaise humeur disparut presque complètement lorsque l'aiguille s'enfonça dans son bras, provoquant les mêmes sensations que le jour précédent. Ses yeux se fermèrent malgré lui.

***

Il était allongé par terre et plusieurs longues herbes vertes lui chatouillaient le nez. Aileen riait à côté de lui en se redressant.

— Tu as l'air tellement plus calme quand tu dors !

— À mon avis c'est ton cas aussi, répliqua l'adolescent en se redressant avec une grimace.

— Pas complètement faux, acquiesça-t-elle de bonne grâce.

Ils se turent alors tous deux et Rodolphe entreprit d'examiner ce qui l'entourait. Il était sur une colline d'herbe verte et pouvait apercevoir le paysage fort loin devant lui. Il y avait des petits lacs, d'autres collines, des bouquets d'arbres et, çà et là, s'apercevaient même quelques animaux sauvages, broutant paisiblement ou s'abreuvant aux mares. Un beau soleil éclairait le site d'une lueur vive, tandis qu'une douce chaleur réchauffait doucement leur dos, couronnant ce paysage idyllique.

Rodolphe se tourna vers Aileen.

— Qu'est-ce qu'on est censés faire exactement dans une réalité virtuelle ?

— Remplir une mission. On ne devrait pas tarder à savoir laquelle normalement.

Elle n'avait pas plutôt dit cela qu'une mince enveloppe de papier blanc jaillit de nulle part, poussée par le vent dans leur direction.

Aileen se précipita pour l'attraper et l'ouvrit rapidement tandis que Rodolphe s'approchait d'elle pour lire par-dessus son épaule.

Ramenez une fleur noire. Sur la colline la plus haute.

— C'est tout ?

L'adolescent ne voyait là rien de très compliqué, mais Aileen parut plus inquiète lorsqu'elle lâcha l'enveloppe qui fut alors dissoute dans l'air.

— À mon avis on va avoir très vite des problèmes, cette nature est trop calme. Enfin, de toute façon, pour le moment, essayons toujours. Où est cette colline ?

Le jeune homme tenait déjà la réponse et en désigna une assez proche qui se détachait en effet des autres en hauteur. Aileen inclina la tête et ils commencèrent alors à descendre d'un pas rapide. L'adolescent était particulièrement à l'aise, tandis que la jeune fille trébuchait parfois, malgré son entraînement. Elle refusait obstinément de s'accrocher à lui, ce qui du reste lui allait très bien. Quoiqu'à l'instant présent, il se sentait terriblement seul, et ses pensées se tournèrent immanquablement vers sa sœur qui lui manquait affreusement.

Lorsqu'ils atteignirent le bas du mince sentier, quelques minutes plus tard, le jeune homme s'efforça de s'extirper de ses pensées aux reflets tristes.

— Eh bien ? Jusque-là pas d'ennuis, n'est-ce pas ?

— Rodolphe…

— Oui ?

— Cours !

Elle l'empoigna fermement par le bras et il lui obéit sans poser de questions. Lorsqu'il risqua un coup d'œil en arrière, il accéléra immédiatement. Un animal monstrueux les poursuivait. Une espèce étrange, un croisement entre le lion, le cheval, puisqu'il avait des sabots, et l'éléphant pour la taille.

Tout en courant, Rodolphe parvint à crier, tâchant au passage de maîtriser son cœur qui commençait à s'emballer.

— Dis-moi, si on meurt ici, qu'est-ce qui se passe ?

— C'est très douloureux. Sinon rien.

Cela encouragea nettement Rodolphe à accélérer sa course, car il n'était absolument pas certain d'avoir envie de vivre sa propre mort. Néanmoins, le décor lui réservait un nouveau piège. Le sol se fissura tout à coup sous ses pieds et si Aileen parvint à sauter à temps par-dessus la crevasse, lui tomba, et ne réussit qu'à se raccrocher de justesse à l'un des côtés. Il tenta de se hisser en dehors de la crevasse à la force des bras, mais n'y parvint pas. Au même instant, des lianes jaillirent de nulle part et commencèrent à l'attirer vers le fond de la cavité tandis que le monstre se rapprochait de plus en plus.

— Aileen ! hurla-t-il en désespoir de cause.

À sa grande surprise, la jeune fille revenait déjà sur ses pas, se saisissant rapidement d'un couteau dans son sac. L'adolescente se précipita pour refermer sa main sur son bras pile au moment où il lâchait prise.

Rodolphe ressentait le danger et la peur dans tout son être, mais son corps n'échappa heureusement pas à son contrôle : se transformer en loup l'aurait immanquablement fait tomber dans la crevasse... Et, accessoirement, l'aurait trahi.

Aileen lui mettait cependant déjà son couteau dans la main et il parvint à se pencher suffisamment pour trancher les lianes qui le maintenaient à la paroi d'un coup sec et ajusté. Aileen le hissa au sol et il se remit prestement debout en voyant le monstre arriver à quelques mètres d'eux. Rodolphe voulut s'enfoncer entre les arbres pour se protéger de la créature, mais Aileen le retint en posant sa main sur son épaule.

— On doit aller sur la colline !

Où aucun arbre n'empêcherait l'animal de les suivre ! Rodolphe maudit à ce moment sincèrement tout ce qui l'avait poussé à accepter ce cours supplémentaire du jeudi soir. Un moment très déplaisant, lorsqu'on entend derrière soi les grognements d'un énorme monstre et que le sol se fissure sous vos pieds.

— Le rapport avec ma vitesse à la course, tu me l'expliques Aileen ?

Elle éclata de rire.

— Qu'est-ce qu'on fait en ce moment, Rodolphe ?

Oui, vu comme ça... Enfin, s'il avait été mieux informé, il est probable qu'il aurait totalement refusé de s'amuser à participer à quelque chose d'aussi insensé.

— C'est plutôt calme aujourd'hui ! Pour les concours, on reste parfois deux semaines dans les réalités ! cria alors Aileen tout en continuant son escalade de la colline.

Bon, cela allait être intéressant de vivre sa propre mort deux ou trois fois... Peut-être serait-il blasé après cela ? En voyant avec quelle énergie Aileen courait juste devant lui, Rodolphe en doutait.

Il poussa un soupir, accéléra sa course jusqu'à dépasser la jeune fille, et ne tarda pas à arriver au sommet. Il y avait une unique fleur noire et il s'en empara prestement, pile au moment où le monstre menaçait de rejoindre sa maudite coéquipière.

***

Rouvrir les yeux sur le petit espace miteux et les deux sièges métalliques faisait un bien fou. Le jeune homme esquissa l'ombre d'un sourire en se tournant vers Aileen.

— Merci d'être revenue pour me tirer de la crevasse, murmura-t-il simplement.

— Merci à toi d'avoir cueilli la fleur avant que je ne subisse de gros dégâts.

Il y eut un silence un peu gêné entre eux et ils détournèrent les yeux. Visiblement, au calme qui régnait, ils étaient les premiers à être sortis de leur réalité virtuelle. Les fauteuils ne les avaient en revanche pas encore libérés.

— Tu es « morte » combien de fois ?

— Tu veux dire en tout ou à la suite ?

— Comment peux-tu « mourir » plusieurs fois à la suite ?

— Simple... Dans les grands concours, on dispose de plusieurs vies. Donc dans l'une de ces compétitions mon maximum a été trois, et sinon en tout peut-être six fois.

— Pour les trois à la suite, quel a été le problème ?

La jeune fille hésita un petit moment avant de répondre franchement.

— J'avais un très mauvais équipier. Il jouait trop solo.

— Ah.

L'adolescent ne voyait pas vraiment quoi dire d'autre. Il nota qu'Aileen le dévisageait. Il visualisa un instant le portrait qu'elle devait avoir : des sourcils arqués, des traits fins, une taille haute. Ce que le jeune homme préférait chez lui était ses cheveux bruns mi-longs et ses yeux mordorés, marron aux éclats d'or, changeant parfois de couleur sous le coup de ses émotions ou lorsqu'il était sur le point de se transformer. À la pensée que cette particularité physique pourrait amener certaines questions indésirables chez la princesse, il se rembrunit et détourna la tête.

— Rodolphe... Nous avons très mal commencé, tu ne crois pas ? demanda-t-elle alors d'une voix hésitante.

Il tourna un regard insondable vers elle. Ses yeux avaient à cet instant précis un éclat d'or plus prononcé.

— En effet... Qu'est-ce que tu proposes ? s'entendit-il répondre, faisant un effort pour ne rien laisser paraître.

— On pourrait peut-être reprendre à zéro ? proposa-t-elle, visiblement soulagée par la teneur de sa réponse.

Rodolphe la fixa un long moment en silence. Ses prunelles violettes conféraient à son visage une légère originalité qui ne lui déplaisait pas. En entendant ses mots, plusieurs pensées l'envahirent brièvement tour à tour. S'il gagnait son amitié, il approcherait le pouvoir, comme le lui avait demandé son oncle. Pourtant, le jeune homme ne pouvait passer outre un curieux mélange de curiosité et de colère. C'était son père, Orys, qui avait tué tous les adultes qu'il aimait... et qui le détruirait lui-même s'il apprenait un jour qui il était.

Pour la première fois depuis qu'il avait compris qui était Aileen, il prit pleinement conscience du danger qu'elle représentait pour lui. Un mot, un seul mot de travers, et elle le ferait immanquablement tuer.

Étrangement, il songea tout à coup que sa vie en elle-même n'avait pas grande importance. Mais le plan 439, lui, en avait. Il baissa les yeux et un instant le visage de sa sœur passa devant lui. C'était la seule personne qu'il aimait vraiment, la seule qui partageait ses tourments et le comprenait totalement. Pour le reste, seul le plan continuait de l'animer. Après... Il n'imaginait pas la suite de sa vie. Rodolphe savait qu'il était l'empereur, le chef légitime d'Astra, mais cela lui pesait sur les épaules plus qu'autre chose. Ce que cela lui apportait ? La légitimité de prendre la tête de la révolte des enfants d'Astra. Il releva alors son regard vers Aileen qui le fixait toujours, elle aussi en silence. Il répondit alors au regard empli d'incertitude de l'adolescente.

— D'accord pour que nous prenions un nouveau départ.

— Il n'y a aucun enthousiasme dans ta voix à cette idée on dirait.

Rodolphe sentit qu'il l'agaçait déjà et qu'une déception presque palpable la saisissait. Aurait-elle aimé un sourire ? Il choisit de lui répondre avec une demi-franchise.

— Il est dur d'oublier tout de suite que je te déteste.

— Parce que je suis une peste selon toi ?

— Non... Pour Astra. Pour le vieil homme qui me souriait depuis son balcon chaque fois que je sortais dans la rue, pour la femme insupportable que je croisais au moins une fois par jour, pour les pères et mères de tous mes proches, de tous les enfants d'Astra, pour tous ceux qui pleurent la nuit dans leur oreiller en étouffant leurs larmes et en disant le lendemain aux tiens « Comme c'est gentil de m'avoir adopté », « Merci papa, merci maman » alors que les mots leur arrachent la gorge... C'est pour eux que je te déteste. Pour nous tous.

L'adolescent s'était laissé emporter et il eut un instant peur d'en avoir trop dit. Quelques bavardages dans l'une des salles adjacentes indiquaient qu'un autre groupe avait terminé sa réalité virtuelle, mais ni l'un ni l'autre des deux jeunes gens n'y faisait attention. Pas plus qu'ils n'avaient remarqué que les fauteuils les avaient libérés.

Aileen ne pouvait pas le regarder en face, pas maintenant.

— Et toi ? Tu n'as pas parlé de tes parents. Ils... sont morts à la toute fin de la guerre ? demanda-t-elle d'une voix sourde.

Le jeune homme la coupa d'un ton qui se voulait neutre, mais qui était, en réalité, plein de rancœur.

— Ils sont morts tous les deux, mais bien avant.

Aileen s'agita sur son siège devant le garçon.

— Ma mère est morte elle aussi, lâcha-t-elle comme pour se justifier.

Rodolphe lui lança un regard différent des autres, adouci, comprenant la douleur non feinte qui perçait dans la voix de la jeune fille malgré sa haine.

— Je sais... Je suis désolé pour ça.

Sa colère lui fit pourtant ajouter quelques mots en retrouvant toute sa froideur.

— Je crois cependant qu'il y a encore quelques adultes chez toi...

Puis sans lui laisser le temps de réagir, il se leva brusquement de son siège, ramassa son sac, et se dirigea d'un pas rapide vers les vestiaires des garçons après avoir entendu la réponse qu'Aileen cria dans son dos :

— Essaie de penser que je ne suis pas plus responsable que toi ! Moi non plus je n'étais pas en âge d'agir… Essayons vraiment d'être amis !

Une amitié totalement fictive, peut-être, mais jamais rien de plus, songea Rodolphe avant de tourner dans le couloir, s'éloignant définitivement de la portée de voix de la princesse.

Le 18 février 3122, Cyndie atterrit dans son appareil téléguidé sur Astra, annonçant l'effrayante nouvelle à ses habitants : la chute de l'avant-dernière planète de l'AS-SA, Sagan.

J'ai vu tomber un empire, Raphaëlle P., 3128.

Chapitre 17

- Sibylle -

Sibylle dormait. Il faisait nuit et les autres ne lui avaient rien demandé en rentrant dans le dortoir et en la voyant déjà couchée.

Enfin, elle ne dormait pas vraiment... Les yeux grands ouverts, elle repensait à toute cette affreuse journée. Tout tournait dans sa tête et elle ferma un instant les yeux, s'efforçant de ne plus y repenser sans y parvenir.

Carlys et elle avaient réussi à remettre un peu d'ordre dans le dortoir et le couloir, mais cela n'était pas suffisant. Le jeune homme avait promis de trouver quelque chose à dire au directeur et elle était sûre qu'il y parviendrait.

Non, ce qui lui faisait vraiment peur, c'était de savoir que Carlys connaissait maintenant les deux secrets qu'elle voulait cacher plus que tout au monde. Elle se retourna sur sa mince couchette et étouffa un cri d'impuissance dans ses bras repliés.

— Oh, oncle Saedor... Qu'est-ce que vous me manquez ! murmura-t-elle.

Elle ferma de nouveau les yeux, lassée, épuisée. Elle tenta de ne plus bouger pour ne pas réveiller la douleur de ses blessures, pansées de manière rudimentaire, par un infirmier qui n'avait pas posé de question.

La jeune fille commença enfin à s'endormir et ses rêves la ramenèrent au jour où tous les enfants d'Astra avaient gagné les souterrains.

***

— Oncle Saedor ! Vous ne pouvez pas faire ça !

Elle courut vers lui et il ouvrit grand les bras tandis qu'elle se jetait à son cou en pleurant. Rodolphe la tira cependant calmement en arrière, la faisant se détacher de l'homme qui représentait pour elle maintenant ses deux parents. Son frère ne pouvait visiblement pas parler sous le coup de l'émotion et il fallut un long moment à l'adolescente elle-même pour se ressaisir.

— Les ordres retentissent dans tous les haut-parleurs des villes, des villages, des maisons... C'est... c'est maintenant...

C'était tellement irréel. Sibylle releva un regard suppliant vers son oncle, mais il se contenta de lui adresser un sourire triste, avançant la main pour lui caresser doucement la joue.

— Ma chérie, cela fait plus de deux ans que je prépare, avec vous deux et le conseil, le plan 439...

Ce fut Rodolphe qui se rebella cette fois-ci.

— Rien qu'un plan de dernière extrémité... murmura-t-il d'une voix sourde. S'il n'y avait plus aucune autre chance... Je ne croyais pas que ce jour arriverait vraiment !

Il leva alors ses yeux pleins de larmes vers son oncle qui ne put pas répondre, mais se contenta d'incliner la tête. Sibylle recula de deux pas et se cogna au mur sans s'en rendre compte.

— Alors c'est vraiment fini ? demanda-t-elle d'une voix qu'elle ne reconnut pas elle-même. Astra va perdre et comme pour Sagan...

Non, c'était trop dur à imaginer ! Elle voulut continuer, mais ne put, et son oncle Saedor les reprit dans ses bras tous les deux, les serrant fort contre lui.

— Rien n'est fini. Soyez forts pour eux, d'accord ? Je vous aime... Vous êtes formidables tous les deux. Rodolphe, Sibylle... Vous êtes prêts, n'en doutez pas. Pas vrai, petite nièce ?

La jeune fille releva des yeux graves vers lui. Alors seulement elle inclina lentement la tête.

— Conduis-les aux souterrains, maintenant, lança alors Saedor à un garde resté près de la porte. Avec leur cousine.

Puis il se retourna vers eux pour leur dire quelques mots d'une voix faussement calme.

— Au revoir. Partez, partez maintenant !

Les deux adolescents obéirent sans savoir quoi répondre. Rien, malgré les deux années à imaginer cette possibilité, à assister à la construction des souterrains et à tout le reste, ne les avait préparés à cela. Sibylle et Rodolphe atteignaient déjà la porte de la pièce pour rejoindre le garde lorsque ce fut le jeune homme qui craqua. Il se retourna brusquement et courut vers son oncle, deux larmes roulant sur ses joues.

— Non ! Tout le monde ne peut pas mourir ! Que les adultes descendent aussi, venez... je vous en prie !

Sibylle n'avait pas bougé, tétanisée par une tristesse qui s'emparait de chaque parcelle de son âme et par le début d'une véritable terreur. C'était l'une des premières fois qu'elle voyait son frère céder ainsi, et elle se rendit soudainement compte qu'elle puisait toujours dans son exemple la force de tenir debout. C'était étrange et affolant de le voir brusquement comme elle, impulsif et désespéré.

Saedor répondit en posant ses deux mains sur les épaules du futur empereur qu'il considérait comme son fils.

— Nous en avons parlé. Tu sais très bien que nous ne pouvons pas faire ça... Seuls les enfants ont une chance de les attendrir... Je donnerai l'exemple. Tu ne voudrais pas que je fasse autrement, n'est-ce pas ?

Rodolphe resta immobile et silencieux un long moment avant de hocher la tête en détournant lui aussi les yeux.

— Non, mon oncle.

— Regarde-moi bien maintenant. Tant qu'ils ne te tiendront pas, ils me laisseront en vie : après tout, je suis le chef d'Astra. Et s'ils gardent les enfants comme je le pense, alors... par précaution, ils me garderont aussi. Ne te fais pas prendre Rodolphe, et je resterai en vie. D'accord ?

Le garçon ne répondit rien. Il tourna les talons dans un lourd silence pour rejoindre Sibylle, tandis que le garde posait sur lui un regard chargé de larmes. La jeune fille, pour sa part, devina que son oncle ne pensait pas vraiment rester en vie. Il avait une chance infime, peut-être autant qu'eux enfermés dans quelques heures, quelque part dans les souterrains...

Personne n'ajouta un mot lorsqu'ils sortirent enfin de la pièce, mais Sibylle, la gorge affreusement serrée, se retourna et leva la main, effectuant un léger geste d'au revoir auquel son oncle répondit par un sourire crispé et triste. Dans le couloir les attendait une autre garde avec Cyndie. La petite fille courut vers sa cousine qui se pencha vers elle pour la rassurer par quelques mots avant de se redresser et d'avancer à la suite des autres en lui prenant la main.

— Cousine, on va où ? On va où ? questionna l'enfant d'une voix débordant d'anxiété.

Sibylle avait de nouveau envie de se retourner pour courir vers son oncle, mais elle contint ses larmes et avança à la suite des gardes et de Rodolphe. Le regard de son frère brillait comme une flamme dans la nuit, animé de la même haine qui l'avait habité à la mort de leurs parents.

— On ne s'en va pas tout à fait, Cyndie. On va dans un endroit où nous serons en sécurité, sous terre, dans les souterrains.

Dans la rue, des milliers d'enfants de tout âge se dirigeaient vers un même point au sud de la plus vieille capitale de la planète Astra où ils habitaient. Ivy. Dont il ne restait déjà plus tant de choses... La plupart des tours étaient au moins à moitié détruites et les arbres gigantesques calcinés, pour certains encore fumants.

Lorsqu'une nouvelle bombe incendiaire parvenait à traverser le bouclier magnétique, tout un quartier de la ville s'embrasait soudainement sans que les habitants aient seulement le temps de fuir.

Sibylle se retourna vers les deux gardes en même temps que Rodolphe, la main toujours serrée sur celle de Cyndie.

— Au revoir...

L'homme et la femme répondirent d'une même voix.

— Adieu. Prenez soin de nos enfants.

Ils se détournèrent ensuite un peu trop vite, mais aucun des deux adolescents n'y prit garde. Sibylle et Rodolphe échangèrent un coup d'œil, chacun capable de comprendre exactement ce que ressentait l'autre. C'était à partir de cet instant qu'ils allaient devoir se cacher, ne donner leur identité réelle qu'à certains enfants, et ce même si beaucoup la devineraient forcément. Le plan prévoyait de compter sur leur loyauté. Ils étaient soudain seuls, sans adultes, devenus chefs de quelque chose de trop grand pour eux qui les dépassait déjà : leur plan de revanche.

Ils commencèrent cependant à s'avancer dans l'avenue principale de la ville envahie de milliers de jeunes de tout âge, des bébés de quelques mois aux aînés de dix-neuf ans, certains pleurants ou criants, d'autres encore le visage totalement défait. Des adultes, indénombrables, s'étaient postés sur les côtés de la rue immense et regardaient partir leurs enfants.

Le plan 439. Tout le monde ne savait pas en quoi il consistait exactement. Une grande partie étant restée secrète le plus longtemps possible avant d'être confiée à certains enfants, mais tous connaissaient la signification de ce départ : Astra n'avait plus aucune chance.

Sibylle marchait depuis déjà dix minutes, les yeux troubles et la gorge brûlante lorsqu'une femme l'arrêta : elle tenait dans ses bras un bébé de quelques mois. Tatoué comme les autres dès sa naissance...

La mère le tendait à l'adolescente sans rien dire, se contentant d'attendre que celle-ci le prenne, ne manifestant pas la violente émotion qui l'étreignait. Ce ne fut que lorsque les bras de Sibylle se refermèrent sur le bébé que la mère murmura quelques mots d'une voix éraillée :

— Prenez-en bien soin, je vous en supplie !

Elle se détourna ensuite brusquement sans attendre et se sauva dans la foule.

Personne n'était obligé de descendre dans les souterrains, mais c'était la dernière chance pour tous ceux qui aimaient leurs fils et filles... Et très peu d'adultes tentaient de s'infiltrer. Tout le monde sentait confusément que pour les sauver eux, il fallait se sacrifier.

Les joues de Sibylle étaient rouges lorsqu'elle se remit à marcher dans l'immense colonne, le bébé dans les bras, hantée par tous les regards posés sur elle. Les regards de ceux qui acceptaient la mort.

Rodolphe attrapa la main de Cyndie et ils marchèrent ainsi quelques minutes qui parurent durer des siècles en silence.

— Les souterrains, murmura le jeune homme en prenant la parole d'un ton brusque, le regard sombre. Oncle Saedor prévoyait de nous y envoyer un an avant la fin de la guerre pour que l'on se prépare bien, que l'on s'entraîne... Uniquement s'il devenait certain que nous perdrions dans les mois à venir... Peut-être que d'ici là ils trouveront une solution ?

Sibylle lut dans le regard de son frère le même terrible espoir que celui qui étreignait son cœur.

— Peut-être bien, répondit-elle sans y croire. C'est... C'est toujours possible.

L'adolescente resserra ses bras sur le bébé qu'elle portait tout en baissant les yeux vers le sol. Ils étaient maintenant au milieu de l'immense foule des enfants d'Ivy et elle sentit au plus profond d'elle-même sa peur, sa tristesse et sa colère. Elle releva cependant rapidement les yeux pour ne pas perdre de vue son frère. L'adolescente se demandait souvent comment il portait la lourde charge qui pesait sur lui : celle d'empereur. Jamais la jeune fille n'aurait pu le supporter pour sa part. Elle savait que Rodolphe, parfois, baissait les bras, gagné par la peur de ne pas être à la hauteur qui le rongeait sans qu'il veuille cependant la partager avec elle.

Le pire était probablement lorsqu'il ne parvenait pas à garder le contrôle des mutations... Il s'en voulait tellement après ! Tant de choses dépendaient aujourd'hui de ce qu'ils seraient capables de faire tous les deux...

Un léger vent soufflait dans l'avenue, effleurant ses courts cheveux frisés. Quelques semaines encore auparavant, elle les avait très longs, presque jusqu'à la taille. Son oncle avait ordonné de les lui raccourcir aux épaules, et même un peu plus, en même temps qu'il obligeait Rodolphe à laisser pousser les siens. Ce changement censé protéger un minimum leur identité n'avait rien été à côté des opérations de chirurgie esthétique qu'ils avaient dû subir pour être méconnaissables. Les changements par rapport aux photos d'eux plus jeunes que l'AM.Erica devait forcément avoir étaient mineurs, mais suffisants.

Elle y avait gagné un nez plus fin, des pommettes plus prononcées, et son frère des traits presque parfaits, Saedor ayant tout fait pour leur rendre ces modifications les moins désagréables possibles. Cela n'empêchait pas malgré tout ceux qui les connaissaient bien au palais de les reconnaître, mais cela ferait sans doute l'affaire face aux appareils de reconnaissance faciale, s'ils sortaient un jour des souterrains.

Aucun des enfants ne parlait plus maintenant, pas plus que les adultes sur les côtés de l'avenue. Le silence avait quelque chose de curieusement assourdissant. Il était chargé de tant d'émotions violentes que Sibylle était certaine que jamais les enfants en âge de se souvenir ne pourraient oublier ce jour-là...

La jeune princesse vit alors apparaître devant eux l'entrée du souterrain, soulevée par des machines de guerre. Elle barrait la rue dans toute sa largeur et tout un pan de la route avait disparu. Des milliers d'adolescents s'engouffraient sans se retourner dans l'ouverture ainsi marquée dans le sol.

Rodolphe marqua un léger ralentissement, mais il suivit Sibylle qui n'avait pas changé d'allure. Elle serrait toujours contre elle le bébé confié par une inconnue, tandis que le jeune homme entraînait avec lui Cyndie apeurée. L'adolescente sentit bientôt sous ses pas la première marche et commença à descendre en suivant les autres, s'enfonçant dans l'endroit bétonné et risquant un dernier regard vers le ciel gris qu'elle ne retrouverait pas avant longtemps, au mieux.

Rodolphe et elle descendirent ainsi des centaines de marches avec les deux enfants sans s'arrêter, se laissant guider par la foule. Chacun des jeunes présents connaissait par cœur l'étage qu'il devait gagner, les trop petits pour s'organiser devant être répartis entre les étages. Pas grand-chose n'était électrifié ici (en tout cas pas les moyens de locomotion) de peur d'une panne, et Sibylle comme Rodolphe mirent bien deux heures à atteindre leur étage en suivant les marches de pierre régulières.

La jeune fille ferma les yeux en arrivant à l'endroit qui, pour au moins plus d'un an a priori, allait devenir sa maison. À la fin de cette journée, les immenses portes bétonnées du souterrain seraient refermées et plus personne ne pourrait entrer ni sortir. Un vrai piège à rats... Seules des personnes de l'extérieur pourraient rouvrir les souterrains. Une idée qui terrorisait autant Sibylle que Rodolphe. Qui verraient-ils arriver dans plus d'un an, lorsqu'Astra tomberait ? Des assassins ? Ou, comme l'espérait Saedor, la vie ?

***

Sibylle se réveilla le lendemain matin dans son dortoir sans se souvenir de ses rêves de la nuit. Les seules choses que remarqua la jeune fille en s'habillant furent que ses blessures allaient mieux et qu'inexplicablement elle était horriblement triste. Heureusement, au petit déjeuner, avant de partir rejoindre la cabine de transport, Heather et Zarine la firent rire aux éclats et ne risquèrent aucune autre question sur ses blessures après avoir essuyé un « Non, je n'ai pas envie d'expliquer, désolée ». Que Carlys connaisse tous ses secrets était largement suffisant et le plan 439 passait avant tout le reste.

Les combats sur Astra après la destruction du bouclier se sont terminés le 18 novembre 3125, avec la défaite de ce qu'il restait de l'armée de la planète. Durant un peu plus d'un mois, les Eriquiens se sont contentés de traquer les survivants, et de lâcher dans des zones entières des produits chimiques, destinés à exterminer non seulement les humains, mais aussi les robots et dragons intelligents d'Astra.

J'ai vu tomber un empire, Raphaëlle P., 3128.

Chapitre 18

- Aileen -

Aileen était assise à une table ronde de cinq places avec ses camarades de la journée pour leur travail de groupe. Elle se trouvait entre Johan et Soralie tandis que Rodolphe lui faisait face, installé à côté de Laurie.

— Alors si je comprends bien... commença Rodolphe d'une voix un peu hésitante, la forçant à se reconcentrer sur leur projet, on doit réaliser un plan fictif d'attaque d'une ville, c'est ça ? Et des maquettes des vaisseaux spatiaux et autres moyens de transport utilisés ?

L'adolescente scruta attentivement le jeune homme qui s'appliquait à ne rien laisser transparaître. Du reste, aucun des enfants d'Astra de la salle ne semblait vraiment à l'aise avec l'exercice et Aileen ne put s'empêcher de songer, en échangeant un coup d'œil avec Soralie, qu'il aurait peut-être mieux valu ôter du programme le cours de stratégie, au moins pour cette année.

— Exactement, répondit Johan en rompant alors le silence. On se met au travail d'ailleurs ? J'ai cru comprendre que les points étaient importants pour toi Rodolphe...

Il avait dit cela avec un petit sourire moqueur et l'adolescent répliqua en jetant un coup d'œil à l'écran de l'ami d'Aileen.

— Ce n'est effectivement pas le cas de tout le monde, d'après ce que je vois.

Soralie grimaça un sourire pour tenter de détendre l'atmosphère, tandis que Rodolphe se tournait vers Laurie pour traduire ce qu'il fallait faire. Aileen, pour sa part, jeta un coup d'œil à la carte de la ville fictive devant eux qu'ils étaient censés envahir et grimaça.

— De toute façon, vous avez une idée de comment vous y prendre ?

Rodolphe échangea deux mots avec Laurie, puis ils se penchèrent tous deux vers le plan affiché par la table numérique. Soralie joua un instant avec ses ongles impeccablement manucurés, avant de commencer à réfléchir à haute voix.

— Le bouclier magnétique est extrêmement solide d'après les données… Il faudrait des années pour le détruire...

Rodolphe acquiesça et répondit en astrayen avant de traduire.

— En effet. Il vous a fallu un an et demi pour venir à bout de celui d'Astra, une fois qu'il n'était plus défendu par nos vaisseaux.

Aileen observa de nouveau le jeune homme de longues secondes sans parvenir à savoir s'il ressentait de la colère ou non. Il avait dit cela calmement et ses yeux parcouraient la carte avec un vif intérêt. Comme s'il sentait qu'elle l'observait, il releva brusquement la tête, ses longues mèches de cheveux bruns s'écartant de ses yeux et dégageant son front. Son regard aux accents dorés se vrilla dans le sien et il esquissa un sourire ironique que seule Aileen surprit, la faisant grogner d'agacement, furieuse qu'il ait pu penser qu'elle s'intéressait à lui. Elle ne se reprit qu'en se rappelant qu'elle devait faire des efforts pour se montrer un minimum sympathique, mais cela lui arracha un lourd soupir lorsqu'elle songea une énième fois que ce ne serait pas forcément facile.

Le jeune homme ne tarda pas à se détourner, fixant de nouveau la carte avant d'échanger quelques mots avec Laurie qui parut alors très enthousiaste et oublia son petit air timide pour lancer quelques mots.

— Les souterrains ! Bien sûr, passer sous terre !

Ni Aileen ni les deux autres ne comprirent.

— Heu, elle raconte quoi là ta copine ? demanda Soralie à Rodolphe d'un ton intrigué, un sourcil haussé nettement plus haut que l'autre.

Le jeune homme leva son regard vers elle avant de pointer son doigt sur la carte au niveau des points de jointure entre le sol et le dôme bleuté qui protégeait la ville.

— Simplement que, puisque l'on ne peut le détruire, il faut passer par-dessous... La flotte de l'AM.Erica possède bien encore des armes de ce genre ?

Curieusement la question mit Aileen extrêmement mal à l'aise. Peut-être était-ce le regard vif de Rodolphe qui l'accompagnait ? Elle n'eut cependant pas le temps de réagir avant que Johan ne réponde.

— Bien sûr. Trois unités au moins de blindés tout terrain qui peuvent faire ça.

Il fit une pause en dévisageant attentivement Rodolphe.

— Certains ont été pris à Astra d'ailleurs, ajouta-t-il. Vous n'avez pas eu le temps de tous les détruire...

Aileen craignit que Johan ne soit allé trop loin, mais l'adolescent d'Astra se contenta de pâlir en relevant la tête d'un air de noblesse étrange.

— Vous avez une drôle de façon de nous accueillir, en nous rappelant tout le temps que vous êtes responsables de la mort de nos parents et amis...

Ses yeux s'attardèrent sur Aileen et elle vit qu'il allait ajouter une remarque acerbe à son encontre. Se rappelant qu'elle ne voulait plus se disputer avec lui, elle reprit la parole sans lui laisser le temps de poursuivre.

— On a fait la paix, non ? Arrêtons de nous chamailler pour des bêtises et essayons plutôt de réussir l'exercice !

Elle s'était un peu énervée et les quatre autres la regardèrent avec des yeux ronds. Soralie éclata ensuite de rire, bientôt suivie de Johan et de Laurie même si cette dernière n'avait pas saisi toute la conversation. Rodolphe lui adressa pour sa part un sourire amusé, semblant se détendre.

— En effet. Désolé de m'être énervé.

Aileen éprouva plus de soulagement qu'elle n'aurait su le dire. Il y avait quelque chose en lui de dérangeant, qui dénotait une curieuse habitude de diriger qu'elle ne remarquait que maintenant. Cela permettait cependant de comprendre la raison pour laquelle ils se heurtaient si souvent l'un à l'autre !

Vingt minutes plus tard, ils s'étaient répartis les rôles et riaient ensemble toutes les deux minutes en se racontant leurs vies respectives. Étonnamment, Laurie avait révélé un véritable don pour la création des maquettes. Il suffisait de lui fournir les matériaux et les plans, visibles sur la table, pour la voir de ses doigts fins assembler avec précision chacun des petits appareils avec un sourire amusé lorsqu'on la regardait avec une admiration non feinte. Aileen l'aidait en traduisant les documents grâce à un logiciel présent sur leur poste de travail.

Soralie et Rodolphe étaient quant à eux occupés à rédiger sur l'écran une stratégie de combat en quelques lignes, alors que Johan aidait officiellement Laurie. La vérité était qu'en tant que cancre absolu, il était impossible de lui confier quoi que ce soit et Aileen préférait nettement le savoir en train de se tourner les pouces plutôt que de saccager tout leur travail. Soralie corrigeait une phrase du rapport lorsqu'elle posa une question à Rodolphe, sans réfléchir.

— Tu as de la famille encore ? Parmi les autres enfants ?

Cette pensée n'était même pas venue à l'esprit d'Aileen qui s'en voulut aussitôt. Comment pouvait-elle prétendre vouloir gagner son amitié si elle n'essayait pas de le connaître un peu plus ?

Le jeune homme releva ses yeux presque dorés de l'écran et ce fut à la princesse qu'il s'adressa lorsqu'il répondit, comme s'il avait soudain envie de lui faire comprendre à elle ce qu'il pouvait ressentir.

— Oui… Ma sœur entre autres.

Aileen ne réfléchit pas non plus, et ne put s'empêcher de lancer avec spontanéité une proposition.

— Je peux t'aider à la retrouver si tu veux ! Quel est son nom ?

Rodolphe releva rapidement la tête vers la jeune fille et ne put trouver ses mots pendant quelques secondes, ce qu'elle remarqua. Avait-il peur de ce qu'elle pourrait faire ? Cela blessa Aileen plus qu'elle ne s'y attendait, pas tellement parce que c'était Rodolphe, mais parce qu'elle n'était pas habituée à voir ce regard de méfiance et de répulsion posé sur elle.

Il dut être touché pourtant puisqu'il répondit en s'efforçant d'adoucir sa voix.

— Désolé, mais... je préférerais éviter. Ce n'est pas contre toi, c'est...

— Non ne t'inquiète pas, ça n'a aucune importance... répondit la jeune princesse en secouant la tête.

En réalité, ça en avait. Quelle mystérieuse raison pouvait bien pousser Rodolphe à ne pas vouloir qu'elle l'aide à retrouver sa famille ? Ou ce... ce qu'il en restait ? Comment imaginer que quelqu'un puisse avoir peur d'elle ?

Johan fut le premier à poser la question d'ailleurs, tandis que Laurie fronçait les sourcils dans un terrible effort pour pouvoir au moins comprendre quelques mots de la conversation.

— Qu'est-ce qui t'empêche d'accepter ?

— Chacun ses petits secrets, non ? répliqua avec un petit sourire Rodolphe. On finit notre projet, oui ou non ?

Soralie acquiesça en désignant leur ébauche de rapport.

— En effet, on s'en fiche des soucis familiaux de Rodolphe, sans vouloir te vexer. Quelqu'un pourrait me dire comment on progresse ensuite à l'intérieur de la ville ?

Johan tenta une réponse, évidemment totalement fausse, mais Aileen ne put s'empêcher de laisser son regard s'attarder quelques secondes sur Rodolphe. Ce dernier le sentit, mais garda cette fois-ci le sien rivé sur la table, esquissant juste une grimace qui ressemblait à un sourire désolé. Jamais la jeune fille ne s'était sentie aussi dévorée par la curiosité et la volonté de comprendre. Elle oublia tout ce qu'elle voulait découvrir pour aider son père, souhaitant soudain juste saisir les raisons du comportement vexant et étrange de l'adolescent. Pouvait-on être plus indéchiffrable que lui ?

***

Ils étaient assis tous les cinq à une table du réfectoire et Aileen s'en réjouissait d'autant que tous riaient aux éclats, même Laurie à qui il fallait toujours tout traduire. Elle-même se tenait à côté de Johan et face à Rodolphe, qui regardait son plateau vide d'un œil orageux alors qu'il avait pourtant déjà avalé l'équivalent de deux repas.

— Tu as encore faim ? demanda-t-elle brusquement.

— Horriblement, mais je n'ai presque plus de crédits sur mon compte...

Il lança en même temps un coup d'œil à son écran par habitude et Aileen reprit la parole.

— Mais tu recharges quand ?

— Je recevrai, d'après ce que j'ai compris, toutes les deux semaines un certain nombre de crédits, gracieusement accordés par l'AM.Erica.

— Comment peux-tu manger autant et être aussi... normal physiquement ? demanda franchement Aileen, décidant au passage d'ignorer l'ironie de l'adolescent.

Rodolphe retrouva son air agacé habituel face aux questions, mais prit le temps de répondre.

— Je ne sais pas. Question de métabolisme, je suppose...

La princesse se décida alors et cliqua rapidement sur son propre écran. En deux minutes, elle l'avait connecté à celui du jeune homme et lui avait fourni des crédits supplémentaires. Johan la regarda faire en grimaçant et grogna avec un sourire.

— Eh ! Et moi, tu me payes un repas supplémentaire ?

— Pas question ! Tu n'aurais pas assez faim de toute façon...

Rodolphe coupa leur conversation d'un air visiblement troublé.

— Aileen, je n'ai aucunement l'intention de déjeuner à tes dépens…

— Je ne vais pas te laisser mourir de faim. J'ai besoin d'un coéquipier en pleine forme pour mes réalités virtuelles, tu te souviens ?

Un franc sourire, tel qu'il ne lui en avait jamais adressé, éclaira alors les traits du jeune homme tandis qu'il se levait pour aller commander à la machine un nouveau plat.

— Merci beaucoup, vraiment !

Il revint deux minutes plus tard, et, sous les yeux un peu éberlués des quatre autres, il avala rapidement son troisième repas consécutif sans paraître le trouver en trop. Encore quelque chose qu'Aileen ne comprenait pas...

Elle oublia néanmoins l'anecdote quelques minutes plus tard, lorsque le réfectoire se fut vidé et qu'il ne resta pratiquement plus qu'eux à table, riant et discutant de tout comme s'ils se connaissaient depuis toujours.

Soralie essayait de discuter avec Laurie et elle s'exclamait de temps en temps en comprenant quelques mots d'astrayen :

— Super jolie langue ! Oh j'adore, c'est juste vraiment trop exotique... Comment tu prononces déjà « sable » ?

Elle éclata d'un joli rire en entendant le mot. L'amie d'Aileen avait toujours aimé les langues, malheureusement ces dernières avaient été retirées du programme. Les traducteurs, désormais trop rares, avaient rendu cet apprentissage inutile. L'écriture faisait aussi partie des passions de la jeune fille.

— Bon, la prochaine histoire que j'écris, je crois que je vais choisir un titre en astrayen, lança-t-elle avec une mimique joyeuse à Laurie, ça donnera tout de suite un côté plus sympa ! Et moderne !

— Heu... Pourquoi moderne ? demanda Johan d'un air étonné.

— Je ne sais pas... Ça sonne bien, tu ne trouves pas ?

Quand Soralie avait une idée en tête, il valait mieux ne pas essayer de l'en détourner. Rodolphe esquissa un nouveau sourire quand elle ajouta en pointant sa pique programmable (tour à tour fourchette, couteau et cuillère) vers lui.

— D'ailleurs, j'adore ton prénom, identique à celui de votre mystérieux prince. Ça a une connotation typiquement étrangère... Ça te dérange si je t'emprunte l'idée pour mon personnage principal ?

Le jeune homme se pencha sur la table vers elle et répondit en riant, comme pour cacher le léger tressaillement qui avait étrangement semblé lui parcourir le corps. Sûrement, une manifestation de cet instinct de protection de leur empereur qui animait tous les enfants d'Astra, pensa Aileen.

— Pas de problème ! Tu me feras lire ?

— Ça marche. Vous pensez que si l'intrigue se situe à Astra, ça peut faire un bon point de départ ?

Aileen n'aimait pas ça. Vraiment pas, même si elle n'était pas capable d'en expliquer la raison. Elle n'eut cependant pas le temps d'intervenir.

— Pourquoi pas l'AM.Erica ? la coupa Johan. C'est plus proche, plus facile, tu connais !

— On sait tous que tu privilégies toujours la facilité, répliqua Soralie en esquissant une petite moue.

— En effet, je n'ai jamais aimé me casser la tête.

— Eh bien je ne suis pas comme toi, et pour ma part j'ai envie de me lancer un vrai petit défi.

Elle se tourna ensuite vers Rodolphe et Laurie en essayant d'aligner quelques mots d'astrayen.

— Donc... Comment pourriez-vous me décrire votre planète ?

Aileen trouvait la conduite de Soralie dangereuse. Elle semblait déjà oublier tout ce que les enfants d'Astra laissaient derrière eux, des cendres. Ne trouvait-elle pas horrible d'écrire une histoire sur quelque chose qu'ils avaient détruit ? Visiblement non, et elle ne semblait pas, non plus, voir le regard soudain plus brillant de Laurie et le poing serré de Rodolphe.

— Bien sûr. Que veux-tu savoir ? répondit pourtant ce dernier d'un ton tout ce qu'il y avait de plus courtois.

Mais, comme s'il avait deviné la gêne d'Aileen, il redressa la tête et lui adressa un petit sourire semblant lui signifier que tout allait bien. Vraiment ? Mais alors pour quelle raison cette scène mettait-elle la jeune fille si mal à l'aise ?

Valentine, la mère des héritiers, est toujours restée plutôt discrète. Encore aujourd'hui, il est difficile de faire une biographie complète de son existence. Ce qui est certain, c'est qu'elle est née et a vécu à Berlin, une ville historique d'Astra. Elle aurait rencontré le futur empereur suite à un accrochage en aéronef et leur histoire aurait ainsi commencé.

Le monde d'hier, Juliette D., Livre III, Chapitre 1, 3146.

Chapitre 19

- Rodolphe -

En pénétrant dans l'appartement, le soir, Rodolphe constata que Lint l'attendait comme tous les jours. Le jeune homme alla s'assoir dans l'un des sièges à suspenseurs après avoir laissé son sac tomber à terre, tandis que son père d'adoption, mot qu'il avait du mal à prononcer même dans son esprit, prenait place dans le canapé.

— Tu as peur que je ne revienne pas un jour ? demanda froidement le prince en fixant son interlocuteur.

Lint lui lança un coup d'œil en biais avant de répondre.

— En effet. Tu ne ressembles pas aux autres enfants d'Astra... Il y a chez toi quelque chose qui me fait peur. Un jour tu te rebelleras et tu partiras.

Rodolphe déglutit avant de détourner son regard. Il n'avait pas envie de mentir au vieil homme, car en quelques jours celui-ci, sans rien dire ou faire de particulier, avait su gagner son estime et sa confiance malgré l'animosité qu'il tentait toujours de lui montrer sans totalement y parvenir. Le jeune prince passait sa vie à repousser tous ceux qui semblaient prêts à lui témoigner un minimum d'amitié. Il n'était pas sociable, et quelque chose en lui se rappellerait toujours ce qu'il avait éprouvé en apprenant la mort de tous les adultes d'Astra, y compris évidemment ceux qu'il connaissait... Sauf, et heureusement, son cher oncle Saedor.

— Ce jour dont tu parles n'est pas proche d'arriver. Je ne vais pas disparaître comme ton fils.

Lint voulut répondre, mais n'y parvint pas et Rodolphe regretta presque immédiatement ses paroles. En fait, il était carrément antisociable. Il ne comprenait toujours pas comment il avait pu déjeuner avec quatre autres jeunes à midi, dont cette fichue Aileen avec ses étonnants yeux violets.

Il avait toujours été solitaire, mais pas vraiment par choix. Dès ses cinq ans environ, on avait écarté de lui tous les autres enfants, tous les adultes dont on n'était pas absolument sûr. Ses parents et le conseil restreint avaient soigneusement choisi son entourage en minimalisant au maximum le nombre de personnes en contact avec lui. Ils les avaient sélectionnés sur leur utilité à ses côtés, mais surtout leur loyauté à la couronne. Il n'était pas question que quelqu'un apprenne un jour que l'héritier de l'empire d'Astra souffrait d'une mutation qui le transformait régulièrement en un énorme loup argenté...

Sa seule amie depuis toujours, c'était sa chère sœur Sibylle. Rien que se souvenir d'elle maintenant lui rappelait combien elle lui manquait cruellement depuis quinze jours. Même s'ils avaient été jumeaux, jamais ils n'auraient pu être plus proches. Ils avaient fait leurs premiers pas l'un après l'autre, mais leurs premières bêtises ensemble. Eux seuls pouvaient comprendre, avec leur mère qui partageait leur malédiction, le plaisir de se transformer en loup et de courir se défouler entre les arbres ou sur la plage.

Un plaisir dont ils n'avaient profité, avec Sibylle, que de rares fois la nuit lors d'une ou deux escapades extrêmement dangereuses. Que ce serait-il passé si quelqu'un les avait surpris alors à se transformer ?

Tout cela, Rodolphe le gardait au plus profond de lui-même, tâchant toujours, chaque seconde de sa vie, de maîtriser toutes ses émotions de façon à ne jamais dévoiler la bête en lui.

Sibylle avait toujours été moins douée à ce jeu-là. La colère, la joie, la peine, la transformaient presque immanquablement et il n'osait imaginer l'enfer que cela devait être pour elle. D'autant que, plus ils passaient un long moment sans changer de peau, plus le mutant en eux menaçait de les submerger de nouveau. Il allait d'ailleurs falloir que Rodolphe s'en préoccupe sérieusement... Il n'avait aucune envie de se transformer brusquement dans l'une des réalités virtuelles par exemple, même s'il ignorait les exactes conséquences dans pareille situation.

Le jeune homme prit alors conscience du silence et releva les yeux vers Lint. Celui-ci esquissa un sourire, écartant ses lèvres craquelées.

— Terminées tes réflexions, petit ? demanda-t-il doucement.

Rodolphe ne chercha même pas à lui demander de l'appeler autrement, mais cela le fit se rappeler de son titre de prince... Encore quelque chose qui l'avait toujours terriblement éloigné des autres, parfois même de Sibylle, alors qu'il n'avait vraiment pas besoin de ça. Il poussa un léger soupir avant de répondre.

— Terminées en effet... On dîne à quelle heure ?

— Comme tu veux, garçon. Tu te sers sur le plateau et tu manges, point. Pas de cérémonie ici, tu commences à savoir comment je fonctionne.

Il n'avait pas dit « connaître », nota Rodolphe. Lint avait raison de toute manière, que savaient-ils vraiment l'un de l'autre ?

L'estomac du jeune homme émit un gargouillement, tandis qu'une envie dévorante le prenait de se servir tout de suite à manger. Mais, dans ce cas-là, il n'aurait rien plus tard dans la soirée avec le rationnement des vivres. Qu'il avait faim ! Le troisième repas d'Aileen lui avait fait un bien fou et c'était la seule chose qui le lui avait fait accepter : la certitude que s'il ne le prenait pas, il ne tiendrait pas longtemps.

Cela avait cependant attiré l'attention sur son métabolisme particulier. Enfin, qui pourrait seulement soupçonner la vérité ? Même les Astrayens n'étaient pas au courant ! Rodolphe rendit les armes face aux réclamations de son estomac et entreprit de se lever de son siège pour gagner le plateau de commande des plats.

— Et sinon, comment qu'c'était ta journée ? demanda Lint derrière lui.

— Bien. Cours de stratégie militaire sur comment prendre une ville...

— ... d'Astra j'imagine.

— Il n'y avait pas de lieu précis. C'était un endroit fictif.

— Mais l'AM.Erica n'a jamais visé que l'Alliance astrayenne, l'AS-SA... Oh, je parie que si maintenant tu te retournes vers moi, garçon, tes yeux brillent ! De colère et de rage...

Rodolphe sentait son cœur battre trop fort dans sa poitrine et s'efforça une fois de plus de se maîtriser.

— En effet. Mais puisque tu te permets de me pousser à bout... Comment parles-tu ma langue ? demanda-t-il sans se retourner d'une voix tendue.

Rodolphe attendit un instant avant de bouger de manière à lui faire face, souhaitant une réponse qu'il avait déjà refusé de lui donner. Lint ne se déroba cette fois-ci pas et commença son explication d'une voix chargée d'émotion.

— Ma femme était astrayenne. J'ai appris à parler la langue et mon fils... mon fils la parlait lui aussi couramment.

Rodolphe repensa au divorce que Lint regrettait toujours et ne l'obligea pas à lui donner d'autres détails. Il prit rapidement le plat qu'il avait commandé à la machine raccordée au service de la ville, avant de revenir vers son siège.

— Tu t'es fait des amis parmi les Eriquiens, garçon ?

Le jeune homme hésita avant de répondre.

— Oui, j'en ai rencontré trois que je commence à apprécier.

Ce fut seulement après que les mots eurent franchi sa bouche qu'il se rendit compte qu'il venait de dire la stricte vérité. C'était un sentiment étrange que d'avoir envie de retrouver quatre personnes le lendemain. Laurie, Johan, Soralie et même Aileen...

Oui, en fait ça ne lui correspondait pas. Rodolphe eut un instant l'appétit comme coupé tandis qu'une pensée le traversait. Si jamais pour la première fois de sa vie il se faisait vraiment des amis... Mis à part Laurie, une enfant d'Astra, il devrait tous les trahir.

***

Nouveau cours de sport ce matin-là, course à pied toujours... et Rodolphe n'avait qu'une envie : démarrer le plus vite possible. Il vit Aileen se faufiler entre les autres élèves et le rejoindre sur la ligne de départ. Elle lui fit un petit sourire.

— On court ensemble ?

Il hésita quelques secondes avant de se contenter de hocher la tête. Lorsque le professeur leur permit de partir, il démarra, presque aussitôt suivi de la jeune fille qui parvint à se maintenir dans son sillage.

— Dis donc Rodolphe... Tu démarres toujours directement à cette vitesse ? cria-t-elle néanmoins tandis qu'ils prenaient tous deux nettement la tête du groupe.

— Non, parfois plus vite.

Il devina qu'elle ne savait pas comment prendre sa réponse. Était-il sérieux ou bien plaisantait-il ? La jeune fille ne lui posa pas de nouvelle question et Rodolphe n'ajouta rien pour l'éclairer, préférant la laisser dans ses doutes. Il aimait assez sentir qu'il l'agaçait en courant devant elle et plus vite, sans donner l'impression de faire le moindre effort. Un léger sourire étira ses lèvres et il inspira l'air du stade avec un plaisir accentué.

Il savait qu'à chaque foulée régulière qu'il effectuait, il mettait un peu plus à mal la fierté d'Aileen. Pourtant, étonnamment, elle ne se plaignit pas, et le jeune homme songea que c'était un trait de caractère qu'il ne pouvait qu'apprécier et admirer malgré lui. L'adolescent lança alors un regard en arrière et embrassa la scène des yeux.

Les autres élèves avaient déjà plusieurs mètres de retard sur eux, mais Aileen commençait à peiner. Alors, lentement d'abord, presque imperceptiblement, Rodolphe ralentit de façon à lui permettre de rester à sa hauteur. La jeune fille s'en rendit parfaitement compte et esquissa un fin sourire tandis que Rodolphe continuait, sans la regarder.

Le jeune homme aimait courir, mais aujourd'hui, il était heureux de ne pas le faire seul. Ce n'était pas la même chose de ralentir pour Aileen... mais c'était fantastique quand même. Il refusait pourtant d'admettre la joie qu'il éprouvait à le faire. Rodolphe et la jeune fille firent encore deux grands tours de pistes avant qu'elle ne bifurque vers le professeur et les élèves arrêtés sur le côté. L'héritier d'Astra la suivit et rejoignit les autres pour faire les étirements que le professeur Kevans suggérait.

Aileen avait les joues rouges et la respiration sifflante et saccadée. Néanmoins, elle arborait un grand sourire qui faisait chaud au cœur, même à celui du prince. Rodolphe s'appliqua à ne pas trop la regarder, s'efforçant de se concentrer sur ses étirements.

— Dis... Dis-moi... Tu peux aller jusqu'où comme ça ? demanda-t-elle en s'approchant de lui.

Le jeune homme répondit en haussant les épaules.

— Je ne sais pas exactement. Assez loin je pense...

Aileen se contenta de ces quelques mots tandis que Soralie se penchait vers Laurie pour lui glisser à l'oreille quelques paroles en astrayen. L'amie de Rodolphe répondit aussitôt dans sa langue et Soralie se tourna vers celui-ci avec un regard interrogateur, l'une de ses expressions faciales courantes.

— Je ne suis pas sûr que tu aies envie que je traduise... expliqua le jeune homme avec un sourire amusé en se redressant.

— Mais si je t'assure ! Qu'est-ce qu'a dit Laurie ?

— Que tu as bien retenu les mots qu'elle t'avait appris hier, mais que tu avais un accent épouvantable.

Les cinq jeunes, y compris Laurie qui avait deviné, éclatèrent de rire en même temps avant que la voix du professeur ne les rappelle à l'ordre.

— Ce n'est pas le moment de bavarder ! Puisque mon cours vous semble si peu important, Aileen, pouvez-vous expliquer à vos camarades comment on trouve une respiration optimale en courant ?

La jeune princesse grimaça.

— Pas possible, lâcha-t-elle entre ses dents, il m'en veut depuis que j'ai râlé pour tes points de traducteur Rodolphe...

Elle reprit ensuite plus haut la parole.

— Heu... Honnêtement pour moi monsieur, c'est plutôt un réflexe. Je ne suis pas certaine de pouvoir l'expliquer.

— Ttttt mauvaise élève... murmura Johan avec un regard espiègle.

Le professeur dut cependant l'entendre, car il regarda le jeune homme droit dans les yeux.

— Très bien, Johan. Vous allez nous montrer l'exemple, venez ici, oui, devant les autres allez…

L'adolescent s'exécuta et, quelques minutes plus tard, il était occupé à inspirer et expirer bruyamment tandis que le professeur Kevans commentait chacun de ses faits et gestes. Difficile de ne pas éclater de rire. Aileen s'efforçait de regarder le sol pour ne pas avoir son ami sous les yeux, mais Soralie et Laurie avaient tellement de mal à retenir leur hilarité que des larmes rendaient leurs yeux humides. Quant à Rodolphe, il restait neutre, mais ses yeux brillaient d'une petite lueur joyeuse et amusée. Une heure plus tard, le cours était terminé et les jeunes gens pouvaient se diriger vers les vestiaires.

— Pour le projet de groupe du cours de stratégie... Finalement, on se retrouve chez qui ? demanda Laurie à Rodolphe, levant les yeux du sol pour les poser sur lui.

Le jeune homme traduisit la question puis répondit en eriquien tout en fixant Aileen.

— Au palais, non ? C'est ce qu'on avait dit.

La princesse lui retourna son regard et acquiesça. Elle parut un instant intriguée puis haussa les épaules et le prince retint un sourire. Tout le monde devait vouloir découvrir le palais, alors qu'est-ce que sa curiosité avait d'étonnant ? Sauf que lui aspirait à en apprendre un maximum sur le gouvernement de l'AM.Erica, et non à s'extasier sur la taille des tours ou la dimension des plafonds. Après tout, il avait passé son enfance dans un endroit trop similaire pour se trouver dépaysé, même si l'architecture du palais d'Astra n'avait pas grand-chose à voir avec celui d'ici.

Il y repensa quelques minutes plus tard, dans les vestiaires en enfilant un tee-shirt blanc, après avoir ôté celui qu'il avait pour la course. Il attrapa ensuite sa veste, beige et imperméable, avant de sortir le premier de la pièce, évitant de répondre aux bruyantes conversations des garçons autour de lui. En arrivant dans le couloir, il constata avec un sourire que celui-ci était vide. Généralement, il était premier à être changé si ce n'était pas Aileen et, visiblement, il avait été plus rapide cette fois-ci. Il s'adossa au mur, ferma un instant les yeux, puis les rouvrit, rêveur. Astra paraissait si loin, dans cet endroit où il semblait presque pouvoir vivre comme un étudiant parmi les autres ! Il aurait aimé que cet instant dure toujours.

— Hem.

Il tourna vivement la tête vers sa droite, pour tomber sur Aileen plantée devant lui, présente depuis quelques minutes visiblement. Il détestait être surpris lorsqu'il se croyait seul, mais elle parvint à lui arracher un petit sourire encore hésitant. La princesse le lui rendit, voulut ajouter quelque chose, mais ne trouva pas quoi. Ils restèrent silencieux, jusqu'au moment où leurs deux amies les rejoignirent, mettant fin sans le savoir au moment de malaise inexplicable qui commençait à s'installer entre eux. Johan débarqua bon dernier, son pull à l'envers. Tout le monde se permit d'en rire sauf Aileen, blasée, qui se contenta de le lui faire remarquer tandis que Laurie lâchait un commentaire qui fit seulement sourire Rodolphe, le seul à avoir compris. Une fois que Johan se fut rhabillé et partit chercher son sac qu'il avait oublié, ils partirent tous les cinq en direction du réfectoire en riant, une fois de plus, même si le jeune homme mit un instant à se détendre. Oublier son titre, quand ils étaient seuls tous les deux, n'était jamais facile et il avait alors l'impression que sa rage et sa colère étaient si visibles que cela empêchait la moindre conversation.

Les parents de Carlys étaient indéniablement atypiques. Tous deux issus de familles nobles, ils avaient fui les mondanités de leur milieu. Carlys ne s'en est jamais vanté, mais son père portait le nom d'Astra, et même s'il avait librement renoncé, cela suffisait à faire d'eux une très grande famille dans la haute société.

Chroniques inachevées, I. Gcv, 3540.

Chapitre 20

- Sibylle -

Sibylle et Carlys s'étaient assis pour la pause déjeuner dans le parc, à l'ombre d'un grand arbre qui ne ressemblait pas à ceux d'Astra, ce que, l'un et l'autre, avaient immédiatement remarqué en s'installant. Les arbres de leur planète faisaient plusieurs centaines de mètres de hauteur au minimum et occupaient autant de place que les gratte-ciels dans le paysage urbain. Leur tronc entortillé et dépourvu de branches s'élevait à des hauteurs impressionnantes jusqu'à disparaître dans une touffe de feuillage importante à leur sommet.

La jeune princesse joua un instant avec les brins d'herbe à ses pieds avant de relever les yeux vers Carlys.

— Tu connais tous mes secrets maintenant... Que vas-tu en faire ?

Le jeune garçon lui lança un coup d'œil calme avant de croquer dans un fruit artificiellement recréé par la machine de commande.

— Et si je te disais que ça ne me fait vraiment rien tout ça, Sibylle ? répondit-il après avoir dégluti.

— Tu ne diras rien ?

Elle était extrêmement tendue et vit qu'il le remarqua au petit sourire dont il assortit sa riposte.

— Où en serait l'intérêt ? On est amis aux dernières nouvelles... même si j'avoue que tu te révèles un peu difficile à vivre.

— Moi ? Je rêve !

Ils éclatèrent franchement de rire pour la première fois depuis qu'elle s'était transformée. Sibylle avait toujours du mal à le regarder en face néanmoins. Elle avait grandi en apprenant qu'il fallait à tout prix qu'elle se cache et, au fond, elle s'était toujours dit qu'elle devait être monstrueuse.

— Ça te fait forcément quelque chose... Le mutant je veux dire, murmura-t-elle, son regard couvrant les blessures encore visibles sur son corps. Le titre à la limite, je peux comprendre, mais les mutations...

— À vrai dire, je trouve ça fantastique. Ça me plairait bien de pouvoir courir à quatre pattes de temps en temps.

Cette dernière phrase acheva de la dérider. Elle fronça cependant les sourcils, quelques secondes plus tard.

— Tu t'en es sorti comment avec ton directeur ?

— Mal. Je crois qu'il n'a pas cru la moitié des mensonges que j'ai dû inventer. Mais l'autre est passée, donc pas de problème de ce côté-là. Par contre, me concernant, j'ignore totalement de quelle façon il me voit maintenant... Enfin, comme il reste persuadé que je lui ai sauvé la vie, tout va bien.

L'adolescente ne releva pas ces derniers mots.

— Je crois que je n'ai plus grand-chose à te cacher... Tu accepterais de m'aider ? hésita-t-elle.

— Oh là, ça dépend de ce que c'est… C'est que je suis quelqu'un de sage, de consciencieux et d'obéissant aux lois. Quoique, à bien y réfléchir, je sois capable d'y faire quelques petites entorses sans importance. Hum, bref, en quoi puis-je être utile à ton Altesse ?

Sibylle jeta un coup d'œil autour d'eux, mais le parc était désert. Elle avait appris qu'une loi sur l'encadrement de la vie privée interdisait les micros-espions dans les lieux publics comme les lycées, mesure qui lui allait très bien.

— Arrête de m'appeler comme ça ! Ensuite je ne te demande rien de grave... Juste de faire le guet une fois de temps en temps.

Il comprit en un éclair.

— Quand tu auras besoin de te transformer en mutant ?

Elle hocha la tête à regret tandis que le sourire de Carlys s'agrandissait. Sibylle lui lança un coup d'œil inquiet.

— Tu mijotes quoi, exactement ?

— Oh quelque chose de très drôle vraiment. Je vais avoir du mal à convaincre mon directeur en revanche, après tout le cinéma de l'autre jour.

— Carlys ! Qu'est-ce que tu veux faire ?

— Hum... Je t'avais déjà dit que j'avais toujours rêvé d'avoir un chien ?

— Je... ne... suis... pas... un... chien...

La jeune princesse avait détaché chacun de ses mots et s'apprêtait à renchérir lorsque l'adolescent lui fit brusquement signe de se taire. Elle se tourna rapidement et suivit son regard pour apercevoir Heather qui accourait vers eux. La jeune fille se laissa tomber dans l'herbe à leur côté et poussa un soupir soulagé.

— Ouf ! Vous étiez là ! Je vous ai cherchés absolument partout, vous êtes vraiment invivables, grogna-t-elle d'un air peu crédible vu son sourire. Alors quelles nouvelles ?

Carlys se tourna directement vers Sibylle, sans lui répondre.

— Le guet tout seul, ce n'est pas pratique. Tu ne voudrais pas apprendre à faire confiance aux gens ?

La jolie blonde fronça les sourcils, les dévisageant tour à tour sans comprendre, furieuse d'être ignorée.

— Heu, tu parles de quoi, là ?

Sibylle s'apprêtait à répondre qu'elle s'y refusait absolument, jusqu'au moment où lui revinrent en tête les quelques paroles de son oncle, la veille de leur entrée dans les souterrains. « Votre problème à tous les deux, c'est que vous avez du mal à aller vers les autres. Si vous voulez qu'on vous suive pour le plan, il faudra que vous vous fassiez des amis, et que vous appreniez à leur faire confiance. » Il avait ajouté juste après qu'il ne fallait, cependant, pas prendre de risque inutile. Et celui-ci n'en était-il pas un ? La jeune fille la regardait avec un sourire, attendant visiblement qu'elle s'explique. Sibylle songea encore à deux choses : d'abord qu'elle avait besoin de se transformer faute de perdre totalement le contrôle, ensuite que l'adolescente lui avait aveuglément fait confiance en lui montrant les lettres de son tatouage, PM ou prisonnier mineur, matricule considéré comme dégradant. Elle n'hésita alors plus, et ce après un coup d'œil à Carlys.

— Heather, tu sais garder un secret ?

— Tu me vexes là.

— Je te demande, car tu risques d'être un peu surprise.

L'adolescente la regarda un instant, intriguée, avant de s'assoir plus confortablement sur l'herbe, de poser sa tête dans ses mains et de prendre un air attentif.

— Vas-y, je t'écoute.

— Je...

C'était une enfant d'Astra, une amie en quelque sorte, pourtant les mots étaient si difficiles à dire.

— Je... Mon tatouage porte le numéro 2.

Heather parut intriguée.

— C'est étonnant ça... observa-t-elle, tous ceux que j'ai vus avaient pas mal de chiffres... Qu'est-ce que ça représente ?

Avec ses antécédents, PM, évidemment qu'elle n'avait pas été sélectionnée pour savoir cela... Sibylle ferma les yeux puis inspira avant de lâcher son premier secret.

— Ça signifie que je suis la sœur de l'empereur. La princesse d'Astra.

Il y eut un long moment de silence entre les trois jeunes gens. Carlys lui-même perdit son sourire éternellement ironique alors même qu'il était déjà au courant. Les mots étaient simples, mais terriblement impressionnants. Ce fut Heather qui la première rompit le silence.

— Tu... Je peux voir ?

Sibylle se tourna, souleva légèrement son tee-shirt et le numéro deux se détacha nettement sur le bas de son dos et de sa peau pâle. Elle se retourna ensuite pour faire face à son amie.

— Alors ? Ça te fait quoi ? demanda-t-elle en tâchant d'empêcher sa voix de trembler.

— Je... je suis en train de penser à tout ce que ma mère me racontait sur vous, les princes et princesses d'Astra.

Carlys s'étira et Sibylle eut envie de faire de même. Ce simple geste mécanique l'aida de plus à se calmer, lui permettant de reprendre la conversation.

— Que te racontait-elle ?

— Que vous alliez me sauver de...

Elle jeta un coup d'œil à Carlys, qui regardait ses propres pieds comme passionné par ces derniers, avant de terminer.

— ... de la prison. La grâce royale, tu comprends, et tout et...

Sibylle ne baissa pas la tête, mais sentit un lourd remords s'emparer d'elle, comme la première fois où Heather lui avait parlé de tout ça. Elle ne répondit pas tout de suite, laissant à Carlys le temps d'intervenir.

— La prison ?

La jolie blonde détourna les yeux.

— Oh, une histoire sans grand intérêt... murmura-t-elle d'une voix à peine audible.

Pour une fois Carlys n'insista pas, un tact qui étonna Sibylle, sans l'empêcher pourtant de rapidement retrouver son petit sourire.

— Bon, maintenant que tu connais la moitié des encombrants secrets de notre amie... commença le garçon d'un air malicieux.

Heather lança un regard stupéfait à Sibylle.

— La moitié ? s'exclama-t-elle. Tu vas m'apprendre quoi là ? Qu'en plus d'être la sœur d'un empereur tu es...

Elle ne trouva pas ses mots et ne put continuer. Son attitude était si drôle que la princesse ne retint pas un rire auquel se joignit le jeune homme.

— Non, non, le titre est vraiment banal quand on connaît l'autre secret... Alors Sib' ?

L'intéressée sentit ses hésitations revenir, mais il était trop tard pour se taire. Elle voulait leur faire confiance. Choisissant ses mots avec soin, elle se tourna pour faire face à Heather.

— Tu as entendu parler des mutations ?

— Oui, comme tout le monde. Des bombes qui ont eu des effets terribles sur les gens qui se sont trouvés à côté... Mais ça date de pas mal d'années, non ?

— Ma mère a fait partie des personnes touchées alors qu'elle n'était qu'un bébé dans le ventre de ma grand-mère. Mais contrairement à beaucoup d'autres, elle a survécu. Quand elle est née, eh bien, son entourage s'est empressé de la cacher le plus possible. Elle était... particulière.

Sibylle risqua un coup d'œil en direction de Carlys.

— T'inquiète, le bleu ça te va très bien ! lança-t-il en cachant mal son sourire aux accents gentiment moqueurs.

Cette référence la fit sourire malgré elle ; après avoir levé les yeux au ciel, elle poursuivit à l'intention de Heather.

— Ma mère pouvait se transformer en animal. Une forme qui n'existe pas dans la nature, mais que l'on peut qualifier de loup. C'est cette espèce disparue qui y ressemble le plus, même si ce n'est pas exactement correspondant.

Elle guetta sur le visage de son amie l'ombre d'une trace de surprise, de choc, mais elle ne réagit que par une grimace et quelques mots.

— Tu veux vraiment me faire avaler ça ? C'est une blague de cet idiot de Carlys, c'est ça ?

— Quoi ? Attends, tu m'as qualifié de quoi ?

Sibylle ne tint pas compte de l'interruption intempestive du jeune homme et continua, imperturbable.

— Personne n'imaginait que la mutation soit transmissible... Et pourtant, il faut le croire puisque mon frère et moi nous nous transformons également sous une forme mutante à volonté.

Il y eut un léger silence. Cela faisait déjà bien un quart d'heure qu'ils auraient dû rentrer en cours, mais aucun d'eux ne s'en souciait. Carlys haussa un sourcil et prit une voix aiguë dans une tentative lamentablement ratée d'imiter Heather.

— C'est encore une blague de cet idiot de...

Sibylle le coupa dans sa tirade.

— Tu ne me crois pas, n'est-ce pas ?

Elle avait à son tour un sourire amusé. Dire qu'elle avait passé tant d'années à craindre qu'un jour quelqu'un découvre son secret ! Mais personne ne pouvait le croire sans l'avoir vu.

— Tu ne voudrais pas te transformer, Sib' ? suggéra le jeune homme.

— Je n'ai pas trente-six vêtements de rechange et je ne tiens pas à déchirer ceux-ci.

Quelque chose, la jeune princesse aurait été bien en peine de dire quoi, dut commencer lentement à convaincre Heather. Cette dernière se leva lentement.

— Les vestiaires qu'on utilise en sport... Ils sont tout proche, murmura-t-elle, hébétée.

***

Sibylle ôta ses vêtements rapidement dans la salle déserte des vestiaires. Un instant plus tard, toujours pas remise du fait d'avoir accepté cette folie, elle sortait en trombe pour rejoindre Heather et Carlys dans l'allée qui longeait le bâtiment, sous sa forme de mutant. La jeune fille poussa un cri, tandis que son compagnon éclatait de rire.

— Franchement ce bleu électrique ! Ça casse tout le côté effrayant que tu pouvais avoir, Sib' !

Elle grogna sous sa forme animale, dévoilant ses crocs, et Heather, les yeux agrandis par la surprise, resta quelques secondes sans rien dire, reculant même instinctivement d'un pas. L'adolescente se laissa tomber au sol, ses jambes ne la soutenant plus, et avala difficilement sa salive, son regard allant de Carlys à Sibylle qui ne la lâcha pas du regard. Sa peur d'être jugée sur cette mutation qu'elle ne maîtrisait pas ressurgit chez la princesse qui tenta de ne pas tout de suite regretter d'avoir dévoilé ce secret à sa nouvelle amie. Heather de son côté s'efforça de sourire, mais dut s'y reprendre à deux fois avant de pouvoir prendre la parole.

— Carlys, c'est vrai ce que je vois ?

Celui-ci se remit à rire, semblant nullement touché par la tension et l'incompréhension de Heather frisant la panique.

— Oui. Enfin, à moins que nous ayons été plongés dans une réalité virtuelle à notre insu, mais je ne pense pas que ce soit le cas. Choquée ? Pourtant on t'a dit la vérité avant que Sib' te montre…

Sibylle gronda de nouveau en direction du jeune homme dont le sourire s'agrandit un peu plus. Il se pencha et souleva Heather par les épaules, l'aidant à se relever. Elle se laissa faire, ne quittant pas le loup des yeux une seule seconde. Alors que Carlys lui prenait la main pour l'avancer vers l'animal, cette dernière resta parfaitement immobile. Lorsque les doigts de la jeune fille entrèrent en contact avec la chaude fourrure, celle-ci parvint à surmonter son incrédulité et la peur inexplicable qui l'habitaient encore pour esquisser le début d'un sourire timide.

— Heu... Moi je te trouve quand même impressionnante. C'est... c'est réellement impossible à croire et pourtant... C'est là, devant moi.

Sibylle leva son museau vers elle puis vers le jeune homme.

— Tu promets de garder le secret et d'aider Sib' ? demanda ce dernier d'un ton faussement solennel.

Il n'y avait pourtant pas l'ombre d'une plaisanterie dans le regard d'Heather lorsqu'elle répondit gravement en contemplant la mutante.

— Promis...

Sibylle laissa échapper un grondement sourd de contentement puis s'échappa, galopant de nouveau jusqu'à la porte du vestiaire. Elle se sentait plus heureuse qu'elle ne l'avait jamais été, ne portant soudain plus seule son secret. Il lui sembla fugitivement que son frère était la seule chose qui manquait à son bonheur à cet instant précis, et qu'à part ça, elle aurait voulu que rien ne change.

Orys rencontra Elana Arcadie lors d'un dîner officiel au palais de l'AM.Erica. Ils restèrent en contact et il en tomba amoureux. Elana était indéniablement belle et intelligente, mais trop centrée sur elle-même. C'était une femme, heureuse d'être celle du prince héritier, mais refusant tous les devoirs diplomatiques lui incombant. Elle les jugeait incapables de la mettre personnellement en avant. Orys tenta pendant des années de rester proche d'elle, mais la tâche fut rude. Il cessa peu à peu de la contredire même lorsqu'elle le méritait et lorsque leur dernière fille, Aileen, vint au monde, elle devint absolument invivable.

Vie privée et publique des princes, Sixtine B., 3672.

Chapitre 21

- Rodolphe -

Le palais de l'AM.Erica ne ressemblait en rien à celui d'Astra. Leur seule similitude était leur situation en hauteur par rapport au reste de la ville. Un immense escalier ponctué de multiples paliers permettait d'y accéder. Chacune des marches était constituée de marbre noir veiné de raies blanchâtres.

Johan caracolait devant, montant les marches deux à deux, tandis que Laurie et Soralie traînaient derrière, discutant dans un mélange approximatif de signes, astrayen et eriquien. Rodolphe, quant à lui, marchait aux côtés d'Aileen, des gouttes de sueur perlant dans la courbe de son dos, sous les regards des gardes s'inclinant à leur passage. Il détestait ça. Tout le lieu en lui-même semblait fait pour lui rappeler la puissance de l'AM.Erica quand lui-même revoyait passer en boucle dans son esprit les ruines du palais d'Astra.

Il tourna la tête vers la princesse et celle-ci lui renvoya un regard hésitant, se mordillant la lèvre inférieure dans une moue caractéristique, à la fois crispante et attachante aux yeux de Rodolphe.

Il crispa les doigts de sa main gauche, dans un geste mécanique, semblant les refermer sur un point invisible, puis les détendit. Il devina le regard interrogateur de la jeune fille posé sur lui, mais n'y répondit pas, certain qu'il aurait été incapable de se montrer aimable ou même courtois. La colère qui l'habitait ne pouvait que croître face au palais, qui devenait un peu plus imposant à chaque marche.

Pourquoi devait-il se rapprocher d'Aileen ? Rodolphe sentait une véritable amitié se développer en lui pour l'adolescente, mais une profonde rage le dévorait. Il se trouvait sous le toit de celui qui était responsable de la mort de toute sa famille. Tout cela l'empêchait d'aligner deux pensées cohérentes. Il sentit qu'Aileen appréhendait quelque chose, mais quoi ? Il lui jeta un coup d'œil confus auquel elle ne répondit pas non plus, continuant d'avancer. La gorge du jeune homme se serra davantage. Tout le monde devait voir à quel point il était tendu, fiévreux et agité. Le garçon espérait de toutes ses forces ne pas croiser le roi de l'AM.Erica.

Rodolphe se décida à prendre la parole, tentant d'échapper au tourbillon désordonné de ses pensées, tandis qu'ils arrivaient en haut.

— On ne peut donc pas prendre d'aéronef ?

— Si. Mais avec les pénuries de guerre il y a trop peu d'appareils disponibles. J'ai choisi de montrer l'exemple en renonçant au mien, avoua Aileen avec un sourire un peu gêné.

L'enfant d'Astra s'efforça de lui retourner son sourire. Il l'avait déjà remarqué : Aileen était peut-être bourrée de défauts, mais il n'en demeurait pas moins qu'elle ne se mettait jamais en avant ni par son intelligence ni par sa position sociale. Il n'avait jamais vu non plus de gardes du corps aux côtés d'Aileen, ce qui signifiait qu'elle y avait renoncé. Que ce soit pour gagner en liberté, ou se fondre dans la masse et ne plus être éternellement vue comme la cadette d'un des rois les plus puissants de la galaxie. Probablement un peu des deux pensa-t-il.

Tout en fixant les marches devant lui, le jeune homme se fit la curieuse réflexion qu'ils n'étaient pas si dissemblables l'un de l'autre. Par moment, la fierté de son rang reparaissait dans l'attitude de l'adolescente, mais, là encore, Rodolphe pouvait se reconnaître dans cette façon d'être, malgré lui. Il avait vécu toute son enfance, salué, estimé de tous, et n'était pas sûr de pouvoir renoncer un jour à son statut si on le lui demandait. C'était comme si cette fierté était inscrite en lui, depuis sa naissance.

Un sourire s'agrandit alors sur les lèvres du jeune homme. Si Orys ressemblait à son oncle Saedor, le roi de l'AM.Erica n'avait pas dû apprécier que sa cadette renonce à ses gardes. Tout à coup, il se rendit compte qu'il n'était plus qu'à quelques marches de l'entrée monumentale aux lourdes portes de bronze ouvertes. Quelques minutes plus tard, ils entrèrent à la suite de Johan déjà arrivé dans la salle d'accueil du palais.

La salle était immense, parsemée de hautes colonnes de pierres sculptées et donnait directement sur un jardin. Protégé par de fins panneaux magnétiques, le parc aux mille fleurs sauvages, exotiques et magnifiques semblait à ciel ouvert. En réalité, c'était une véritable serre artificielle dont le climat et les pluies étaient réglés au millimètre près.

Au fond de la salle, il y avait un grand trône, et derrière celui-ci, deux escaliers monumentaux. Soralie, arrivée derrière les deux jeunes gens, grogna :

— Voilà, c'est pour ça que je déteste ton fichu château, Aileen... D'accord, ta famille a le sens du colossal, mais rien n'est pratique... Encore des marches !

Rodolphe se tourna vers la princesse.

— Il n'y a pas de salles de transfert ?

— Elles pompaient trop d'énergie et il a fallu choisir entre les salles et les jardins... Mon père a choisi les jardins. Ça le détend, je crois.

Laurie avait saisi l'idée générale et elle se tourna vers Rodolphe avec un sourire de connivence.

— Oui, et puis ça en met plein la vue aussi...

Le jeune homme acquiesça et ils échangèrent un regard complice. Il appréciait la jeune fille, fine, discrète et décalée avec son regard rêveur, incarnant la douceur et la gentillesse. Sans oublier son excellent jugement et son intelligence de la situation.

Pour l'heure, l'immense salle était déserte à l'exception des gardes parfaitement droits et Johan se tenait déjà devant l'escalier de gauche. Les quatre autres accélèrent pour le rejoindre et Laurie fit un grand bruit sur les dalles. Elle portait de petits talons, décalés par rapport aux chaussures des autres enfants d'Astra, dont elle refusait absolument de se séparer, de même que les fines boucles d'oreilles qu'elle portait en permanence.

Heureusement, Aileen les conduisit au premier étage seulement et tous furent heureux de la pause qui leur était accordée. Ils gagnèrent une salle de travail, meublée d'une grande table de verre numérique, aux dimensions extrêmement modestes par rapport au reste de la maisonnée.

Deux jeunes gens s'y trouvaient à leur arrivée et Rodolphe fut le premier à les repérer. Aileen s'avançait déjà pour faire les présentations.

— Mon frère James... Et voici ma sœur aînée, Sandrine.

Rodolphe attarda son regard sur cette dernière installée dans un fauteuil vert, tout en serrant la main qu'elle lui tendait. Elle était jolie, différente de sa sœur, dégageant une impression de calme et d'assurance opposée à la fougueuse et passionnée Aileen. Il sentit qu'il intriguait l'aînée à la façon dont elle le fixa un long moment après avoir salué Laurie et les autres.

— Tu me dis quelque chose... Un vieux souvenir, je ne sais pas, commença-t-elle d'un ton intrigué.

La panique envahit Rodolphe. Il la dissimula derrière une expression d'incompréhension, tout en réfléchissant à toute vitesse. Son visage ? Depuis qu'ils étaient en guerre, les alliances avaient mis en place des coupures numériques. Ces coupures consistaient en l'émission d'ondes parasites empêchant toute information de circuler d'une planète à une autre. En conclusion, si Sandrine avait jamais vu ses traits, ils étaient ceux d'un garçon de onze ans peut-être. Néanmoins, le jeune homme se détendit, repensant aux multiples opérations esthétiques qu'il avait subies et qui lui assuraient un total anonymat.

— Je ne vois pas où tu m'aurais vu, répondit-il en souriant. Quelqu'un me ressemblant ?

Sandrine hésita un instant puis hocha la tête.

— Oui, ça doit être ça.

Elle se tourna ensuite vers sa sœur et se leva pour rejoindre James devant la porte.

— Bon, on vous laisse travailler à votre projet. Je file rejoindre papa, on est déjà en retard ! À tout à l'heure !

La porte claqua et elle disparut. L'ordre de son oncle résonna aux oreilles du prince : gagner la confiance des puissants de l'AM.Erica. Rien qu'à la façon dont Sandrine le regardait, il savait que ce serait impossible. Elle semblait trop terre-à-terre, trop logique. Construire une relation d'amitié avec elle lui prendrait un temps considérable, sans qu'il soit sûr qu'elle le soutienne ou l'aide le moment voulu.

Alors qu'il s'asseyait dans le siège à suspenseurs vert que Sandrine venait de quitter, Rodolphe sentit une certitude l'envahir : s'il voulait gagner l'amitié d'un membre de la famille royale, ce serait Aileen, et personne d'autre. Il allait falloir qu'il soit très fort pour la convaincre, plus tard, de lui débloquer l'accès à la flotte de vaisseaux interplanétaires. Le point le plus difficile à réaliser de tout le plan et qui lui était destiné.

L'adolescent se pencha sur l'un des schémas de stratégie, après que Johan eut allumé les zones numériques de la table, faisant apparaître leurs documents après un rapide partage de données depuis son écran portatif. Laurie laissa échapper un soupir et le seul autre enfant d'Astra de la pièce acquiesça. Rodolphe maudissait leur professeur et le travail supplémentaire qu'il leur avait demandé : rédiger un petit paragraphe sur la stratégie défensive de la ville. Le jeune homme ne voyait vraiment pas comment faire et ce n'était certainement pas Johan qui allait pouvoir l'aider à trouver. Laurie s'était mise à la finition de l'une des maquettes et Aileen, comme Soralie, faisait des recherches.

Une voix grave fit tout à coup sursauter Rodolphe.

— La ville est indéfendable si les boucliers magnétiques sautent... C'est la seule réponse possible.

Le jeune homme releva immédiatement la tête vers celui qui se tenait derrière lui. Aileen, penchée sur l'écran numérique à l'autre bout de la table, se redressa elle aussi vivement et esquissa un sourire.

— Bonjour papa ! lança-t-elle d'un ton joyeux. Vous venez voir comment on s'en sort ?

— En effet.

Orys vrilla son regard dans celui de Rodolphe. Son cœur s'emballa, sans qu'il sache si c'était de peur ou de haine.

— J'étais aussi très curieux de voir à quoi ressemblaient tes deux nouveaux amis... d'Astra, ajouta-t-il.

Rodolphe soutint le regard du roi en tâchant d'analyser ses propres sentiments. Il ne voulait pas avoir peur. Son envie de se venger devait tout balayer, ne lui laisser que la force de se battre contre son ennemi qu'il voyait face à face pour la première fois de sa vie. Il était en revanche surpris du visage et de l'allure du père d'Aileen. Il n'avait pas l'air du monstre sanguinaire que Rodolphe s'était imaginé. Non, il ressemblait à un homme parmi tant d'autres, fatigué, lui sembla-t-il, une lumière d'intelligence au fond des yeux. C'était peut-être là que résidait le véritable danger.

— Comment t'appelles-tu ?

— Rodolphe Kent.

— Et là-bas à Astra, quel était ton nom ?

— 16-YA-17. Rodolphe 16-YA-17, seuls les nobles ont des noms. Pour nous, ce sont des identifiants.

Son esprit lui semblait tourner à vide devant le regard inquisiteur d'Orys. Il remercia intérieurement son oncle de l'avoir interrogé des milliers de fois à l'improviste sur sa fausse identité. Mais l'homme releva la tête vers Laurie qui tressaillit et baissa aussitôt les yeux. Il ne l'interrogea pas, reportant son regard sur Rodolphe qui y vit quelque chose de surprenant. Il eut l'impression qu'Orys était brusquement nostalgique. Comme si le sort d'Astra avait pu le toucher à un moment ou à un autre.

Le jeune homme s'en voulut d'avoir pu envisager un tel sentiment d'humanité chez cet homme et se détourna résolument, tournant ainsi le dos au souverain. Un acte irréfléchi, mais dont il sentit immédiatement les conséquences.

Les quatre autres adolescents se braquèrent aussitôt et Aileen se pencha sur la table, pâlissant et glissant un regard effrayé à son père puis à Rodolphe.

— Qu'est-ce que tu fais ? murmura-t-elle d'un ton suppliant.

Orys resta silencieux tandis que le jeune homme, assis à sa table, lèvres blanches et pincées, gardait les poings crispés sur la surface de verre. Les souterrains, les adultes... Il était responsable ! Tout se mélangeait dans sa tête et il entendit à peine la voix du roi lorsque celui-ci prit la parole de nouveau avec un accent indéfinissable.

— Je ne tiendrai pas compte de ton injure si tu te retournes et me salue, jeune homme.

Non, non pas ça. Saedor lui avait dit si souvent de se fondre dans la masse, de s'intégrer, de se faire discret ! Tout le monde avait les yeux fixés sur lui, mais il ne pouvait bouger. L'image d'Astra dans la réalité virtuelle passait en boucle dans son esprit et les tours noircies et l'odeur de cendre ne le quittaient plus. Il ferma un instant les yeux puis grinça des dents un « non » inaudible.

Il sentit alors que quelqu'un lui pressait la main et, en relevant la tête, il vit Laurie qui le regardait. Elle forma un mot sur ses lèvres qu'il devina plus qu'il ne comprit : « Le plan ».

Rodolphe inspira, se leva de son siège, et se retourna lentement vers Orys. Alors, avec raideur, le front couvert de sueur et l'image des ruines d'Astra en tête, de tous les adultes qu'il avait aimés, il ploya un genou à terre.

Ses yeux brillaient et il était agité de tremblements nerveux incontrôlables. Orys le regarda de longues secondes sans lui faire signe de se relever, comme si une part de lui avait parfaitement compris l'émotion de Rodolphe et admirait la bravoure exprimée dans cette révolte.

L'adolescent ne pouvait pas se relever sans l'autorisation du roi, même si l'envie de lui infliger un nouvel affront le démangeait. D'ailleurs, Orys n'était-il pas déjà en train de le condamner ? En relevant la tête et en écartant d'un mouvement ses mèches de cheveux bruns mi-longs de son front, le prince trouva le regard hésitant du souverain planté dans le sien, avant que celui-ci ne se détourne pour observer les autres.

Johan et Soralie, les amis d'enfance de sa fille, le fixaient avec un regard qu'ils n'avaient jamais eu : la crainte. Aileen elle-même semblait hésiter à s'avancer pour intercéder en faveur de Rodolphe, même s'il devinait qu'elle franchirait le pas au premier mot le condamnant. Ferait-il l'erreur de plier pour sa fille, d'oublier l'injure en pensant que le jeune homme n'était qu'un de ces jeunes qui se calmerait d'ici quelques années, mais qui, pour l'heure, se montrait encore plein de rage et de colère ?

— Relève-toi, enfant, reprit finalement le souverain, mettant ainsi un terme à l'anxiété de tous. Et rappelle-toi que je ne tolère jamais deux fois de suite un défi de ce genre...

Il tourna ensuite les talons et se dirigea vers la porte, non sans passer à côté de sa fille, lui pressant amicalement l'épaule.

— Évite celui-ci, d'accord ? lâcha-t-il d'un ton parfaitement audible de tous.

Quelques minutes plus tard, tous les regards se tournèrent alors vers Rodolphe, immobile et debout juste derrière la table. Se contrôler... Se maîtriser... C'était si dur ! Il croisa le regard empli d'hésitation d'Aileen.

— Pourquoi tu as fait ça ? demanda-t-elle à mi-chemin entre colère et désarroi.

— Qu'aurais-tu fait à ma place ?

Le jeune homme se laissa tomber sur son siège, la tête entre les mains. Il s'était incliné devant celui qui tenait quelque part dans ses prisons son oncle ! L'homme qu'il avait eu tellement de mal à quitter. Aileen échangea un regard avec Johan et Soralie, mais aucun ne fit un geste, tandis que Rodolphe était brusquement secoué de sanglots. Laurie fut la seule à se précipiter à ses côtés, passant une main sur ses épaules avec douceur.

— Arrête... Tu n'avais pas le choix... Arrête de t'en vouloir...

— Je vais tout rater, tout...

Rodolphe avait répondu en astrayen et les trois autres ne comprirent pas. Lorsqu'il releva la tête, Aileen le regardait, toujours hésitante suite à la mise en garde de son père.

Le jeune homme se calma quelque peu et l'idée qu'on puisse le craindre lui sembla risible. Lui qui se savait si plein de faiblesses et de peur d'échouer. La seule pensée qu'il conserva à l'esprit ne faisait qu'ajouter à son dégoût de lui-même et son anxiété quotidienne : il avait dû s'incliner devant le représentant du pays qui avait tué ceux qu'il aimait.

Il se passa alors quelque chose d'étrange qui obligea l'adolescent à se reconnecter à la réalité. Passant outre les conseils de son père - ce qu'elle ne devait pas faire souvent -, Aileen s'avança brusquement pour le rejoindre, immédiatement suivie de Johan et Soralie qui ne semblaient avoir attendu que cela. La jeune fille serrait quelques minutes plus tard la main de Rodolphe dans la sienne et alors qu'il redressait son visage plein de larmes vers elle, Aileen lui adressa un sourire hésitant.

— Aucune importance, pas vrai ? On est amis maintenant...

L'incertitude brillait dans son regard, mais il y avait aussi une sorte d'espoir au fond de ses prunelles colorées. Pour toute réponse, le jeune homme referma ses doigts sur sa main et son regard se fit plus calme et apaisé, tandis qu'il acquiesçait lentement.

À la fin du XXIe siècle, la Terre combattit un adversaire à la fois vital et redoutable : l'eau. D'un côté, la montée des océans submergea les côtes, forçant les populations à se réfugier à l'intérieur des terres, qui étaient soit arides soit montagneuses. De l'autre côté, les réserves d'eau douce s'épuisèrent si vite que cela accéléra les tensions entre des pays auparavant alliés. Selon les spécialistes, l'eau fut le déclencheur funeste de la Troisième Guerre mondiale.

Histoire d'un monde oublié, Mathy B., 2454.

Chapitre 22

- Aileen -

Deux mois plus tard – A.M.Erica – 12 avril 3126

Aileen se tenait dans l'un des salons privés de son père avec celui-ci et ses deux frères, Liam et Edward. Les trois adolescents n'osaient rien dire, debout et immobiles dans la pièce, tandis qu'Orys marchait de long en large, fou de rage.

— Il faut leur interdire de faire cela ! Il le faut ! Maudit parlement qui ne comprend donc rien...

Edward eut le malheur d'intervenir.

— Mais papa... Que les enfants d'Astra veuillent se regrouper dans des associations, se recenser et former une communauté du souvenir... C'est juste, non ?

Le roi s'avança alors vers son fils aux cheveux noirs et ne s'arrêta qu'à quelques centimètres de lui. De là, il le toisa quelques secondes, sans qu'Edward se démonte pour autant.

— Qu'est-ce que tu as demandé à ton anniversaire cette année ?

— Heu...

— Réponds !

Ce fut Liam qui s'interposa, tandis qu'Aileen restait prudemment silencieuse sans comprendre où leur père voulait en venir.

— Des vidéos. Un film tiré d'une réalité virtuelle qui...

Edward compléta d'une voix sombre en baissant la tête.

— ... mettait en scène notre victoire sur chacune des planètes de l'Alliance défensive d'Astra.

Son père lui releva alors durement le menton et plongea ses yeux dans ceux de son fils.

— Tu étais fier de notre victoire ?

— Oui...

Il y avait dans sa voix comme un début de honte.

— Et maintenant ? Tu en es encore fier ?

— Oui... Non ! Je... Je ne sais plus...

Le roi recula comme si Edward l'avait giflé et il contempla longuement ses trois enfants avant de reprendre son calme et le contrôle de lui-même.

— Sois fier, Edward, lâcha-t-il dans un souffle. Sinon ce sera notre perte à tous. Assume le passé. Je ne te demande rien d'autre. Et si tu n'es pas d'accord... N'aie surtout pas honte de ce que tu es. Ça marche ?

Il se rapprocha et ébouriffa les cheveux de l'adolescent, un sourire désolé aux lèvres. Aileen échangea alors un coup d'œil avec l'autre jumeau, Liam, mais celui-ci lui retourna un regard froid comme il le faisait la plupart du temps.

— Je ne comprends pas le rapport de tout ceci avec les associations, papa, commença l'adolescente. Vous nous expliquez ?

Orys acquiesça, avant d'aller s'assoir dans un lourd fauteuil décoré.

— Un roi ne désire pas toujours la même chose que son peuple, Aileen. Les Eriquiens veulent nous pousser, au nom de la liberté, à accepter ces associations. La vérité, c'est qu'ils se sentent tous coupables. Nous avons peut-être quelque chose sur la conscience... Mais pas tous. Pourtant, dans les écoles, les jeunes réclament à grands cris que l'on accepte la demande des enfants d'Astra. Ils se sentent coupables eux aussi, mais de quelque chose pour lequel ils ne devraient pas.

En même temps que ses frères, Aileen sentit que c'était pour eux que leur père disait cela.

— Les associations qu'ils réclament vont leur permettre de se réunir, continua-t-il. La première étape du plan, je suppose. C'est à partir de là qu'ils vont commencer à vraiment devenir dangereux.

— Mais alors papa... Si c'est tellement inquiétant cette histoire... Interdisez-leur de faire ça !

Aileen avait l'impression d'être redevenue une petite fille sûre que son père pouvait absolument tout, illusion qui se brisa lorsqu'il lui répondit avec un sourire désolé.

— C'est impossible. Tu as vu toutes les manifestations dans la rue ces derniers jours ? Et le parlement a donné son accord. Il ne reste plus que le mien, et toute l'AM.Erica me traite déjà de sale égoïste, de peureux, d'homme injuste, de raciste même. Je vais devoir annoncer publiquement aujourd'hui que je me range à leur décision. Je n'ai pas le choix.

Liam grimaça.

— Je ne vois pas pourquoi... Que se passerait-il si vous refusiez ?

Orys fit la même mimique que son fils avant de répondre, ce qui amusa un instant Aileen.

— Ils le feraient quand même, et je perdrais en autorité. J'ai l'impression qu'il va falloir que j'essaie de rester fort si je veux pouvoir sauver les Eriquiens d'eux-mêmes.

En voyant son front plisser sous le poids des soucis, sa plus jeune fille eut envie de courir vers lui pour se jeter à son cou et l'embrasser, mais ce n'était pas le moment. L'adolescente, du reste, n'arrivait pas à trancher : était-ce réellement si dangereux de laisser les enfants d'Astra se réunir ? Que lui avait dit Rodolphe déjà le jour précédent ? Que sa patrie lui manquait, et que ce serait un moyen de la retrouver plus présente que jamais...

Lorsqu'elle avait objecté qu'elle trouvait étrange de tenir absolument à avoir tous les enfants d'Astra, y compris les plus jeunes, il l'avait regardée dans les yeux et lui avait répondu : « Mais Aileen, eux aussi font partie de la famille de quelqu'un... Tu imagines la joie de retrouver un être cher perdu depuis deux longs mois ? »

Elle avait alors eu envie de lui jurer qu'elle l'aiderait, qu'elle convaincrait son père... Elle aurait aussi voulu faire des recherches sur sa famille, mais le jeune homme n'avait pas répondu lorsqu'elle avait maladroitement essayé d'évoquer à nouveau le sujet. Malgré tout, Aileen n'avait pas tenté de défendre les enfants d'Astra devant son père, devinant qu'Orys ne l'écouterait pas sur ce chapitre-là, et à raison probablement. Son père adoré se montrait maintenant si terriblement convaincant. La jeune fille secoua la tête pour elle-même, espérant que ce geste l'aiderait comme par miracle à y voir plus clair. Ce qui ne fut évidemment pas le cas. Son père reprit alors la parole, très calmement.

— J'avais besoin de vous dire que mon discours de tout à l'heure, je ne l'aurai absolument pas choisi. Edward, Liam, vous pouvez partir. Aileen, tu restes.

Les deux garçons échangèrent un regard surpris.

— Ça dépend, pourquoi elle reste, elle ? demandèrent-ils d'une même voix.

— Parce que je veux lui apprendre un peu la politique.

Aileen n'aimait pas être mise ainsi en avant, mais ne pouvait se défendre d'apprécier la complicité spéciale qu'elle entretenait avec son père. Edward et Liam étaient deux garçons adorables, mais si bavards... Ils étaient capables de répéter tout ce qu'ils auraient entendu dans les deux heures à suivre.

— Ah, mais c'est injuste, nous sommes plus âgés ! répliqua Edward.

Liam décocha un clin d'œil à sa sœur, en gardant son air un peu sombre, tandis qu'Edward lui chuchotait à l'oreille.

— Tu nous raconteras ?

— Ah non, je garde les secrets, moi...

Les deux frères échangèrent un coup d'œil calculateur puis se retournèrent dans un même mouvement vers Aileen avec un petit sourire.

— Jamais entendu parler de ceux qui pervertissent la jeunesse ?

Pour le coup, l'adolescente pouffa de rire devant leur mine de conspirateurs et Orys retint lui-même un sourire en les mettant dehors. De toute façon, les jumeaux étaient, au fond, complètement d'accord avec leur père : ils aimaient dire avec ironie que la meilleure façon de faire tourner dans tout le palais une nouvelle était de la leur confier ! Enfin, ça c'était surtout Edward. Liam était toujours un peu plus difficile à cerner et à comprendre. Lorsqu'ils furent tous deux partis, Aileen se tourna vers son père, gardant aux lèvres son sourire amusé malgré sa gêne.

— Que voulez-vous me dire, papa ?

— Il y a quelqu'un que j'aimerais te présenter... Tu me diras ce que tu penses de lui.

— Qui est-ce ?

Son père se dirigeait déjà vers la porte tandis qu'elle lui emboîtait le pas.

— Le dernier chef d'Astra si l'on excepte l'héritier, répondit-il sans se retourner. Saedor.

L'adolescente retint un hoquet de stupeur, choquée de ce qu'elle venait d'apprendre. Deux émotions la saisirent presque simultanément : la pensée que les Astrayens auraient été prêts à tout pour que leur chef soit libéré, et une curiosité qu'elle jugea aussitôt déplacée, face à cet homme qui n'avait d'autre horizon d'avenir que la prison à vie ou la mort.

Son père ne l'avait pas attendue et la jeune fille dut s'obliger à sortir de la torpeur dans laquelle l'avait plongée sa surprise pour courir derrière lui et le rattraper hors de la pièce, le souffle court. Elle aurait voulu l'interroger, appréhendant la rencontre, mais Orys affichait un visage fermé. Pour l'heure, il entraînait Aileen dans les couloirs et escaliers du palais, lui faisant descendre une multitude de marches et franchir de longs corridors dans lesquels d'épais tapis étouffaient le bruit de leurs pas.

Orys finit par s'arrêter à un énième contrôle et passa son bras devant un nouveau détecteur, tandis que deux gardes prenaient ses empreintes digitales, faisant au passage de même pour Aileen. La jeune fille n'était jamais venue dans cette partie du palais jusqu'à aujourd'hui. Ils se trouvaient dans l'un des étages inférieurs, bien en dessous du niveau du sol, probablement même le niveau le plus bas de l'immense édifice.

Le couloir était lumineux à la clarté artificielle des néons, mais exigu, et les dizaines de portes blindées qui le parsemaient rendaient l'atmosphère désagréable et étouffante, sans compter la présence déstabilisante de gardes tous les deux mètres. On leur permit de passer au couloir suivant et un petit « bip » indiqua le coulissement d'un nouveau battant sur la droite.

— Papa, qu'espérez-vous que vous dise ce... Saedor ?

Elle avait vu son visage à la télévision quelques heures après l'annonce de la prise d'Astra, comme tout le monde, mais n'en savait rien de plus. En s'arrêtant devant un énième garde, mais une dernière porte, son père se retourna pour lui lancer un coup d'œil. L'ouverture de la cellule qui leur faisait face était imbriquée dans un mur constitué d'une vitre extrêmement solide, opaque, mais qui devait pouvoir se transformer en miroir sans tain sur simple réglage.

— Je ne sais pas. Mais j'ai vraiment besoin d'informations, et vite...

Deux minutes après les contrôles, la porte coulissa sur le côté et Orys, accompagné de sa fille, pénétra à l'intérieur. Elle se referma presque aussitôt dans leur dos, mais l'adolescente n'y prit pas garde. Ses yeux s'étaient instinctivement rivés sur un homme, immobile et debout face à eux, dans la petite pièce. Il lui faisait penser de façon inexplicable à son propre père, dégageant une impression d'autorité et de sécurité. Seule la colère qui émanait de tout son être les différenciait. Orys était à ses yeux l'homme parfait.

La pièce où ils se trouvaient était pourvue d'un mobilier décent, avec une salle de bain attenante, mais Aileen frissonna et regretta soudain d'avoir suivi son père. Saedor venait de poser les yeux sur elle.

— Pourquoi avoir amené une gamine, Orys ? demanda-t-il froidement, évitant de s'appuyer au mur derrière lui malgré sa fatigue visible. C'est une enfant d'Astra ?

La jeune fille attendit que son père réponde, la gorge serrée par une peur qu'elle ne comprenait que trop bien : elle avait devant elle le dernier adulte survivant d'Astra, de surcroît le chef de la planète. Aileen ne parvenait pas à se défendre d'une certaine admiration mêlée de frayeur pour cet homme. Son père lui désigna alors un tabouret gris dans un coin et elle alla s'y asseoir, heureuse d'échapper un court instant à l'attention du chef astrayen.

— Non, répondit Orys. C'est simplement ma cadette que j'éduque à la politique.

— Intéressant...

Saedor parut profondément soulagé et ce fut seulement à cet instant qu'Aileen comprit la tension qui avait envahi l'homme à sa vue. Qu'avait-il craint ? Qu'on utilise un enfant d'Astra pour le faire chanter, en le torturant sous ses yeux ? L'idée même était intolérable. Le gouverneur d'Astra la fixa de nouveau de ses yeux clairs.

— Que penses-tu de moi, alors ? murmura-t-il en étirant ses lèvres sur un sourire sans joie.

— Pas grand-chose en fait, lâcha-t-elle après une courte hésitation.

Orys les regardait tous deux puis reprit brusquement la parole.

— Saedor, la réunion des enfants en un syndicat libre, ça fait partie du plan ?

L'Astrayen lui opposa un visage impénétrable, sans bouger, simplement raidi par la méfiance.

— Quel plan ? répondit Saedor enfin, d'un ton volontairement neutre, quoique teinté d'insolence.

Les deux hommes se dévisagèrent longuement en silence tandis qu'Aileen regrettait de s'être assise. Elle aurait aimé pouvoir au moins faire les cent pas dans la pièce, ou peut-être carrément partir. Le dirigeant d'Astra la déstabilisait. Il ne paraissait pas monstrueusement dangereux ou cruel ; il semblait juste fatigué, inquiet... La jeune fille s'était toujours targuée de pouvoir juger ceux qui l'entouraient au premier regard et cet homme ne lui inspirait qu'un sentiment : la sympathie. Elle ferma quelques secondes les paupières, sentant sa bouche se dessécher, tandis qu'Orys grognait quelques mots en réponse.

— Tu te fiches de moi, Saedor ! Nous savons tous que tu as mis un plan en place.

Le chef astrayen ne répondit rien tandis que le père d'Aileen détournait la tête.

— C'était prodigieusement intelligent de ta part, poursuivit-il. Mais je trouverai un moyen de contrer ça, crois-moi...

L'adolescente redressa immédiatement la tête, cherchant le regard de son père. Elle le connaissait mieux que quiconque, et ce qu'elle entendait là dans sa voix, c'était de l'estime pour le prisonnier, comme s'il partageait les mêmes sentiments qu'elle. Orys se reprenait déjà cependant.

— Je te ferai parler, Saedor. Très vite... Dès que j'aurai trouvé les deux seules personnes capables de te faire trahir toutes tes promesses.

Le regard du prisonnier s'assombrit, mais il ne répondit rien. Ce mutisme lui-même semblait accusateur et l'atmosphère de la cellule parut tout à coup suffocante à Aileen, tandis qu'elle s'entendait demander, sans se souvenir d'avoir pris la parole :

— Qui sont-ils ?

— Le petit empereur et sa sœur... Quels sont leurs signes distinctifs, Saedor ?

L'homme secoua la tête pour toute réponse, lèvres serrées. Il paraissait plus noble à Aileen à ce moment précis que son père, mais elle se fustigea intérieurement. Pas question de penser une chose pareille. Étrangement, elle songea tout à coup à Rodolphe. Elle avait laissé entendre à son père qu'elle ne voyait plus le jeune homme, ce qui était totalement faux. Au contraire, de jour en jour, la jeune fille avait l'impression de se rapprocher un peu plus du garçon. Il était devenu son meilleur ami, plus même que Johan et Soralie, alors même qu'il restait si souvent sur sa prudente réserve. Peut-être que c'était ça qui lui plaisait chez lui : chacune des informations qu'il révélait de lui-même donnait l'impression d'un secret confié, d'une confiance un peu plus accordée à chaque fois.

Aileen était cependant certaine d'une chose : foncièrement, Rodolphe était un solitaire. Il n'avait pas l'habitude d'être entouré, d'avoir des amis. Et il semblait porter quelque chose dont il ne parlait jamais, comme un lourd poids sur ses épaules. Quand le lui confierait-il ? Irait-elle alors le révéler à son père ? Elle releva les yeux vers Orys et sut immédiatement que la réponse était oui. Le roi était l'homme qu'elle admirait et aimait le plus au monde... Elle aurait sacrifié pour lui toutes ses amitiés s'il l'avait fallu. Saedor répondit alors, sa voix tranchant le silence.

— Je ne te le dirai pas non plus cette fois-ci. Orys, pour quelle raison es-tu vraiment venu me voir ?

Le roi de l'AM.Erica se rapprocha de sa fille et lui fit signe de se lever. Aileen obéit, jetant un regard de défi au passage à Saedor malgré la gêne étrange qu'il lui inspirait. Il n'était pas dit qu'elle plierait devant un ennemi vaincu par son père. Orys posa une main sur son épaule, regardant en même temps le dirigeant d'Astra droit dans les yeux.

— J'avais besoin de montrer à ma fille ce qu'est la politique, je te l'ai dit, non ?

Aileen avait plus que jamais peur de ce qu'elle allait entendre.

— ... La politique, Saedor, c'est combattre toutes sortes d'ennemis, même les plus nobles et les plus valeureux. Par tous les moyens si ça peut nous sauver. Aileen, regarde-le... Et n'oublie pas que diriger c'est ça : se débarrasser de tous les dangers, même de ceux qui t'inspirent amitié et estime.

Il y avait de la peine dans la voix de son père en disant cela et il lui broyait l'épaule, crispé. Saedor esquissa un léger signe de tête qui ressemblait à un salut.

— Il y a des adversaires auxquels on reconnaît de la valeur, Orys, répondit-il sans sourire.

Était-ce l'ombre d'un regret, d'une amitié, qu'elle percevait là aussi ? L'adolescente s'aperçut à peine que son père la poussait d'une bourrade dans le dos vers la sortie, gardant son regard rivé dans celui bleu glacé de Saedor. La porte de la cellule se referma un instant plus tard et Aileen se retrouva de nouveau dans le couloir en compagnie de son père et des gardes.

— Pourquoi m'avoir dit et montré tout ça, à moi ? demanda-t-elle d'une voix furieuse, retenant la nausée qui menaçait de l'envahir.

Son père posa sur elle son regard soudain horriblement triste.

— Parce que tes frères et ta sœur ne le comprendront jamais. Mais toi, il faut que tu saisisses ça, ou tu en souffriras plus tard.

Sans compter que ce serait notre perte à tous. On doit toujours combattre ses ennemis, même lorsque ce n'est pas juste ou qu'ils sont estimables. La seule chose qui compte est le peuple, la population de l'AM.Erica que nous devons servir comme j'en ai fait le serment. Si détruire un homme ou une planète permet de les sauver, alors tu ne dois pas hésiter. Le pouvoir nécessite toujours des sacrifices. Songes-y bien Aileen, lorsque tes nobles sentiments t'emporteront... J'aurai toujours besoin de toi.

Le 12 septembre 3121 eut lieu l'un des évènements les plus tragiques de la Guerre des Deux Alliances : l'attentat officiellement commis par « Défendons la paix ». Les dirigeants tués furent extrêmement nombreux : le roi de l'AM.Erica, Laurent, sa belle-fille Elana, Vizar et Faline Astra, roi et reine de Sagan, ainsi que l'empereur d'Astra, Clarence, et sa femme. Encore aujourd'hui, certains pensent que si tous les dirigeants importants avaient été tués, notamment Orys d'Erica et Saedor Astra, la guerre aurait pris fin. Les observateurs plus sérieux estiment quant à eux que sans l'attentat, un compromis aurait été trouvé, pour permettre la paix.

Le monde d'hier, Juliette D., Livre IV, Chapitre 22, 3146.

Chapitre 23

- Rodolphe -

Rodolphe, assis dans l'un des sièges du petit salon de son père d'adoption, fixait fébrilement des yeux l'immense écran mural. Le vieil homme pour sa part le regardait sans rien dire.

— ... et l'on attend encore à cette heure la décision de notre roi qui tient conseil avec ses ministres, disait le commentateur sur l'écran. Tout le monde espère que la réponse sera favorable. Les enfants ont le droit de se retrouver les uns les autres, après avoir été séparés de leur pays !

On aurait dit qu'il avait oublié la raison pour laquelle ils étaient partis d'Astra. Rodolphe y pensa, mais ne dit rien, tout entier tourné vers l'écran avec une anxiété croissante.

— C'est si important pour toi ces réunions des enfants d'Astra ? demanda tout à coup Lint, couvrant la voix du présentateur.

Rodolphe envisagea de ne pas répondre, mais il ne voulait pas que le vieil homme coupe de nouveau le son de l'appareil. Il imagina une bonne demi-douzaine de prétextes puis choisit de dire simplement une parcelle de la vérité.

— J'ai envie de retrouver ma famille, ma sœur et ma cousine.

Sibylle... Avec sa moue boudeuse quand elle était fâchée ou sa manie de diriger tout le monde... Cyndie aussi lui manquait avec ses boucles blondes et ses grands yeux bleus, toujours effrayés, lui donnant chaque fois qu'il la voyait envie de la réconforter. Rodolphe n'avait jamais vu de petite fille plus attachante et il espéra qu'elle soit dans une famille qui l'appréciait, la guérissant un peu de ses peurs.

Lint n'ajouta rien et se contenta de se renfoncer dans son fauteuil, tandis que le présentateur sur l'écran géant poursuivait d'un ton plein d'enthousiasme.

— Nous avons la réponse à la polémique qui défraie la chronique depuis un peu moins de vingt-quatre heures. Le roi vient d'annoncer que les enfants d'Astra sont autorisés à former leurs associations de retrouvaille ! Ils…

Rodolphe n'entendit pas le reste de la phrase, laissant simplement échapper un lourd soupir en s'adossant lui aussi de nouveau au fond de son siège. Le roi Orys apparut alors brièvement à l'écran, en haut des marches de l'immense escalier menant au palais, sous une pluie cinglante, ce qui réjouit un peu trop Rodolphe malgré lui.

Le jeune homme avait vraiment eu peur et le soulagement qui l'envahissait maintenant était indescriptible. Il n'avait plus qu'à attendre que les Organisateurs s'occupent de mettre en place les réunions où ils devaient tous se retrouver. Ces jeunes avaient été choisis sur de multiples critères : intelligence, agilité, maturité, loyauté… Leur âge était également déterminant, puisque ce n'était que des jeunes entrés dans les souterrains à leurs dix-neuf ans, lors de ce maudit mois de novembre 3124. Ils avaient donc tous aujourd'hui au minimum la vingtaine, à quelques exceptions près.

Ensuite... Il ne serait plus temps de faire des secrets. Rodolphe devrait révéler son tatouage et prendre la tête de leur mouvement de résistance, même s'il n'était pas certain de se sentir tout à fait prêt.

Lint reprit alors la parole d'une voix emplie d'hésitation.

— Tu m'inquiètes, gamin... Qu'est-ce que vous comptez faire exactement ?

Rodolphe ne sut ce qui le poussa à répondre avec gentillesse et douceur.

— Rien de grave, vraiment. Ne vous inquiétez pas.

Il se leva ensuite pesamment de son siège, comme si le trop-plein d'émotion avait suffi à l'épuiser. Au moins, il ne souffrait plus de la faim maintenant. Aileen lui offrait l'équivalent de trois repas supplémentaires chaque jour au réfectoire – toujours avec autant de stupéfaction en le regardant manger d'ailleurs. Il n'aimait pas se sentir redevable, mais il ne pouvait pas non plus se permettre de tomber d'inanition au milieu de la journée. Le jeune homme esquissa un sourire en direction de son père adoptif qui lui répondit d'une grimace, puis se dirigea sa chambre.

À peine y était-il entré qu'il referma la porte et se laissa tomber contre le sol, appuyé au battant de bois. La pièce qu'il occupait ne ressemblait plus en rien à celle qu'il avait trouvée en arrivant. Tout était sens dessus dessous, entièrement saccagé. D'ailleurs, Rodolphe ne résistait déjà plus...

Il eut juste le temps d'ôter rapidement ses vêtements avant qu'il ne se transforme en un loup fin au poil argenté. Ses yeux brillaient, tandis qu'il maudissait une fois de plus l'aspect restreint de la chambre qui ne lui permettait pas de courir. Quant à se défouler, cela consistait pour lui qu'à griffer le sol, les murs, les tissus...

Lint n'entrait pas dans sa chambre. Il lui avait permis d'en reprogrammer l'accès, ce qui était un véritable soulagement pour le garçon. Il se retransforma environ une heure plus tard, lorsqu'il fut certain d'avoir passé assez de temps sous sa peau de mutant pour pouvoir se contrôler, et se rhabilla en un instant. Il resta ensuite un long moment, debout, en silence, au milieu de sa chambre dévastée, laissant son regard mordoré se fixer sur une glace à moitié fendue.

Elle lui renvoya son reflet et une tristesse sourde s'empara de lui. Johan, Soralie, Aileen, et même Laurie ! Il allait tous les perdre, c'était certain... Un empereur pouvait-il avoir des amis ? Et un mutant ?

Le jeune homme appréhendait le moment inévitable où il faudrait dévoiler son tatouage et retrouver son rang et ses responsabilités, mais il n'avait pas le choix. Il le devait, pour son oncle, pour tous ceux qui étaient morts en ayant confiance en lui... Il ne pouvait pourtant empêcher la tristesse et l'angoisse de lui serrer la gorge. Son regard accrocha celui du miroir brisé et il se força tant bien que mal à sourire. Tout commençait maintenant... Le plan 439. Il revit passer devant ses yeux toutes les mesures et grinça des dents avant de venir placer ses mains sur ses tempes en étouffant un cri. Sa peur menaçait de nouveau de le transformer. Mais il voulait garder le contrôle, toujours, pour être un bon dirigeant et pouvoir tenir le rôle que sa naissance lui conférait. Qui suivrait un mutant, si jamais son secret venait à être dévoilé ? Peut-être personne, et ce serait alors la fin du plan, de tout ce qui lui avait permis de tenir ces derniers mois. Sa vie ne ressemblait pas à grand-chose sans les projets de son oncle.

***

En s'asseyant entre Laurie et Aileen à une table de cinq avec, en face de lui, Johan et Soralie, Rodolphe sentit tout de suite que l'ambiance de cette matinée de cours était très différente des autres. La fille d'Orys esquissa un sourire crispé et chuchota quelques mots précipitamment tandis que Kevans, le professeur, demandait le silence et un peu de concentration.

— Heureuse que vous ayez eu votre autorisation...

Laurie comprenait de mieux en mieux l'eriquien et répondit d'un petit sourire. Rodolphe se tourna carrément vers Aileen pour lui répondre avec franchise en la regardant droit dans les yeux.

— Et merci à toi. Je sais que tu soutenais notre projet.

L'adolescente parut déstabilisée par son ton amical, et détourna les yeux, presque gênée. Quelques minutes plus tard néanmoins, tout le monde s'était détendu et riait de nouveau tandis que, Soralie, seule personne sérieuse de leur groupe, tentait vainement de se concentrer sur un nouveau projet obligatoire dont le rapport était à rendre la semaine suivante. Rodolphe, lui, avait nettement progressé ces dernières semaines et son compte de points approchait des quatre-cents, perspective qui lui allait parfaitement bien même s'il se montrait pour l'heure aussi dissipé que Johan. Il avait vraiment envie d'oublier ses soucis.

— Dis donc vos petites réunions... Je pourrai venir moi aussi ? demanda ce dernier tout à coup.

Rodolphe se garda bien de montrer son émotion, mais répondit avec un petit sourire neutre.

— Non. C'est réservé aux enfants d'Astra... Et puis tu n'aimerais pas, ce sera...

— ... triste.

Les quatre jeunes gens se tournèrent tous vers Laurie qui venait de parler. Elle baissa la tête, puis reprit avec un eriquien plus qu'approximatif, s'aidant des mots que Rodolphe lui traduisait.

— On se rappellera nos familles. La mienne par exemple, je...

Elle fit une petite pause.

— Je suis la plus petite de ma famille, poursuivit-elle. Enfin j'étais. Ma sœur venait de fêter ses... ses vingt ans. Un jour avant l'entrée dans les souterrains. Je... Elle n'a pas pu venir. Elle est morte là-bas, à Astra, avec les autres adultes. Je... Je l'imagine parfois dans les cendres, sous une tour brisée ou...

Laurie dut faire une nouvelle pause. Aucun des quatre autres n'osait échanger un regard. Rodolphe s'aperçut qu'Aileen ne le quittait pas des yeux, observant sa respiration irrégulière. Il s'efforça de faire abstraction de ce qu'il ressentait pour afficher un visage calme. Il sentait confusément tous les regrets et la colère qui s'emparait de nouveau de lui. Un jour ! À un jour près ! Mais Saedor avait été formel : il fallait une limite et il n'y aurait aucune exception. C'était si terrible, mais on ne pouvait faire autrement. Tout cela était la faute de l'AM.Erica !

L'atmosphère s'était nettement refroidie lorsque le jeune homme prit conscience qu'Aileen avait posé sa main sur son bras. Il se dégagea brusquement tandis que Laurie finissait d'un petit ton pitoyable en jetant un coup d'œil désolé à Johan.

— Je... Je n'ai pas très envie que vous soyez là. Tu... tu comprends ?

Johan acquiesça et lui adressa même un sourire qui se voulait réconfortant, mais qui ressemblait en fait à une horrible grimace. Pour sa part, Rodolphe sentait d'ici à quel point il avait blessé Aileen. Elle n'en dit rien pourtant et se contenta de grincer des dents lorsque Kevans leur hurla tout à coup dessus du fond de la classe.

— Ça fait une heure que je vous vois discuter ! Travaillez plutôt !

Ils obéirent et Aileen se pencha sur l'étude d'un livre numérique pour leur projet lorsque le jeune homme se tourna vers elle.

— Désolé pour tout à l'heure, murmura Rodolphe en inspirant une grande goulée d'air pour s'encourager. Tu n'es pas responsable de ce qu'a fait l'armée de l'AM.Erica...

Il ne le pensait pas complètement, et ce n'était donc qu'un demi-mensonge. Pour lui, Aileen aurait pu intervenir, comme des milliers d'autres, au moins grâce au poids de l'opinion publique... Mais il se garda bien de le lui dire lorsqu'elle répondit avec une émotion visible mêlée d'un soulagement évident.

— Merci. Tu ne peux pas savoir ce que je ressens en ce moment... Je ne sais plus trop où j'en suis en fait.

— Moi non plus.

La réponse s'était échappée toute seule de ses lèvres. Ils échangèrent alors un sourire hésitant tandis que Soralie, occupée à discuter doucement avec Laurie, leur lançait un coup d'œil amusé, contente de les voir une fois de plus se rabibocher.

— Mais arrêtez de parler tous... grogna alors Johan. Il n'y a que moi qui travaille ici !

Le professeur, qu'aucun d'entre eux n'avait entendu approcher, intervint en réponse.

— Ah vraiment ? Eh bien vous devez tous être tombés bien bas pour que seul Johan représente le groupe...

Toute la classe, qui entendit la phrase, éclata de rire, Aileen, Soralie, Rodolphe et Laurie inclus.

Johan ne parut pas gêné, mais leva au contraire ses mains pour s'applaudir, ce qui ajouta à l'hilarité générale. Kevans lui-même semblait amusé et ne ramena la classe au calme que quelques minutes plus tard.

— Bon, bon silence tous ! Retournez à vos projets, que Johan puisse continuer à travailler...

— Une première dans toute l'histoire de l'AM.Erica, j'en suis sûre, murmura Soralie.

Les cinq jeunes gens retinrent un nouveau rire, puis se remirent au travail. Il ne s'écoula pourtant que quelques minutes avant qu'Aileen ne se tourne vers le jeune homme, se mordillant la lèvre inférieure sous le coup de l'hésitation, avant d'oser poser la question qui la taraudait.

— Dis donc, sans rire, c'est vrai que cette idée d'associations, vous l'aviez déjà préparée dans vos souterrains ? demanda-t-elle.

Le jeune homme eut envie de lui répondre la vérité, là, sans réfléchir, comme il l'aurait fait à une vraie amie. Il songea fugitivement à Sibylle, à qui il confiait tout, avant de se fustiger mentalement. Aileen n'était pas Sib'. Pire que cela, elle était la fille d'Orys... Alors d'où venait le fait qu'il se sentait si mal de lui mentir ?

— Non, répondit-il d'une voix un peu froide, regrettant son accès d'émotion. C'est une idée que nous avons eue quand nous avons compris que nous serions tous séparés... Je veux juste revoir ma sœur et ma cousine, tu comprends ?

Aileen hocha la tête, sans rien ajouter, mais il devina qu'elle aurait aimé l'interroger davantage. Le jeune homme sentit un léger pincement lui saisir le cœur, mais il s'efforça de plaquer un sourire sur ses lèvres. Comment lutter pourtant contre ce désir enfoui depuis longtemps au plus profond de lui-même de ne plus être seul ? Il fallait qu'il retrouve sa sœur aux réunions. Elle l'aiderait à de nouveau y voir clair, et son sourire lui permettrait d'oublier celui troublant d'Aileen, qui l'attirait pour ce qu'elle était, mais le révulsait en même temps pour tout ce qu'elle représentait.

Aux Jeux olympiques galactiques, les Astrayens excellent toujours dans trois sports qu'ils pratiquent dès l'enfance : la course, l'escrime sur câble et les combats à dos de dragons génétiques. Si la course ne nécessite que d'aller vite, l'escrime demande aussi d'être funambule en plus d'affronter l'autre au fleuret. Il est, de plus, obligatoire de s'entraîner depuis ses cinq ans avec son dragon pour espérer pouvoir seulement se qualifier dans la dernière discipline.

Us et coutumes, Florence B., préface.

Chapitre 24

- Cyndie -

— Hou hou ! Damien !

Elle courait après le petit garçon dans la grande avenue piétonne en riant aux éclats, le soleil se reflétant sur ses boucles blondes. Leonor et Matthew marchaient derrière, se tenant par la main et observant leurs deux enfants avec le même sourire attendri. Ils étaient rentrés tôt de leurs travails respectifs et la balade avait tenté tout le monde.

Cyndie rattrapa Damien après avoir lâché un « pardon » un peu trop rapide en bousculant deux personnes.

— Dépassé ! cria-t-elle avec amusement à son frère. Qui court le plus vite de nous deux maintenant ?

Leonor rit en entendant les mots de la petite fille.

— Je n'ai jamais compris où les enfants puisaient leur énergie, chuchota-t-elle d'un ton complice à son mari. Quoique si je me souviens bien, je suis plus rapide que toi quand nous trouvons le temps de faire un footing.

— Ah non, la dernière fois tu as triché, j'étais trop fatigué après ma journée de boulot de la veille et ma réunion ! riposta Matthew, riant avec sa femme.

Il tourna ensuite de nouveau les yeux vers les enfants quelques pas plus loin.

Depuis qu'il avait pris la décision de désobéir au gouvernement en gardant Cyndie, il se sentait obligé de veiller constamment à sa sécurité. Il s'était juré qu'il ne lui arriverait plus rien. Plus jamais de malheur comme à Sagan... Il resserra instinctivement ses doigts autour de la main de sa femme, mais celle-ci conserva son calme sourire et fit mine de n'avoir rien remarqué.

La petite fille de son côté courait toujours, poursuivie par Damien, bien décidé à lui faire admettre qu'il était plus rapide qu'elle. Elle allait réussir à le distancer, lorsqu'elle heurta violemment une jeune fille d'environ seize ans. Elles tombèrent toutes les deux sur le sol de dalles régulières, mais sans mal. Cyndie se remettait déjà debout, essuyant d'un geste vif ses mains salies sur son haut, avant de s'excuser auprès de l'adolescente avec une petite mimique navrée qui lui donnait un air innocent.

— Désolée...

— Pas grave. Je vais bien, ça va...

Elle avisa tout à coup l'épaule de Cyndie et une fois debout vint y poser ses doigts avant de poursuivre.

— Le tatouage... Oh toi, tu es une enfant d'Astra !

Un sourire monta aux lèvres de l'inconnue auquel répondit timidement la petite fille, alors même que la sourde inquiétude qui ne la quittait jamais revenait galoper dans sa poitrine. Elle avait envie d'oublier le passé par moments, de s'attacher à sa nouvelle famille sans avoir peur que quelqu'un, les Astrayens par exemple, cherche à l'en séparer. Mais Damien, rassurant, les rejoignait déjà ainsi que Matthew et Leonor, permettant à la petite fille d'oublier ses craintes.

— Qui es-tu et que lui disais-tu il y a quelques minutes ? demanda Leonor un peu trop vivement, presque agressive, attirant la petite fille contre elle.

L'adolescente répondit par un sourire sympathique.

— Je suis une enfant d'Astra, comme votre fille, expliqua-t-elle. J'allais justement à la première réunion qu'on organise dans le quartier. Elle nous concerne tous, vous vous souvenez ? Même les petites filles de dix ans...

Elle posa une main amicale sur l'épaule de Cyndie qui acheva de se détendre.

— Neuf ans... J'ai neuf ans, rétorqua-t-elle avec une moue rieuse.

Matthew et Leonor échangèrent un regard alarmé avant que Damien ne réponde, sans leur laisser le temps de prendre la parole.

— Papa et maman ne veulent pas que ma petite sœur aille avec vous... C'est dangereux, ils l'ont dit !

La fille se rembrunit tout à coup.

— Dangereux ? riposta-t-elle froidement. Pas autant que quand on était bloqués dans ces foutus souterrains en ne sachant pas si vous alliez nous assassiner !

Cyndie se rebella.

— Mes nouveaux parents ne sont pas comme ça !

— Ah oui ? Tu paries combien que l'un d'entre eux était soldat ?

L'adolescente les dévisagea tour à tour.

— Non ! Non, eux ils sont gentils ! cria la petite fille en reculant, le visage soudain ravagé par la terreur.

Imaginer que l'un de ses parents adoptifs avait été militaire, c'était renoncer à l'idée de s'attacher à eux et se retrouver de nouveau effroyablement seule.

La jeune fille arrêta son regard sur Matthew, le faisant tressaillir malgré lui.

— Osez dire que vous n'étiez pas l'un d'eux... siffla-t-elle entre ses dents.

Il voulut mentir, mais Leonor riposta, perdant le contrôle de ses émotions.

— Oui, il l'était. C'était un brave soldat ! Quelle importance aujourd'hui ? Chez vous aussi il y avait des soldats !

Elle ne supportait pas l'arrogance de l'inconnue et surtout la culpabilité qui commençait à envahir le visage de son mari. Ils avaient tous fait la guerre… Pour quelle raison n'auraient-ils pas été fiers d'avoir servi leur pays et d'avoir gagné la bataille ? Mais elle n'eut pas le temps de dire un mot de plus que Cyndie se détacha d'elle. La petite courut rejoindre Damien à deux pas d'eux et se cacha derrière lui, tremblante. Matthew voulut faire un pas vers elle, mais elle hurla, avec les mêmes cris que ceux qu'elle poussait dans un désespoir si terrifiant la nuit...

— Nooon ! Ne venez pas ! Pas les gardes, pas les hommes gris !

Le visage paniqué de l'enfant laissa un goût amer dans sa bouche tandis qu'il se retournait vers l'adolescente.

— Ça y est ? demanda Leonor d'un ton las. Tu es contente de ce que tu as fait ?

La fille aux cheveux mi-longs, raides, bruns, et aux longs cils interminables, battit des paupières, agacée.

— Venez avec moi l'accompagner à notre première réunion de quartier. Je ne lui dirai rien d'autre. Libre à vous de faire ensuite comme si vous n'aviez jamais tué personne...

Matthew se sentit blêmir, lorsqu'il songea qu'à cette fameuse réunion, Cyndie retrouverait peut-être des enfants qu'elle avait connus, aimés. Un remords brûlant le saisissait quand il songeait qu'elle n'avait rien, elle, puisqu'il n'y avait qu'une enfant de Sagan à avoir survécu.

— Soit, répondit-il à sa propre surprise. Allons à votre réunion... Mais si nous n'avons pas le droit d'entrer comme je le présume, je te préviens que nous l'attendrons à la porte, toute la nuit s'il le faut.

Leonor lui lança un regard désemparé. Ils avaient intérêt à attirer le moins possible l'attention sur Cyndie donc autant la laisser rejoindre les autres. Après tout, Astra avait dû s'organiser, non ? Ces réunions ne pouvaient causer de tort à l'un des leurs... Leonor l'espérait très fort tout en songeant que, justement, Cyndie ne faisait pas tout à fait partie des enfants d'Astra.

La petite fille ne dit rien en reculant un peu plus, rêvant malgré elle de trouver un endroit où se cacher. Elle avait l'impression que plus elle grandissait, plus le monde qui l'entourait devenait sombre. Elle n'avait aucune envie de se rendre à ses réunions, à moins que… Pourrait-elle y retrouver sa cousine ? À cette idée, sa poitrine s'allégea et elle eut presque envie de sourire. Si elle ne pouvait pas faire confiance à sa nouvelle famille, il fallait plus que jamais qu'elle la rejoigne, pour échapper à ce qui lui faisait tellement peur : la solitude.

Damien se décala alors, pour pouvoir jeter un coup d'œil à la petite fille jusque-là toujours derrière lui.

— Et moi, je pourrai venir ? demanda-t-il.

Un coup d'œil à sa nuque dépourvue de tatouage suffit à l'adolescente pour répondre.

— Non, ce n'est pas possible, mais tu pourras attendre avec tes parents.

L'inconnue prit ensuite la main de Cyndie et la petite fille la suivit dans un état presque apathique. L'enfant préférait se raccrocher à elle plutôt que se tourner vers ses parents adoptifs. Elle ressentait envers eux un mélange de sentiments contradictoires, dont la colère, la déception, la peine, mais surtout la peur. Ils étaient… Son nouveau père était l'un de ceux qui lui avaient volé sa famille, les rires, la joie, pour l'envoyer sur une Astra en guerre où personne, excepté sa cousine, n'était là pour elle.

Leonor et Matthew suivirent sans poser de question, évitant de se regarder l'un l'autre. La jeune mère espéra qu'ils sauraient malgré tout ramener un sourire sur les joues pâles de leur petite fille et la rassurer, car il lui était intolérable de la voir ainsi ne plus supporter sa présence. Ils parcoururent la rue jusqu'à un bâtiment peu haut et d'aspect neuf, sans doute reconstruit comme beaucoup d'autres tout récemment. L'enfant entra un instant plus tard dans le vestibule précédant la grande salle, jetant un regard derrière elle à Damien, Leonor et Matthew qui restaient dehors. Ses yeux croisèrent ceux de ce dernier et elle eut du mal à retenir le mouvement instinctif qui la poussait à revenir en arrière. Peut-être parce qu'il semblait, à cet instant, aussi seul et perdu qu'elle.

Elle eut alors l'impression de revoir les flammes dans la nuit, d'entendre les hurlements de ceux qu'elle avait connus en train de mourir, et de sentir de nouveau la fumée âcre montant dans le ciel. La seule question était de savoir si oui ou non, l'enfant pouvait pardonner cela à son père d'adoption.

La salle était grande et un peu plus d'une centaine d'enfants discutaient de part et d'autre dans la langue d'Astra. Certains arboraient des mines graves, mais ceux qui riaient aux éclats étaient plus nombreux. L'enfant voulut continuer d'avancer, mais deux adolescents de l'âge de son cousin l'arrêtèrent gentiment à la porte. La grande fille qui l'avait amenée ici était déjà à l'intérieur et Cyndie, effrayée de sa solitude, prit la parole d'une petite voix.

— Que... qu'est-ce qu'il y a ?

Le garçon aux cheveux bruns lui fit penser à Rodolphe tandis qu'il lui désignait l'écran qu'il avait à la main.

— On vérifie les tatouages de tous ceux qui entrent. Tu dois nous dire ton vrai nom, et nous montrer ton dos. On te cochera sur la liste.

Il paraissait gentil avec son bon sourire. La fille qui acquiesçait à ses côtés aussi. L'enfant se rappela tout à coup des paroles de sa cousine, Sibylle, la seule en qui elle pouvait encore avoir confiance : « Si tu veux qu'on se retrouve... Tu le veux, n'est-ce pas ? ». Elle avait acquiescé vigoureusement et Sib' avait continué avec un sourire : « Alors lorsque les réunions d'enfants d'Astra commenceront, ils parleront tous astrayen, tu saisis ? Oui ? Alors à ce moment seulement - seulement là ! - tu leur diras qui tu es et tu leur montreras ton tatouage ».

— Je... Je m'appelle Cyndie Astra, lâcha-t-elle de sa voix timide.

Dans un rayon de trois mètres, toutes les conversations et les rires se turent. L'adolescent échangea un long regard avec son amie.

— Tu... Tu peux nous montrer ton tatouage ? demanda-t-il d'une voix rendue rauque par l'émotion.

Cyndie se retourna sans rien dire et ils purent alors écarter son haut et mettre à jour le grand dragon stylisé, la lettre S pour Sagan et le superbe numéro trois qui se détachaient nettement sur sa peau translucide aux reflets bleutés. Ce fut la fille, grande et rousse, qui prit la parole dans le lourd silence qui s'était installé.

— Numéro et nom validés. Classe dirigeante... Tommy ?

Elle se tourna vers son coéquipier.

— Tu l'emmènes dans la salle d'à côté ? ajouta-t-elle. Je gère le reste des entrées pendant ce temps-là...

Le garçon hocha la tête, prit la main de Cyndie qui ne cherchait pas à comprendre ce qui lui arrivait, et l'entraîna pour traverser la foule de jeunes gens qui s'écartèrent sur leur passage en murmurant. L'enfant essayait de se faire la plus petite possible, mais tous les regards étaient rivés sur elle. Elle agrippa instinctivement la main du garçon et il la rassura d'un clin d'œil.

— T'inquiète, on va veiller sur toi...

Ils ne tardèrent pas à entrer dans une autre pièce, adjacente à la première, mais déserte. L'adolescent proposa à Cyndie de s'asseoir, attardant légèrement son regard sur elle. Elle obéit et se jucha sur le premier siège venu. Il lui adressa un sourire avant de commencer ses explications.

— On possède les coordonnées de toutes les salles de réunion de ce soir... Dès qu'on aura reçu les codes, on saura quoi faire de toi, petite princesse.

Cela faisait deux mois que plus personne ne l'appelait ainsi.

— Quels codes ?

— Ceux qui nous indiqueront où se trouvent tous les chefs, à commencer par Rodolphe et Sibylle Astra.

Lorsqu'il prononça les deux noms, sa voix prit une intonation de respect et il se redressa, se campant fermement sur ses jambes.

— On leur montrera aux Eriquiens ce qu'on a dans le ventre, ajouta-t-il, une lueur de défi brillant dans ses prunelles.

Cyndie voulut descendre de son siège, mais il l'en empêcha.

— Je... Je peux rejoindre les autres ? demanda-t-elle, de nouveau intimidée.

Il parut sincèrement désolé.

— Ce n'est pas possible... Il pourrait y avoir un traître parmi les enfants d'Astra, tu comprends ? Tu ne pourras circuler dans cette réunion que lorsque nous t'aurons choisi des camarades parmi les GC. Ils te suivront également à l'extérieur le plus discrètement possible pour assurer ta sécurité, c'est plus prudent maintenant que ton identité est révélée.

Cyndie avait tenté d'apprendre la signification de quelques lettres en douce en écoutant les leçons de sa cousine. Or Sibylle avait trouvé cela imprudent lorsqu'elle s'en était aperçue, la jugeant trop jeune pour détenir de telles informations. L'enfant n'avait donc aucune idée de la signification de ce qu'elle venait d'entendre.

— GC ?

— Les enfants de confiance... Les Gardes du Corps. Allez, ne t'inquiète pas ça va aller.

Il la salua, un geste qui paraissait presque irréel dans cette pièce perdue d'une tour eriquienne, puis s'éloigna vers la porte fermée.

— Ça te dérange si je te laisse quelques minutes toute seule ? Comme tu es venue dans notre groupe... Et bien maintenant, on a tous peur de rater quelque chose dans l'organisation du plan.

— Vous ne savez pas où est ma cousine ? demanda-t-elle avec précipitation, le voyant partir. Et... mon cousin ?

Elle avait toujours été moins proche de Rodolphe. Il était gentil, certes, mais c'est à peine s'il souriait quand il la voyait. La plupart du temps, il travaillait avec leur oncle Saedor sur des tas de choses dont Cyndie ne comprenait pas la moitié.

— Non, on n'a pas encore reçu d'appel avec les codes d'alerte. Mais il n'est que huit heures du soir, ils peuvent encore se montrer... Et puis sinon ce sera à la deuxième réunion, dans quelques jours.

Il ne lui redemanda pas si ça la dérangeait d'être seule et sortit en claquant la porte derrière lui. Il avait peur, comprit Cyndie. Peur que quelque chose se passe mal. Elle repensa à Sibylle et se prit à espérer soudain qu'il ne lui soit rien arrivé et que son code apparaisse très vite. Ça serait déjà merveilleux de savoir où elle se trouvait. Les Eriquiens n'avaient pas tué les enfants lorsqu'ils étaient sortis des souterrains, alors peut-être qu'ils ne la tueraient pas. Ou alors ils lui demanderaient simplement de brûler d'autres membres de sa famille…

De nombreux scientifiques ont cherché pendant des années le mystère de la présence d'êtres humains sur Sagan avant l'arrivée des colons, aux mêmes caractéristiques que les Terriens. Ils se différenciaient d'eux par leur peau bleue et par leurs remarquables capacités à survivre dans un environnement de grand froid ou, au contraire, de forte chaleur. Il a fallu attendre la découverte d'un roman gravé dans la glace d'une cité abandonnée de Sagan pour avoir l'explication de ce mystère.

Préface écrite par Pierre 66-N-45, dit Maréchal, *Chroniques inachevées*, I. Gcv, 3540.

Chapitre 25

- Sibylle -

Le réfectoire du centre 5 de l'orphelinat n'avait, pour l'heure, plus l'air d'en être un. Toutes les filles du centre étaient occupées à crier et à taper du pied pour faire le plus de vacarme possible. Seule Sibylle, calée au fond de son siège, les bras croisés sur sa poitrine, attendait avec anxiété que la directrice, debout devant elles sur l'estrade de dalles noires, reprenne la parole. La jeune fille était assise entre Zarine et Heather. Son cœur cognait avec force dans sa poitrine. Elles avaient toutes refusé de dîner ou de sortir du réfectoire lorsqu'on leur avait annoncé qu'en tant que pupilles de l'État, les pensionnaires de l'orphelinat n'avaient pas le droit de se rendre aux fameuses réunions des enfants d'Astra.

Visiblement leur réaction à toutes stupéfiait la directrice et lorsqu'elle se leva une énième fois de son siège pour prendre la parole, secondée d'un surveillant, le vacarme fit de nouveau place à un silence tendu. Il était déjà huit heures du soir.

— Nous ne pouvons pas vous permettre de vous promener en ville sans surveillance. Vous êtes sous notre responsabilité, vous devez le comprendre. Maintenant si vous voulez bien vous calmer et...

toutes les filles recommencèrent à faire le plus de bruit possible tandis que les visages s'assombrissaient et que de nombreuses adolescentes cachaient leur colère en baissant les yeux. Heather, plutôt calme d'habitude, se tourna vers Sibylle.

— Qu'est-ce qu'elle croit la vieille ? lança-t-elle furieuse. Il faut qu'on y aille !

Elle hocha la tête pour toute réponse. Le plan prévoyait de retrouver les trois chefs prévus... et Sibylle était la deuxième sur la liste. Seulement, la directrice n'allait jamais les laisser sortir pour rejoindre les autres, réunis dans divers points de la ville. L'adolescente eut soudain une illumination et un grand sourire tandis qu'elle repoussait une mèche de cheveux derrière son oreille gauche. Elle se leva de son siège dans le vacarme ambiant et grimaça tandis que Heather et Zarine lui lançaient un regard interrogatif.

— Tu comptes faire quoi là ? demanda la mathématicienne aux taches de rousseur.

— Me faire entendre !

Sibylle, sans attendre d'autre commentaire, grimpa sur la table. Les adolescentes à côté la regardèrent avec curiosité et se turent ; petit à petit la salle entière redevint silencieuse tandis qu'un à un les regards se tournaient vers la jeune fille sur son promontoire improvisé. La directrice elle-même la fixait, passant une main calme dans ses cheveux parfaitement coiffés en un chignon relevé. Sibylle releva alors bien haut la tête, se remémorant les discours prononcés par son oncle.

— On nous interdit d'aller à une réunion, pourtant autorisée par le roi lui-même... Est-ce normal ? commença-t-elle en criant pour que sa voix se projette jusqu'au fond de la salle.

Il y eut pour toute réponse quelques « non » hésitants. Seules Heather et Zarine donnèrent vraiment de la voix.

— Est-ce normal ? reprit Sibylle en haussant encore un peu plus le ton.

Toute la salle parut gagnée de nouveau d'un même délire fiévreux. Un cri jaillit de toutes les bouches en réponse.

— NON !

La jeune fille reprit ensuite du même ton lorsqu'elle put de nouveau se faire entendre.

— On invoque des motifs de sécurité. Est-ce suffisant pour nous empêcher de revoir nos frères ?

— NON !

Il y avait dans ce dernier mot une terrible colère et la jeune princesse comprit que les adolescentes étaient à deux doigts de se rebeller ouvertement, de faire une énorme bêtise. La salle entière brûlait de montrer enfin aux Eriquiens que venger les crimes d'Astra n'avait jamais été une idée oubliée.

— J'ai une proposition à faire à notre directrice ! cria Sibylle dès qu'elle le put, décidée à reprendre au plus vite le contrôle de la situation pour éviter un dérapage magistral.

Le silence revint dans la salle, tendu, et l'adolescente admira le calme qui se dégageait de la gouvernante du centre 5. Parfaitement immobile et debout, elle comprenait le danger perceptible, mais ne cherchait pas pour autant à se défiler devant les jeunes en fuyant ses responsabilités. Sa voix fut parfaitement audible lorsqu'elle répondit à Sibylle, toujours debout sur sa table.

— Vraiment ? Quelle est-elle, jeune fille ?

La princesse ne jeta pas un regard à la salle lorsqu'elle répondit d'une voix plus basse, sans crier.

— Laissez-nous tenir notre réunion ici même. Nous n'avons besoin que de trois choses : aucune personne en dehors des enfants d'Astra, une liste de tous les lieux des autres réunions avec les numéros d'écrans qu'ils ont normalement fait passer à tout le monde, ainsi qu'un accès illimité au réseau pour joindre les autres... Ensuite, dans les semaines à venir, laissez-nous nous organiser pour que nous allions à des réunions au dehors de l'orphelinat. Par petits groupes, chacune notre tour, et vous saurez toujours où nous irons.

Le silence de la pièce était maintenant assourdissant. La jeune fille devina une question muette dans les yeux de la directrice : tout allait-il dégénérer ?

— C'est la seule chose que nous voulons. Nous serons calmes après ça.

La directrice ne répondit rien. Elle inclina simplement la tête, vrillant ses étonnants yeux marron aux reflets rouges dans ceux de Sibylle. Elle paraissait lasse tout à coup, et la jeune fille se mordit la lèvre. D'où venait cette espèce de début d'affection qu'elle sentait poindre dans son cœur pour cette femme qu'elle avait à peine entrevue à deux ou trois reprises ? Quelques minutes plus tard, la directrice, les surveillants... Ils étaient tous partis. Sibylle sentit tout à coup un léger vrombissement à son poignet.

Un message venait de s'y télécharger : « Voici les numéros de téléphone des autres réunions. N'oubliez pas votre promesse : que rien ne dégénère. E.W. » La princesse n'eut pas le temps de se demander à quel prénom correspondaient les initiales de la directrice que, dans la salle entière, toutes les adolescentes se mirent à applaudir à tout rompre.

— Wahou ! Tu as été super ! lui cria Heather, folle de joie et d'enthousiasme.

Sibylle sentit un immense sourire envahir ses lèvres et ne répondit pas tout de suite. Elle murmura simplement « merci » puis releva la tête vers la salle, toujours debout.

— Qui est Organisateur parmi vous ? Levez-vous ! cria-t-elle ensuite tout en réclamant d'un mouvement le silence qui se fit presque aussitôt.

Une fille aux cheveux sombres et au visage à moitié défiguré par une brûlure se leva lentement dans le silence.

— Numéro 23184, Organisateur ! cria-t-elle en réponse.

Une autre se leva plus loin. Son visage fin la faisait paraître plus jeune que Sibylle et personne ne pouvait égaler l'air résolu qu'elle affichait.

— Numéro 8193, Organisateur !

Trois autres filles se levèrent au milieu des acclamations et des applaudissements. Les Organisateurs étaient les jeunes - dignes de confiance - chargés de mémoriser la signification des lettres et des numéros. Ils portaient sur eux une fine puce qui, devant le capteur de n'importe quel écran et après y avoir tapé un mot de passe, dévoilait une liste très précieuse et secrète : les noms, rôles et chiffres correspondant à chacun des enfants d'Astra.

Sibylle ne put s'empêcher de ressentir une légère anxiété tout à coup : qu'un seul de ceux-là les trahisse... Mais quel aurait été leur intérêt ? Les Organisateurs faisaient déjà défiler sur leur écran les listes téléchargées et la jeune fille sentit sa bouche se dessécher. À partir de maintenant, il n'était plus question de cacher son état. Les « ES », ou les Espions, seraient chargés justement de tout surveiller, de s'assurer qu'aucun des traîtres éventuels ne puisse avoir l'occasion de révéler ce qu'ils apprendraient ce soir. Le silence était revenu et la fille au visage à moitié brûlé prononça les mots que tout le monde attendait – après tout, eux ne verraient arriver personne d'autre que toutes les personnes présentes.

— Y a-t-il parmi nous Rodolphe Astra ?

Personne ne broncha. La question était purement réglementaire : il n'y avait pas de garçon dans le centre 5. Chacun des muscles de Sibylle était tendu et elle sentait confusément qu'elle était à deux doigts de se transformer, ce dont il n'était pas question. Mais les mots qu'elle attendait et appréhendait à la fois ne tardèrent pas à résonner dans la pièce.

— Y a-t-il parmi nous Sibylle Astra ?

Elle n'y croyait pas. Personne n'y croyait du reste. Quelle chance sur la centaine de milliers d'enfants ? Sibylle baissa les yeux vers Heather qui lui adressa un sourire puis releva la tête.

— Oui, moi... murmura-t-elle.

Sa réponse passa inaperçue et l'Organisatrice s'apprêtait à annoncer le troisième des « grands » noms lorsque Sibylle inspira et évacua sa nervosité en fermant les yeux quelques millièmes de seconde, avant de les rouvrir.

— Oui. Je m'appelle Sibylle Astra ! cria-t-elle.

Le silence n'était plus assourdissant. Il était pire que cela. Si tout à l'heure tous les regards avaient été focalisés sur la jeune fille, ce n'était rien comparé à cet instant. Il y avait une terrible émotion dans la voix de la fille à la peau brûlée lorsqu'elle reprit la parole.

— Pourriez-vous nous montrer votre tatouage ?

Sibylle se tourna sans mot dire, souleva le bas de son haut, et le 2, magnifique, simple et sombre, presque puissant, apparut aux yeux de tous. L'Organisatrice n'arrivait plus à parler.

— Réunion... commença une autre dans le silence, prenant le relai.

Sibylle jeta un coup d'œil à son écran. 2 927 regroupements des enfants d'Astra étaient déjà recensés sur toute la planète AM.Erica.

— 2 928...

Sibylle rentra sur l'écran le chiffre et son numéro de réseau en baissant la tête pour cacher son émotion. En faisant cette simple manipulation, elle autorisait la diffusion parmi les enfants d'Astra du numéro de la réunion où elle se trouvait et permettait à son frère de la retrouver si lui aussi s'était déjà connecté.

— ... officialise la présence dans ses rangs de la princesse Sibylle Astra, fille de l'empereur Clarence et de sa femme, Valentine Astra, terminèrent les Organisatrices d'une même voix.

Lorsque Sibylle releva la tête, la fille au visage brûlé s'inclina devant elle au milieu de la petite foule. Petit à petit ce fut toute la salle qui commença à tomber à terre, sous le renouveau des acclamations. La princesse avait la gorge serrée par l'émotion, mais parvint à reprendre le contrôle d'elle-même.

— Nous vengerons Astra ! cria-t-elle lorsque tout le monde fut debout. Pour le meilleur et pour le pire... Astra un jour...

— ASTRA TOUJOURS !

Sibylle ne fut pas capable de dire ce qui se passa ensuite. C'était comme dans un rêve étrange... Toutes les adolescentes se regroupèrent en de longues files devant les Organisateurs, déclinant noms et numéros. Les listes constituées allaient ensuite circuler entre Organisateurs par le biais de leurs accès au réseau. Sibylle savait que la dernière chose qui lui restait à faire ce soir était d'ajouter à côté du nom de leur réunion, sur la liste numérique, un simple « B », le signe de sa présence. Par mesure de précaution, la lettre serait enlevée dès le lendemain, mais les différents Organisateurs la retiendraient, ainsi que la réunion à côté de laquelle le B serait apparu.

Les doigts tremblants, Sibylle tapa sur son écran connecté, puis, encore plus hésitante, elle commença à faire défiler l'immense liste qui s'actualisait d'elle-même dès qu'un groupe y apportait une modification. Pourvu qu'ils aient pris suffisamment de précautions et que les dirigeants de l'AM.Erica n'y comprennent rien !

D'autres lettres destinées à les égarer apparaissaient d'ailleurs. I, R ici, S... Un code tellement évident que c'était justement sur cette simplicité que s'appuyaient les enfants d'Astra pour conserver leur secret. Ils comptaient sur l'AM.Erica pour dédaigner la solution la plus évidente, qui était que les chefs avaient leur lettre attribuée par ordre d'importance.

Sibylle s'arrêta sur la réunion 321. Elle était précédée d'un simple C, mais celui-ci suffit à émouvoir aux larmes la jeune fille.

— Cyndie... murmura-t-elle la gorge serrée sans plus se soucier de ce qui l'entourait.

Elle avait hâte de revoir la petite fille, mais avant de tenter de se rendre à cette réunion un prochain soir, il y avait quelqu'un d'autre qu'il était plus urgent qu'elle retrouve. Bon sang, qu'il lui manquait !

Quand verrait-elle apparaître sur la liste le simple A qui signifiait tant ?

En 2063, alors que la Terre était irradiée et que des catastrophes écologiques venaient s'ajouter aux guérillas qui embrasaient chacune des villes de la planète, Amsterdam mettait en place un projet secret visant à envoyer un énorme vaisseau dans l'espace pour chercher une nouvelle planète viable. Les scientifiques à la tête du projet furent assassinés deux ans plus tard pour avoir aidé un village à se défendre contre son voisin, et tout le monde oublia cette expédition partie dans les étoiles quelques mois plus tôt.

Chroniques inachevées, I. Gcv, 3540.

Chapitre 26

- Rodolphe -

Rodolphe fixait depuis plus d'une heure l'entrée du rez-de-chaussée de l'immense tour de pierre. Sur toute la planète AM.Erica, chacune des villes s'était sentie obligée de mettre à disposition des enfants de grandes salles de réunion. Le jeune homme savait que les spécialistes des caméras et d'autres outils électroniques du même genre avaient vérifié de fond en comble ces salles, pour éviter toute tentative d'espionnage ou de surveillance.

Alors qu'est-ce qui empêchait Rodolphe d'entrer ? Qu'est-ce qui le faisait rester là, dans l'ombre, grelottant ?

Il avait presque l'impression de rentrer de vacances en traînant des pieds avant de revenir à son travail : être empereur. Il baissa la tête, souffla dans ses mains, avant d'inspirer et de s'avancer dans la nuit maintenant complètement tombée.

Des dizaines de personnes attendaient à la porte et le dévisagèrent lorsqu'il passa devant eux : les familles d'adoption. Dans le regard de quelques-uns se devinait une légère inquiétude, mais la plupart regrettaient simplement de n'avoir rien à se mettre sous la dent.

À peine Rodolphe fut-il entré - une fille de vingt ans lui avait ouvert - que la porte fut refermée.

— Un retardataire... Tu faisais quoi ? lui demanda-t-elle en barrant le seuil de l'immense salle qui se devinait derrière, encombrée de jeunes de tout âge.

Il lui lança un regard insondable sans tout de suite répondre.

— Un empêchement avec mon nouveau père, répondit-il. Rien d'autre ?

La fille se détendit légèrement.

— Désolée de l'accueil, mais on a déjà eu deux personnes qui ont tenté de rentrer aujourd'hui... Il y en avait un avec un faux tatouage très bien fait. Sans les listes, on y passait tous. Bref, si tu veux entrer, tu me donnes ton nom et tu me montres ton tatouage.

Le jeune homme laissa échapper un léger soupir entre ses dents serrées.

— Numéro 1, répondit-il enfin avec un sourire forcé. Rodolphe Astra.

Il se retourna ensuite pour lui montrer son tatouage d'un mouvement brusque. Elle poussa un léger cri de stupeur puis plaqua une main sur sa bouche, tandis que le jeune prince remettait en place son tee-shirt, sans ressentir de joie particulière devant la soudaine étincelle qui brillait dans les yeux de l'adolescente. Elle s'inclina devant lui, un genou à terre, avant de se relever.

— C'est un honneur pour moi de vous connaître.

— Tutoie-moi, je t'en prie. Je suis plus jeune que toi...

Il hésita un instant avant de parvenir à sourire, cette fois-ci plus naturellement.

— Je peux entrer maintenant ?

— Quoi ? Oh oui, bien sûr !

Elle le précéda même dans la seconde salle et Rodolphe put découvrir l'assemblée hétéroclite de jeunes qui les attendait. La fille lui fit signe de le suivre avec hésitation et ils se frayèrent un chemin entre les groupes jusqu'à rejoindre une jeune fille aux cheveux blonds et aux yeux sombres.

— Dalhia ?

— C'est... c'est...

Elle ne trouvait plus ses mots et ce fut le prince lui-même qui s'avança, tendant une main avec un sourire confiant.

—Rodolphe Astra, numéro 1.

L'autre parut comme foudroyée un instant et les conversations cessèrent autour d'eux.

— Votre Altesse...

Un chuchotement parcourut la salle et en un instant la nouvelle avait fait le tour. Sans attendre, chacun commença à s'incliner et bientôt le prince se retrouva seul debout. Rodolphe ne s'était jamais senti aussi gêné, ni curieusement aussi triste. Être un adolescent comme les autres, pendant deux mois, ça avait presque été magique.

— Rodolphe ! cria soudain une voix féminine dans la salle.

Laurie se fraya un chemin jusqu'à lui, tandis que tous se relevaient lentement, ne le quittant pas des yeux. Elle était ravissante aujourd'hui, portant une courte robe bleue, une fleur dans les cheveux. Pourtant ses traits étaient pâles et défaits lorsqu'elle posa son regard sur lui.

— Tu... Vous... Tu étais l'héritier de...

Il s'approcha vivement.

— Laurie... On est amis, ok ? répliqua-t-il. Ça ne change rien que je sois le... le fils de l'empereur.

Il lui sembla que ses mots résonnaient dans toute la salle. Laurie se dégagea un peu brusquement, comme apeurée à l'idée soudaine d'avoir à lui parler, et il sentit un goût amer lui emplir la bouche tandis qu'elle retournait se perdre dans la foule des enfants. Le garçon à ses côtés cria alors, rompant le lourd silence qui s'était installé.

— La réunion 2 963 officialise la présence dans ses rangs de Rodolphe Astra, fils de l'empereur Clarence et de sa femme Valentine Astra...

Alors tous se mirent à applaudir et Rodolphe n'entendit plus que des acclamations de tous côtés tandis qu'il s'efforçait de sourire.

— Les lettres B et C sont apparues ? demanda-t-il en se penchant vers Dalhia, d'une voix qu'il espérait calme.

Elle hocha la tête, lui montrant l'écran, et Rodolphe sentit son cœur s'alléger un peu. Non il n'était pas seul : il y avait Sibylle à ses côtés et, dans une moindre mesure, sa petite cousine Cyndie. Au silence, l'adolescent devina qu'il lui fallait prendre la parole. Il s'avança sans savoir quoi dire et tous s'écartèrent en un cercle respectueux qui acheva de le rendre triste sans qu'il le montre.

— Ceci est la première réunion des enfants d'Astra. Souhaitons que l'AM.Erica ne nous oublie jamais, que dans des centaines d'années elle se rappelle encore notre revanche ! Nous gagnerons, nous reviendrons chez nous !

Un tonnerre d'acclamations éclata tandis que le prince s'efforçait d'avoir l'air sûr de lui. Le plan 439 était prévu sur plusieurs années. Qui savait ce qui se passerait d'ici là ? Le garçon qui avait annoncé son titre le tira alors de ses pensées en s'avançant et en prenant la parole à son tour.

— Les GC, avancez-vous !

Une dizaine de garçons et filles obéirent en silence. Ils avaient en commun les muscles, apparents, et leur intelligence. Ses nouveaux Gardes du Corps le suivraient partout, nuit et jour, et seraient armés, dès que l'un des enfants d'Astra réussirait à voler un attirail militaire, ce qui ne devrait logiquement pas tarder.

— Je veux un garde supplémentaire, lâcha alors Rodolphe, sans savoir ce qui l'avait poussé à dire cela.

Dalhia parut surprise, comme les autres jeunes.

— Qui ? questionna-t-elle.

— Elle. Laurie, répondit-il, après avoir désigné du doigt son amie.

Il se passa alors quelque chose d'étrange. Laurie rougit affreusement, baissa la tête en lâchant un « non » clair et net, tandis que tous les Organisateurs échangeaient un regard lourd de sous-entendus. Ce fut le garçon, Devon, qui se lança dans les explications, tandis que tout le monde recommençait à parler avec excitation, les yeux tournés vers l'Empereur.

— Ce n'est pas possible, Votre Altesse.

La réponse le surprit.

— Pourquoi ? Il ne suffit pas d'avoir des muscles pour être Garde du Corps...

Ceux qui s'étaient avancés grimacèrent, mécontents qu'on mette en doute leur intelligence, mais aucun ne réagit.

— Vous avez vu son tatouage ? poursuivit cependant Dalhia.

— Quoi son tatouage ?

— TP.

— Traître Potentiel... lâcha-t-il d'une voix blanche, cherchant Laurie des yeux dans la foule.

Il la vit enfin. Elle tentait de sortir de la salle, mais l'un des Organisateurs l'en empêchait, avec douceur, mais fermeté. Rodolphe sauta en bas de l'estrade où il se trouvait et s'avança vers Laurie qui s'était immobilisée devant la porte. Tous les jeunes, quel que soit leur âge, s'écartaient devant son passage en s'inclinant. Lorsqu'il arriva devant la jeune fille, il s'arrêta pour la dévisager un instant.

— Je te faisais confiance, murmura-t-il d'un ton peiné malgré lui. Qu'est-ce que tu as fait pour avoir cette appellation ?

Elle baissa la tête, mais ses yeux brillèrent légèrement.

— Je n'ai pas à me justifier ! Laisse-moi tranquille, de toute façon vous êtes tous pareils, je déteste le plan et Astra !

S'il y avait bien une chose à ne pas dire, c'était bien celle-ci. Un grognement de colère monta de toutes les gorges et plusieurs jeunes parmi les plus âgés de la salle firent mine de s'avancer, poings serrés. Seule la présence de Rodolphe les empêcha de se ruer sur l'adolescente pour la frapper.

Le jeune prince ne répondit pas tout de suite. Il avait toujours vu Laurie comme une adolescente timide, éternellement triste et effacée. Il découvrait là une autre personne que celle qu'il avait cru connaître et cela le blessait plus qu'il ne voulait l'avouer. Elle tenta de s'éloigner, mais le prince, qui l'avait saisie par le bras pour l'immobiliser, accentua sa poigne, cherchant à rencontrer son regard qui s'obstinait à fuir le sien. Il ne voulait pas perdre son amie, pas maintenant. En même temps, il se sentait trahi par les mots qu'elle venait violemment de lui cracher à la figure.

La jeune fille ne disait plus rien cependant, se contentant de frissonner, agitée de spasmes causés par les sanglots qu'elle retenait. Rodolphe hésita, incapable de faire taire sa colère et sa déception, mais désirant malgré tout avoir une explication. Il lâcha l'adolescente qui ne chercha plus à fuir et se tourna vers Devon.

— Tu as un endroit où on peut parler en privé ? Elle et moi ?

Dalhia s'interposa avant même que le jeune homme puisse répondre.

— Si elle est potentiellement dangereuse, on ne va pas vous laisser seuls.

Le prince voulait seulement comprendre. Il grimaça et abandonna l'idée d'avoir l'air aimable et calme.

— C'est ma décision de lui parler, et je suis capable de me défendre. Alors, y a-t-il une autre pièce ici où l'on puisse se parler ?

À contrecœur, l'Organisateur finit par hocher la tête.

— Tu vois l'escalier juste à ta gauche, près du buffet ? Il mène à un bureau, sûr, nous avons vérifié l'absence d'appareils d'espionnage. Vous pourrez discuter en toute tranquillité.

Rodolphe faisait déjà mine de s'avancer dans cette direction, mais Laurie recula.

— Je n'ai rien à te dire, alors pourquoi j'irais là-bas ?

Toujours sous le coup de ses émotions, le prince la rattrapa par l'épaule, obligeant la jeune fille à le suivre en l'entraînant à travers la petite foule qui s'écarta spontanément devant eux. Lorsqu'ils arrivèrent au pied de l'escalier, il s'arrêta et le désigna du doigt à Laurie, rattrapé par son caractère.

— Écoute, je ne sais pas pour toi, mais j'ai vraiment apprécié ces dernières semaines passées ensemble. Si on doit se séparer maintenant, je veux au moins savoir pourquoi tu détestes le plan, et la raison pour laquelle tu es considérée comme dangereuse. Je n'aurais pas dû t'obliger à me suivre, mais si tu as encore de l'amitié pour moi - à moins que tu n'en aies jamais eu -, viens avec moi et explique-moi, c'est tout ce que je te demande.

Le regard de Laurie, auparavant plein de colère, changea. Rodolphe crut jusqu'au dernier instant qu'elle allait se retourner et l'envoyer balader, mais elle grimpa au contraire la première marche de l'escalier sans mot dire. Les regards s'attardèrent en douce sur eux tandis qu'il la suivait, mais il s'efforça de les ignorer. L'escalier était fait de planches de bois branlantes assemblées à la va-vite et ressemblait plus à une échelle de chantier. Le jeune homme entra un instant plus tard derrière l'adolescente dans une vaste pièce, et alla se percher sur l'une des tables de travail. Les stores étaient baissés et seule la lumière provenant de la porte ouverte éclairait légèrement la pénombre.

Laurie fit quelques pas sans se décider à s'assoir, et un lourd silence s'installa entre eux.

— Mes parents étaient tous les deux eriquiens, commença-t-elle enfin, debout et lui tournant le dos. Mais ils ont grandi à Astra...

Rodolphe n'eut pas besoin de plus d'explications pour comprendre ce qu'elle voulait dire.

— ... Tu as été considérée comme une enfant d'Astra, termina-t-il.

Elle hocha la tête. Le jeune homme savait qu'une toute petite partie des enfants des souterrains étaient dans le même cas de figure, des enfants d'immigrés. Cela ne justifiait cependant aucunement l'appellation « potentiellement dangereux » et il patienta, tendu, attendant que Laurie poursuive, ce qu'elle ne tarda pas à faire. L'adolescente avait croisé les bras sans se retourner.

— Il... Il y a autre chose. J'ai encore un parent en vie, je t'ai menti là-dessus. Ma mère était en AM.Erica lors du déclenchement des hostilités. Elle y est restée...

Rodolphe ne répondit pas tout de suite. Laurie devait être de ces personnes qui faisaient passer Astra bien après leur famille, en l'occurrence sa mère, d'où le danger qu'elle représentait. Cela ne parvint pas à atténuer sa déception.

— Alors tu parles eriquien du coup ? Tout ce cinéma que tu as fait... lâcha-t-il d'un ton acide, retrouvant sa colère. Si tu détestes Astra et le plan, c'est parce que cela pourrait te séparer de ta mère, qui fait peut-être partie de ceux qui t'ont obligée à te terrer dans les souterrains ! TOUS les Eriquiens sont responsables !

— Ma mère n'est pas responsable de ça !

— Ah oui ? Tu n'arriveras pas à me faire croire ça ! dit-il d'un ton hargneux, se levant brusquement pour venir se placer juste en face d'elle.

— Je… commença celle-ci en balbutiant, perdant tous ses moyens. Elle a voulu me protéger et elle a été parmi les premières à soutenir les enfants d'Astra, lorsqu'ils ont visionné les enregistrements de Saedor.

Le prince la surplombait d'une bonne tête et il ne répondit rien, sa colère commençant à retomber, remplacée de nouveau par la peine.

— J'étais en colère tout à l'heure, en profita-t-elle pour continuer. Je ne déteste ni le plan ni Astra, même si je ne voudrais jamais perdre ma mère. C'est juste que lorsque les responsables des souterrains m'ont définie comme une potentielle traîtresse, je me suis sentie mise à l'écart, seule. Tu sais ce que c'est de voir tout le monde te tourner le dos pendant des mois à cause d'un malheureux tatouage ? Et même maintenant… J'ai été adoptée alors que je ne le voulais pas, mais comment retrouver ma mère sans que les Eriquiens se posent de questions ? J'ai l'impression de n'appartenir à aucun des deux côtés… Cette réunion et ta réaction, c'était juste la goutte qui a fait déborder le vase. Je ne veux plus être seule.

La tension que Rodolphe avait accumulée ces dernières minutes se dissipa en partie et, pour la première fois depuis qu'il avait appris son appellation, il s'efforça de sourire. Laurie ne pouvait utiliser de meilleur argument pour l'adoucir que lui parler de solitude, une peur qu'ils partageaient. Maintenant qu'elle avait lâché tout ce qu'elle avait sur le cœur, l'adolescente paraissait plus calme, presque détendue, alors que le prince ne savait plus où il en était.

— Si je te comprends bien… Tu n'aimes pas le plan parce qu'il t'exclut, c'est cela ?

C'était son amie après tout. Pouvait-il accepter de perdre Laurie, Aileen, Johan et Soralie qui avaient égaillé sa vie ces dernières semaines ?

— C'est… C'est ça, je crois, répondit l'adolescente en lui glissant un coup d'œil empli de doute, dans l'expectative de sa réaction.

La colère avait définitivement quitté le jeune prince.

— Alors Laurie… Si nous restons amis, et que tu deviennes ma GC subsidiaire, c'est-à-dire que tu surveilles juste qu'il ne se passe rien d'anormal et tienne au courant mes autres GC, accepterais-tu de suivre Astra, donc de me suivre moi ?

Elle garda un long moment le silence, sans le quitter des yeux, arborant une mine hésitante, mais mêlée d'espoir.

— Tu ferais ça pour moi ? Les autres ne l'accepteront pas…

Il haussa les épaules. Soudain, la perspective de conserver une amitié même en prenant un risque qu'il n'était pas sûr que son oncle aurait approuvé, lui paraissait bien plus importante qu'une petite foule d'enfants d'Astra en colère contre lui.

— Oui Laurie, je crois que je suis prêt à tenter de te faire de nouveau confiance… On y retourne ? acheva-t-il avec un petit sourire en désignant la porte ouverte.

Elle acquiesça, esquissant elle aussi un sourire encore timide, et ils se dirigèrent sans attendre vers la sortie. Quelques minutes plus tard, ils étaient rejoints au pied de l'escalier par les deux Organisateurs, Devon et Dalhia. Autour d'eux tout le monde parlait comme si de rien n'était, mais Rodolphe ne se faisait aucune illusion : ils étaient tous pendus à leurs lèvres.

— Alors, qu'avez-vous décidé ? demanda le garçon. Elle continue d'assister aux réunions ?

— Oui. J'ai décidé d'impliquer Laurie dans le plan. Elle vous aidera à assurer ma sécurité, en étant toujours à mes côtés, sans que cela n'étonne personne puisque nous sommes ensemble depuis la rentrée.

Dalhia prit alors sur elle de s'avancer et, même si personne ne se tourna vers eux, toutes les conversations s'arrêtèrent un léger instant qui dura moins de quelques secondes avant de reprendre.

— Rodolphe, vous nous représentez tous ! Vous ne pouvez pas prendre un tel risque. Laurie peut rester votre amie, même si je n'approuve pas cette idée... Cependant elle ne doit pas avoir de poste, même à moitié officiel. Je pense que tout le monde dans cette salle sera d'accord avec moi.

Le jeune homme ne détourna pas les yeux. D'ordinaire, il aurait hésité, cherché l'appui de sa sœur, mais elle n'était pas là aujourd'hui et c'était à lui de choisir, de confirmer sa volonté.

Laurie avait été son amie pendant deux mois, celle avec qui il se rappelait les paysages d'Astra, les coutumes, la nourriture, les couleurs du drapeau bleu, blanc et rouge qui claquait dans le vent...

— Je...

Devon voulut dire quelque chose, mais la petite foule d'enfants rassemblés oublia de faire semblant de ne pas écouter.

— Non ! se mirent-ils à crier, furieux. Votre Altesse, c'est une *Eriquienne...*

Rodolphe resta un moment encore silencieux, rassemblant tout son courage et regrettant une fois de plus de n'avoir jamais été à l'aise pour s'exprimer.

— NON ! se décida-t-il à répondre en redressant la tête. Elle est née et a grandi sur notre planète. C'est l'une des nôtres ! C'est une enfant d'Astra !

Il se tourna ensuite vers Laurie qui esquissa un sourire encore hésitant et tremblant. Le jeune homme se mit à sourire, heureux d'être celui qui pouvait lui donner une seconde chance, décidant tout à fait d'oublier tout ce que la jeune fille lui avait caché, animée du même sentiment que lui : la peur d'être rejetée.

— Alors Laurie, acceptes-tu d'avoir pour rôle d'aider mes Gardes du Corps dans leur mission ? demanda Rodolphe à haute et intelligible voix.

Qui peut contredire un futur empereur ? Cette fois-ci personne ne s'interposa, et il n'y avait plus la moindre étincelle d'hésitation dans les yeux de l'adolescent.

— J'accepte… Merci beaucoup, acheva la jeune fille avec un sourire de gratitude.

Rodolphe laissa ses yeux faire le tour de la salle. Il était certain d'une chose : sa conduite n'avait pas dû plaire à tous.

— Oh, Sib'... Tu es tellement plus douée que moi pour te faire apprécier, murmura-t-il pour lui-même, un peu amer malgré sa joie.

La peau bleue des premiers habitants de Sagan issus de cette mystérieuse expédition est longtemps restée incompréhensible aux yeux des scientifiques, avant qu'une autre partie du récit puisse être mise à jour avec la découverte de nouveaux murs de la vieille cité souterraine. Amsterdam n'avait pas prévu d'exiler une partie de sa population dans le vaisseau, mais de créer, à bord, en éprouvettes, des individus humains modifiés pour s'adapter au climat et à la planète à découvrir. C'était une précaution pour leur donner des chances optimales de survie. On sait aujourd'hui que ces manipulations n'étaient pas nécessaires, bien que cela ait permis une adaptation remarquablement rapide.

Chroniques inachevées, I. Gcv., 3540.

Chapitre 27

- Aileen -

Les cinq enfants royaux se trouvaient réunis dans la chambre de leur cadette. Il était environ dix heures du soir et Aileen était exténuée.

— Alors maintenant on en est absolument sûr, n'est-ce pas ? Les réunions sont la première étape du mystérieux plan 439.

Sandrine jeta un coup d'œil à son écran avant de répondre d'une voix grave.

— Il y a pire. Ils sont remarquablement organisés. Aucun des espions que papa a essayé de faire passer n'y est parvenu. Et pourtant j'ai vu leurs tatouages et ils sont on ne peut plus réalistes !

James passa une main dans ses cheveux colorés.

— Ça veut simplement dire qu'ils sont capables d'associer les numéros des tatouages aux lettres et aux noms, lâcha-t-il d'une voix lasse en réponse à son aînée. Autrement dit, si on ne fait parler aucun des enfants d'Astra, on n'a pas une seule chance...

Edward échangea alors un regard avec Liam, son jumeau.

— Vous avez accès à leur fameuse liste ?

Aileen attendit avec anxiété la réponse de Sandrine qui ne tarda pas à arriver.

— Oui on l'a, comme papa. Mais c'est incompréhensible. Il y a les réunions et les numéros de téléphone pour qu'ils puissent se joindre entre eux, mais il apparaît aussi des lettres dont personne ne comprend la signification. Nous avons évoqué la possibilité que cet alphabet désigne les personnalités importantes du plan, mais alors quelle lettre correspond à qui ? Il est impossible de le savoir.

Elle leur montra rapidement son poignet, mais Aileen ne fit même pas mine d'y jeter un coup d'œil. Malgré elle, la jeune fille repensait sans cesse à Saedor et aux paroles de son père : « Combattre toutes sortes d'ennemis, même lorsque tu les trouveras nobles et que tu auras de l'estime pour eux… »

— Vous en pensez quoi vous de tout ça ? demanda-t-elle un peu brusquement.

— Que c'est dangereux, répondit presque aussitôt James. Il faut absolument qu'on capture leurs meneurs.

Aileen ne put s'empêcher de répondre sans réfléchir.

— Mais vous trouvez ça juste vous ? Si on arrive à les capturer... Qu'est-ce qu'on fera d'eux ?

Un silence de plomb tomba dans sa chambre et les cinq jeunes gens essayèrent d'éviter de se regarder tout à coup. Ce fut Liam qui répondit, le visage impassible et froid, comme à son habitude.

— Je suppose qu'on connaît tous la réponse. Ils sont dangereux, alors...

Un voile de sueur couvrit le front de la plus jeune des princesses. Aileen ne voulait pas entendre la vérité.

— ... il faudra les exécuter, termina son jumeau.

La jeune fille détourna le regard.

— Ils ont notre âge, tenta-t-elle maladroitement de se justifier. Je viens de prendre conscience que ça pourrait être toi, Edward, ou n'importe lequel d'entre vous. Ils ne sont pas responsables de leur naissance et ils sont… probablement exactement comme nous.

Un silence embarrassé s'installa entre eux, en même temps qu'Aileen se mordillait nerveusement la lèvre pour tenter de contenir son émotion. James se leva du siège où il se trouvait pour venir s'assoir à côté d'elle et passer un bras réconfortant autour de ses épaules.

— Ça nous permettra de sauver des milliers de vies, Aileen. La paix... Tu as envie de revoir la guerre, toi ?

Elle secoua la tête, la gorge trop serrée pour répondre.

— Je sais que les deux enfants princiers ont notre âge, ajouta Sandrine. Sans compter la petite dernière de Sagan qui est même plus jeune. Ce sera forcément difficile, mais nous n'avons pas le choix.

Son frère Edward ne disait rien depuis quelques minutes et lorsqu'Aileen croisa son regard, elle devina qu'ils se comprenaient. Il affichait un air calme et décidé qu'il était loin d'éprouver en réalité, contrairement à son jumeau.

— Nous sommes toujours en guerre, annonça tranquillement Liam. Pour quelle raison réagissez-vous ainsi alors qu'aucun de vous n'a rien dit pour Sagan et Astra ?

Il eut le dernier mot. Après tout, avec un peu de chance, on ne les attraperait jamais ces fameux enfants-dirigeants. Et au pire, songea-t-elle brusquement, qu'est-ce que cela pouvait bien lui faire ? Elle ne les connaîtrait pas. Deux parfaits inconnus, trois peut-être avec la petite, pour sauver leur planète, leur pays. C'était un marché en apparence presque raisonnable. Aileen détesta ses pensées, les trouvant cyniques. De toute façon elle ne parvenait pas à y croire. Elle s'était attachée à des enfants d'Astra, peut-être tout particulièrement à Rodolphe, et imaginer qu'il puisse lui en vouloir si son futur empereur mourait suffisait à augmenter ses doutes. James accentua doucement sa pression sur son épaule, lui envoyant une pichenette pour la forcer à sourire et la tirer de ses sombres pensées. Il y parvint et elle se sentit légèrement rassérénée lorsqu'il reprit la parole.

— On ne sera peut-être pas obligé d'en venir là. La prison, ça peut suffire aussi...

Liam parut alors hésiter puis se tourna carrément vers Sandrine.

— Toi, tu es au courant de tous les plans de papa. Il envisage de capturer l'un des enfants d'Astra pour le faire parler ?

Leur aînée secoua la tête.

— Absolument impossible. On aurait des révoltes ouvertes sur toute la planète...

— Mais il y a les orphelinats... Qui saurait là-bas qu'il manque un enfant ?

— Liam, réfléchis un instant. À ton avis, comment réagiraient les autres adolescents ? On a tous vu qu'ils savaient très bien se servir des pressions médiatiques... Non, pour le moment, notre seule solution est d'avoir les informations qu'ils nous donnent d'eux-mêmes.

Sandrine se tourna alors plus particulièrement vers Aileen avant de l'interroger.

— Que t'a dit R... Comment s'appelle-t-il déjà ?

— Rodolphe Kent, répondit la cadette presque à contrecœur. Et il ne m'a strictement rien dit...

Liam s'agita sur son siège, mécontent.

— Pas plus qu'à nous, ceux qu'on commence à apprécier Edward et moi. Au fait, ton ami s'appelle comme leur futur empereur. Tu as songé à lui demander si son vrai nom n'était pas Astra par hasard ?

L'idée que le prince rencontre la fille d'Orys était si absurde qu'ils éclatèrent tous de rire. Aileen se détendit même complètement et son sourire s'agrandit sur ses lèvres.

— Mon lycée offre la possibilité d'aller deux ans à l'étranger, en profita alors Edward pour changer de sujet. J'ai l'intention de demander à papa de me laisser y aller. Vous m'aiderez à le convaincre ?

Liam resta sans réaction, se contentant d'adresser un sourire à son frère, et Aileen en déduisit qu'il devait être au courant, ce qui n'avait rien de bien surprenant. En le dévisageant plus attentivement, elle remarqua qu'il s'était raidi et devina qu'il ne devait pas du tout apprécier la perspective d'être séparé d'Edward, même pour quelques mois. Leur relation à tous deux avait toujours été terriblement fusionnelle. Leur père n'accepterait jamais d'envoyer deux de ses enfants à l'étranger, préférant les garder en sécurité en AM.Erica. Si Edward obtenait son autorisation, ce serait déjà presque un miracle. La jeune fille voulut répondre, mais Sandrine fut plus rapide.

— Edward ! Tu ne peux pas faire ça... Tu es fils du roi je te rappelle. Tu représentes le pays...

Le garçon ne parut pas dérangé outre mesure.

— Oui, enfin sur cinq enfants royaux, la disparition momentanée de ma personne ne devrait pas trop manquer, si ? C'est toi l'héritière, après il y a James "le raisonnable", ensuite mon incroyable frère Liam né avec quelques malheureuses secondes d'avance – j'espère sincèrement pour vous qu'il ne sera jamais roi – et après mon entêtée de petite sœur. Je lui cède volontiers ma place, à la simple condition qu'elle me supplie à genoux si jamais il vous arrive à tous un tragique accident. Donc vraiment, je ne vois pas en quoi je suis indispensable. Alors Sandrine, tu soutiendras mon projet de gagner Doss ?

Il était difficile de ne pas rire face à une telle présentation. Aileen tenta de se remémorer ce dont elle se souvenait de Doss. Le dernier ensemble de contrées sur laquelle elle s'était renseignée, sur ordre de son père, était Egrabe, une petite planète de l'alliance de l'AM.Erica. Ils s'y étaient rendus en visite quelques années plus tôt, et elle ne s'en rappelait qu'une impression de pauvreté relative. Doss ne pouvait qu'être mieux. La jeune fille se tourna vers son frère.

— Je ne soutiens ton projet que si tu jures de m'envoyer régulièrement des nouvelles.

Edward se mit à rire.

— Tu me voyais oublier ma petite famille ? répliqua-t-il d'un air faussement vertueux.

— Oh oui, très bien...

Ils échangèrent de nouveau tous un sourire et James ria carrément aux éclats lorsqu'Edward lui adressa à lui aussi la fameuse grimace soi-disant pleine d'innocence.

***

Aileen venait d'entrer dans la chambre que partageaient les jumeaux - ils n'avaient jamais voulu entendre parler d'appartements individuels - pour n'y trouver qu'Edward. Il ne leva pas la tête de sa valise en l'entendant entrer.

— Tu ne devrais pas te préparer pour aller au lycée toi ? demanda-t-il.

— Hum, et toi tu ne pars que dans deux semaines, je me trompe ? Pourquoi préparer maintenant tes affaires ?

— Finalement, je pars aujourd'hui. Papa a trouvé utile que je serve d'ambassadeur et a décidé de me faire changer de destination. En ce moment, il se soucie beaucoup d'une autre fichue planète et Doss ne l'intéresse pas. Je serai donc logé au palais d'Egrabe et je vais devoir lui faire un rapport toutes les deux semaines. Tu parles de vacances ! Sans compter que j'aurais sincèrement préféré n'importe quelle autre planète du système. Y a-t-il un endroit plus archaïque qu'Egrabe ?

Aileen éclata d'un rire franc avant de s'avancer jusqu'à son frère qui fermait sa valise d'un air énervé.

— Tu croyais vraiment que papa allait te laisser partir comme ça juste pour t'amuser ? répliqua-t-elle. Moi pas, tu as déjà de la chance qu'il ait accepté que tu voyages. Malgré tout ton petit discours d'hier soir, tu représentes l'AM.Erica.

— Mmm... Oui. Enfin bref.

Il finit cependant par esquisser lui aussi un sourire.

— Bon ce n'est pas tout ça, mais il faut vraiment que j'y aille... À dans deux ans !

Il lui tendit une main à serrer d'un air très protocolaire, mais elle se contenta de déposer deux baisers sur ses joues, le faisant grimacer et cacher un début de fou rire.

— Comment puis-je donner l'image d'un représentant sérieux avec une sœur dans ton genre qui me décrédibilise tout le temps ?

— Il faudrait encore que tu sois crédible, Edward... Tu as l'impression que c'est le cas ?

— Heu... Je te sers en réponse le mensonge officiel ou la vérité ?

Aileen lui donna un léger coup de coude dans les côtes et ils éclatèrent encore tous deux de rire. Les jumeaux, et surtout Edward, arrivaient toujours à la détendre.

— En somme, tu es ambassadeur officieux.

— Oh, pitié non ! Visiteur de marque suffira.

— Modeste, toujours. Heureusement que je ne tiens pas de toi.

Edward n'eut pas le temps de relever que Liam entrait dans la pièce, les sourcils froncés.

— Aileen, papa te demande d'aller au lycée. Il n'a pas envie que tu sois encore en retard.

— À mon avis vu l'heure, c'est déjà le cas, remarqua Edward avec son tact habituel. Enfin bon tu as entendu, sœurette ?

Aileen hocha la tête en levant les yeux au ciel, avant de se diriger vers la porte.

— Parfaitement, lâcha-t-elle juste avant de sortir. À bientôt, Ed', essaie de nous éviter les catastrophes diplomatiques.

Elle partit en courant sur cette dernière plaisanterie. Aileen accéléra sa course, ne tenant pas compte des quelques rires des gardes sur son passage, habitués à ses courses folles, et ne tarda pas à gagner l'immense escalier d'honneur après avoir traversé la grande salle aux colonnes. Arriver à son lycée fut l'affaire d'une dégringolade maîtrisée de l'escalier géant du palais assortie à une cavalcade dans les rues. Lorsqu'elle parvint en vue des bâtiments, elle était à bout, les cheveux en pétard et le visage en feu. Il lui fallut encore cinq minutes pour gagner sa salle de classe qui, comme par hasard, n'était pas l'habituelle, mais avait été changée à la dernière minute.

Échevelée, la jeune fille passa son bras sous le détecteur de la porte de sa salle de classe. À peine fut-elle entrée que son regard croisa celui de leur jeune professeur, visiblement mécontent.

— Aileen d'Erica ! Les horaires ne concernent que les autres ?

— Non, je... Mon frère part en voyage monsieur et je lui ai simplement dit au revoir et...

Kevans la coupa sèchement, très agacé et encore plus de la voir répliquer.

— Aucune importance. Moins quinze points Aileen.

La jeune fille jeta un coup d'œil mécanique à son poignet avant de rougir de colère.

Furibonde, elle s'obligea pourtant à ne rien répondre et leva la tête pour chercher une place de libre. Elle en repéra une à la deuxième rangée, entre Johan et Rodolphe et s'y dirigea tandis que le professeur reprenait son cours de technologie numérique.

À peine fut-elle installée que Soralie, assise à la droite de Johan, se pencha sur la table de verre vers elle.

— On a des tas de trucs à te raconter à la récré, chuchota-t-elle.

La princesse ne répondit pas tout de suite et avisa du regard les autres. Laurie paraissait très fatiguée et ses yeux étaient fixés sur un point invisible du mur, tandis que Rodolphe affichait une mine tout aussi peu en forme.

— Mal dormi après ta réunion ? lui demanda-t-elle en farfouillant dans son sac à la recherche de son stylet électronique.

Il tourna vers elle son regard insondable. L'espace d'un court instant, il parut sur le point de craquer et de lui dire quelque chose qu'il retint finalement.

— Très mal, lâcha-t-il enfin entre ses dents serrées. À vrai dire je ne me suis même pas couché.

Son attention fut distraite par Johan qui se penchait vers elle à son tour.

— Dis donc Aileen. C'est lequel de tes frères qui part ? Tu ne nous en avais pas parlé ?

Malgré sa fatigue évidente, Rodolphe se retourna dans sa direction et elle lut de la curiosité dans son regard.

— Edward, pour deux ans, répondit-elle d'une voix un peu triste. Au départ, il voulait partir avec son lycée pour Doss, ce qu'il nous a annoncé hier soir, mais mon père s'est dit que puisqu'il avait envie d'aller se perdre à l'autre bout de la galaxie, autant que cela soit utile. Résultat, il part aujourd'hui et sera l'invité d'honneur au palais d'Egrabe, et chargé momentanément de resserrer nos liens diplomatiques.

Soralie lui lança un clin d'œil amusé de l'autre bout de la table tout en gardant le silence.

— Tel que je connais Edward, ça ne doit pas lui plaire, commença-t-elle d'un air malicieux. C'est sur la planète la moins développée de la galaxie qu'il se rend !

— Ah ah non, en effet !

Aileen se tourna ensuite vers Rodolphe et le trouva étrangement rêveur.

— À quoi penses-tu ?

— À cette affaire de relation diplomatique, répondit calmement le jeune homme.

Il ajouta ensuite quelques paroles qui la firent frissonner d'une inquiétude incompréhensible.

— N'importe qui peut envoyer un ambassadeur en fait...

Dans les orphelinats de l'AM.Erica, intégrer les plus jeunes enfants aux réunions a toujours été difficile, puisqu'ils n'étaient pas regroupés dans les mêmes centres que leurs aînés. La plupart du temps, chaque enfant était officieusement parrainé par l'un des plus âgés, chargé de l'éduquer selon le plan et les idéaux d'Astra, à défaut de pouvoir partager les mêmes réunions.

Chroniques d'un siècle, Anonyme, Tome 2, 3345.

Chapitre 28

- Sibylle -

Heather ne cachait pas son enthousiasme en courant à côté de Sibylle qui marchait à grands pas dans le couloir.

— Waouh ! Tu as été formidable hier soir !

— Merci. Même si je pense que tu exagères un peu quand même.

Elle accéléra sa marche tout en jetant un coup d'œil dans le couloir. L'adolescente savait que deux jeunes aujourd'hui, deux GC, allaient se faire porter pâle pour pouvoir la suivre partout et intervenir en cas de problème. Sibylle ignorait s'il était inquiétant ou réconfortant de retrouver des gardes du corps comme au temps où elle habitait au palais d'Astra. Elle soupira lorsqu'elles atteignirent toutes deux l'endroit où elles devaient attendre la petite cabine métallique et Carlys ne tarda pas à les rejoindre. Les Gardes du Corps ne se cachaient pas dans le couloir, mais elle devina qu'ils n'avaient pas l'intention de monter avec eux. Ils avaient dû s'organiser pour que d'autres prennent ensuite le relais. Sibylle secoua la tête, tentant de se concentrer sur le présent avant de tourner la tête vers Carlys.

— Salut ! Comment ça s'est passé hier ?

Elle constata en même temps qu'Heather que quelque chose n'allait pas.

— Carlys ! s'écria la petite blonde. Qu'est-ce que tu as fabriqué encore ?

Un bandage lui couvrait en effet le bras et une partie du cou. Pour autant, cela n'empêcha aucunement le garçon de garder son petit sourire moqueur aux lèvres en s'arrêtant devant elles.

— Comme si je ne faisais que des bêtises, Heather. C'est mal de ta part de penser cela. Bref, plus sérieusement, ça a un peu dégénéré hier de notre côté dans le centre 10. J'ai vraiment cru que notre directeur allait y passer...

Sibylle sentit une vive inquiétude s'emparer d'elle tandis qu'elle repensait à leur soirée de la veille.

— Et alors ? demanda-t-elle vivement. Carlys, qu'est-il arrivé ?

— Rien de grave pour le plan, princesse. La réunion a eu lieu comme prévu et ils savent tous désormais grâce à nos Organisateurs que tu es la sœur de ton frère, enfin bref on se comprend. J'ai droit au surnom ? Sinon je peux t'appeler Majesté si tu préfères…

En la voyant froncer les sourcils, il leva les mains en l'air sans lâcher son petit sourire.

— D'accord, d'accord à tes ordres, Altesse ! continua-t-il.

Il poursuivit, imperturbable, même en la voyant lever les yeux au ciel.

— Moi, tu comprends, je respecte les droits de chacun, question de philosophie, et donc après tout, s'ils voulaient s'en prendre à notre malheureux directeur comme un certain loup de ma connaissance...

Cette fois-ci, Sibylle et Heather furent deux à le fusiller des yeux, mais cela ne sembla pas changer grand-chose pour lui qui continua sans s'interrompre.

— ... seulement c'était mon droit à moi d'avoir envie de le défendre, vous saisissez ? Résultat, j'ai pris avec quelques camarades intelligents pas mal de coups à la place de notre directeur...

Sibylle était maintenant certaine qu'un de ses sourcils était nettement plus haut que l'autre.

— En résumé, tu ne voyais pas d'inconvénient à ce qu'il se fasse tuer, mais ça ne t'a pas empêché de te porter à son secours ?

— Tu résumes très mal mes propos, mais c'est à peu près ça.

Heather mâchouilla machinalement l'une de ses mèches de cheveux.

— Ok, après tout pourquoi pas, finit-elle par lâcher. C'est normal si tout ce que tu racontes est incompréhensible, Carlys ?

— Très honnêtement, si tu comprenais quelque chose, je penserais m'être très mal exprimé.

Un jour, Sibylle en était certaine, elle n'allait plus le supporter, mais en attendant elle ne pouvait s'empêcher de rire de la mine d'Heather.

— Je suppose que si tu es toujours en vie, c'est qu'il n'y a pas eu trop de dégâts ? observa-t-elle.

— Heu, ma figure est considérée par moi-même comme un dégât important... Pour le reste non, à part un garçon plus touché que moi qui est immobilisé pour une semaine, ça va.

Sibylle se sentit extrêmement soulagée.

— Heureusement. J'aurais détesté apprendre autre chose.

— Ce n'était que notre centre, la prévint Carlys. Nous ne savons rien de tous les autres.

La jeune fille se rembrunit et Heather garda pour une fois le silence.

— Sib', tu auras besoin de... te transformer aujourd'hui ? demanda-t-elle lorsque la cabine métallique arriva sur son câble rouillé et s'arrêta devant eux.

La soirée de la veille avait été fertile en émotion, et chacun de ses membres la démangeait. Elle hocha la tête en direction de ses deux compagnons.

— Mais ce sera dangereux, objecta-t-elle à contrecœur. Je ne sais pas si... Mes Gardes du Corps voudront toujours m'avoir dans leur champ de vision.

Carlys garda son sourire aux lèvres avant de répondre.

— Ça devrait être possible de les embobiner, on peut y arriver, sérieusement. En revanche, il va falloir être drôlement prudents.

Heather hocha la tête.

— En effet.

Sibylle garda le silence en repensant à la soirée de la veille. Il fallait qu'elle se débrouille dans les prochains jours pour obtenir l'autorisation d'aller à une autre réunion, d'autant plus qu'elle avait vu apparaître la lettre de Rodolphe. Le problème était que la plus grande capitale de l'AM.Erica faisait la taille d'un ancien petit pays : pour aller d'un endroit à un autre, en tenant compte des transports de remplacement développés récemment, plusieurs heures, voire une demi-journée, pouvaient être nécessaires.

Elle avait hâte de le retrouver. La cabine circulait comme d'habitude à toute allure dans les boyaux sombres éclairés aux néons, mais si l'estomac de Sibylle faisait toujours des bonds dans tous les sens au point qu'elle soit à moitié malade une fois à la surface, elle n'avait plus peur.

Quelques minutes plus tard, en entrant dans sa classe, Sibylle vit deux filles de l'orphelinat dans le couloir – qu'elle ne connaissait que de vue au demeurant – échanger quelques mots avec un enfant d'Astra qui partageait sa salle.

Il lui lança de loin un regard stupéfait puis acquiesça de la tête en direction des deux autres avant de venir dans sa direction pour entrer dans la classe lui aussi. Carlys surprit le regard de Sibylle.

— A priori, un autre de tes GC, observa le jeune homme avec un sourire.

La princesse acquiesça en haussant les épaules.

— Il y a des chances, en effet.

L'habituel moment de joyeux bavardages précédant le début des cours ne tarda pas à prendre fin lorsqu'ils s'installèrent tous à leur table de verre tandis que leur professeur entrait dans la classe. Sibylle n'y prêtait cependant pas attention. Elle sentait peser sur sa nuque les regards furtifs de tous les enfants d'Astra de la salle et devinait que la nouvelle avait dû se répandre comme une traînée de poudre.

La jeune fille ne put s'empêcher de jeter un coup d'œil en biais au garçon entraperçu tout à l'heure. Brusquement, cette histoire de gardes du corps ne lui paraissait pas si absurde. De plus, elle était soulagée que peu d'enfants d'Astra se soient rapprochés des Eriquiens, faute de parler la même langue. S'ils pouvaient tous la trahir, la grande majorité ne l'envisagerait jamais, n'ayant rien à y gagner. Elle était donc relativement en sécurité, et aidée de la surveillance constante qu'exerçaient les enfants d'Astra entre eux.

La matinée passa comme dans un rêve, de même que la pause-déjeuner où ils retrouvèrent Heather. Tous les regards, avec plus ou moins de discrétion, se tournaient vers elle, tandis qu'un murmure parcourait les rangs astrayens. Les autres semblèrent sentir qu'il y avait quelque chose d'inhabituel, mais personne ne comprit que Sibylle en était la cause. Pour eux, c'était simplement le résultat des mystérieuses réunions de la veille. La fin de l'après-midi arriva beaucoup plus vite que Sibylle ne l'aurait cru et elle se surprit à être impatiente lorsqu'elle se dirigea avec Carlys vers le point de rendez-vous avec Heather : les anciens vestiaires. Elle avait hâte de courir sous sa peau de loup, de ne plus être en lutte éternelle avec elle-même pour résister à la métamorphose.

— Comment tu t'es débrouillé pour te débarrasser de mon GC ?

Ils marchaient d'un pas égal, nonchalant pour Carlys qui sifflotait, mains dans les poches.

— De *tes* gardes, tu veux dire. Ils étaient deux tout à l'heure. Je leur ai simplement dit que je venais de ta part, ce qu'ils ont cru puisque tu me fais l'immense honneur...

— Carlys, ne recommence pas !

— Quoi ? Puisque nous sommes amis, ils ont accepté de me laisser gérer ta surveillance.

— Je ne suis pas une gamine à surveiller !

— Non ? Bon d'accord, ils avaient dit veiller à ta sécurité. Enfin ils n'ont pas dû me faire complètement confiance de toute façon, parce qu'ils m'ont demandé combien de temps on comptait rester dans cette partie du parc. Ils iront se poster à toutes les issues.

Sibylle hocha alors la tête.

— Il faudra que je les remercie, ajouta-t-elle à voix haute.

— C'est leur rôle de toute façon.

— Même. Je les remercierai tous les jours s'il le faut.

Cela fit rire Carlys avant que Sibylle n'accélère de nouveau le pas, le forçant à courir pour se maintenir à côté d'elle, tandis qu'ils rejoignaient tous deux Heather adossée au mur du vestiaire. Elle esquissa un sourire en les voyant puis désigna l'intérieur.

— Il n'y a personne, j'ai vérifié.

— Parfait alors !

Sibylle fila dans les vestiaires, avant d'entrer dans la première des pièces sombres. Elle se déshabilla rapidement, puis se transforma en loup. Elle poussa un sourd grondement de satisfaction, tandis qu'elle faisait crisser ses griffes sur le sol avec un vif plaisir. Toutes ses émotions semblaient brusquement disparaître pour laisser place à la joie irraisonnée de sentir ses muscles jouer sous sa peau et sa fourrure à chacun de ses pas. Elle fit quelques tours dans la pièce, se défoulant et profitant un instant de sa solitude.

— Bon Sib', tu es prête ? l'appela alors la voix d'Heather.

Il y avait de la curiosité dans sa voix, comme si malgré tout elle n'y croyait toujours pas. La princesse se contenta de pousser un nouveau grognement puis de filer dehors ventre à terre. Au passage, elle heurta Heather qui ne l'avait pas vu sortir. Le jeune homme éclata de rire tandis que Sibylle s'allongeait sur le sol, vrillant ses prunelles sauvages sur son amie qui se relevait en lui lançant un regard faussement furieux.

— Dis donc toi... Tu te trouves drôle ?

Le loup hocha le museau d'un mouvement si sérieux que Carlys et Heather se remirent à rire en même temps.

— On fait la course tous les trois ? lança la jeune fille en terminant de se relever.

Sibylle se redressa aussitôt.

— Je suis d'accord, lâcha Carlys avec un sourire manipulateur. À condition que je puisse caresser les oreilles du loup.

Sibylle montra les crocs et le garçon recula.

— Ok ok, j'abandonne mes prétentions !

Heather riait toujours en regardant la scène, et, quelques minutes plus tard, ils se mirent à courir.

Elle adorait la senteur des arbres, de l'herbe sous ses pattes et du bruit du vent dans ses oreilles. Elle se sentait entière sous cette forme, solide, capable de se défendre si on l'attaquait. Les coussinets de ses pattes heurtaient le sol à un rythme régulier, et chaque pas lui donnait l'impression de flotter, aérienne et gracieuse, maîtrisant à la perfection le moindre de ses mouvements. Ils firent demi-tour trop tôt au goût de l'adolescente et revinrent aux vestiaires. Si Heather et Carlys semblaient déjà épuisés, l'énergie de Sibylle lui paraissait inépuisable. Elle sautait de tous côtés, courait, piquait un sprint puis revenait, gueule entrouverte, s'allonger près d'eux sur l'herbe verte. Son amie la contemplait d'un regard fasciné.

— Waouh, c'est juste à peine croyable, murmura celle-ci à plusieurs reprises.

Pour une fois Carlys parut simplement d'accord. Lorsque Sibylle se retransforma une heure plus tard et les rejoignit, rhabillée et rouge d'avoir couru dans tous les sens, elle rayonnait de joie.

— Merveilleux ! On recommence ça tous les soirs ?

Carlys parut sincèrement choqué.

— Eh ! Qui a laissé entendre que j'étais sportif ? Tu m'as complètement achevé là avec tes courses folles.

Ses yeux riaient cependant en disant cela.

De nombreux systèmes sont actuellement habités dans la galaxie. Si Astra et l'AM.Erica dominent le leur depuis des années, l'empire tsariste d'ESSUR est lui aussi extrêmement puissant. Le voyage entre ces deux zones éloignées de l'espace nécessite au minimum six mois à bord d'un vaisseau conçu pour dépasser la vitesse-lumière.

Etoiles et Pouvoirs, par le scientifique Yolaine DV.

Chapitre 29

- Cyndie -

Leonor et Matthew avaient de nouveau pris un jour de congé. Leur petit Damien était en stage d'une journée avec d'autres enfants du quartier et pour l'heure ils n'avaient d'yeux que pour Cyndie. La petite fille était assise par terre, en tailleur, et ne regardait aucun des deux. Elle avait repris quelques vieux jouets de son frère et montait petit à petit des cubes colorés les uns sur les autres.

Son père voulut s'avancer vers elle, mais elle tressaillit si violemment qu'il retomba sur le canapé.

— Gardes gris, gardes gris... fredonnait Cyndie. Brûler le château, brûler le...

— ASSEZ !

Matthew ne se souvint pas d'avoir crié. Le masque faussement neutre qu'il affichait depuis qu'ils avaient récupéré la petite fille à la fin de cette maudite réunion se fissura brusquement et il laissa tomber sa tête dans ses mains en sanglotant.

— Oh, non non, assez, pitié je ne veux plus entendre ça...

Cyndie s'était tue. D'un air buté, cachant sa peur, elle continua de monter un à un les cubes de couleur. Elle aurait voulu être heureuse des larmes de son père d'adoption, puisqu'elle les avait provoquées. C'était comme si elle essayait de se venger de la blessure qu'il lui avait infligée. L'enfant n'y parvenait pas cependant, et sa peine allait croissant en voyant l'homme brisé devant elle, mais elle ne réfléchissait plus, dominée uniquement par des sentiments qu'elle ne parvenait pas à gérer. Leonor resta pour sa part un instant figée de stupéfaction devant la réaction de son mari. Enfin, elle s'approcha de lui sur le canapé et posa la main sur son épaule.

— Matthew, Matthew, qu'est-ce qui se passe ? demanda-t-elle doucement. Je ne te reconnais plus !

— J'essaie d'oublier. J'essaie d'oublier tout ça et la petite me le rappelle chaque jour...

— Parce que tu étais à Sagan ? Mais tu n'étais qu'un soldat, tu n'as rien fait, tu...

Il se dégagea presque brutalement et se leva du canapé en faisant un grand détour pour éviter Cyndie qui s'était mise à trembler.

— Vraiment ? demanda-t-il d'une voix atone en se postant devant l'une des fenêtres. Tu crois que je n'étais pas responsable ? Mais nous l'étions tous, Leonor ! Toi aussi confortablement installée dans ton salon ici...

— Confortablement ? Il y avait des bombes chaque jour, j'avais peur pour ma vie, celle de Damien et pour la tienne, toi qui étais au plus proche des combats ! Des morts par milliers ! Et puis qu'est-ce que tu veux dire ? Nous ne sommes pas responsables...

Cyndie s'était remise à chuchoter, sans plus chantonner, comme si cela suffisait pour qu'ils n'entendent pas.

— Gardes gris, gardes gris... Brûler le château... Brûler ta maison petite fille... Brûler tout ce que tu aimes...

Matthew sentait le peu de couleur qui lui restait déserter son visage. L'enfant répétait des mots, les mots de cette nuit à Sagan.

— J'y étais ce jour-là, reprit-il d'une voix très lasse à l'intention de sa femme. Le jour dont parle la petite. J'ai vu Orys la sauver.

Cyndie releva la tête. Elle posa ses yeux bleus sur son père d'adoption pour la première fois depuis qu'ils étaient rentrés la veille au soir. Leonor n'osa pas la dévisager. Elle fixait maintenant le sol des yeux.

— J'ai tiré comme les autres, continua Matthew en tâchant de fuir l'entêtant regard de Cyndie vrillé sur lui. Je serais tombé sur notre fille, je... j'aurais obéi aux ordres. Même s'il n'y avait eu personne derrière moi pour vérifier ce que je faisais. C'était pour l'AM.Erica ! On est responsables, on est...

L'enfant sentit sa gorge se dessécher en entendant cela. Pendant quelques secondes elle resta une main en l'air, tenant un cube, envahie d'un profond sentiment d'irréalité : l'homme en qui elle avait presque eu confiance venait d'avouer qu'il l'aurait tuée sur Sagan. Un frisson la parcourut et une violente envie de fuir s'empara d'elle. Pourtant Cyndie n'avait nulle part où aller et le savait très bien. Elle reposa un peu violemment le cube qu'elle tenait toujours, ce qui eut pour résultat d'en faire chuter trois autres. Ne faisant pas attention aux gouttes de sueur dégoulinant de son front, l'enfant les ramassa, s'efforçant de contrôler sa pénible respiration.

— Non, tu es peut-être responsable, murmura tout à coup la femme d'une voix dure, ramenant la petite fille à la conversation présente. Pas moi, en aucun cas.

Son mari la regarda longuement, mais n'ajouta pas un mot. Il l'aimait, et si seulement s'obstiner à l'aveuglement pouvait la rendre plus heureuse, il était prêt à la laisser.

— Vous n'êtes pas mes vrais parents, lâcha alors Cyndie dans le silence, focalisant de nouveau son regard sur sa pyramide de cubes colorés.

Ces quelques mots eurent l'effet d'une bombe et Matthew lui lança un coup d'œil effaré avant de se tourner vers sa femme. L'enfant eut un sourire dépourvu de joie devant la détresse visible des deux adultes. Elle savait qu'ils s'étaient inquiétés pour elle la veille, et ils lui avaient déjà demandé ce qu'elle avait dit à la réunion, mais elle s'était contentée de leur opposer un lourd mutisme. Cyndie voulait voir l'horreur et la peur briller dans les yeux de son père adoptif. Leonor, pâle elle aussi, hésitante, se pencha de nouveau vers elle.

— Cyndie, comment peux-tu dire cela ?

Elle ajouta un nouveau cube sans se retourner.

— On t'aime Cyndie... insista sa mère d'une voix brisée. Nous avons peur pour toi !

Alors l'enfant releva ses yeux bleu saphir, les dévisageant tour à tour en retenant ses larmes.

— Je le peux parce que ma famille, ce n'est plus que mes cousins, surtout Sibylle. Je leur ai dit à la réunion mon nom, mon identité, et j'ai obéi à ce qu'elle m'avait demandé de faire dans les souterrains, plutôt qu'à vous.

Les deux adultes ne pouvaient plus parler, mais Cyndie ne parvenait plus à savoir d'où lui venait son profond chagrin.

— Je fais toujours ce qu'elle me dit de faire. Je l'aime et elle aussi. Elle est la seule à m'aimer.

— Non ! Nous ne t'avons pas livrée au gouvernement, tu es notre petite fille, tu es devenue aussi importante à nos yeux que Damien lorsque nous t'avons adoptée, tenta Matthew sans que la princesse de Sagan prenne seulement le temps de lui répondre.

Elle ajouta deux cubes. Un rouge et un vert. Puis elle poursuivit d'une voix presque atone :

— Ma planète était la plus belle du monde avant que vous arriviez. Je me promenais tous les jours avec mon Grand-Pa, celui que vous m'avez obligée à tuer, et les oiseaux chantaient dans les arbres de la forêt. Lorsque vous avez brisé le bouclier de protection, ils se sont tus.

Elle releva la tête puis regarda tour à tour Leonor et Matthew avant de s'adresser directement à eux. Qui étaient-ils pour faire cesser le chant des oiseaux ?

— Je pourrai y retourner un jour ?

La question, posée d'un ton neutre, flotta dans l'atmosphère. La même image passa devant les yeux des deux adultes comme à travers un rêve : les vues passées à la télévision un an et demi plus tôt, montrant Sagan en cendres. Cyndie ajouta quelques cubes à sa construction.

— Ta maison, c'est ici... murmura son père maladroitement.

Des mots creux auxquels lui-même ne croyait plus. Malgré toute son horreur, malgré le fait qu'il n'arrivait pas à la regarder en face, parce qu'elle était la preuve vivante lui faisant réaliser toutes ses erreurs commises, il voulait encore la protéger.

— Les cubes... murmura soudain Leonor, attirant l'attention de son mari sur la construction bancale s'étalant sur le sol.

Son mari jeta un coup d'œil à l'assemblage devant Cyndie et il reconnut sans peine la forme des hautes tours du palais de Sagan.

***

Damien était rentré à l'appartement vers la fin de l'après-midi et il était bien dix heures du soir maintenant. Il n'avait pas compris en revenant pour quelle raison son père l'avait serré si fort dans ses bras, ni pourquoi Leonor l'avait brusquement embrassé sur les deux joues tout en cachant ses larmes. Il ne savait pas consoler les adultes. Sa sœur en revanche, si, il était certain de le pouvoir. La petite fille releva la tête dans la chambre plongée dans la pénombre.

— On peut être quelqu'un de bien si on est aussi soldat de l'AM.Erica ?

Le garçonnet se laissa tomber de la couchette sur laquelle il était assis et vint s'installer sur le sol à côté de Cyndie.

— Bien sûr, les gardes royaux sont des héros, pas des monstres. Ils nous ont courageusement défendus contre Astra !

Il fit une légère pause puis compléta précipitamment après avoir réfléchi.

— Toi c'est différent, tu es une enfant comme moi. Tu n'as rien fait contre nous, et nous avons tous voulu vous adopter !

— Des héros ?

Le mot sonnait creux pour Cyndie et la remplissait d'amertume. Elle frissonna et resserra ses mains sur ses jambes.

— Ces gens qui brûlent des maisons...

Ou qui m'obligent à brûler la mienne, pensa-t-elle.

— ... sont des héros ?

Damien n'hésita pas un instant.

— Ah non. Mais nos soldats ne feraient pas cela, sauf s'ils n'ont pas le choix, pour se défendre !

— Je les ai vu faire. Ils ont détruit tout ce qu'il y avait chez moi et ils étaient terrifiants au milieu des flammes...

Elle descendit de son fauteuil et s'assit par terre à côté de Damien. Ils se serrèrent instinctivement l'un contre l'autre, mais son frère secoua la tête.

— Tu sais, ils y ont été obligés. Papa est juste, il a reçu plein de médailles parce qu'il a fait la guerre. Il a mérité de les avoir !

Cyndie ne répondit rien. Elle ne pouvait pas à en vouloir au garçon. La porte de leur chambre coulissa alors et Matthew hésita un instant à entrer dans la pièce.

— Je peux ? demanda-t-il, restant devant le battant ouvert.

Il fixait Cyndie qui resta une longue minute parfaitement immobile. Elle pouvait haïr son père d'adoption, mais sa cousine avait toujours été très claire à ce sujet : elle devait aussi tout faire pour être acceptée et se fondre dans la masse. Elle finit par hocher la tête, consciente qu'elle n'avait de toute façon pas d'autre choix.

Matthew entra alors lentement dans la chambre, puis s'agenouilla sur le sol pour être à la hauteur des deux enfants. Ce ne fut qu'après de longues minutes qu'il reprit la parole à leur intention.

— J'étais un soldat gris et j'ai... J'ai tiré là-bas. Mais Cyndie... Si je te jurais que plus jamais, jamais je ne recommencerais, tu me croirais ?

Non. Pouvait-elle le lui dire cependant ?

— Tout le monde ment. Pourquoi dirais-tu la vérité ?

— Je ne sais pas, mais tu peux me croire, répliqua-t-il d'un ton à la limite de la supplication.

S'intégrer, avait dit Sibylle. C'était si difficile à accepter ! Cyndie ne répondit pas tout de suite, se rapprochant de son frère qui tenta alors de la consoler en lui serrant la main. Il lança au passage un regard accusateur à son père qui ne trouva rien à répondre, car il retenait lui aussi de toutes ses forces un nouveau sanglot. Une idée étrange, presque irréalisable, envahit alors brusquement l'esprit de la petite fille. Elle était obligée de faire bonne figure devant ses nouveaux parents, même si elle ne parvenait pas encore à s'y résoudre, mais elle pouvait aussi les utiliser pour réaliser son plus grand rêve : retrouver Sagan.

— Tu peux me promettre de me ramener chez moi ?

— Chez toi ?

— Sur Sagan. J'étais heureuse là-bas au milieu des arbres verts, et ma planète est la plus belle de la galaxie. Il n'y avait pas d'eau salée comme chez vous ou sur Astra, et j'avais des amis. Mon dragon… Mon père l'avait commandé à un laboratoire génétique pour mes cinq ans, il a peut-être survécu… Je veux retourner là-bas. Aucun autre endroit au monde n'est ma maison.

La petite tâcha de surmonter la répugnance et la peur que lui inspirait toujours Matthew pour se rapprocher très légèrement de lui, vrillant ses yeux bleus dans les siens. L'homme transpirait abondamment, et voyait en boucle repasser les images du carnage qu'ils avaient laissé en quittant la planète...

— Personne ne peut m'aider, mais tu serais vraiment mon père si tu disais oui, ajouta Cyndie. Le coucher de soleil de Sagan, le vent dans mes cheveux, le bruit des feuilles sous mes pieds, tout me manque

Damien s'approcha de son père.

— Sagan, c'est comme l'AM.Erica pour nous ? demanda-t-il en se laissant aller contre l'épaule de Matthew. C'est la patrie de Cyndie ? Quand tu m'as expliqué ce qu'était une patrie, Papa, tu m'as dit que c'était une immense famille élargie et une terre pour laquelle on est prêt à se battre. Alors c'est normal si elle veut y retourner, non ?

L'ancien soldat était blême, mais il acquiesça et se retourna courageusement pour de nouveau regarder bien en face Cyndie.

— Ton frère a raison… C'est promis, je ferai tout ce que je pourrais pour te ramener chez toi, sur Sagan.

Elle avait maintenant un allié pour l'aider, même si cela n'atténuait en rien sa colère et sa peur. Cela allait cependant l'aider à tenir sa propre promesse faite à Sibylle.

— Merci. Je n'oublierai pas ce que tu es prêt à faire pour moi.

Matthew ne répondit pas. Il savait que jamais il n'oublierait cette soirée et qu'il ferait tout pour tenir cette promesse. Alors même que Sagan ne pouvait plus rien offrir de bon à personne, encore moins à sa dernière habitante légitime. Il se leva pesamment de la couchette sur laquelle il s'était assis et gagna la porte de la chambre pour sortir d'un pas vif. Il n'était pas convaincu d'avoir regagné l'amitié de sa petite fille, mais il était prêt à tout tenter dans les prochaines semaines pour le faire, et effacer définitivement le regard accusateur qu'elle avait posé sur lui. Cyndie était épuisée, perdue entre ses émotions et ses doutes, et elle n'attendit pas longtemps pour s'allonger et s'endormir, devinant malgré les lumières éteintes que Damien l'entourait amicalement d'une chaude couverture. Le geste, prévenant, amena un sourire sur les lèvres de l'enfant, sans qu'elle le montre cependant. Faire semblant de les aimer, d'accord, mais il était hors de question qu'elle s'attache réellement aux assassins de sa famille.

L'AM.Erica se situe dans le même système solaire que Sagan, donc relativement proche d'Astra. Rendre cette planète habitable fut une entreprise longue et difficile et donna lieu à de véritables prouesses technologiques. L'atmosphère et la température ont par exemple dû être modifiées artificiellement pour permettre la vie, et ces deux paramètres sont encore très contrôlés aujourd'hui. Une régulation quotidienne se fait à l'aide d'injections de certains gaz pour maintenir l'équilibre fragile nécessaire à l'écosystème.

Etoiles et Pouvoirs, par le scientifique Yolaine DV.

Chapitre 30

- Edward -

Edward était assis dans un fauteuil un peu miteux, seul passager du petit vaisseau spatial parti dans la matinée en direction d'Egrabe. L'adolescent commençait à trouver le temps extrêmement long. Dans quoi s'était-il encore embarqué ? Tout ce qu'il désirait, c'était profiter d'un petit voyage scolaire sans ambition pour se tourner un peu les pouces... Certainement pas jouer les ambassadeurs.

Encore moins voyager seul dans cet appareil à peu près aussi accueillant qu'un corbillard.

Le jeune homme laissa échapper un nouveau soupir. En plus, comme si tout cela ne suffisait pas, il partait pour Egrabe, une planète complètement archaïque d'après les quelques livres électroniques auxquels il avait jeté un coup d'œil deux ou trois heures plus tôt.

Ah ! Et il y avait aussi sa tenue. Edward lança un coup d'œil noir à ses hautes bottes de cuir, à son pantalon d'uniforme et à son immense cape qui traînait jusqu'au sol. Il avait tout l'air d'un parfait petit prince.

Il leva les yeux une énième fois vers les filets à bagages lorsqu'un nouveau choc secoua tout l'appareil. Son père lui avait donné une autre valise que la sienne. Bien la peine de lui faire faire ses bagages ! Sans doute pour éviter une entourloupe de sa part.

L'adolescent en venait à penser qu'il aurait mieux fait de garder ses envies pour lui. Il lança un coup d'œil par l'un des hublots, mais son regard ne rencontra que l'infini noir de l'espace. Encore plus de douze heures de voyage à supporter.

— Son Altesse est-elle satisfaite du transport ?

Edward sursauta sur son siège avant de se reprendre et de se tourner vers l'homme qui venait de prendre la parole. L'adjoint du pilote, qu'il avait déjà croisé au départ, avait dans les quarante ans, un teint hâlé et des muscles visiblement vigoureux. Tout son visage conservait cependant un aspect d'impassibilité proche de la bêtise.

— Oui merci.

— Voulez manger ? demanda l'autre d'un ton bourru.

L'estomac d'Edward le trahit d'un gargouillement et il accepta l'offre. Deux minutes plus tard, il était de nouveau seul dans le petit habitacle métallique avec sur les genoux un bol empli d'une soupe brunâtre. Dans celle-ci surnageaient quelques morceaux de viande dont l'adolescent aurait été bien en peine de définir la provenance. Il en avala un peu à l'aide d'une grosse cuillère de fer blanc puis repoussa le reste. C'était abominablement épicé et il n'était pas certain de pouvoir en supporter une cuillerée de plus.

Edward ne sut exactement quand il s'endormit. Le fait est qu'il se réveilla quelques heures après, repensant malgré lui aux paroles de son père au départ :

« Ce vaisseau t'amènera à bon port. N'oublie pas ce que je t'ai dit : observe absolument tout et fais-moi des rapports réguliers. Je préfère garder un œil sur le gouverneur et malheureusement il est difficile d'avoir des nouvelles fréquentes d'Egrabe. Les vaisseaux long-courriers, non équipés des derniers moteurs, mettent trois mois à l'atteindre et les nouvelles sont d'ailleurs rarement intéressantes. Tu es débrouillard Edward, alors tâche de comprendre le gouverneur. Mais méfie-toi de lui. »

Très, très rassurant. Décidément, les vacances semblaient mal parties. Logiquement, Orys aurait dû confier une mission pareille à Sandrine ou à James, mais son père n'avait pas paru y tenir lorsqu'il avait suggéré l'idée.

« Ils me sont bien plus utiles ici... »

Edward n'avait pas eu envie de répondre qu'il aurait pu l'être aussi. Il en avait parfois assez de jouer le rigolo, de faire son désintéressé tout le temps. Leur père avait toujours préféré Aileen et cela l'agaçait souvent sans qu'il n'en montre rien. Et sa sœur était l'héritière, donc importante aux yeux d'Orys contrairement à lui. Sandrine et James avaient toute l'attention de leur père.

Pour les jumeaux, ça avait toujours été différent. Edward le regrettait soudain sans en comprendre la raison. Il laissa échapper un nouveau soupir qui souleva au passage l'une de ses mèches de cheveux sombres puis tenta de trouver sur son siège une position plus confortable sans y parvenir. Il avait dix-huit ans maintenant. Edward n'avait aucune idée de ce qu'il allait faire de sa vie. Sandrine serait reine, avec James pour toujours la seconder, et ils n'avaient pas besoin de réfléchir à leur avenir.

Aileen... Aileen ferait toujours ce qu'elle voudrait. Elle obtenait systématiquement ce qu'elle désirait, et c'était une entêtée pleine de ressources et d'idées. Restait Liam. Edward savait qu'il avait secrètement envie de proposer à leur père de recréer leur Ministère du Temps et de devenir pilote d'aéronef spatio-temporel. Cela faisait déjà quelques siècles que la technique avait permis de créer des appareils pour voyager dans le temps, entre passé et futur, mais depuis la guerre toutes ces machines n'étaient plus utilisées. Les ondes, émises entre Astra et l'AM.Erica, avaient créé une faille temporelle, empêchant désormais de manière définitive tout voyage dans le passé avant janvier 3126. Quant au futur, il était si incertain que les quelques planètes maîtrisant les sciences du temps avaient toujours interdit d'y aller. Si quelqu'un transgressait cet interdit, il risquait la peine capitale. D'ailleurs à ce jour, il n'y avait qu'un exemple de voyage dans le futur recensé, et cela avait failli très mal se terminer pour la femme en question.

Leur père avait toujours détesté ces appareils de contrôle du temps, ne supportant pas l'idée qu'une unique personne puisse faire basculer le monde dans le chaos, même si ce n'était encore jamais arrivé. Les quelques gouvernements concernés possédaient les mêmes lois sur le sujet. Cela fonctionnait un peu comme la menace nucléaire de l'Ancien Temps : de peur que le voisin ne fasse la même chose, personne ne tentait d'utiliser ces aéronefs, les gardant simplement comme menace ou à des fins de recherche historique. L'idée de Liam paraissait donc bien compromise, mais au moins il avait un but. Son plan de secours était d'entrer dans l'armée, et il n'aurait aucun mal à faire accepter cela à leur père.

L'adolescent ferma ses paupières, regrettant de ne pas partager les rêves de son frère, puis les rouvrit quelques secondes plus tard en entendant de nouveau le pas de l'homme aux lourdes chaussures cloutées.

— Votre Altesse ? Arrivons dans une demi-heure...

Il repartit ensuite sans un mot de plus et Edward songea qu'il avait dû dormir plus longtemps que prévu. Par le hublot commençaient à s'apercevoir des nuages de brume et les couleurs avaient nettement changé, passant d'un noir sombre à un ciel nuageux et gris.

Ce qui n'était somme toute pas forcément plus agréable.

***

La porte métallique du vaisseau côté passager s'ouvrit dans un grand bruit de tôles rouillées. Il attrapa son sac, sûr que l'homme de cabine ne songerait pas à le porter alors que ses gardes l'auraient fait automatiquement, et s'engagea sur la petite passerelle branlante. L'appareil était posé sur un court espace dégagé, constitué d'une piste de sable, et aucun autre vaisseau ne se devinait à l'horizon. Des arbres se dressaient un peu partout autour et l'on apercevait, relativement proches, des collines et même des montagnes couvertes de végétations.

Visiblement, il venait de pleuvoir, comprit-il en posant le pied sur le sol de sable boueux. Une onde de chaleur tentait de sécher les plantes des alentours malgré un ciel toujours couvert de nuages. Edward ne s'était aucunement attendu à ça. Il n'était jamais venu sur Egrabe contrairement à sa sœur Aileen, et il commençait à mieux comprendre ce qu'elle lui avait dit en parlant de « planète pauvre ».

Imperturbable derrière lui, l'adjoint du pilote lui demanda sèchement de s'éloigner de la rampe de déchargement et une fois que le prince se fut exécuté mécaniquement, il commença à rouler des barils de bois sans mot dire hors des soutes.

— Heu... Il n'y a personne ?

L'homme ne daigna même pas répondre et le pilote demeurait invisible. À part eux, il ne semblait pas y avoir âme qui vive. La cape d'Edward claquait dans le vent tandis qu'il refermait nerveusement ses mains sur son lourd sac contenant les affaires préconisées par son père. Était-ce un affront diplomatique de ne même pas accueillir le fils du roi de la plus puissante alliance de la galaxie ? Le jeune homme songea fugitivement que c'était une situation nouvelle. Avant la guerre, la planète la plus influente était Astra. Alors qu'il commençait à désespérer, il entendit le bruit d'une cavalcade sur sa gauche entre les arbres et bientôt apparut un animal tel qu'il n'en avait jamais vu. C'était un cheval. Gracieux, élégant, fin et racé. Il avait en revanche l'étrange particularité d'avoir trois cornes de différentes longueurs plantées au milieu de son large front. Edward était si fasciné par l'animal qu'il en oublia d'aviser son cavalier lorsque la bête s'immobilisa devant lui.

— Un tricorne. Si vous vous demandez ce que c'est.

Il n'y avait aucun cheval ou quoi que ce soit qui y ressemblait en AM.Erica par exemple.

— Je... Je ne savais pas en effet.

Il releva la tête, mais un rayon de soleil l'éblouit.

— C'est vous qui êtes chargé de venir me chercher ? demanda-t-il, tâchant de distinguer son interlocuteur.

Le tricorne piétina légèrement sur place et se tourna un instant. Edward prit alors conscience du fait qu'il avait fait une erreur de jugement. Ce n'était pas un cavalier, mais une cavalière. Maintenant qu'il la voyait, il ne comprenait même pas comment il avait pu se tromper une seconde. Elle montait en amazone sur une selle richement ouvragée et était vêtue d'une longue robe orangée qui la couvrait jusqu'aux chevilles. Ses cheveux étaient cachés derrière un voile tout aussi long, mais son visage était regardable à loisir.

Elle avait les pommettes hautes, la peau légèrement mate, des sourcils fins et des yeux rieurs assortis à de longs cils noirs. Visiblement, ils devaient avoir environ le même âge.

— Il y a là un autre tricorne pour vous, ajouta la jeune fille en désignant les arbres derrière elle. Laissez vos bagages ici avec les marchandises, ils seront amenés chez le gouverneur.

Edward ne put retenir une grimace.

— Je n'ai jamais monté. Sur vos animaux je veux dire...

— Eh bien, c'est l'occasion d'essayer. Aucun autre moyen de transport ne permet d'atteindre le château de mon père, le gouverneur, lorsqu'il est dans l'une de nos villes des montagnes.

Le jeune prince ne répondit rien d'abord. À vrai dire il était simplement trop surpris pour pouvoir faire ou marmonner quoi que ce fût.

Lorsque la jeune fille fit tourner d'une pirouette son animal, il la suivit en abandonnant là ses bagages. Au premier arbre venu attendait en effet une autre monture, au pelage sombre et aux cornes noires striées.

— Il est extrêmement docile, expliqua-t-elle. Voyez, il nous attendait là !

En effet, le tricorne n'était pas attaché et il ne broncha pas lorsque le jeune prince agrippa les rênes d'une main malhabile. Il parvint néanmoins à se mettre en selle, et, quelques secondes plus tard, il s'efforçait de trouver son équilibre et de ne pas tomber. Sa jolie guide commençait déjà à mettre sa monture au pas sur un mince sentier qu'il n'avait même pas vu, grimpant entre les arbres.

— Ne vous inquiétez pas pour le diriger... murmura-t-elle en se retournant vers lui. Il suivra le mien.

Elle talonna légèrement sa monture qui prit un petit trot rapide qui acheva de déstabiliser Edward. Il lui fallut une bonne demi-heure pour trouver une façon de se tenir à peu près convenable. Le prince commençait à avoir chaud sous sa longue cape et ressentait durement sa fatigue du voyage. Il s'efforçait pourtant de faire bonne figure.

— Comment vous appelez-vous ? Vous savez que je suis Edward d'Erica...

S'il avait espéré que son nom lui fasse un quelconque effet, il en fut pour ses frais.

— Salidaa, pour vous servir, se contenta de crier la demoiselle par-dessus son épaule.

Elle garda le silence tout le reste du trajet, guidant attentivement leurs montures sur le trop fin sentier de sable qui disparaissait parfois presque entièrement sous la verdure durant plusieurs mètres.

Tout cela donnait à Edward la nausée : il avait pourtant monté des dragons et était déjà allé dans des vaisseaux spatiaux. Mais des tricornes ? Oh non, et il ne se sentait pas près de recommencer après cette chevauchée infernale...

La colonisation planétaire ne s'est pas toujours faite sans heurt. En 2566, la population de l'une des planètes gravitant autour de l'étoile Trappist-1 a subi une violente éruption solaire. Aucun survivant n'a été retrouvé et l'astre est encore à ce jour entièrement stérile. Une catastrophe prévisible selon certains scientifiques, puisque Trappist-1 est une naine rouge. Cela a cependant provoqué le recul d'influence du système ARA-EB10 qui a perdu sa planète la plus importante et sombré dans des guerres intestines.

Etoiles et Pouvoirs, par le scientifique Yolaine DV.

Chapitre 31

- Rodolphe -

— Tu as remarqué que certaines personnes se retournaient pour te regarder ? Et je suis certain que ces deux-là nous ont suivi partout toute la matinée...

Rodolphe haussa les épaules pour toute réponse à Johan tandis que Soralie se mettait à sourire.

— Sacrée imagination. Pourquoi voudrais-tu qu'ils se retournent tout à coup sur notre passage ?

Aileen paraissait cependant intriguée et Rodolphe la vit se retourner dans le couloir à plusieurs reprises.

— Johan a raison et je n'y comprends rien du tout... lâcha-t-elle au déjeuner lorsqu'ils s'assirent à leur table tous les cinq.

Laurie faisait toujours semblant de ne pas parler la langue, d'un commun accord avec Rodolphe, et elle ne répondit rien tandis que Soralie s'essayait de nouveau au rôle de traducteur. Les deux filles continuaient toujours leur conversation en entrant dans leur salle une heure plus tard et s'installèrent à une table à deux. Rodolphe se laissa tomber pour sa part sur un siège près d'une fenêtre et Aileen s'assit entre lui et Johan. Le jeune homme avait du mal à assumer les regards des enfants d'Astra qu'il sentait peser sur sa nuque.

Il serrait les dents et conservait un visage impénétrable, sans porter une grande attention au cours. Une inattention remarquée par le professeur.

— Rodolphe ! D'habitude vous bavardez avec votre voisine et aujourd'hui je n'ai pas le quart de votre attention... Qu'est-ce qu'il faut que je fasse pour vous intéresser à mon enseignement ?

L'adolescent releva la tête pour fixer ses yeux nostalgiques dans ceux du professeur.

— Excusez-moi. Je vais tâcher de me concentrer.

— J'espère bien. Soralie et Laurie, je vous surprends encore une fois à discuter, je vous mets dehors toutes les deux.

Le professeur passa ensuite d'un geste agacé une main dans ses cheveux puis reprit la parole avec un soupir en se tournant vers l'animation 3D au-dessus de sa table.

— Ici vous avez la planète Egrabe. Quelqu'un peut-il me rappeler le nom de la capitale principale ?

La main d'un garçon se leva dans le fond de la pièce et il dut répondre correctement, car Kevans retrouva un semblant de sourire.

— Exact, acquiesça-t-il. Transfert d'un point pour Grégory.

Ce qui ramena tout à fait les pensées de Rodolphe à la géographie planétaire. Il maîtrisait cette science sur le bout des doigts. Un coup d'œil mécanique à son poignet le fit une nouvelle fois grimacer. Jamais il ne serait pris dans les plus hauts postes de l'armée comme le prévoyait le plan s'il n'arrivait pas à cumuler plus de points avant la fin de l'année. Aussi, lorsque le professeur posa une nouvelle question, il fut le premier à lever la main pour répondre.

— Quelqu'un pour me parler de la planète rouge ? Tiens, notre ami s'est réveillé... Rodolphe ?

— Il s'agit de Mars. Cette planète n'a pas de capitale mais est constituée d'immenses cités-états. Elles ont un congrès annuel où elles votent les décisions concernant leur politique commune, notamment leurs alliances avec l'étranger.

— Très bien et… dites-moi, que pensez-vous des dernières années de politique étrangère de Mars ?

La bouche du jeune homme lui sembla soudain terriblement sèche, mais il ne détourna pas les yeux.

— Je ne suis pas certain que vous aimeriez l'entendre, monsieur.

Aileen se tourna vers lui et il ne sut comprendre la lueur qui animait son regard.

— Si, rétorqua le jeune professeur. Je désire vivement votre avis et, quoi que vous disiez, je ne vous en tiendrai pas rigueur.

Rodolphe ne sut alors ce qui le poussa à la franchise.

— Mars était liée à la planète Egrabe durant la Guerre des Deux Alliances.

— Entre Astra et l'AM.Erica, en effet...

— Ces deux planètes sont, ou plutôt devraient être, qualifiées de traîtres, poursuivit Rodolphe.

Il y eut dans la pièce un lourd silence puis des exclamations se firent entendre partout de la part des Eriquiens. Aileen en particulier paraissait furieuse.

— Ces deux planètes ont apporté à la fin de la guerre une grande aide à l'AM.Erica, commença-t-elle dans le silence revenu quelques minutes plus tard. Sans elles...

— ... vous n'auriez peut-être pas gagné.

Rodolphe oublia toute son amitié pour la jeune fille et la défia du regard. Aileen voulut lui répondre, mais Kevans intervint alors de sa voix calme.

— Pourquoi traîtres, jeune homme ?

— Egrabe et Mars avaient juré de soutenir Astra, murmura-t-il d'une voix à peine audible. Elles se sont pourtant retournées en faveur de l'AM.Erica après l'attentat...

Rodolphe avait du mal à cet instant précis à contenir ses sentiments, sa colère, son angoisse. Avec une horreur croissante, il sentit son corps commencer à lui échapper et ses yeux changèrent un bref instant de couleur avant qu'il ne parvienne de justesse à se reprendre. Aileen l'avait-elle remarqué ? Il ne le pensait pas. Elle se dressait déjà debout, furibonde, repoussant sa chaise.

— C'est ridicule ! Elles se sont rendu compte en cours de route qu'elles soutenaient la mauvaise alliance...

Rodolphe était de nouveau très calme lorsqu'il répondit sans plus bouger, son regard rivé devant lui.

— Question de point de vue. Moi je ne vois dans leur conduite que de l'opportunisme.

Parce qu'une douleur terrible lui vrillait les tempes et qu'il éprouvait un besoin affreux de se métamorphoser, il reprit la parole dans le seul but de les atteindre et de tous les blesser.

— Que leur avait promis ton père d'ailleurs ? Je serais très curieux de le savoir...

Rodolphe le regretta aussitôt. La jeune fille avait pâli un bref instant mais se reprenait déjà.

— Rien, rétorqua-t-elle. Il ne leur avait rien promis. Mars et Egrabe ont offert leur soutien pour bénéficier de la protection de l'AM.Erica contre Astra après les attentats.

Le jeune homme voulut riposter, mais Kevans sembla se décider à mettre fin au débat.

— Stop ! Ça suffit. Je pense que vous avez tous les deux beaucoup à apprendre du point de vue de l'autre... Aileen, rassieds-toi. Rodolphe, transfert de dix points, je crois que tu as parfaitement répondu à ma question.

Aileen ne fit aucune remarque, mais à la façon dont elle croisait les bras sur sa poitrine, regardant fixement devant elle, il était certain que ces nouveaux points gagnés la mettaient un peu plus en rogne. À la façon dont elle avait prononcé ses derniers mots, sous le coup de la colère, il était difficile de douter du fait qu'elle ait dit la vérité. Il y avait cependant là quelque chose qui dérangeait le jeune prince au plus profond de lui. S'il n'avait pas les oreilles si bourdonnantes, s'il pouvait davantage se concentrer... Qu'est-ce qui clochait dans cette histoire ? Rodolphe eut alors une illumination. Bien sûr ! Comment ne pas l'avoir vu plus tôt ? C'était le mot « protection ». Comme si Mars et Egrabe avaient soudain eu peur d'Astra... Tout était là. Quel profit les deux planètes espéraient-elles tirer de la guerre ?

Rodolphe s'efforça de se calmer puis, une fois qu'il pensa y être plus ou moins parvenu, il se tourna lentement vers sa voisine.

— Aileen...

Il la vit crisper ses mâchoires et elle lui décocha un regard noir.

— Quoi encore ? répondit-elle en chuchotant pour ne pas attirer l'attention de Kevans. Tu t'es trouvé drôle tout à l'heure ?

L'adolescent n'avait aucune envie de se battre pour lui faire comprendre qu'il avait raison. Il avait trop présentement besoin d'une réponse, d'une réponse qui pouvait changer beaucoup de choses dans son esprit.

— Aileen... Que sont devenues Mars et Egrabe à la fin de la guerre ? Je veux dire, leur place dans votre alliance politique et commerciale ?

La jeune fille cligna des yeux, surprise du changement de ton et de sujet.

— Je ne sais pas. Elles ne sont plus énormément liées à l'AM.Erica. À vrai dire, je crois même que ces deux planètes vivent assez repliées sur elles-mêmes depuis la fin de la guerre.

L'esprit de Rodolphe tournait à plein régime. Ces deux puissances – même si Mars étant bien plus importante qu'Egrabe – avaient permis de remporter la guerre et n'avaient réclamé aucune contrepartie ? En un éclair il comprit alors et fut certain d'avoir deviné la vérité.

— Ça n'a jamais été « Défendons la paix ». Enfin pas tout seul... Bien sûr que non ! C'était trop facile...

L'adolescent se sentit fébrile et tous ses muscles semblaient chercher à lui échapper, tandis qu'il tentait de retenir deux larmes amères. Aileen, assise à côté de lui, ne comprenait plus rien.

— Qu'est-ce que tu racontes ? Tu parles de l'attentat ?

Le jeune prince lui lança un regard tel qu'elle recula sur sa chaise.

— Ton père leur a offert son pardon pour leurs crimes, c'était ça la récompense pour leur participation à la guerre. Voilà pourquoi elles sont si retirées aujourd'hui ! Elles ont déjà été payées de leur aide. Ce que... qu'Astra n'aurait jamais accepté ! On ne touche pas impunément à l'empereur.

Aileen ouvrait maintenant de grands yeux effarés.

— Je ne comprends pas, murmura-t-elle d'une voix tremblante.

— Ce sont les autorités de Mars et d'Egrabe qui ont organisé l'attentat avec l'aide de cette stupide association pour la paix. Sans doute parce que... parce que...

C'était le seul point que le jeune homme ne parvenait pas à comprendre. Jusqu'au moment où il saisit enfin.

— ... Tous les dirigeants devaient mourir. C'est une erreur si ton père et Saedor y ont échappé ; ils n'ont pas pu aller à la réunion des chefs d'État... Normalement, Mars allait devenir la puissance dominante et la seule à avoir un chef fort tout en restant organisée.

Rodolphe fixait Aileen d'un œil fiévreux. Il ne savait pourquoi, mais il ressentait soudain l'impérieux besoin de la convaincre de ce qu'il disait. Il n'entendait plus ni Kevans, ni le cours, ni les bavardages insouciants.

— Tu es en train de dire que mon père aurait accepté l'aide de ceux qui auraient tué ma mère ? murmura la princesse d'un ton presque apathique.

— N'est-ce pas son genre ?

Il vit alors qu'il avait gagné. Aileen ne bougeait plus, comme frappée d'une affreuse révélation.

— Mon père m'a toujours dit que le bien du pays comptait plus que le sien propre. S'il a dû choisir entre une plus grande chance de gagner la guerre et venger ma mère...

Qu'y avait-il à ajouter ? Rodolphe détourna les yeux vers la fenêtre et trouva la vitre floue. Ce fut seulement à cet instant qu'il se rendit compte qu'il avait oublié de retenir ses larmes et qu'elles coulaient maintenant librement sur ses joues.

Au début du XXXIème siècle, Astra a beaucoup aidé l'AM.Erica à développer son commerce qui peinait à sortir de la crise financière de 2987. Cela a permis d'endiguer tout risque de retour de crise immédiat, et d'achever de relever la place boursière la plus importante de la galaxie située à Ivy, la capitale principale d'Astra.

Économie de 2950 à nos jours, par Chloé B., 2314.

Chapitre 32

- Edward -

Salidaa se retourna sur sa selle et leva le doigt droit devant elle pour désigner un point encore invisible à la fin du sentier.

— Nous nous rendons dans la ville de Cerem. Celle-ci est bien plus peuplée que Koz, ajouta-t-elle pour tenter d'excuser le fait que le prince n'était pas reçu dans la principale place politique d'Egrabe.

Il ne répondit rien, tâchant de découvrir ce qui l'attendait.

— Le voyage n'a pas été trop inconfortable, votre Altesse ?

— Plus surprenant qu'autre chose en fait.

Sa remarque fit sourire la jeune fille qui piqua ses légers talons dans les flancs de son tricorne, faisant prendre à l'animal un galop plus rapide. Quelques minutes plus tard, Edward et elle arrivèrent dans une étendue d'herbe haute ; la petite ville où la jeune fille le conduisait apparut alors aux yeux du prince.

Il ne s'attendait réellement pas à cela. Pour lui, ce qu'il découvrait n'était qu'un village, accroché à la montagne. Un mur d'enceinte de pierres entourait quelques centaines de maisons. Sur une esplanade en hauteur se distinguait un bâtiment plus grand, non pas constitué d'un mélange de bois et d'autres matériaux, mais uniquement de gros pavés gris. Il était flanqué de deux tours ainsi que de quelques murs identiques à des remparts. De fait, il paraissait tout droit sorti d'un jeu de réalité virtuelle, avec ses drapeaux verts sur lesquels se distinguaient trois raies noires, figurant les cornes de l'animal qu'Edward montait et qui était l'emblème national.

Le jeune homme regretta une fois de plus amèrement de n'avoir pas révisé ses maigres connaissances sur cette planète qu'il avait toujours jugée sans importance. Pourtant, ce n'était certainement pas pour rien que son père avait choisi de l'envoyer là...

À l'intérieur des murs les rues se découvraient, la plupart en terre battue, parsemées d'étals et de marchands, de promeneurs, d'acheteurs et d'une foule de gens habillés de vêtements simples, souvent dans des tons sombres. Toute cette petite foule s'écartait promptement sur leur passage. Il régnait dans les rues des milliers d'odeurs, toutes différentes et délicieusement étranges. Des parfums d'épices, de plantes sauvages, de feux de bois, de chevaux aussi, se mêlaient pour former un tout qui amusait le jeune prince. Pour un peu, il aurait juré que cette planète ignorait tout de la modernité.

Ils ne tardèrent pas à arriver sur l'esplanade au bout d'une place et cette fois-ci ils durent s'immobiliser devant la deuxième muraille de pierres. Un homme se pencha par-dessus le mur.

— Ouvrez la porte ! cria Salidaa, élevant ses mains en porte-voix.

Lorsqu'il reconnut la jeune fille, il hocha la tête et disparut derrière le mur. Un instant plus tard, les lourds battants s'écartèrent. Ils arrivèrent dans une première cour intérieure pavée, comportant des bâtiments de pierre sur tout son pourtour, surmontés d'une coursive sur laquelle se déplaçaient les gardes le long des créneaux. Un porche central donnait directement sur un second espace carré lui aussi, plus exiguë, et Salidaa sauta gracieusement à terre dans un tourbillon de voiles orangés.

— Vous voici arrivé à destination. Je crains que les lieux ne correspondent pas tout à fait à vos habitudes. Mais ne vous inquiétez pas pour vos cours, nous avons des précepteurs. Vous ne prendrez pas de retard dans le programme et…

Elle hésita puis termina tandis qu'il se laissait lourdement tomber de sa selle.

— ... ce n'est pas si archaïque que vous le pensez. Enfin, je veux dire... J'ai déjà croisé des habitants de vos planètes. Ils repartent généralement au bout de deux jours en disant que nous vivons aux confins du monde, comme des bêtes. Je suis désolée d'avance de l'inconfort de nos appartements.

Edward ne savait que répondre. Ses cours de lycée étaient bien le cadet de ses soucis et sa seule question était de savoir comment appréhender cette planète si différente de la sienne.

— Vous n'avez pas d'aéronefs ?

— Si, mais ils ne sont pas utilisables dans la plupart de nos contrées à cause des métaux contenus dans notre sol qui faussent les appareils de bord. Comme sur la planète Sagan il me semble.

L'adolescent décida de ne pas relever la comparaison quelque peu imprécise et se contenta de tourner la tête pour suivre des yeux un palefrenier venu chercher leurs tricornes. Salidaa parut se contenter de son silence et lui fit alors signe de la suivre. Elle l'entraîna vers un escalier de pierres et, un instant plus tard, après être passé dans quelques corridors devant des gardes armés de pistolets-lasers, Edward pénétra dans une petite salle aux murs épais, garnie d'une grande table ronde. Autour de celle-ci étaient installés une vingtaine de sièges vides et un dernier plus ouvragé et plus grand où était assise une femme.

La ressemblance avec Salidaa était sensible, mais quelque chose d'imperceptible les rendait totalement différentes. L'inconnue qui se leva à leur arrivée était vêtue d'une robe émeraude, ses longs cheveux laissés libres dans son dos. Instinctivement elle ne plut pas à Edward. Elle attendit un instant qu'il la salue, mais il ne le fit pas, se raccrochant à tous les protocoles qu'on lui avait inculpés depuis toujours. C'était à la femme du gouverneur de ployer la première. Ce qu'elle fit, avec un étrange petit sourire froid. Elle se releva ensuite, sans le quitter des yeux, et garda un profond silence. Extrêmement mal à l'aise, Edward se gratta la gorge puis prit sur lui de commencer la conversation.

— Cela me fait extrêmement plaisir de découvrir Egrabe et je vous remercie de m'accueillir.

Les yeux de la femme scintillèrent.

— C'est un véritable plaisir.

Au son de sa voix glacée, l'adolescent frissonna désagréablement mais parvint à conserver son sourire poli.

— Peut-on savoir ce qui nous vaut l'immense honneur de votre visite, Altesse ?

— Mon père n'a d'autre plaisir que de chercher à resserrer les liens d'amitié qui unissent l'AM.Erica à Egrabe, répondit-il gracieusement en tâchant d'ignorer l'accent désagréable qu'avait pris la femme du gouverneur.

***

Quelques heures plus tard, le jeune homme poussait l'épaisse porte de chêne et entrait en se penchant légèrement pour ne pas se cogner.

Les appartements qui lui étaient alloués contenaient une chambre et une salle de bain. C'était insignifiant comparé aux immenses appartements que l'AM.Erica mettait à la disposition de ses invités de marque, mais Edward se rappela aussitôt de la taille du château par rapport à son palais.

Il s'avança dans la pièce, s'arrêtant à tous les détails qui s'offraient à lui. Salidaa l'avait accompagné en haut de la tour et entra derrière lui.

— Ça doit sembler petit mais c'est confortable.

Le jeune prince ne lui répondit pas tout de suite. Les seules fenêtres de la pièce étaient deux meurtrières et le lit lui-même était étrange : en bois, d'aspect ancien, rien à voir avec ce à quoi il était habitué. Un fauteuil brun complétait l'ensemble, à côté d'une table rustique accolée au mur et d'une cheminée. Seul moyen de chauffage visible. Il fit quelques pas dans la pièce et sa main effleura au passage un édredon. Il n'en avait jamais vu comme celui-ci. Il n'y avait pratiquement que des couvertures chauffantes en AM.Erica.

Le jeune homme se décida alors à se retourner vers Salidaa. Elle le contemplait sans mot dire. Il se força à sourire, pas encore certain de bien comprendre la situation dans laquelle il venait de se fourrer.

— C'est... Ça m'a l'air très chaleureux. Et confortable effectivement. Merci pour cet appartement.

La jeune fille eut un sourire presque moqueur.

— Vous êtes plus aimable que vos compatriotes.

Elle se détourna ensuite d'une pirouette et sortit de la pièce, laissant derrière elle une légère odeur de parfum indéfinissable. Edward alla lentement repousser le lourd battant de chêne puis se laissa tomber sur le bord de son lit. Il remarqua la présence d'un épais tapis couleur crème qui couvrait le sol et qui devait être très agréable, lorsque l'on marchait pieds nus dessus le soir. À vrai dire, c'était peut-être la seule chose qui promettait d'être sympathique.

Il laissa échapper un léger soupir en pensant soudainement à son départ quelques heures plus tôt. Cela paraissait pourtant déjà si loin ! Son père ne l'avait pas prévenu de ce à quoi ressemblait Egrabe. Seule Aileen lui en avait fait part. Pourtant, le jeune homme n'aurait jamais pu imaginer un monde comme celui-ci. Il n'avait maintenant plus qu'une envie : repartir le plus vite possible.

Edward donna un coup de pied rageur dans le tapis et regarda d'un air furieux par l'une des meurtrières. Il n'y avait pas de vitre et un brin de vent s'infiltrait dans la pièce apportant une odeur de lande et d'herbe mouillée. Le jeune prince se releva, fit quelques pas, puis laissa échapper un grognement, malgré le fait que s'énerver contre son père se trouvant à des milliers de kilomètres ne servait à rien.

— Je suis certain que vous saviez ce qui m'attendait ici !

Il ferma les yeux un court instant puis rouvrit ses paupières, légèrement calmé. L'adolescent avait réclamé des vacances alors qu'il ne travaillait jamais. Il avait maintenant la charge de rédiger quelques malheureux rapports et de survivre dans un monde digne des années deux-mille ou en tout cas de l'idée qu'il s'en faisait. Il ne sut dire combien de temps s'était écoulé lorsqu'il entendit quelqu'un toquer à sa porte.

— Entrez ! lâcha-t-il d'une voix dure.

La porte s'ouvrit sur Salidaa qui pénétra dans la pièce avant de la refermer. Le prince ne se radoucit pas pour autant et la dévisagea un instant.

— Vous parlez tous l'eriquien ici ? demanda-t-il d'un ton qu'il tâchait de rendre correct.

Elle alla s'assoir dans le petit fauteuil de cuir et acquiesça avec un sourire.

— En effet. Plus un dialecte local qui vous plaira peut-être.

Maintenant qu'Edward prenait conscience que tout ce qui l'entourait était bien réel, il était certain de détester tout ce qui venait d'Egrabe. Mais la politesse obligatoire des relations diplomatiques lui fit tenir sa langue.

— Vous êtes déjà allée en AM.Erica ?

À sa grande surprise la jeune fille inclina positivement la tête avant de répondre.

— Je ne suis revenue ici que récemment. J'ai été en AM.Erica lorsqu'Egrabe a décidé de s'allier à vous durant la guerre.

Le prince se sentit curieusement plus proche de Salidaa à l'idée qu'elle ait vu la « société civilisée ».

— Qu'est-ce que cela vous a fait de revenir ici ?

Elle eut un sourire qui révéla ses dents parfaitement blanches et répondit en le regardant droit dans les yeux.

— Ça m'a rendue vraiment heureuse. Vous verrez, vous aimerez ce pays quand vous y serez suffisamment resté !

Une inquiétude sourde saisit le jeune homme.

— Combien de temps pensez-vous que je vais rester ici ?

Elle parut surprise.

— Votre père nous a annoncé que vous restiez parmi nous au moins un an.

Edward ne répondit rien, légèrement pris de court par sa réponse. De nouveau debout, la jeune fille rejoignit la porte.

— C'est l'heure du dîner, expliqua-t-elle en se retournant. Préférez-vous venir avec nous ou que l'on vous porte quelque chose ?

Il secoua la tête.

— Je suis fatigué, je vais rester ici.

Elle le regarda longuement et le mit mal à l'aise. Il en fut agacé et voulut se justifier lorsqu'une nouvelle pensée remplaça ses précédentes préoccupations.

— Je n'ai pas vu votre père. Le gouverneur.

Salidaa lui lança un dernier coup d'œil avant de commencer à descendre l'escalier de pierres, chacun de ses pas se répercutant dans la tour.

— Mon père travaille énormément et manque toujours de temps. J'imagine que vous le rencontrerez d'ici quelques jours. Bonne nuit, Altesse.

Edward écouta ses pas décroître jusqu'à ne plus rien entendre et entreprit alors d'ôter ses chaussures pour s'allonger sur le lit. C'était étrange que le gouverneur ne l'ait pas encore salué. Un total manque de respect, un affront diplomatique. Le jeune homme n'avait cependant pas envie de faire des histoires pour si peu, et il était certain que cela aurait également été l'avis de son père. Il eut un demi-sourire en posant ses yeux sur les meurtrières.

S'il avait été avec Aileen ou Liam, qu'est-ce qu'ils auraient ri de la situation ! Mais voilà, il était absolument seul pour au moins un an. Enfin, il y avait Salidaa, qui avait l'air sympathique. Après tout, elle n'était pas inculte comme les autres, elle avait vu l'AM.Erica.

La Guerre des Deux Alliances a débuté le 17 juillet 3116 suite à l'annexion de la planète Timore par l'AM.Erica. Cet astre faisait partie de l'AS-SA. L'alliance est donc intervenue pour demander des comptes, d'abord pacifiquement. Les Eriquiens voulaient tester les limites de la tolérance politique d'Astra et diminuer son influence, mais à leur grande surprise, leurs ennemis sont allés au bout de leurs principes et ont pris la défense de Timore. Ils sont entrés dans une guerre qu'ils ne voulaient pas pour un astre minuscule, sans valeur commerciale ou stratégique, uniquement parce qu'il existait un accord qu'Astra avait à défendre.

Le monde d'hier, Juliette D., Livre IV, Chapitre 20, 3146

Chapitre 33

- Sibylle -

Sibylle se tenait dans le bureau de la directrice, seule avec elle, bien droite derrière la table, debout devant le fauteuil. Elle se sentait un peu trop nerveuse.

— Vous m'avez demandée ?

La femme au chignon toujours aussi impeccable hocha tranquillement la tête avant de répondre.

— En effet. Nous avons reçu une directive du gouvernement...

Le cœur de Sibylle accéléra soudainement sa course.

— Une directive ?

— Rien de grave, ne t'inquiète pas. Mais les manifestations de l'opinion publique ont réussi, semble-t-il, à vous obtenir le droit de sortir pour aller aux réunions. Néanmoins, nous ferons comme tu l'avais proposé : quelques élèves à la fois. Pour ce premier soir, j'aimerais que vous soyez trois, maximum, et je veux également connaître l'endroit où vous vous rendrez et votre horaire de retour. Cela te va ?

Sibylle lui lança un éclatant sourire avant d'acquiescer.

— Ça me va parfaitement. Pourrais-je faire partie de ce groupe ?

— J'allais te le proposer. Tu as une idée pour les deux autres ?

— Carlys du centre 10. Et... Zarine, l'une de mes colocataires.

Elle avait dit le second nom après une légère hésitation, mais la directrice ne parut pas le remarquer et se contenta d'hocher la tête.

— Parfait. Il est six heures maintenant. Votre réunion commencera d'ici deux heures, c'est bien ça ?

— Oui, madame. Idéalement, il faudrait que nous partions d'ici trente minutes. Je veux me rendre dans l'une des réunions de la ville même.

— Très bien et heureusement, car je n'aurais pas accepté de t'envoyer trop loin. Vous prendrez la cabine au même endroit que tous les matins, je vais la coordonner pour un trajet différent ce soir. Va prévenir ta camarade, je me charge de... Comment s'appelle-t-il déjà ?

— Carlys...

— Du centre 10. Bien, il sera au rendez-vous. File maintenant et... Ah, j'oubliais ! Tu me promets, pas d'imprudence ?

Sibylle était déjà devant la porte du bureau, mais elle se retourna avec un nouveau sourire.

— Promis, on sera sages !

— Oh là, je ne vous en demande pas tant, je suis certaine que tu ne pourras jamais me tenir une parole pareille...

Il y avait de la malice dans les yeux pétillants de la directrice et Sibylle sortit du bureau sur un dernier rire soulagé.

Elle allait revoir son frère. Heureusement qu'ils avaient tous été éparpillés dans la même ville ! Beaucoup d'enfants avaient été amenés dans différentes grandes villes de l'AM.Erica, disséminées sur toute la planète. La princesse songea une fois de plus que c'était à la fois une chance et un handicap. N'auraient-ils pas eu intérêt à rassembler toutes leurs forces au même endroit ?

Il ne lui restait plus que dix minutes pour rejoindre la cabine à l'heure dite, lorsqu'elle atteignit la chambre qu'elle partageait avec les cinq autres filles.

À peine fut-elle entrée qu'Heather se précipita vers elle pour ne s'arrêter qu'à un pas et l'entraîner ensuite pour s'assoir sur le sol, visiblement à demi-morte d'anxiété.

— Sib' ! On se faisait toutes un souci pas possible... Alors quelles nouvelles ?

La princesse dégagea son bras qu'Heather tenait avec un petit rire et se releva pour ensuite expliquer rapidement la situation.

— Je pars dans dix minutes pour une autre réunion des enfants d'Astra.

Tous les yeux brillèrent et il flotta dans l'air une question que personne n'osa poser : « Avec l'empereur ? » Sibylle ne fit pas mine d'en parler.

— J'y vais tout de suite, avec Carlys et... Zarine, si ça t'intéresse ? poursuivit-elle plus calmement.

L'adolescente se leva aussitôt, visiblement surprise.

— Cela me ferait très plaisir, mais ce n'est pas plutôt avec Heather que tu veux y aller ?

Cette dernière se leva également et lança un coup d'œil furibond à son amie.

— En effet, tu m'oublies ?

Sibylle posa la main sur son épaule et la regarda gravement.

— Pas du tout, mais j'ai besoin de toi ici, ok ? Tu seras ce soir mes yeux et mes oreilles et n'hésite pas à parler en mon nom, tu commences à bien me connaître !

Heather eut l'air enthousiaste et le cacha mal en maugréant.

Sibylle eut un sourire amusé et se tourna alors vers Zarine.

— Tu es Garde du Corps, je crois ?

— En effet, c'est ma mission.

— Alors préviens les autres que tu m'accompagnes seule ce soir, s'il te plaît. Ce serait trop compliqué de nous suivre.

Un coup d'œil à son écran lui fit pousser un petit sifflement inquiet.

— Vite ! Plus que six minutes pour atteindre la cabine ! s'exclama-t-elle.

Ce fichu engin n'attendait même pas ses passagers. Zarine termina de cliquer sur son écran, envoyant visiblement un message général, puis releva la tête brusquement.

— Je te suis, on peut y aller.

Les deux filles sortirent alors de la chambre en courant, mais Sibylle laissa rapidement à sa garde officieuse le soin de la guider dans les couloirs. Elles arrivèrent très exactement cinq minutes plus tard au lieu de rendez-vous, et si Zarine était essoufflée, elle n'en montrait rien, tandis que Sibylle sentait l'inquiétude la gagner : Carlys n'était pas là. La dernière minute passa pourtant inéluctablement et la cabine apparut sur son câble dans le couloir mal éclairé. Zarine s'engouffra aussitôt à l'intérieur, mais Sibylle perdit quelques secondes avant de la suivre. Alors que la cabine commençait à se remettre en marche, elles entendirent tout à coup une cavalcade dans le couloir et ce fut Zarine qui eut la présence d'esprit de forcer la réouverture des battants de verre et de se pencher à l'extérieur pour tendre une main secourable au retardataire.

Carlys s'y agrippa lorsqu'il arriva à leur hauteur, mais la cabine démarra soudainement avec sa brusquerie habituelle et Zarine serait durement tombée sur le sol, si Sibylle ne l'avait pas retenue de justesse. Quelques secondes plus tard, elles parvinrent à hisser Carlys à l'intérieur de l'habitacle et les battants se refermèrent avec un bruit sourd, tandis que la cabine tournait brutalement au premier embranchement.

— Ouf ! Eh bien, ça me fait une expérience originale à ajouter à mon palmarès : comment manquer de se casser la nuque en montant dans un bête moyen de locomotion ?

Il était difficile de ne pas rire et Sibylle lui adressa un sourire amusé, tandis que Zarine haussait les épaules.

— Enfin, si je n'avais pas rouvert les portes, je ne sais pas où tu en serais actuellement… Heather avait bien dit que ton ami était insupportable, Al', termina-t-elle également amusée.

— Al' ?

Carlys leva un sourcil intrigué devant le surnom. Sibylle, quant à elle, essayait de calmer les bonds que son estomac faisait à chaque changement de direction.

— Altesse. Tu en penses quoi ?

— Parfait. Enfin un surnom que Sib' ne va pas pouvoir refuser !

Elle répondit par une épouvantable grimace qui ne fit qu'accentuer le sourire malicieux au coin des lèvres du garçon.

***

Une demi-heure plus tard environ, Sibylle marqua un léger temps d'arrêt lorsqu'ils arrivèrent enfin devant le bâtiment dans lequel se tenait la réunion. Pour avoir l'adresse, ils avaient pris contact avec les Organisateurs de cette zone via les coordonnées de la liste numérique. Ils avaient également annoncé trois visiteurs, sans préciser quoi que ce soit de plus. La jeune fille se retourna vers sa GC.

— Pendant cette réunion, j'aimerais être libre de mes mouvements et... est-ce que tu pourrais ne pas me suivre ?

— Ma mission est de te protéger, objecta Zarine.

— Je serai uniquement au milieu d'enfants d'Astra. Et avec mon frère !

Elle avait dit cela avec chaleur et accéléra soudain le pas pour gagner la porte de l'immeuble sans plus tenir compte de Zarine. Elle entendit tout de même Carlys répondre dans son dos à un commentaire inaudible de sa GC.

— Oui, je sais, elle est impossible. C'est étonnant que tu ne t'en sois pas rendu compte plus tôt.

Quelques personnes attendaient dehors, des adultes pour la plupart, mais Sibylle n'y fit pas attention et les battants de la porte s'ouvrirent à leur arrivée.

Ils pénétrèrent dans une sorte de petit hall et la porte fut immédiatement refermée derrière eux. Une fille leur faisait face, gesticulant partout et leur faisant déjà signe d'avancer de quelques pas avant de prendre la parole.

— Moi c'est Dalhia. Et vous ? Je suis à peu près certaine de ne pas vous avoir vus il y a quelques jours. Aucun des trois. Vous êtes des visiteurs d'autres réunions ? Pas mal cette idée de tous nous coordonner d'ailleurs !

Sibylle acquiesça sans répondre, trop impatiente. Son frère était probablement dans la grande salle qui se devinait derrière eux.

— Les contrôles d'usage maintenant, poursuivit Dalhia en consultant son écran. Vos noms et vos tatouages, s'il vous plaît. Ah, et montrez vos numéros que l'on vérifie bien tout.

Zarine fut la première à s'annoncer et les yeux de la jeune fille brillèrent de curiosité lorsqu'elle entendit le mot « GC » et eut validé l'identité donnée. Carlys s'avança ensuite, mains dans les poches, et se retourna pour montrer son dos.

— Désolé, je ne le connais toujours pas par cœur, il est trop long. Sinon moi c'est Carlys Hespre. Rôle prévu, Aide biologiste pour remettre Astra en état, un truc comme ça.

Son flegme ne plut pas à Dalhia qui grimaça.

— C'est important ! On a tous une mission !

— Ai-je dit que ça ne l'était pas ?

Son interlocutrice s'apprêtait déjà à répondre lorsque Sibylle, s'interposa fermement.

— Ne l'écoute pas, il dit à peu près toujours n'importe quoi.

— Je vois ça... Bref, et toi du coup ?

— Sibylle Astra. Numéro 2.

Elle se retourna, montra son tatouage, mais Dalhia ne le vit même pas tant elle la dévisageait avec stupéfaction.

— Oh ! Mais alors l'empereur c'est ton...

— ... Son frère en effet.

Un jeune homme venait d'entrer dans le petit hall et les regardait tous, appuyé sur le mur. Ses cheveux sombres étaient un peu longs, ses yeux brillants, et il était vêtu d'un pantalon noir et d'une chemise sombre boutonnée à la va-vite. Un immense sourire éclaira les traits de Sibylle lorsqu'elle l'aperçut et elle oublia tout pour courir vers lui.

— Rodolphe ! cria-t-elle en se jetant à son cou. Oh, c'est tellement merveilleux de te retrouver !

Ils se serrèrent mutuellement dans leurs bras avant de s'écarter et le jeune homme répondit, la gorge serrée.

— Je trouve aussi. En deux mois j'ai eu peur qu'il t'arrive tant de choses !

— Moi aussi. Tu es plus en danger que moi tu sais…

Il ne répondit pas mais se tourna avec un regard interrogatif vers Carlys resté en retrait.

— Qui c'est, celui-là ?

Zarine s'était éclipsée, suivant la consigne de Sibylle, tout comme Dalhia. Pour l'heure, la princesse devait s'avouer qu'elle n'avait qu'une envie : être seule avec son frère afin qu'ils puissent librement discuter de tout et de rien. Carlys pour sa part, comme d'habitude, ne semblait nullement impressionné d'avoir à parler à son futur empereur.

— « Celui-là », c'est moi, se contenta-t-il de répondre en tendant une main en avant avec un sourire. Carlys, si tu préfères.

Rodolphe parut un instant surpris par le tutoiement, mais son sourire grandit sur ses lèvres lorsque Sibylle compléta sa présentation.

— Un véritable ami. Enfin, j'espère, car il connaît mes deux principaux secrets.

Son frère lui lança ensuite un coup d'œil interrogatif, mais elle secoua la tête.

— Je te dirai tout ça plus tard. On y va à cette réunion, oui ou non ?

— Tu as raison comme toujours. Allez, viens.

La jeune fille nota qu'il y avait dans la voix de son frère une étincelle de regret à l'idée de revenir dans la salle. Instinctivement, elle porta la main à son bras d'un geste rassurant et c'est ainsi qu'ils pénétrèrent dans l'immense salle devenue silencieuse. Sur l'estrade du fond, un garçon se leva.

— Hip, hip, hip... commença-t-il.

L'assemblée entière répondit en hurlant la suite de l'acclamation à pleins poumons.

— Hourra !

Sibylle adorait les foules et leur enthousiasme depuis toujours. Son sourire devint éclatant, tandis qu'ils se frayaient un chemin jusqu'à l'estrade.

— Hip, hip, hip... reprit-elle avec un sourire radieux.

— Hourra !

Elle cria ensuite, emportée par sa fougue en levant le poing vers le ciel.

— POUR LES ENFANTS D'ASTRA !

Rodolphe lui chuchota quelques mots à l'oreille alors que les applaudissements commençaient à retentir autour d'eux :

— Incroyable. Tu as réussi en quelques minutes à te faire aimer d'eux tous, regarde leurs yeux briller !

C'était rigoureusement exact et la jeune fille répondit en haussant très légèrement les épaules dans un léger chuchotement :

— Je ne l'ai pas cherché. Je les comprends, c'est tout... C'est facile. Tu ne trouves pas ?

La première planète détruite par l'AM.Erica fut Timore. L'enregistrement vidéo qui parvint à Astra quelques heures avant le débarquement des Eriquiens et la mise en place d'une coupure numérique fut extrêmement émouvant. La Présidente de la République timoréenne remercia Astra de son soutien, les larmes aux yeux, annonçant qu'un jour la galaxie se souviendrait du risque qu'ils avaient su prendre pour une planète qui n'était même pas représentée sur toutes les cartes.

Archives astrayennes, Bibliothèque nationale de Graël.

Chapitre 34

- Rodolphe -

Rodolphe ne trouvait pas cela facile, non. Plus il voyait sa sœur, plus il regrettait amèrement que ce ne soit pas à elle que revienne la charge d'impératrice. Elle aurait aimé l'être et elle aurait été formidable !

Tandis que lui... Lorsqu'il monta sur l'estrade rejoindre Devon, il sentit l'habituelle boule d'angoisse se former au fond de sa gorge. Il détestait parler en public, il détestait tenter de se faire accepter. Il laissa échapper un soupir entre ses dents serrées lorsque le silence se fit de nouveau dans la salle et attendit un instant avant de prendre la parole.

— Alors, je...

— Nous...

Rodolphe se tourna vers sa sœur et ils échangèrent une moue désolée. La jeune fille lui fit signe de poursuivre, mais il refusa d'un mouvement de la tête.

— Tu me sauves la vie si tu fais ce discours à ma place, chuchota-t-il à son oreille.

Elle lui lança un clin d'œil amusé et s'avança alors légèrement sur l'estrade. Quelques secondes plus tard, sa voix claire résonnait dans toute la pièce.

— La toute première étape du plan 439 est terminée. Nous avons notre empereur !

Sa voix fut immédiatement couverte par une pluie d'applaudissements et de sifflements avant que l'atmosphère ne se calme.

— Maintenant nous savons tous ce que nous devons faire, reprit sa sœur. Ne perdons jamais de vue notre objectif, avançons, frayons-nous un passage. Astra n'est pas seulement une ruine fumante et un souvenir. ASTRA C'EST NOUS !

La salle tout entière était maintenant en délire et Rodolphe jeta un coup d'œil admiratif à sa sœur qui répondit par un hochement de tête amusé en revenant près de lui.

— Je vais leur demander de nous laisser une vingtaine de minutes discuter avec les Organisateurs, commença-t-elle.

— Pour peaufiner les prochains détails du plan, ce serait bien. J'ai une idée là-dessus d'ailleurs.

Rodolphe avait lâché cela sourcils froncés ; il avait réussi à intriguer Sibylle qui s'avança de nouveau pour réclamer le silence.

— Nous devons parler avec les Organisateurs. Y a-t-il un endroit où nous pourrions nous réunir ?

Ce fut Devon qui s'avança pour répondre.

— Oui, par ici.

Il désignait la gauche de la salle et Rodolphe eut un sourire lorsque sa sœur, enthousiaste comme toujours, sauta en bas de l'estrade en lui faisant signe de la rejoindre.

Lorsque Sibylle referma la porte, il y avait une vingtaine de jeunes gens dans la pièce.

— Nous devons mettre aujourd'hui les choses au clair en ce qui concerne les prochaines étapes.

Rodolphe s'approcha alors à cet instant tandis que tous les regards se tournaient vers lui.

— Normalement, aujourd'hui, chacune des réunions va élire un chef.

Il inspira et baissa un instant la tête. Il était le prince, donc le commandement de ce groupe-ci lui revenait d'office.

— J'ai appris il y a peu que les Eriquiens avaient du mal à gérer la planète Egrabe...

Tous les visages dans la petite pièce s'assombrirent aussitôt.

— La planète-traître, lâcha Dalhia du bout des lèvres.

Sibylle hocha la tête avant de répondre en ne quittant pas son frère des yeux.

— Comment as-tu eu cette information ?

Rodolphe hésita un dixième de seconde puis opta pour la vérité.

— Par la fille d'Orys. Aileen d'Erica.

Il y eut un très long silence, puis la jeune princesse se rapprocha de lui et lui donna une légère tape amicale dans le dos avec un grand sourire.

— Waouh, pas mal du tout !

— Le hasard. Elle est dans ma classe.

Tout le monde souriait à présent, mais cela ne faisait qu'augmenter le malaise du jeune homme. Il n'avait rien fait, mais il avait l'impression de trahir Aileen juste en mentionnant son nom. Sibylle dut le deviner, car elle accentua sa pression sur son épaule doucement avant de le lâcher.

— Qu'est-ce que tu proposes ?

— J'ai appris, de la même façon, qu'Orys désire envoyer un ambassadeur sur Egrabe, poursuivit-il froidement. Son propre fils, ce qui montre l'importance qu'il y attache.

Un garçon aux cheveux ras s'avança.

— C'est intéressant, mais que pouvons-nous y faire ?

Sibylle avait déjà compris. Ses yeux brillaient lorsqu'elle laissa échapper un petit sifflement admirateur.

— Il souhaite que nous envoyions nos propres ambassadeurs...

Le silence tomba tout à coup dans la pièce et chacun échangea un regard empli de sentiments contradictoires.

— Ça ne fait pas partie du plan...

— Peut-être, répondit-elle, enthousiaste. Mais c'est une formidable idée. À tous les coups les Eriquiens nous soutiendrons, comme lorsque nous avons exigé ces réunions. Et si réellement Egrabe pose problème, nous avons tout à gagner à essayer de les rallier à notre cause.

Dalhia s'avança alors d'un pas et riposta avec une colère soudaine.

— Mais ce sont des traîtres ! Comment une seule de leurs promesses pourrait-elle encore avoir une quelconque valeur ?

Rodolphe intervint en utilisant son ton froid.

— Nous n'avons pas le choix, nous devons tout tenter. Nous ne sommes pas en position de force.

Rodolphe fit des yeux le tour des adolescents présents avant de faire un pas en avant et de reprendre d'une voix grave.

— Egrabe possède encore une armée, et seuls, nous sommes extrêmement faibles. Si nous réussissons à obtenir son soutien, Mars pourrait suivre, car ces deux planètes ont toujours été très liées. Avec leurs armées de notre côté, nous pourrions réaliser le plan bien plus vite que prévu, et même nous passer de la flotte spatiale de l'AM.Erica. Comment pourrions-nous refuser une telle aubaine ? Qui pourrait ne pas être d'accord pour l'envoi de nos ambassadeurs ? Comment ne pas voir qu'utiliser les planètes-traîtres serait moins dangereux pour nous et beaucoup plus rapide ?

Ils échangèrent des regards hésitants, mais Sibylle le rejoignit au centre de la petite pièce avant de poser une main sur son bras.

— C'est une idée fantastique : convaincre Egrabe et Mars de se rallier à notre cause ! Je serai notre ambassadrice sur Egrabe !

Comment sa sœur s'y prenait-elle ? À peine venait-elle de marquer son accord que petit à petit tous les autres suivirent tandis que Rodolphe sentait un léger sourire lui monter aux lèvres.

— Merci, murmura-t-il.

Elle inclina la tête, mais il ajouta rapidement la suite de sa pensée.

— Tu ne peux pas être l'ambassadrice sur Egrabe en revanche. C'est beaucoup trop dangereux. Tu es mon... mon héritière...

Dalhia acquiesça à cette dernière phrase et renchérit au nom des Organisateurs

— En effet. Nous ne pouvons pas prendre le risque de vous perdre.

— Il faut envoyer des adolescents intelligents et ayant des postes non cruciaux pour le plan. Nous savons tous que mon rôle ne commencera véritablement que dans quelques années. En attendant, je veux être utile. Je ne serai pas moins en sécurité sur Egrabe qu'ici.

Devon parut dubitatif.

— Le plan prévoit des GC, observa-t-il. Vous seriez seule là-bas...

— Envoyons deux ambassadeurs sur Egrabe et deux sur Mars. Cela ne paraîtra pas étrange.

Pour le coup, Rodolphe grimaça et reprit la parole.

— Aussi sur la géante rouge ? Et comment vont-ils le prendre, Sib' ? Mars est plus dangereuse militairement et politiquement qu'Egrabe. Ce n'est pas ainsi que nous allons gagner leur sympathie...

— Si. S'ils sont intelligents, ils comprendront vite que nous leur marquons beaucoup d'intérêt. Cela ne devrait pas leur déplaire.

Le jeune homme fixa de longues minutes sa sœur, campée en face de lui, le nez légèrement relevé pour avoir ses yeux dans les siens.

— Et il y a autre chose, ajouta-t-elle. Peut-être que si je prenais le risque de révéler mon identité au gouverneur de l'Egrabe…

— Hors de question !

C'était Rodolphe qui avait crié mais d'autres avaient grogné leur désaccord, ce qui n'empêcha pas la jeune fille de poursuivre, imperturbable.

— Je verrai si c'est possible. Mais ça pourrait le convaincre de nous aider, que je peux parler en notre nom à tous. Je ne le ferai que si je juge la situation absolument sûre, c'est promis.

En disant ces derniers mots, elle se tournait plus particulièrement vers Rodolphe.

— Pourriez-vous nous laisser seuls quelques minutes ? demanda celui-ci aux Organisateurs.

Ils acquiescèrent tous et sortirent en silence, les laissant en tête-à-tête. Une fois la porte refermée sur le dernier d'entre eux, Sibylle poussa un lourd soupir et Rodolphe alla s'assoir dans un fauteuil au bout de la pièce.

— Pourquoi veux-tu faire ça ? Tu te mettras en danger !

La jeune fille vint le rejoindre et s'installa dans le fauteuil qui lui faisait face avant de répondre doucement.

— Je n'ai pas envie que l'on me mette toujours à l'arrière en sûreté sous prétexte que je suis ta sœur. C'est toi l'empereur, pas moi.

— Une loi stupide. Je ne devrais pas être l'héritier...

Il détourna vivement ses yeux soudain brûlants, mais sa sœur lui prit la main.

— Pourquoi ? riposta-t-elle d'un ton enflammé. Pourquoi tu dis ça ? C'est n'importe quoi !

— Mais tu le sais ! Je ne suis pas doué avec les gens. Je suis un solitaire, incapable de me faire apprécier. Je n'ai jamais eu d'ami, enfin pas vraiment. Et toi, en deux minutes, tu arrives à gagner toutes les foules... C'est de ça dont on a besoin aujourd'hui !

Rodolphe se leva d'un bond, se dégageant de la main de sa sœur, et commença à faire nerveusement les cent pas. La seule personne qu'il appréciait vraiment lorsqu'il songeait au mot « ami », c'était Aileen. Cela ne faisait que le ronger un peu plus.

— Tu te trompes. Je suis peut-être douée avec les gens comme tu le dis, mais je n'ai aucun talent de tacticienne, ni d'organisation. Et pour construire un État, c'est de ça dont on a réellement besoin. Une foule ne s'en rend pas compte, elle suit toujours la personne qui l'enthousiasme le plus. Il se peut que sur ce terrain-là je sois la meilleure. Mais pour être empereur ? Pour diriger ? Tu sauras toujours où aller quand je ne saurais même pas gérer les problèmes du jour. Mets-toi ça dans la tête : on est complémentaires. Je ferai tout pour t'aider à retrouver le trône qui te revient, pour que nous puissions tous rentrer chez nous. C'est toi le futur empereur, et personne ne le mérite plus que toi.

Rodolphe avait arrêté de marcher et fixait maintenant sa sœur sans la voir. Il avait brusquement envie de redevenir enfant, d'être sur les genoux de son père en train de rire, sans souci et sans couronne sur la tête.

— Merci Sibylle, lâcha-t-il la gorge serrée par une émotion incontrôlable.

Elle se leva de son siège, s'avança vers lui et le serra doucement contre elle.

— Toujours pas tactile Rodolphe, hein ? ajouta-t-elle au bout d'un instant en riant. Les embrassades, ça n'a jamais été ton genre.

Il recula légèrement.

— Ai-je jamais donné l'impression que je ne voulais pas de ta présence ?

— Non, et heureusement… Tu me laisseras partir pour Egrabe ?

Elle vit tout de suite qu'il s'apprêtait déjà à répondre par un refus définitif et l'anticipa.

— Rodolphe, arrête de vouloir à tout prix me garder en sécurité. Arrête de croire que c'est moi qui dois devenir impératrice... Crois en toi !

Elle avait raison, elle comprenait ce qui faisait qu'il ne pouvait supporter l'idée de la laisser partir.

— Très bien, lâcha-t-il enfin. Tu seras l'une de mes ambassadrices sur Egrabe.

Dans les années 3000, certaines planètes du système G-AU-DIUM étaient encore difficiles à atteindre. C'était le cas pour Positum, un astre que les scientifiques ont qualifié dès sa découverte de « jumeau d'Astra ». En effet, ces deux mondes possèdent une atmosphère, une taille et une masse similaires. Ce n'est que bien plus tard, vers les années 3400, que Positum a pu être atteint par une première mission scientifique, puis que les premières colonies s'y sont installées.

Histoire contemporaine, Florine et EloïseD., 3547.

Chapitre 35

- Cyndie -

— Je ne veux plus retourner à ces réunions !

Cyndie se tourna vers l'unique autre personne présente dans leur chambre : Damien. L'enfant la dévisagea d'un air désolé avant de venir s'assoir à même le sol. Elle-même était installée sur sa couchette, en tailleur, et elle détourna son regard triste de celui du garçon lorsqu'il la questionna avec douceur.

— Pourquoi, petite sœur ?

— Je ne suis pas... commença-t-elle avant de se stopper d'elle-même.

Elle ne voulait pas être sa sœur, mais il était son seul allié et elle ne voulait pas se mettre en colère contre lui : elle en voulait déjà à trop de personnes.

— Je n'aime pas la façon dont ils me traitent, se décida-t-elle à expliquer à contrecœur. J'en ai assez de les voir tous rire, contents d'être tous ensemble, mais avec moi...

— Ils ne t'aiment pas ?

— Ce n'est pas ça. Quand ils me parlent, c'est toujours avec respect et un salut. Ils n'osent pas me parler comme avec leurs amis... Et je me retrouve toute seule. C'était déjà comme ça avant, quand j'étais plus petite, mais au moins j'avais mon Grand-Pa quand mes parents sont partis. Ici, je n'ai plus personne.

Le garçon ne pouvait pas comprendre, mais il s'efforça pourtant de la consoler alors même qu'elle se détournait de nouveau.

— Si tu ne veux pas y retourner, nos parents ne t'y obligeront pas.

Cette fois-ci Cyndie le corrigea.

— Tes parents.

Elle releva sa petite tête blonde vers lui, s'efforçant de cacher son désespoir. Le jeune garçon reprit la parole, d'un ton de nouveau volontairement réconfortant.

— Très bien, *mes* parents. Tu sais qu'ils ne sont pas d'accord avec ces réunions. Si tu ne veux pas y aller, je ne pense pas qu'ils t'y obligeront.

La petite princesse hésita. Elle détestait ces regroupements d'enfants d'Astra, mais c'était aussi son seul espoir de revoir sa cousine. Un sourire affleura à ses lèvres lorsqu'elle imagina l'adolescente la serrant dans ses bras, présente et chaleureuse, comme autrefois.

Cela faisait des semaines que l'enfant demandait à chaque réunion quand est-ce qu'elle pourrait retrouver sa cousine. Les Organisateurs se contentaient de lui répondre que la sœur de l'empereur était dans un orphelinat et qu'elle ne pouvait pas sortir très souvent. L'observation sous-jacente à cette explication s'imposait d'elle-même : Sibylle privilégiait son frère lorsqu'elle pouvait se rendre à une autre réunion. Quant à aller les rejoindre tous les deux, l'enfant devinait que jamais les Organisateurs n'accepteraient de réunir dans une même salle les trois personnes les plus recherchées de toute l'AM.Erica.

Bien que ce soit parfaitement compréhensible, Cyndie se sentait tout de même rongée par la jalousie dès qu'elle y pensait. Son amitié pour sa cousine était exclusive, et elle avait du mal à se débarrasser de l'impression pénible que le contraire n'était pas vrai. Ces considérations amenèrent l'enfant à se décider, amère.

— Très bien, je leur demanderai d'aller à une réunion tous les six mois, mais pas toutes les semaines.

Il serait toujours temps plus tard, si elle entrevoyait la possibilité d'une rencontre avec Sibylle, de changer d'avis. Elle ne pouvait pas se résoudre encore à l'idée de ne plus du tout la voir.

Damien se leva du sol et se dirigea vers la porte de leur chambre en lui faisant signe de le suivre.

— Si c'est important pour toi, viens, on peut leur en parler maintenant.

Elle fut saisie d'une brève crainte à l'idée d'affronter de nouveau le regard des deux adultes, mais finit par s'y décider. Ils sortirent tous deux de la pièce puis gagnèrent le salon. Matthew et Leonor étaient assis dans le canapé près de la baie vitrée. Le père de Damien avait l'air éreinté. Il releva un regard las vers les deux enfants, s'efforçant malgré tout de leur sourire.

— Salut vous deux…

Cyndie avait envie de détourner la tête ou de cracher son dégoût à la face de cet homme, mais il fallait s'intégrer.

— Salut Papa ! s'exclama Damien. On a un problème avec Cyn' dont elle voulait te parler… Elle ne veut plus aller aux réunions des enfants d'Astra, ou beaucoup moins souvent en tout cas.

Matthew échangea un regard avec sa femme, à la fois heureux que l'enfant veuille d'elle-même prendre des distances avec les enfants d'Astra et en même temps terriblement angoissé. Il ne fallait surtout pas que Cyndie se fasse remarquer... et les Astrayens ne laisseraient pas passer le fait que la princesse de Sagan leur échappe.

La petite fille devina l'hésitation visible dans le regard des deux adultes mais attendit, consciente qu'elle n'avait pas beaucoup d'autres possibilités. Leonor grimaça avant d'inspirer et de répondre d'un ton faussement tranquille.

— D'accord, mais tu y retourneras au moins une fois. Et tu leur expliqueras que c'est toi qui ne veux pas y aller aussi souvent...

Cyndie comprenait bien le raisonnement. Si elle montrait que c'était une demande mue par sa propre motivation, et qu'elle avait en plus le soutien des adultes ayant sa garde, les enfants d'Astra céderaient peut-être.

— Très bien, je leur dirai, finit-elle par répondre.

— S'ils persistent à refuser, je pourrai faire jouer mes relations pour les menacer un peu et les forcer à accepter, ajouta Matthew.

Cyndie se retourna vivement vers lui, les yeux brillants.

— Des relations dans l'armée, je suppose.

Elle avait été plus dure qu'elle ne le voulait et le regard du père de Damien s'illumina un bref instant de peine.

— Je sais que tu me détestes pour ce que j'ai fait. Mais un jour, je te montrerai que je peux changer et être un nouveau père pour toi, peut-être justement parce que j'étais là lorsque l'on a pris ta famille et que je regrette encore aujourd'hui de n'avoir rien fait.

Cyndie aurait répondu abruptement si un vieux souvenir déconcertant, presqu'oublié, n'était remonté à la surface de son esprit. Sa mère, penchée sur elle dans la roseraie du palais, ses longs cheveux blonds assortis à ses yeux bleus identiques à ceux de sa fille, tombant sur ses épaules. Elle, assise sur une balançoire au milieu des roses et sa mère la poussant avec un grand rire, avant de tout à coup s'arrêter pour la dévisager d'un air grave. « Cyn', jure-moi de retenir ce que je vais te dire ». Docile, l'enfant avait acquiescé malgré son jeune âge.

« On peut toujours faire une erreur, et découvrir plus tard qu'on a fait fausse route… Alors pardonne toujours à ceux qui reviennent en arrière et tentent de réparer le mal qu'ils ont parfois causé. Moi-même avec ton père, je… J'ai découvert trop tard que c'était un homme formidable. Enfin, je veux dire qu'il y a des choses que j'ai faites que je regrette aujourd'hui. Je n'oublierai jamais qu'il n'a rien dit, qu'il m'a juste pardonnée pour mieux m'aimer. »

Cela troubla Cyndie, suffisamment pour qu'elle se morde violemment les lèvres et pour la première fois soit saisie d'une réelle envie de pardonner à son père adoptif. La douleur était encore trop forte, mais cet unique souvenir venait de bousculer ses certitudes, et d'entrouvrir une porte qu'elle croyait fermée définitivement : celle d'une possible entente avec cette nouvelle famille. Profondément déstabilisée, l'enfant hocha la tête en direction de Matthew pour toute réponse et s'éloigna précipitamment avec Damien, rejoignant la cuisine pour aller manger quelque chose et tenter de remettre de l'ordre dans ses pensées.

De leur côté les parents échangèrent un regard, désarçonnés par le changement d'attitude de l'enfant. Matthew n'en espérait pas tant, et cette absence de réponse à sa déclaration pleine de franchise lui apporta un début de réconfort qui lui procura un bien-être inattendu.

— Parfois, je me dis que tout aurait été tellement plus simple si nous avions adopté n'importe quelle autre petite fille, murmura alors sa femme d'un ton las.

— En effet... J'y pense aussi. Mais qui l'aurait protégée alors ?

— Personne probablement...

Il prêta une oreille distraite à la conversation lointaine des deux enfants avant de changer de sujet.

— Demain nous devons reprendre notre travail...

— Je le sais.

— Je compte emmener Cyndie avec moi pour lui permettre de mieux voir comment notre monde fonctionne et tenter, si c'est possible, d'améliorer un peu nos relations.

— Ensuite nous l'inscrirons dans les ateliers éducatifs, comme Damien ?

Leonor posa sur son mari un regard chargé d'angoisse auquel il mit un instant à répondre.

— Si nous voulons en faire une enfant comme les autres, parfaitement normale, c'est la seule solution en effet. Mais il va falloir être extrêmement prudents.

— Nous devons commencer à la reprendre chaque fois qu'elle laisse échapper une information, et vérifier qu'elle soit prête à nous faire confiance, si nous devons prendre des risques pour elle.

La jeune femme n'arrivait pas à deviner les sentiments exacts de Cyndie à son encontre, mais savait que, pour le moment, elle avait de meilleures chances que son mari. Il hocha presque tristement la tête en posant dans le même instant son regard calme sur la cuisine. Le rire de Damien se faisait entendre, suivi de la voix trop grave et sérieuse de Cyndie. L'homme aurait voulu que sa fille puisse parler librement de ses racines et de ce qu'elle avait sur le cœur, mais il savait bien que c'était impossible. Empêcher Cyndie d'exprimer toutes ses pensées, c'était cependant détruire une part de l'enfant, une partie de ce qu'elle était. Il n'existait malheureusement aucune autre solution.

— Cyndie ? demanda-t-il en élevant la voix pour que l'enfant l'entende depuis la cuisine.

Il échangea un rapide coup d'œil avec sa femme et leurs deux enfants ne tardèrent pas à revenir dans le salon. La petite fille les dévisageait tour à tour. Ses yeux ne reflétaient cependant pas la même colère que la veille, même si Matthew ne parvenait pas à expliquer laquelle de ses paroles avait pu faire changer la haine de l'enfant. Sa femme se chargea de prendre la parole, pressentant qu'il serait plus facile de faire accepter leur décision à Cyndie si c'était elle qui expliquait la situation.

— Demain tu accompagneras Matthew à son travail pour découvrir un peu comment fonctionne l'AM.Erica...

Elle ne put continuer, car l'enfant la coupa d'un ton neutre, plongeant ses grands yeux bleus dans les siens.

— Pourquoi ne puis-je pas aller avec toi, Maman ?

Cet emploi du mot « maman » ne trompa pas Matthew, ni sa femme.

— Je n’ai qu’un emploi subalterne de classements de dossiers de santé, rien de bien intéressant, chérie.

— Leonor n’a pas le droit d’amener des enfants avec elle. Moi, j’ai toute latitude pour cela, tant que tu ne perturbes pas mon travail.

Une nouvelle fois, Cyndie parut sur le point de violemment s’opposer à lui, mais elle eut la même façon d’agir qu’un peu plus tôt dans l’après-midi : elle ouvrit la bouche puis la referma. Il était impossible de deviner, au regard neutre de la petite fille, la raison de son soudain mutisme et Matthew se contenta d’achever comme si tout était réglé :

— Bon, alors c’est dit, je t’emmène demain.

***

Cyndie était intriguée à l'idée d'aller avec Matthew à son travail et si elle s’était montrée aussi distante avec lui que la veille, elle n’en était pas moins habillée et prête à l’heure.

Elle était vêtue exactement comme elle avait voulu l'être parmi tous les vêtements que lui avait proposés Leonor : une paire de petites bottines serrées, une tunique sur un pantalon clair, et un léger manteau court à capuche. Ses boucles blondes cascadaient sur ses frêles épaules et ses yeux bleus brillèrent lorsqu’elle s’observa dans la glace. Matthew se dirigea vers la porte d’entrée, puis se retourna vers la petite fille, interrogateur.

Elle pouvait encore refuser, mais se tint à sa décision.

— Je viens, se contenta-t-elle de répondre, après avoir laissé passer un court laps de temps.

Le jeune père se sentit immensément soulagé et se retourna vers Leonor et Damien qui devaient quitter l'appartement un peu plus tard dans la matinée. Il leur adressa un sourire, puis entraîna d’un signe Cyndie avant d'ouvrir la porte et de sortir. Il s'engouffra sans attendre dans l’étroite salle de transfert avec l'enfant et une voix retentit aussitôt dans le petit habitacle :

— À quelle destination souhaitez-vous accéder ? Sachez qu’à cause des pénuries d'énergie, vous ne pouvez accéder à un endroit que dans un rayon d'un kilomètre.

Cyndie baissa les yeux, gênée d’être si proche de Matthew dans l’espace exigu. Cela ne l’empêcha pas d’ébaucher un sourire encore triste, empli de nostalgie en entendant la voix. Elle lui rappelait les robots de chez elle. Presque aussitôt l'enfant fronça les sourcils, se rappelant brusquement d'un détail.

— Chez moi il n'y avait pas de voix comme ça, commença-t-elle d'un ton accusateur. Mon Grand-Pa m'a toujours dit qu'une loi astrayenne interdisait les intelligences artificielles dans les salles de transfert ou autre moyen de transport. Une I.A. avait toujours droit à un corps robotique. À partir du moment où quelque chose raisonne et est capable de sentiments, il est notre égal, même si nous l'avons créé. Je n'avais jamais entendu de « voix » sans corps.

Matthew ne parvenait pas à comprendre cette façon de voir les choses. L'I.A. gérant la salle de transfert où ils se trouvaient n'était pour lui rien de plus que la plante verte de son appartement : un outil.

— Je suis au courant de cette règle astrayenne mais... Je ne suis pas certain de bien saisir, avoua-t-il.

Cyndie ne releva pas. Elle ne savait même pas ce qui lui avait pris de lui adresser la parole. Matthew lui lança un regard hésitant, puis finit par répondre à la voix.

— La gare habituelle.

— S'il vous plaît, ajouta tranquillement sa fille sans le regarder.

— C'est juste une voix, Cyndie...

L'enfant haussa les épaules. Il avait tort. Le transfert se termina et les portes de la salle se rouvrirent sur un immense hall dallé, au milieu d'une rangée de cabines de verres du même genre, où marchaient des centaines de personnes. Lorsqu'ils sortirent de la salle, la « voix », impersonnelle aux yeux de Matthew, laissa tomber quelques mots qui le laissèrent pensif un long moment.

— Au revoir jeune fille. Que votre vie soit pleine de bonheur... Et merci. Je n'avais jamais entendu ce que vous avez dit auparavant.

— Un jour, quelqu'un comprendra ici aussi que vous avez le droit de vivre. Au revoir à vous aussi !

Pour Cyndie ce n'était qu'une preuve de plus que tous les Eriquiens étaient des monstres.

— Où va-t-on ? questionna-t-elle froidement.

Il l'entraîna vers la gauche d'un geste, sans oser la prendre par la main, certain qu'elle l'aurait refusée.

— Par-là, et dépêchons-nous, nous ne sommes pas en avance.

Quelques minutes plus tard, ils arrivaient dans un immense couloir pourvu de plusieurs longs rails, où attendaient deux trains rutilants.

—Des air-trains ! s'exclama Cyndie, oubliant un instant où elle se trouvait et avec qui. On n'en utilisait plus à...

Matthew posa brusquement une main sur l'épaule, la lui serrant trop fort, pour qu'elle s'arrête immédiatement. Elle se dégagea avec brusquerie, mais le regard qu'elle lui lança en retour n'était pas chargé de colère comme il l'avait craint. L'enfant avait conscience de devoir être une enfant d'Astra comme les autres aux yeux de son entourage, et elle ressentit quelque chose d'étrange lorsque le père de Damien la fit taire. Quelque chose comme de la reconnaissance, mais qu'elle écarta immédiatement de son esprit. Qu'il l'aide était normal, après tout ce qu'il avait accompli en étant soldat.

Matthew entraîna sa fille vers le premier wagon de verre devant eux où une petite foule s'engouffrait déjà. Ils trouvèrent deux places près de l'une des grandes fenêtres. Matthew activa une bulle de silence, tandis que Cyndie se tournait vers la fenêtre. Cette technologie permettait d'isoler un groupe de sièges par un fin bouclier magnétique, protégeant simplement ses conversations des oreilles indiscrètes ou permettant d'être à l'abri de celles des autres.

Le train démarra un instant plus tard, coulissant sur des rails uniquement constitués de deux barres métalliques : l'une sous les wagons et l'autre au-dessus pour les maintenir dans l'axe voulu. L'engin tout entier ne tarda pas à jaillir du bâtiment dans le ciel, s'avançant dans l'espace aménagé pour lui, et Cyndie poussa un léger cri de surprise lorsqu'il plongea brusquement en avant dans le vide entre les tours.

Elle n'avait jamais aimé les attractions à sensations fortes. Cet air-train ressemblait en tous points à ces folles dégringolades destinées à faire peur, durant lesquelles Cyndie avait l'impression que son cœur ne battait plus. Matthew essaya de lui sourire, mais elle n'y répondit pas, se tournant ostensiblement de nouveau vers la fenêtre.

— Nous sommes toujours accrochés aux rails, ne t'inquiète pas, commença-t-il à expliquer. C'est moins sophistiqué que les salles de transfert mais beaucoup plus rapide à réparer et moins coûteux en énergie. À Astra aussi il y avait des air-trains comme celui-ci, tu l'as reconnu d'ailleurs. Mais je sais qu'ils ne servaient qu'au transport des marchandises puis des troupes en fin de guerre... Tu n'as pas connu ça toi...

Nous n'avons pas été assez attentifs aux signes, nous n'avons pas voulu prêter attention aux avertissements que la nature nous a envoyés. Était-il possible de sauver notre planète ? La question essentielle pourrait être : étions-nous assez conscients de ce déclin inévitable pour nous sauver de nous-mêmes ?

La chute programmée d'une planète,
J. MY-LN, Chapitre 10, 3959.

Chapitre 36

- Aileen -

Il faisait nuit, mais Aileen ne dormait pas. Elle était assise sur sa couchette métallique, les yeux ouverts, et une petite lampe éclairait faiblement la pièce derrière elle. La jeune fille s'agrippait à un petit livre de marocain rouge. Aileen s'était rarement sentie aussi perdue, partagée, depuis les paroles de Rodolphe qu'elle n'arrivait pas à oublier.

La jeune fille avait la gorge terriblement serrée et une envie folle de se rouler en boule sur sa couchette, d'éteindre la lumière et de laisser enfin le sommeil s'emparer d'elle.

Les doigts d'Aileen jouaient toujours nerveusement avec le livre à la couverture rouge comme le sang. Pourquoi s'efforçait-elle de ne pas brusquement se mettre à pleurer ? Peut-être qu'il lui était intolérable de songer que les responsables de la mort de sa mère étaient restés impunis en échange d'une banale coopération militaire, même si celle-ci leur avait fait gagner la guerre.

— Maman...

Elle effleura doucement de nouveau la couverture du livre avant de fermer les yeux. Elle essaya pendant un instant de revoir le visage de celle qui avait occupé trop peu de temps une place si importante dans sa vie. Un visage ovale, encadré de cheveux roux, toujours lâchés sur les épaules et lisses. Des yeux bruns, des tenues élégantes et raffinées, des parfums de luxe et une beauté indéniable que tout le monde lui reconnaissait.

Cela faisait des heures qu'elle tournait et retournait entre ses doigts le petit livre sans se décider malgré tout à l'ouvrir. Elle se contentait pour le moment de l'analyser, effleurant les pages blanches et la couverture en cuir. C'était un objet de grande valeur. Du vrai papier, pas simplement un assemblage de matériaux recyclés pour pallier les pénuries de guerre... et du cuir, coloré, rare en cette période. Aileen n'avait pas souvent eu entre les mains un objet pareil et il lui brûlait les doigts.

Le journal intime de sa mère. La jeune fille savait parfaitement qu'elle n'avait pas le droit de le prendre dans la chambre de son père. Et encore moins de le lire... Alors qu'est-ce qui l'avait décidée ? Une envie soudaine, un besoin d'en savoir plus sur cette femme qu'elle avait trop peu connue ? Mais que pouvait lui apprendre ce carnet ? Pouvait-il lui permettre de comprendre son père ? D'avoir la certitude que sa mère aurait voulu qu'il agisse comme il l'avait fait, qu'il pardonne aux responsables de sa mort ? Aileen mettait enfin le doigt sur la question qu'elle cherchait tant à résoudre, lorsqu'elle sursauta dans le silence de sa chambre. Quelqu'un avait toqué à sa porte. L'adolescente dissimula prestement le carnet sous la couverture chauffante.

— Entrez, s'exclama-t-elle un peu vivement pour cacher son trouble.

Elle ne put s'empêcher de ressentir un léger tressaillement en voyant son père pénétrer dans la chambre et ses doigts se refermèrent nerveusement sur le cuir rouge sous la couverture. Orys vint calmement s'assoir sur un fauteuil proche de son lit et ils restèrent ainsi de longues minutes l'un face à l'autre, en silence.

— Pourquoi venez-vous me voir si tard ?

Il eut un sourire aux reflets tristes.

— Ne serait-ce pas à toi de me dire pour quelle raison tu ne dors toujours pas à trois heures du matin ?

Aileen haussa les épaules, mais Orys tendit doucement la main vers elle.

— S'il te plaît... Rends-le-moi.

Elle se figea complètement puis baissa la tête, et, sans chercher à mentir, sortit le fin carnet rouge. Orys parut très fatigué tout à coup et sa fille se sentit terriblement coupable lorsqu'il referma sa main sur le cahier.

— Papa je... je ne l'ai pas lu. Mais j'avais envie... vraiment envie de... d'essayer de comprendre qui était maman...

Son père ne la regardait pas. Il avait les yeux rivés sur le livre et il battit rapidement des paupières comme pour retenir une larme.

— Pourquoi voulais-tu le lire ? demanda-t-il en redressant la tête. Pour la comprendre, et puis ?

Ce fut au tour d'Aileen de détourner les yeux.

— Oh, papa ! lâcha-t-elle dans un murmure. C'est parce que je... j'ai pensé à Egrabe et Mars. Les enfants d'Astra les appellent les planètes-traîtres...

— Et tu as compris leur implication dans l'assassinat de la moitié des dirigeants de la galaxie, n'est-ce pas ? répondit Orys de sa voix grave en pesant chacun de ses mots. Si Saedor et moi avions aussi été touchés... Ils auraient gagné.

— Alors papa... Comment avez-vous pu accepter d'oublier le passé pour les intégrer dans notre alliance ?

— Pour l'AM.Erica, se résigna-t-il à laisser tomber, la gorge serrée. Parce qu'il n'y avait que cela qui devait compter. Ils ont tué la seule femme que j'ai jamais aimée, Aileen.

Il laissa passer un temps de silence, avant d'être en mesure de poursuivre.

— J'ai tout sacrifié pour mon pays. Toute ma colère, toute mon envie de vengeance. Je me suis contenté de leur dire qu'ils seraient exclus des alliances commerciales après la guerre et qu'ils ne gagneraient aucun territoire. Sais-tu ce que cela m'a coûté ? Crois-tu que ça a été facile ?

La jeune fille se redressa lentement pour regarder son père. L'émotion bouleversait ses traits. Elle avait soudain l'impression de découvrir une part de son caractère qu'elle n'avait jamais vue. Aileen avança alors sa main et la posa doucement sur son bras.

— Je suis désolée papa, murmura-t-elle. Vraiment désolée...

Son père lui adressa un sourire crispé puis se releva de son siège, déposa un léger baiser sur sa joue puis s'éloigna en direction de la porte.

— Un jour, vous me laisserez le lire ? ne put-elle s'empêcher de demander avant qu'il ne sorte de sa chambre.

Il s'immobilisa devant le battant ouvert, longuement, puis reprit sa marche sans se retourner, ni dire un mot, la laissant immobile, allongée et appuyée sur un coude. Elle resta longuement pensive avant de se plonger dans un lourd sommeil peuplé de cauchemars et d'une femme aux cheveux flamboyants.

***

Aileen pénétra dans la salle de classe en laissant échapper un grand bâillement qu'elle étouffa en mettant son bras devant sa bouche. Elle avisa alors Rodolphe assis seul à une table à deux places et le rejoignit sans savoir trop pourquoi, car après tout, tout était de sa faute.

— Salut, comment ça va ?

Le jeune homme lui lança un coup d'œil, tandis qu'elle se laissait tomber à sa droite.

— Très bien... À propos, je voulais m'excuser pour mes paroles de la dernière fois.

— Aucune importance vraiment... répondit-elle avec un geste de la main. Sympa votre réunion d'hier soir ?

Rodolphe se braqua immédiatement, mais il s'efforça lui aussi à faire un effort.

— Oui, très bien, expliqua-t-il. On a pris la décision d'envoyer des ambassadeurs sur toutes les planètes du système. Ça devrait être public d'ici quelques heures.

Aileen sursauta sur sa chaise, mais son attention fut distraite par le professeur Kevans qui entrait dans la salle.

— Bonjour à tous ! Nous allons commencer par de la programmation d'hologrammes et...

Des ambassadeurs ? Son père allait détester ça, mais il y avait plus étrange. Elle se tourna vers son voisin le plus discrètement possible pour ne pas se faire encore reprendre en cours.

— C'est toi qui as eu cette idée et ils t'ont écouté ? demanda-t-elle. Parce que je me souviens que tu en as parlé lorsque je t'ai dit que mon père envoyait Edward sur Egrabe.

Était-ce de la peur qu'elle venait de voir passer dans les yeux de Rodolphe ? Allons, c'était une idée ridicule... et pourtant...

— Nous sommes... tous égaux, répondit le jeune homme du bout des lèvres. C'était mon idée en effet et elle a été approuvée.

Aileen haussa un sourcil.

— Tu te rends compte que si mon père apprenait que je t'ai inspiré une idée pareille, il me tuerait ? rétorqua-t-elle.

Rodolphe ne répondit rien et Aileen avait toujours cette impression bizarre de faire à elle seule toute la conversation.

— D'ailleurs, votre égalité... poursuivit-elle. Parmi vous aussi il y a un roi, enfin, un futur empereur...

Elle guetta sa réaction, mais il se contenta de détourner la tête vers la fenêtre. La jeune fille s'apprêtait à insister lorsque la voix de Kevans, juste derrière elle, la fit presque sauter au plafond.

— Mademoiselle Aileen ! Encore et toujours vous. Ça ne vous intéresse pas non plus les cours de programmation ?

Elle grinça des dents et voulut répondre lorsque Rodolphe s'adressa au professeur :

— On discutait tous les deux. Je veux dire, je suis aussi responsable.

La princesse détestait l'idée d'être protégée par quiconque. Encore moins quand c'était si peu la vérité.

— Oui, en effet nous bavardions à deux... corrigea-t-elle. Mais je suis nettement plus prolifique en paroles, monsieur.

Rodolphe haussa les épaules et se détournait déjà lorsque le poignet de Kevans émit un petit « bip » sonore qui le fit se retourner malgré lui avec curiosité.

— Ah oui, le message que j'attendais, se contenta de lâcher le professeur. Rodolphe et Aileen, vous êtes convoqués à la direction, prenez vos affaires.

La jeune fille ramassa son sac par terre et se leva sans poser de questions. Il était évident qu'ils allaient avoir droit à une belle semonce pour bavardage ou quelque chose dans ce goût-là. Rodolphe de son côté prit son temps pour ranger très méthodiquement ses affaires dans son sac, puis pour se lever et la rejoindre à la porte. Entre-temps, pas mal d'élèves avaient levé la tête de leurs travaux et notamment Johan qui pouffait de rire dans son coin, tandis que Soralie regardait ce dernier d'un air réprobateur. Laurie fut la seule du trio à leur adresser, avec un sourire amusé, un petit signe d'encouragement. Aileen remarqua au passage que deux des enfants d'Astra avaient laissé échapper une grimace. Elle songea qu'ils ne devaient simplement pas aimer voir l'un des leurs convoqué chez le directeur, comme s'il avait fait quelque chose de mal et qui plus est avec elle. Elle en était là de ses réflexions, lorsqu'ils sortirent dans le couloir désert.

— Ça me paraît un peu bizarre quand même, commença Rodolphe tandis qu'ils se mettaient en marche. Tu n'as pas été si insupportable...

Pour le coup, cela énerva Aileen qui riposta, tout en tournant à gauche dans le couloir.

— Aux dernières nouvelles, tu disais que nous étions deux à bavarder !

Elle lui lança un rapide coup d'œil et remarqua son petit sourire en coin. Incroyable, Rodolphe paraissait enfin se dérider.

—Ne me dis pas que tu es en train de plaisanter ? demanda-t-elle, sentant l'amusement la gagner. Je te connaissais insupportable, sarcastique, tendu, triste... mais drôle ? Jamais !

Le jeune homme lui renvoya un regard franchement ironique et elle acheva de se détendre.

— Tu devrais sourire plus souvent, ajouta-t-elle. Ça te va bien.

Rodolphe parut hésiter.

— Merci. J'essaierai... Si seulement je...

Il détourna la tête.

— Crois-moi, j'aimerais tout te dire, expliqua-t-il devant son air interrogatif. Mais il y a des secrets qui ne m'appartiennent pas...

Elle eut l'impression de l'entendre ajouter très bas « comme toute ma vie », mais ce ne fut que fugitif et elle ne put l'interroger plus, car ils venaient d'arriver devant la porte du directeur d'établissement. Elle prit une grande inspiration avant de passer son bras sous le détecteur.

— Bon, j'espère qu'on ressortira vivants.

Ils échangèrent un regard de franche complicité et le même sourire illumina leurs lèvres.

Le fondateur de la dynastie des Astra s'appelait Tugdual d'Alcy. Alors que les pays tels que la France ou le Royaume-Uni avaient été ravagés par la Troisième Guerre Mondiale, il entreprit d'unifier autour de lui un mouvement pour remettre en place un gouvernement stable. Comme plus personne ne voulait soutenir un pays qui avait tout perdu, il choisit le nom Astra pour l'ancienne France, permettant un nouveau départ à cette terre de l'Hexagone.

Le monde d'hier, Juliette D., Livre II, Chapitre 23, 3146.

Chapitre 37

- Rodolphe -

— Approchez tous les deux... Vous voulez un verre de dirtiol ?

Rodolphe et Aileen échangèrent un regard, avant de s'assoir dans les sièges devant le bureau. Le jeune homme refusa la boisson pour sa part, mais sa camarade accepta d'un signe de tête. Un instant après, elle avait un verre à la main et en avalait quelques gorgées avant de le reposer devant elle. Rodolphe, quant à lui, relevait lentement les yeux vers celui qui les avait convoqués. Il était toujours extrêmement mal à l'aise face aux autorités de l'AM.Erica, quelles qu'elles soient. Mais l'homme ne semblait pas du tout énervé. Ce fut évidemment Aileen qui prit sur elle de demander :

— Heu, monsieur, vous nous avez demandé de venir pour quelle raison ?

— À votre avis ?

La princesse se raidit légèrement.

— Notre mauvaise attitude en classe ?

Le directeur éclata de rire en retombant au fond de son siège avant de répondre calmement un instant plus tard.

— Absolument pas. C'est simplement que votre professeur Toes m'a parlé de vous.

Rodolphe et Aileen échangèrent un même regard perplexe.

— Que vous a dit le professeur Toes ?

— Il vous a inscrit au prochain tournoi de réalités virtuelles qui commence dans deux jours très exactement. Si j'ai bien compris, vous avez eu très peu de cours, mais il va vous prendre toute la journée de demain pour vous donner une séance d'entraînement plus poussée, avec mon accord.

La princesse secoua la tête et fronça les sourcils.

— Seulement nous deux ? demanda-t-elle.

— En effet. Il lui a fallu sélectionner un groupe et c'est le vôtre qu'il a choisi. Ne me demandez pas pourquoi, je ne suis certainement pas spécialiste en la matière ! Allez, retournez en classe.

Il leur adressait maintenant à tous deux un sourire presque paternel et Rodolphe retrouva un rythme cardiaque à peu près normal. Pour quelle raison Toes les avaient-ils choisis tous les deux ? Qu'est-ce qui avait bien pu le motiver à les prendre ? Le jeune homme avait encore la tête pleine de questions tandis qu'ils marchaient de nouveau dans le couloir.

— C'est toi qu'il veut à mon avis, lâcha Aileen, sans savoir qu'elle répondait à ses pensées.

— Quoi ? Mais tu as une bien meilleure expérience que moi dans ces fichues réalités ! dit-il avec agacement.

La jeune fille s'arrêta net dans le couloir et il fit de même, la dévisageant sans comprendre.

— C'est ta façon d'être.

— Ma façon d'être ! Qu'entends-tu par-là ? reprit-il avec violence, le poing serré, comme blessé par sa phrase.

— J'ai peut-être plus d'expérience, mais toi, tu as une colère en toi. Tu as envie de te battre, ça se voit ! Tout le monde le voit !

Rodolphe sentit quelque chose se briser en lui, tandis qu'il rencontrait les prunelles violettes de la jeune fille.

— Je ne suis pas un révolté ! Je suis enchanté d'avoir eu droit à une seconde chance grâce à l'AM.Erica.

Les mots sonnaient faux dans sa bouche, il était obligé d'en convenir.

— Menteur, dit-elle avant de reprendre avec plus de douceur. Mais ce n'est pas grave, ça ne nous empêchera pas d'être amis. Pas vrai ?

— Que je rêve de me rebeller – si tu as raison –, ça ne nous empêcherait pas d'être amis ? demanda Rodolphe, sans savoir ce qui le poussait à une telle franchise.

Il avait conscience du ton incrédule de sa voix et Aileen lui adressa soudain un sourire.

— Non. Parce que je pense que j'aurais agi comme toi à ta place.

Elle se mordilla ensuite pensivement la lèvre inférieure, tandis qu'ils ralentissaient à l'approche de leur salle de classe.

— Évite de répéter ça, ajouta-t-elle. Pas certaine que mon père apprécie...

—J'imagine, soupira-t-il. De même que si j'avais dit que j'aurais aidé un enfant d'Astra si j'étais eriquien, mon oncle ne me l'aurait pas laissé passer !

— Ton oncle ? questionna Aileen avec curiosité.

Il baissa la tête vers le sol puis termina avec honnêteté, n'ayant pas envie de lui cacher cela soudain malgré le fait qu'il aurait dû le faire.

— Mes parents sont morts avant la fin de la guerre. J'ai vécu avec lui ces dernières années... Il est... C'était la personne la plus formidable que j'ai jamais connue.

Ils rentrèrent en classe sur ces derniers mots et Rodolphe s'efforça de sourire à Laurie et Johan qui leur faisaient signe de les rejoindre à une table de cinq. Le jeune homme s'installa sur l'un des sièges face à Soralie et eut soudain un léger sourire. S'évader dans une réalité virtuelle – quelle qu'elle soit, sauf Astra – ne pourrait que lui faire le plus grand bien. D'autant que savoir qu'il ne verrait plus sa sœur avant longtemps maintenant qu'elle tenait à partir pour Egrabe n'était pas facile à accepter. Il ne restait plus qu'une heure de cours, lorsque Kevans les surprit tous en faisant une annonce.

— Bien, interrompez vos travaux. Nous allons discuter de diverses choses pendant les minutes qu'il nous reste.

Rodolphe se tourna alors vers Laurie.

— À ton avis, ça a un rapport avec la demande de créer une ambassade ? demanda-t-il en astrayen.

La jeune fille détourna les yeux, visiblement gênée avant de se décider à répondre sans relever la tête, ce qui attrista le jeune homme.

— Pour moi, c'est une erreur cette histoire d'ambassadeurs. Ça vient trop tôt. Le plan prévoit de changer les mentalités et d'agir en profondeur sur plusieurs années. Là, tous les Eriquiens vont trouver ça dangereux et vont commencer à se méfier ! C'est contre-productif.

C'était dur de se voir si violemment remis en question... d'autant plus qu'il y avait un fond de vérité dans les paroles de Laurie. Elle lui adressa un sourire mitigé.

— S'ils acceptent nos ambassadeurs, peut-être alors que ce sera une bonne idée, reprit-elle. Mais s'ils refusent, ça nous fragilisera encore plus.

Rodolphe n'eut pas le temps de répondre. Le professeur s'avançait déjà au centre de la salle et prenait la parole d'un ton ferme.

— C'est au sujet de la demande d'ambassadeurs des enfants d'Astra dont j'ai reçu l'ordre de vous parler...

Aileen crispa sa main sur la table.

— ... C'est absolument impossible d'accéder à une pareille demande, continuait le professeur d'un ton égal, mais ne souffrant aucune réplique. Recevoir des ambassadeurs des enfants d'Astra, cela équivaudrait à les reconnaître comme un peuple à part entière. Or, j'ai la joie de penser comme beaucoup que vous êtes maintenant tous de futurs Eriquiens et que nous construisons ensemble, dans la paix, le monde de demain !

Il y eut quelques applaudissements dans la pièce, et un ou deux élèves astrayens grognèrent. Ce ne fut qu'au bout de quelques minutes que Rodolphe sentit que beaucoup de regards s'étaient instinctivement tournés vers lui. Ses mains s'accrochèrent malgré lui à la table comme à une bouée de sauvetage et son souffle se fit une nouvelle fois plus rapide. Bon sang, pour quelle raison était-il si peu doué pour s'exprimer en public ?

— Monsieur, c'est... tenta-t-il maladroitement.

Sa voix dérailla lamentablement, mais il était hélas parvenu à attirer l'attention. Kevans se rapprocha de quelques pas de leur table dans le silence ambiant.

— Oui ? Rodolphe, tu as quelque chose à ajouter ? Tu es d'accord, c'est ça ?

Le garçon se contenta de secouer la tête de droite à gauche pour toute réponse, quelques mèches de cheveux collées à son front par la sueur. Il se passa bien une longue minute avant qu'il ne desserre les dents.

— Nous ne sommes pas de futurs Eriquiens. Nos ambassadeurs nous représenteront dans votre société, justement pour que nous vivions tous en paix comme vous l'avez dit !

Sa colère l'avait aidé à trouver les mots et il y eut quelques murmures dans la salle. Le professeur demanda d'un geste une chaise à Soralie, qui lui donna la sienne, avant de se lever pour aller en chercher une autre.

— Idée naïve, Rodolphe. Tu aimes ton père, non ?

Il fallut quelques secondes au jeune homme pour saisir que c'était de son père adoptif dont il parlait. Un instant, il avait vu passer devant ses yeux les figures de son oncle et de cet homme trop tôt disparu. Le jeune homme poussa un léger soupir.

— Vous ne pouvez pas comprendre, monsieur. Pas si vous ne vous mettez pas à notre place.

Kevans s'apprêta à répondre, mais quelqu'un fut plus rapide que lui et la voix d'Aileen ne tarda pas à résonner dans la pièce.

— On vous a tout pris. Vos ambassadeurs, c'est la dernière chose que vous voudrez vraiment de nous ? Avant d'accepter notre société comme la vôtre ?

C'était plus dur de répondre à cette question qu'à toutes les précédentes. Rodolphe le fit pourtant d'une voix qu'il s'efforça de rendre franche.

— Oui. Nous voulons nous intégrer.

Kevans adressa un sourire aux deux jeunes gens avant de se lever de sa chaise.

— J'aime bien vous voir vous entendre tous les deux. Vous m'avez convaincu, même si je reste persuadé que ces ambassadeurs ne seraient pas une bonne chose pour tout le monde.

Il s'éloigna ensuite tranquillement. Rodolphe avait la gorge sèche en se tournant vers Aileen.

— Merci de m'avoir soutenu.

— Mmm... Officiellement je suis totalement contre, ok ? N'oublie surtout pas ça si tu recroises mon père.

Laurie et Soralie pouffèrent de rire en même temps à cette idée.

— Pas de danger qu'ils se rencontrent de nouveau, je crois que Rodolphe ne risque pas de remettre un pied au palais après la scène de la dernière fois, résuma Johan.

Le prince en convint, un début de sourire au fond des yeux.

— Non, en effet.

Les princes d'Astra sont cupides, voleurs, méprisants, et entraînent l'empire galactique vers sa fin. Ils n'ont rien à voir avec leurs ancêtres, ces hommes et femmes de l'Époque Terrible, devenues des légendes : Rodolphe premier du nom et sa sœur Sibylle. Je réclame la révolte ! Non, la révolution !

Discours proféré par Jean 31-ZY-12, en 3678.

Chapitre 38

- Edward -

— Edward ! Vous n'êtes pas censé aller par-là !

Le jeune homme ne tint pas compte de l'avertissement et accéléra au contraire sa course en talonnant sa monture. Il faisait beau en ce début d'après-midi, mais encore bien frais et Edward maudissait allègrement toute cette planète invivable et archaïque.

Il irait où il voudrait !

Le tricorne qu'il montait, une bête entièrement noire, se frayait un passage entre diverses plantes. Son cavalier craignit un instant de s'être totalement perdu et ralentit lorsqu'ils sortirent des fourrés sur une étendue d'herbe verte. Il s'apprêtait pourtant à reprendre sa course endiablée – en quelques jours il avait bien progressé– lorsque Salidaa le rejoignit et fit un léger demi-tour, plaçant son tricorne devant le sien pour l'empêcher d'avancer.

La jeune fille lui lança un regard à la fois irrité et empli d'un autre sentiment difficile à saisir. Une inquiétude en tout cas.

— Edward, je vous ai déjà dit qu'on n'avait pas le droit d'aller par là.

— Je suis le prince d'Erica. Je vais où je veux !

Elle se pencha pour attraper ses rênes.

— Un prince respecte les usages des autres, rétorqua-t-elle, la main sur les courroies de cuir.

— Très bien, s'obligea-t-il à répondre de la voix la plus aimable possible. Retournons dans ton fichu château !

Elle se força à sourire, se détendant légèrement. Il fit volter son tricorne pour s'enfoncer de nouveau entre les arbres.

Il s'apprêtait à suivre la jeune fille qui s'éloignait déjà au trot devant lui lorsqu'il tira violemment les rênes de sa monture.

— Attendez ! cria-t-il. C'était quoi ce bruit ?

Salidaa se retourna quelques mètres plus loin avec un regard fou d'angoisse, mais Edward oublia tout ce qu'elle venait de dire pour lancer son tricorne au galop dans la direction de la plaine. Il entendit bien le « non » de la jeune fille, mais ne fit pas mine de ralentir et se pencha au contraire sur sa selle pour faciliter la course de son animal, comme elle le lui avait appris quelques jours plus tôt. L'herbe se fit bientôt plus courte, puis presque rase et l'instant d'après Edward galopait sur une terre ferme et dure. Salidaa le suivait, mais trop loin derrière lui pour pouvoir le retenir. Il accéléra encore, pressé de découvrir d'où venait le bruit des *détonations* qu'il venait d'entendre. Le jeune homme parvint au bout du plateau et s'immobilisa sur sa monture, surplombant la vallée. Salidaa le rejoignit quelques instants plus tard.

Elle ne prononça pas une parole et parut gênée en suivant la direction de son regard. Edward ne semblait pas avoir envie de lui laisser le moindre répit et il tourna vers elle des yeux accusateurs.

— Alors c'était ça que vous vouliez me cacher ? Votre armée !

En contrebas de la plaine s'étendait en effet un vaste campement militaire qui disparaissait entre les collines environnantes, où l'on pouvait distinguer un équipement bien plus moderne que ce que la planète pouvait laisser présager.

— Des vaisseaux spatiaux de combat, des mitrailleuses à rayon, commença à énumérer Edward en accompagnant ses observations d'un regard noir. Comment avez-vous eu tout ça ? L'AM.Erica en a à peine mille, tout a été utilisé dans la guerre contre Astra !

Salidaa s'agita sur sa selle, puis exécuta un demi-tour avec sa monture.

— Je veux bien que nous en parlions, mais pas ici... Si nous restons, nous ne tarderons pas à être reconnus.

Edward n'était pas stupide et l'inquiétude visible de la jeune fille le gagna. Il la suivit au petit trot et ils s'éloignèrent rapidement côte à côte. Dès qu'ils furent suffisamment loin pour le prince, celui-ci reprit la parole avec insistance.

— Vous m'expliquez ce que je viens de voir ? Et pour quelle raison je n'étais pas censé venir ici ?

Salidaa lui lança un regard indéfinissable.

— Cette armée est très petite, répondit-elle du bout des lèvres, il n'y a que ce campement et...

— Un seul campement pour toute une planète ?

— Peut-être quelques-uns de plus, mais je ne suis pas au courant de tout. Si je ne voulais pas que vous veniez ici, c'est parce que je sais que cela déplairait à ma mère, comme à mon père d'ailleurs. Ils détestent tous les deux l'idée que l'AM.Erica cherche à se mêler un peu trop de nos affaires.

— Le gouverneur se comporte mal, observa-t-il. Ma visite est normalement une marque honorifique et vous êtes en train de me dire qu'il nous déteste.

Leurs montures piétinèrent sur place et Salidaa détourna la tête, laissant ses doigts fins jouer nerveusement avec la crinière de sa jument blanche.

— Il n'y a pas de haine envers vous. C'est simplement que notre planète est petite et peu moderne, donc mal protégée. Elle est bien l'alliée de l'AM.Erica, mais votre planète est éloignée ! Vous ne nous avez jamais envoyé d'aide militaire pour nous défendre contre des attaques extérieures, alors que nous sommes en première ligne si jamais l'alliance eriquienne est mise en danger. Nous nous sommes donc constitués une armée de défense et non d'attaque, pour protéger notre peuple. Si nous l'avons cachée, c'est parce que nous savions que cela vous déplairait, et parce que le but de cette armée est aussi d'être secrète, pour surprendre au maximum un adversaire qui tenterait de s'en prendre à nous. Si l'AM.Erica nous aidait davantage, nous n'aurions pas ce problème, alors vous ne pouvez pas nous en tenir rigueur !

Elle se tourna alors vers lui et il ne put s'empêcher de laisser échapper un sourire à cause de l'énervement qui la gagnait.

— J'ignorais qu'on pouvait vous faire perdre votre calme.

— Comme quoi, tout est possible, n'est-ce pas ? Que diriez-vous si nous rentrions maintenant ?

Edward hocha cette fois-ci la tête sans discuter et mit son tricorne au trot derrière elle, tandis qu'ils se lançaient sur le chemin du retour. Une seule question le taraudait encore : N'y avait-il réellement que quelques campements comme celui qu'il venait de voir ? Ou se préparait-il quelque chose de plus grave ?

***

Quelques jours plus tard.

— Je vous dis que ce n'est pas normal...

Un éclat de rire cristallin lui répondit et Edward se tourna sur sa selle avec un sourire vers Salidaa dont la monture était elle aussi au pas. Les deux jeunes gens commençaient à s'apprécier, malgré le côté désagréable du prince qui persistait à mépriser à peu près tout ce qui ne ressemblait pas à la façon de faire eriquienne. Il n'avait cependant fait aucun commentaire depuis le début de la journée, alors même qu'ils traversaient un petit village de quelques maisons et que des enfants vêtus de simples vêtements sombres étaient venus gambader dans leurs jambes, tout contents d'avoir de la visite.

— Il ne neige jamais chez vous ? répondit Salidaa, toujours en riant.

— Pas ces quantités... et pas en novembre !

Ils progressaient sur un mince sentier déblayé entre deux hauts murs de neige et le froid avait obligé Edward à accepter, de la part du gouverneur, un gros blouson qu'on lui avait prêté. Il ne le croisait maximum qu'une à deux fois par jour, et celui-ci lui adressait toujours une affreuse grimace qui pouvait éventuellement passer avec beaucoup d'imagination pour un sourire. Quant à la mère de Salidaa, ce n'était pas beaucoup mieux : chaque fois qu'il était à côté d'elle, pour les dîners par exemple, il avait la sensation qu'elle l'aurait volontiers regardé s'étouffer avec chacune des bouchées qu'il avalait.

Il n'avait pas encore abordé l'important sujet des armées qui stationnaient dans la plaine. Edward sentait que certains enjeux lui échappaient encore, et il n'avait évoqué le sujet qu'à mots couverts dans le premier rapport qu'il avait envoyé à son père quelques heures auparavant. Il était probable que ses courriers soient contrôlés. Il ne pouvait s'empêcher de penser que le gouverneur était un homme dangereux, et il n'était pas près d'oublier leur première rencontre. Celui-ci s'était montré sarcastique et retors, demandant des informations militaires auxquelles il n'aurait pas dû s'intéresser, derrière de fausses plaisanteries. Edward avait donc décidé de mener sa propre enquête, et d'en comprendre un maximum sur Egrabe, aux côtés de la fille du dirigeant et celle-ci se révélait réellement attachante.

Alors qu'il s'apprêtait à reprendre la parole, le jeune homme sentit brusquement un choc froid sur sa joue et y porta instinctivement la main. Une boule de neige ! Il se tourna vivement dans la direction du tir et aperçut un gamin rieur qui faisait mine d'en ramasser une autre. Salidaa, très inquiète de la réaction d'Edward, poussa sa monture en avant.

— Ne recommence pas ! cria-t-elle. Il s'agit de son Altesse le...

Elle n'eut pas le temps de terminer qu'une boule de neige heurtait le gamin qui éclata alors de rire pour courir derrière un muret de rondins tandis qu'Edward, sauté à terre, se penchait pour reprendre des munitions.

— Je n'aurais jamais cru ça de...

— ... de moi, je sais !

Elle ne pouvait pas savoir qu'il avait pris le temps d'énormément réfléchir la veille au soir. Il en avait conclu qu'il s'était conduit en parfait imbécile depuis son arrivée, et que si Egrabe ne ressemblait pas à l'AM.Erica, cette planète possédait aussi de nombreux points positifs qu'il lui restait à découvrir.

En acceptant le jeu innocent de l'enfant, il mettait fin à une attitude orgueilleuse qui ne lui ressemblait pas au fond. Seul le choc de la confrontation avec un monde si rustre par rapport au sien avait déclenché en lui une réaction de mépris, qu'il n'aurait jamais eue autrement.

Salidaa avait du mal à se remettre de sa stupéfaction et cela devait se voir puisque le prince lui envoya en riant la boule de neige qu'il venait de fabriquer. La jeune fille l'évita sans trop de problème, mais ne tarda pas à sauter à terre, et bientôt, ils riaient tous les deux en jouant avec les enfants du village. Edward ne s'était pas senti aussi heureux depuis longtemps, même s'il continuait de trouver étrange l'idée de volontairement tremper ses vêtements et laisser le froid de la poudreuse s'infiltrer dans son cou et sur ses mains.

Ils avaient attaché leurs montures à deux anneaux de fer incrustés dans l'un des murs, et ils s'amusaient encore lorsque l'un des hommes du village sortit d'une bicoque légèrement tordue.

— Un verre m'dame, m'sieur ? leur proposa-t-il d'un ton jovial.

Salidaa et Edward échangèrent un regard ravi avant de laisser échapper un même rire. Les deux jeunes gens se dirigèrent en courant vers ce qui semblait être la place du village et la porte ouverte d'une espèce d'auberge, qui ne devait pas pouvoir accueillir plus d'une dizaine de voyageurs.

Les enfants vinrent envahir l'espace eux aussi, des adultes les rejoignirent, sortant des autres maisons. L'homme qui les avait invités à entrer fit passer des chopes d'un alcool qu'Edward ne parvint pas à identifier. Ce n'était pas raffiné, et il n'aurait jamais bu une telle boisson avant ses réflexions de la veille, mais cela réchauffait presque autant que la grande flambée dans la cheminée. Le prince n'aurait su dire à quel moment quelqu'un avait sorti un instrument de musique mais, quelques minutes plus tard, tout le monde effectuait les premiers pas d'une danse visiblement régionale dont il ignorait tout.

Ni lui ni Salidaa n'avait fait état de leurs statuts et ils n'étaient que deux voyageurs parmi d'autres pour la joyeuse bande du village, une occasion de se distraire plutôt rare. L'homme qui les avait accueillis fit signe à Edward de le rejoindre avec un grand sourire quelques minutes plus tard et il s'exécuta en se faufilant à travers la petite foule, non sans jeter au passage un regard à Salidaa qui dansait à merveille en riant.

— Tu danses pas, mon p'tit gars ?

— Je ne sais pas, monsieur...

L'autre parut ahuri comme si c'était une chose absurde.

— Bah, ça s'apprend vite, rétorqua-t-il joyeusement. Jela ?

Une fille blonde qui ne devait pas avoir plus de quatorze ans les rejoignit presque aussitôt et elle eut un grand sourire amusé lorsque son père lui eut exposé la situation. Un instant plus tard, elle apprenait à Edward quelques mouvements de danse. Il répétait maladroitement lorsqu'une main se posa soudainement sur son épaule droite.

— Et moi, je vous montre la danse à deux, Edward ?

Il acquiesça tandis que Jela en profitait pour rejoindre ses amis. Il fallut un quart d'heure au jeune homme pour bien comprendre les pas de la danse, mais ensuite il prit un vif plaisir à tournoyer avec l'adolescente, au milieu de la salle peuplée de rires, de claquements de mains qui marquaient le rythme et de quelques instruments. Ce ne fut qu'une longue heure après que les deux nouveaux amis allèrent se poser sur un banc de libre au bout de la pièce, essoufflés tous les deux et les yeux brillants.

— Vous ne dansez pas si mal pour un débutant...

Edward lui lança un coup d'œil avant de répondre.

— C'est un compliment ?

— Oui... si vous me dites ce que vous pensez de cette soirée.

Le jeune homme ne répondit pas tout de suite, prenant son temps. Il fit des yeux le tour de la salle, enregistrant chaque détail, profitant de l'atmosphère de gaité incroyable que dégageait tout l'endroit.

— J'en pense que je suis un bel imbécile.

— Que voulez-vous dire ? questionna-t-elle.

— Egrabe ne ressemble en rien à l'AM.Erica, et j'ai bien l'impression d'être plongé des années en arrière. Mais je n'aurais jamais dû juger les choses comme je l'ai fait jusqu'ici... Votre planète est fascinante, Salidaa.

Ses yeux brillaient toujours lorsqu'il les posa sur la jeune fille.

— De même que la soirée, termina-t-il. J'ai répondu à votre question ?

Elle détourna les yeux avant de répondre d'une voix calme, à peine audible dans le brouhaha ambiant.

— Parfaitement et merci d’y avoir participé.

Ils se levèrent ensuite et retournèrent danser au son des flûtes et des tambours, au milieu des applaudissements toujours présents et des autres jeunes gens, oubliant tout pour ne plus profiter que de la magie de l'instant.

Le parrain de Cyndie Astra était un architecte. Un homme qui avait participé aux rénovations du palais de Vizar de Sagan, quelques années auparavant. Une réelle amitié existait entre les deux hommes, bien que rien au premier abord n'aurait pu les prédestiner à se rencontrer. Pour le premier anniversaire de la princesse, Jenor AR-11-BT construisit une petite chapelle aux murs de pierre dans le parc de la demeure royale, chef d'œuvre d'architecture dédié à l'enfant.

Vie privée et publique des princes, Sixtine B., 3672.

Chapitre 39

- Cyndie -

C'était la deuxième fois ce mois-ci que Cyndie accompagnait Matthew à son travail. Elle gardait un bon souvenir de sa dernière visite. Elle continuait de ne pas vraiment aimer les air-trains comme celui qu'ils venaient de prendre, mais quelque chose avait changé dans son rapport avec Matthew. Elle sentait sa haine envers le père de Damien décroître et remarquait les milliers de petits gestes qu'il accomplissait chaque jour dans le but de lui rendre la vie plus agréable. La petite fille ne pouvait pas encore l'apprécier, mais parvenait de mieux en mieux à donner le change.

Ses efforts lui permettaient d'avoir conscience de l'amitié de Matthew, et parfois, pendant quelques secondes, Cyndie avait l'impression de lui rendre son affection, avant que ce sentiment fugitif ne disparaisse. Elle savait que chaque jour, il craignait, en se levant le matin, qu'elle recommence à le détester. Il s'émerveillait ensuite de la sentir se détendre, même si elle gardait une prudente distance. Matthew était trop soulagé de la tournure des choses pour espérer davantage, et devait retenir à chaque instant un immense sourire de gratitude.

L'enfant fut tirée de ses pensées lorsque les portes de la salle de transfert devant eux s'ouvrirent. Cyndie pénétra d'un pas calme à l'intérieur. Il la suivit et entra à son tour. Les portes se refermèrent silencieusement.

— Étage 99... commença-t-il mécaniquement.

Il vit Cyndie esquisser une grimace désapprobatrice et il s'empressa de compléter.

— ... s'il vous plaît.

Deux minutes plus tard, ils sortaient de la salle et Cyndie le suivit, toujours sans un mot, lorsqu'ils entrèrent dans un long couloir bordé d'une dizaine de bureaux. Jusqu'à aujourd'hui, Matthew ne trouvait pas son travail particulièrement intéressant, mais sa vision des choses avait radicalement changé lorsqu'il avait compris que celui-ci constituait une source d'intérêt pour sa fille adoptive. Se réinsérer dans la vie civile n'avait pas été facile après son service militaire et beaucoup de ses camarades n'y avaient pas réussi. Ils devaient dès lors se contenter de vivre chichement des pensions d'État. Lui, en revanche, avait su se prendre en main avec l'aide de sa femme. Cela ajoutait aujourd'hui à sa culpabilité d'avoir su si bien s'en sortir, malgré la visite mensuelle et obligatoire chez un psychologue de l'armée.

Ils traversèrent une longue enfilade de pièces uniformes, saluant tous ceux qu'ils rencontraient. La plupart de ses collègues qui ne l'avaient pas vu la première fois s'arrêtaient pour venir admirer sa nouvelle fille et le complimenter. Ce n'était pas exactement comme si sa femme venait d'avoir un bébé, mais les gens se comportaient de la même façon, oblitérant volontairement tout ce qu'il y avait d'affreux dans l'adoption des enfants d'Astra. Cyndie savait se diriger et elle accéléra le pas, aussi mal à l'aise que lui. Elle détestait toutes ces remarques faussement ravies, mais devait reconnaître que Matthew n'en était pas responsable.

Le regard de l'enfant se focalisa dès son entrée sur les simulateurs de vol. Grâce à ses compétences dans le domaine militaire, le père de Damien avait réussi à se constituer un excellent dossier qui lui avait valu l'année suivante d'être nommé au Commerce, et plus particulièrement à la formation des nouveaux pilotes.

— Salut Cyn' ! Tu reviens nous voir ? lança aimablement un jeune garçon aux cheveux frisés qui rappelaient la toison emmêlée d'un mouton.

Il avait à peine vingt ans et Cyndie lui trouvait un air sympathique malgré sa méfiance presque instinctive.

— Bonjour monsieur, répondit-elle, choisissant de se montrer aussi neutre que polie.

L'autre éclata d'un rire joyeux et franc.

— Je te l'ai déjà dit au moins trois fois il y a deux semaines, appelle-moi Greg !

Elle hésita puis hocha simplement la tête. Elle ne voyait pas de raison immédiate de se montrer désagréable.

— Bonjour Greg, lança alors une voix grave derrière eux.

Le jeune homme releva la tête pour adopter un ton très professionnel.

— Bonjour Matthew.

Ce dernier hocha simplement la tête avant de se tourner vers son autre élève, une fille d'une trentaine d'années.

— Bon allez, vous deux, commencez les exercices d'échauffement habituels.

Matthew alla ensuite s'assoir derrière son pupitre de commande composé de deux écrans. Cyndie s'installa à côté de lui, fascinée, les yeux tournés tantôt vers ce que voyait Greg, tantôt vers l'écran d'Ariane.

— Il a raté l'atterrissage, commenta-t-elle d'un ton pensif, il aurait dû relever son appareil de vol.

Elle savait que c'était plus facile à dire qu'à faire, mais elle ne pouvait s'empêcher de se sentir déçue chaque fois que Greg ou Ariane manquait une manœuvre.

— Aucune importance, Cyndie, il n'a pas de passagers, répondit Matthew avec l'ombre d'un sourire prudent dans la voix. Mais il maîtrisera mieux la prochaine fois.

— Tu prends le micro ? demanda l'enfant, changeant brusquement de sujet.

Le père de Damien acquiesça, tout en gardant un air concentré, ne perdant pas de vue les deux simulations, et saisit son micro pour entrer en contact avec ses deux élèves.

— Greg, corrige de quarante-cinq degrés, tu me fais n'importe quoi là... Ariane, reste comme tu es, c'est parfait.

Cyndie avait conservé son air parfaitement attentif et lorsque deux heures plus tard sonna le moment de la pause, Greg lui lança un clin d'œil.

— Je suis sûr que c'est toi qui as fait tout le boulot...

Elle se redressa sur son tabouret trop grand pour elle et hésita avant de répondre d'une voix neutre.

— Je suis sûre que tu deviendras un excellent pilote.

Ariane s'extirpa à son tour de son appareil de simulation.

— En effet. Il commence à avoir l'expérience en même temps !

— C'est grâce à notre professeur que nous nous améliorons chaque jour, Ariane et moi. D'ailleurs, Matthew, vous nous parlez un peu de votre expérience ? En étant pilote et soldat ces dernières années, vous avez dû participer à des opérations d'envergure ! Vous vous êtes posés à Sagan et Astra ?

Le jeune homme dévisageait son professeur avec un enthousiasme non feint. Greg ne semblait pas avoir beaucoup réfléchi à la question et l'enfant se tourna vers Matthew, attendant sa réponse sans montrer son émotion. Elle se sentait curieuse au fond de savoir si son père adoptif assumerait devant d'autres les regrets qu'il affichait devant elle, ou s'il se déroberait à la confrontation. Le professeur des deux apprentis pilotes laissa échapper un lourd soupir et se leva lui aussi de son siège pour faire quelques pas dans la pièce. Greg et Ariane échangèrent un regard surpris devant sa réaction. Ils savaient que Matthew n'aimait pas parler de ses expériences de guerre ; c'était la première fois qu'ils osaient aborder la question de front, par curiosité. Ils avaient pensé, sans se l'avouer, qu'il ne pourrait pas se défiler devant sa fille.

— Je me suis posé sur ces deux planètes. Je n'en garde que des cauchemars et des regrets. Sagan fut un carnage effroyable et Astra également. Je n'aurais jamais dû accepter d'y participer, quitte à finir mes jours sans un sou et à la rue. Ce n'est pas ce que vous vous attendiez à entendre, n'est-ce pas ? acheva-t-il avec une tentative dérisoire de rire qui s'acheva par une quinte de toux.

— Je suis désolée pour toi, murmura Cyndie d'une voix à peine audible.

Greg hésita, venant s'appuyer à une table proche de lui, visiblement désorienté.

— Je ne comprends pas... Vous n'êtes pas fier d'avoir servi votre pays ?

Cyndie regardait tour à tour le jeune père puis le père de Damien. Elle était touchée, beaucoup plus que ce à quoi elle s'attendait.

— Lorsqu'une cause ou un pays vous impose de franchir certaines limites... Alors vous ne devriez pas l'accepter, même si l'issue de ceci doit être la fin de votre vie ou une perte de sens de votre existence.

Greg et Ariane ne trouvèrent rien à répondre, déstabilisés par ce discours si différent de ce qu'ils avaient l'habitude d'entendre. Cyndie fixait Matthew de son regard pâle, et elle sentit lentement un sourire lui monter aux lèvres. Il semblait sincère, et elle en venait à douter de toutes ses certitudes. Lui pardonner pouvait-il réellement devenir possible ? Au fond de son cœur, elle sentait qu'une porte longtemps fermée commençait à s'entrouvrir, pour lui laisser une toute petite chance de gagner ce que tant d'autres avaient perdu : sa confiance. Elle descendit lentement de son siège, sans dire un mot, et s'approcha de Matthew debout, qui lui tournait toujours le dos. Elle prit une profonde inspiration, s'efforça de ne pas reculer, et avança sa main gauche vers la sienne, l'effleurant doucement sans la prendre, pour finalement l'attraper par la manche.

— Tu viens ? C'est l'heure de la pause, on va déjeuner ?

Greg et Ariane ne dirent pas un mot, sentant qu'il se passait quelque chose de spécial dans la pièce sans qu'ils sachent quoi. Cyndie avait peur tout à coup, se demandant brusquement si Matthew n'allait pas la repousser. Pourtant, il mit rapidement fin à ses inquiétudes irraisonnées. Il parut ne pas y croire et resta quelques secondes sans réaction, avant de faire un geste vers elle puis de s'immobiliser, devinant le raidissement instinctif de l'enfant.

— J'arrive. Tu… Tu as raison, allons déjeuner.

Bouleversé, le jeune homme avait du mal à contenir son émotion. Le silence menaçait de devenir un peu gênant, lorsqu'Ariane rompit le charme pour relancer gentiment la conversation en s'adressant à Cyndie.

— Au fait, c'est bien les ateliers éducatifs ?

L'enfant eut du mal à se concentrer sur sa question alors qu'elle se sentait elle-même encore chamboulée par la situation.

— Oui, c'est plutôt sympa. Je suis dans l'atelier « création ».

Matthew marqua une demi-seconde de doute puis lui ébouriffa timidement les cheveux comme il l'aurait fait à Damien. Cyndie se dégagea, pas encore tout à fait prête à ce genre de geste, mais le fit avec douceur, cherchant visiblement à ne pas le blesser.

— Nous avons hérité d'une petite artiste, compléta celui-ci à l'attention d'Ariane, la voix enrouée par son émotion.

Cette dernière alla se rassoir dans un siège voyant que personne ne faisait mine de sortir pour aller déjeuner.

— Et tu dessines quoi, Cyndie ?

— Des fées, avoua l'enfant à regret. Un palais, avec des créatures magiques.

Accepter cette main tendue vers son père d'adoption ne voulait pas dire qu'elle était prête à partager son jardin secret, et ses dessins en faisaient indéniablement partie. Matthew lui fit doucement signe de se rapprocher.

— Je suis certain que c'est magnifique. Un jour, tu nous montreras, mais en attendant, et si on allait enfin manger un morceau ?

Tout le monde acquiesça vigoureusement et Greg comme Ariane laissèrent échapper une exclamation. Cyndie refusa que son père la prenne par la main, et sortit derrière lui du bureau. Matthew ne savait comment se comporter, mais souriait bravement, heureux des progrès qu'il avait l'impression de faire petit à petit avec elle.

***

— Pourquoi n'y a-t-il aucune couleur sur ton dessin ?

L'après-midi de cette journée de début d'été était déjà bien avancée, et une semaine s'était écoulée depuis le jour où Cyndie avait accompagné « père » à son travail. Damien, comme Leonor, avaient été surpris du changement opéré chez la petite fille ces derniers temps, au moins en apparence, mais ils étaient assez discrets pour ne pas poser de question. Au fond, cette situation ne dérangeait pas Cyndie, mais elle ne se sentait pas encore prête à partager avec qui que ce soit ses émois intérieurs. Aujourd'hui, comme tous les autres enfants de son âge, elle travaillait dans l'atelier de création. Elle leva la tête vers l'une des animatrices et retint une mimique désappointée. Cyndie n'aimait décidément pas justifier ses choix artistiques, et encore moins sentir le regard intrigué de la femme au-dessus de son épaule.

— C'est mon premier dessin à l'atelier… Je l'avais commencé comme ça, mais je compte changer. J'allais ajouter des couleurs.

La femme se pencha, chaleureuse. Peut-être que la joie naissante de commencer à se sentir bien dans sa nouvelle famille avait déclenché son envie de prendre les feutres.

— Eh bien, cela fait plaisir. Mais plutôt que reprendre ce dessin, tu ne voudrais pas tenter de te lancer dans un nouveau projet ?

Cyndie serra ses doigts autour de son crayon avant de prendre sur elle.

— Très… Très bien, je peux faire ça, murmura-t-elle sans trop y croire elle-même.

L'animatrice lui adressa un aimable sourire et alla lui chercher une grande feuille de papier recyclé puis partit s'occuper d'un autre enfant. Cyndie revint à la feuille devant elle, se demandant ce qu'elle pourrait dessiner. Elle tourna son fin visage encadré de boucles blondes vers sa plus proche voisine observant le dragon que celle-ci s'appliquait à retracer sur le vieux papier blanc cassé. Elle se tourna ensuite vers sa droite et posa les yeux sur le garçon assis à côté d'elle. Lui dessinait très mal. Le cœur de Cyndie se mit à battre plus fort tandis que l'enthousiasme la gagnait.

— Tu dessines quoi ?

Il lui répondit sans lever le nez de sa feuille, la confortant dans l'impression qu'elle avait eue en regardant par-dessus son épaule.

— Mon père et ma mère. Et toi ?

— Pareil.

Il jeta un coup d'œil curieux à la feuille encore vierge.

— C'est faux, ta feuille est blanche.

Il haussa les épaules et retourna à son dessin. Cyndie n'en tint pas compte et tourna deux minutes sa feuille entre ses mains. Elle lissa avec application un pli imaginaire, ne sachant pas par où commencer.

Elle se décida alors et avança résolument la main vers les feutres à projecteurs colorés. Une fois qu'elle en eu un en main, elle commença lentement les premiers tracés. Ce n'était pas aussi bien fait que Cyndie l'aurait voulu, mais son perfectionnisme prenait souvent le dessus. Matthew était apparu le premier sur la feuille, et elle s'était particulièrement appliquée pour lui, sans doute parce que leurs rapports avaient été si difficiles et le restaient encore malgré tout. Cyndie dessina ensuite la fine silhouette de Leonor, une main sur l'épaule d'un petit garçon au grand sourire touchant et au short bleu : Damien.

En les mettant tous en relief, elle commençait à comprendre que son début d'affection pour Matthew provenait en grande partie du fait qu'elle aimait réellement son frère d'adoption. Ce fut au moment où elle achevait de colorier les cheveux éternellement en pétard de son frère qu'un son affreux se mit à retentir, la saisissant avec violence et la faisant brusquement se redresser, envahie d'une peur panique qu'elle n'avait plus ressentie depuis des jours.

Les sirènes d'alarme venaient de se déclencher dans tout le bâtiment, d'abord faibles puis hurlantes. Les autres enfants commencèrent d'eux-mêmes à aller s'agenouiller sous les tables avec les assistantes, sans la moindre émotion apparente si ce n'est de l'agacement. Tout le monde avait une triste habitude de ces exercices et celui-ci avait été annoncé le matin même pour vérifier que la population gardait bien tous ses réflexes. La guerre était terminée, mais la peur n'avait pas encore totalement disparu : même en l'absence d'ennemis, le gouvernement préférait se tenir sur ses gardes. Après tout, la galaxie était grande et il n'y avait pas que deux planètes dans le système. L'une des animatrices leva alors la tête de sous la table où elle s'était abritée. Une seule enfant n'avait pas réagi comme les autres : Cyndie.

Elle plaquait ses mains sur ses oreilles comme si le bruit lui était insupportable et s'était pratiquement roulée en boule sur elle-même tout en laissant échapper entre ses lèvres serrées un sourd gémissement triste qui glaçait le cœur. L'assistante hésita un très bref instant puis s'extirpa de son abri pour rejoindre en quelques pas l'enfant sur laquelle tous les regards s'étaient rivés petit à petit. Elle la prit par la main sans qu'elle montre la moindre résistance, et l'attira avec elle sous la table.

— Chut, ce n'est rien, c'est un entraînement... ce n'est rien...

Ce n'est rien. Des mots que Cyndie avait entendus trop souvent. Les flammes, les alarmes, les gens qui se cachaient. Tout se confondait en un long cri d'horreur dans son cœur. La petite fille parvint à ne plus crier, mais s'enfonça dans un terrible mutisme, apathique. Elle ne se rendit même pas compte que l'alerte était terminée. Des mots, des phrases, des images terribles raisonnaient en elle, lui donnait envie de tout oublier, mais son grand-père s'imposa devant ses yeux.

« Cyndie, il va falloir être très forte, d'accord ? »

Elle se souvenait d'avoir étouffé un sanglot sans comprendre. Les alarmes continuaient de résonner dans le palais, alors qu'elles avaient commencé leur musique infernale tôt dans la matinée... en même temps que parvenait à la galaxie tout entière la nouvelle de l'attentat. Ce n'était pas les mêmes alarmes que celles de l'AM.Erica, mais elles voulaient dire la même chose : « Tu vas perdre tous ceux que tu aimes ».

Des heures après, lorsque Matthew la ramena en catastrophe chez eux, Cyndie fut totalement incapable de dire comment s'était finie l'après-midi. Elle éprouva simplement un soulagement indicible à retrouver sa famille d'adoption, s'y accrochant comme à une bouée de secours et tâchant d'oublier la phrase de son grand-père qui tournait en boucle dans son esprit. Ce fut à cet instant qu'elle prit conscience du fait qu'elle avait besoin de Damien, de Leonor, et même de Matthew si elle voulait vivre. Sans eux, elle ne pourrait jamais oublier tout ce qui la hantait, et ces mots particulièrement, dits d'un ton grave et définitif la première fois qu'elle les avait entendus : « Ta mère et ton père ne reviendront plus... »

Les dirigeants d'Astra ont toujours prôné l'ouverture d'esprit. C'est ainsi que, dès l'enfance, était prévu l'apprentissage de plusieurs langues, et plus particulièrement chez les princes. L'AM.Erica ne suivait pas le même raisonnement, estimant que la technologie des traducteurs était amplement suffisante. Les Eriquiens n'ont donc jamais appris l'Astrayen avant l'arrivée des enfants d'Astra.

Us et coutumes, Florence B., Chapitre 3.

Chapitre 40

- Sibylle -

— Carlys, il faut absolument qu'on parle.

Le jeune homme la dévisagea un instant sans paraître particulièrement inquiet, tandis qu'elle le rejoignait dans le couloir où se trouvait la cabine.

— À quel sujet ?

— Tu es au courant qu'Orys et le parlement ont enfin accepté que nous envoyions des ambassadeurs sur toutes les planètes de la galaxie ? Et que dès demain nous partirons ?

Il haussa un sourcil plus haut que l'autre.

— Je ne vois pas du tout en quoi ça me concerne...

Comment lui dire qu'elle l'avait d'office choisi pour l'accompagner sur Egrabe ?

— Heu... Le problème, c'est que tu as été nommé par les enfants d'Astra, Carlys...

— Pardon ? Ça veut dire quoi ça exactement ?

— Que tu es ambassadeur avec moi. Pour Egrabe.

Il secoua alors la tête de droite à gauche.

— Oh non, Sib' ! riposta-t-il calmement. Je veux bien ne pas dire au monde entier que tu es princesse et mutante, je peux accepter de ne pas trahir le plan puisque cela vous tient tous tellement à cœur, alors que moi je rêve juste de vivre ma petite vie tranquille en oubliant toute idée de vengeance, mais il est totalement hors de question que je parte pour Egrabe.

— C'est pour Astra et...

— Je t'ai déjà dit que je n'étais pas du tout patriote ?

Cela coupa net Sibylle dans son élan, qui le dévisagea quelques secondes avec incrédulité.

— Carlys, tu n'es pas possible ! Sérieusement, ça ne te tient pas à cœur de te venger ? Ils sont tous morts, Carlys ! s'enflamma-t-elle. Comment peux-tu seulement laisser passer ça ? Il y avait bien des adultes que tu appréciais !

Il haussa les épaules, son petit sourire réapparaissant, mais plus songeur que d'habitude, empreint de nostalgie.

— C'est le passé Sibylle, expliqua-t-il. Ce n'est pas une nouvelle guerre qui va nous aider à le rattraper.

— Il n'y aura pas de nouvelle guerre... Ils accepteront d'eux-mêmes, c'est le plan !

— Tu y crois ?

La question flotta dans l'air tandis que la jeune fille détournait les yeux, furieuse de ne rien trouver à répondre. La guerre était une possibilité.

—Tu es exaspérant !

— Ça, c'est la réponse de ceux qui n'ont plus d'arguments.

Sibylle fusilla des yeux le jeune homme rieur, mais elle ne parvint pas à se sentir en colère. Il fallait qu'elle réussisse à le convaincre.

— Carlys, ça te ferait découvrir d'autres pays de venir avec moi en tant qu'ambassadeur.

Là, elle vit qu'elle l'avait intéressé, mais il se ravisa bien vite pour de nouveau secouer la tête.

— Oui et ce serait dangereux aussi. Je ne suis pas un prince moi, et je n'ai aucune envie de risquer ma peau pour une foutue planète brûlée ! Tu devrais apprendre à te poser un peu et te calmer, je t'assure que ça te ferait du bien... Tu verrais la vie autrement.

Sibylle voulut répondre, mais la cabine apparut dans un lourd bruit de métal et de grincements, coulissant comme d'habitude sur son fil. Elle monta à l'intérieur de l'appareil et il la rejoignit avec un petit sourire amusé.

— Oh pas la peine de croiser les bras d'un air furieux comme ça...

— Tu ne veux vraiment pas ?

— Quoi ?

Elle leva les yeux au ciel.

— Ah, toujours ambassadeur ? Pas question, quand je dis non, c'est non.

— Pfff...

Son soupir souleva l'une de ses mèches de cheveux et elle grimaça lorsque la cabine tourna une nouvelle fois trop brusquement sur son câble, lui retournant l'estomac.

— Et si je te l'ordonne ? demanda-t-elle. Je suis ta princesse après tout...

Sa voix manquait de conviction et Carlys éclata de rire.

— Désolé. Je suis anticonformiste et l'obéissance n'a jamais été mon truc.

Sibylle ne répondit rien et ferma un instant les yeux. C'était la colère et l'envie de vengeance qui la faisaient avancer, mais Carlys y était insensible. Elle se revoyait des années auparavant courant dans les jardins du palais d'Ivy la capitale, les sourires de ses parents, son désir de les voir plus présents à ses côtés... et son oncle. Cet homme qui avait tant compté dans sa vie et qui avait toujours été là pour son frère et elle. Cet homme, le dernier survivant adulte de sa famille, voilà ce qui pourrait peut-être motiver Carlys.

— Sibylle ?

Il lui fallut un instant pour émerger du brouillard dans lequel l'avaient plongée ses pensées.

— Qu'y a-t-il ?

Carlys la fixait bizarrement.

— La cabine s'est arrêtée depuis déjà deux minutes, lâcha-t-il doucement. D'habitude tu sors dès que tu peux de l'appareil...

— Et pour sauver un homme ? questionna-t-elle, la gorge serrée en vrillant son regard dans le sien.

— Quoi ?

— Les ambassadeurs nous donneront un moyen de pression. On pourra peut-être sauver mon oncle... Ça te va comme raison pour être du voyage ?

***

Une petite quinzaine d'adolescents se tenait en file sur l'un des paliers du gigantesque escalier de pierres du palais de l'AM.Erica. Alors que les minutes s'égrenaient, plusieurs jeunes gens avaient commencé à descendre les marches sur l'invitation des militaires vers les vaisseaux exceptionnellement stationnés sur la place. Les futurs ambassadeurs étaient appelés selon la planète qui leur avait été attribuée et s'avançaient chacun leur tour.

Sibylle devait s'avouer qu'elle n'était pas rassurée, même si la « cérémonie de départ » était médiatisée. Qui oserait, devant les caméras du monde entier, les tuer ? Qu'est-ce qui prouvait que les vaisseaux posés au sol les mèneraient bien aux bonnes destinations ?

— Rappelle-moi ce que je suis venu faire dans ce bazar déjà ? lui demanda tout à coup Carlys juste derrière elle dans la file.

— Chut !

Elle ne put s'empêcher de sourire avec amusement et il le lui rendit.

— Les deux ambassadeurs d'Astra pour Egrabe, annonça une voix grave dans le micro.

Sibylle s'efforça d'adopter une attitude parfaitement sûre d'elle, comme si tout était normal. Elle esquissa même un plus large sourire en saluant de la main la petite foule curieuse rassemblée au pied des immenses escaliers. Au fur et à mesure qu'elle descendait, Sibylle finit par se détendre parfaitement et ne tressaillit même pas lorsqu'un garde eriquien vint les escorter. Personne n'était à l'aise à l'idée de reconnaître des ambassadeurs, même si les Eriquiens ne pouvaient leur nier ce droit face à la culpabilité qui les rongeait.

Une passerelle métallique les attendait et Sibylle grimpa à l'intérieur du vaisseau. Une fois qu'elle et Carlys furent entrés et la porte refermée, la jeune femme gagna la direction que lui indiquait un pilote et elle se laissa tomber dans l'un des sièges. Son camarade fit de même tout en pestant sur les raisons mystérieuses qui l'avaient fait accepter ce rôle d'ambassadeur.

Une heure plus tard, ou plus peut-être, l'adolescente se tourna vers son voisin pour lui parler, mais ce qu'elle vit la surprit. Carlys avait les mains agrippées aux accoudoirs comme si sa vie en dépendait et se contenta de lui adresser une grimace crispée.

— Désolée Al', mais je déteste les transports spatiaux…

C'était plutôt drôle de la part de quelqu'un qui se fichait de tout et de tout le monde !

— Oh ça va ! grogna-t-il devant l'air moqueur qui envahissait le visage de la princesse.

— Tiens, tu perds ta nonchalance ?

— Du tout, ça se voit non ? J'ai tout mon sang-froid...

C'était d'une telle mauvaise foi que Sibylle ne put s'empêcher de rire.

— À ton avis, monsieur le détendu, on est vraiment en direction d'Egrabe ?

— Avec les caméras et tout le reste ? Oh oui, sûr et certain.

— Ça va être étrange d'être là-bas...

La jeune fille laissa sa tête retomber contre son dossier et demeura pensive, tandis que Carlys tentait de se détendre sans y parvenir.

— Tu n'as jamais essayé de t'imaginer que tu étais quelqu'un d'autre ? lui demanda-t-il sérieusement au bout d'un instant pour se changer les idées.

— Tu veux dire de n'être pas princesse ? Pas mutante ?

Elle avait lâché cela dans un chuchotement pour que seul son interlocuteur l'entende, même s'il n'y avait personne auprès d'eux, et Carlys hocha la tête.

— Non. Ma... condition ne m'a jamais dérangée.

Il ne répondit pas et un homme entra dans leur petite salle. Il mâchait une quelconque nourriture chimique et leur jeta un regard dépourvu d'intérêt.

— Besoin de quelque chose, les enfants ?

Sibylle et Carlys échangèrent un coup d'œil avant de secouer la tête. L'autre se contenta alors de hausser les épaules et de faire demi-tour.

Sibylle se sentait fatiguée ; bientôt elle sentit qu'elle s'endormait et sa tête ne tarda pas à retomber sur son épaule. Carlys pour sa part resta longtemps éveillé. Que venait-il faire dans cette galère ? Qu'est-ce que les enfants d'Astra pouvaient bien gagner en Egrabe en sachant que lui-même n'était pas du tout patriote ?

Sauver Saedor. Pour quelle raison cela l'avait-il décidé ? Sans doute parce qu'en disant cela, les yeux de Sibylle brillaient d'un mélange étrange de peur, de tristesse et de colère.

Il y repensa, rêveur, avant de fermer les yeux et de se laisser bercer par le mouvement régulier du vaisseau.

***

— Vous arriverez à destination dans moins de cinq minutes ! Réveillez-vous et préparez-vous à l'atterrissage !

Sibylle sursauta, mais pas Carlys, qui se contenta de continuer de ronfler dans son coin.

— Carlys ! Oh, bougre d'âne, Carlys !

Elle le secoua sans ménagement et il ouvrit un œil avant de le refermer aussitôt.

— Mmm... Non, non, je dors encore un peu, je me passerai de petit-déj', c'est tout...

Sibylle attrapa sa gourde d'eau pour le transport et la lui vida sans plus de cérémonie sur la tête. Il ne sursauta pas comme elle s'y attendait, mais se réveilla néanmoins suffisamment pour lui lancer un regard à la fois furieux et amusé, mélange que lui seul maîtrisait. Elle fit mine de lui balancer à la figure ce qui restait d'eau et il se redressa avec un nouveau sourire en levant les bras comme pour se protéger.

Ils redevinrent tous deux sérieux lorsqu'ils sentirent nettement l'appareil amorcer sa descente. Ils arrivaient.

Faline de Sagan et Orys d'Erica avaient tout pour se comprendre. Leur rencontre lors d'une visite diplomatique leur permis de le découvrir. Orys avait fait un mariage d'amour sans que sa femme le lui rende, simplement attirée par sa couronne, et Faline était dans la même situation, capable de tout obtenir de son mari, mais pour lequel elle n'éprouvait qu'une amitié sincère. Ils se rencontrèrent juste avant la guerre et se mirent d'accord pour tenter de l'éviter, mais échouèrent.

Vie privée et publique des princes, Sixtine B., 3672.

Chapitre 41

- Cyndie -

— Qu'est-ce que tu fais ?

Le cri de surprise venait de Leonor. Matthew se redressa pour jeter coup d'œil hagard à son épouse ; leurs deux enfants jouaient non loin de là, mais Cyndie ne cessait de lui jeter de fréquents coups d'œil, à la fois intriguée et inquiète.

— On part ce soir Leonor, j'ai préparé deux valises et des sacs légers pour les enfants...

Sa femme le dévisagea comme s'il devenait totalement fou et se figea sur place.

— Tu plaisantes ? demanda-t-elle d'un ton anxieux. Que se passe-t-il ? Je n'y comprends rien ! Je viens de rentrer du boulot et je te découvre là à...

Matthew venait de lâcher la valise et en deux pas il la rejoignit pour poser ses mains sur ses épaules et planter dans son regard le sien, très calme.

— Cyndie avait atelier éducatif aujourd'hui.

— Comme... comme tous les jours, oui je sais. Mais il n'y a pas eu d'alarmes donc elle n'a pas dû refaire de crise et...

L'enfant avait totalement cessé de rire avec Damien. Ils fixaient maintenant leurs parents du regard, et Cyndie palissait à vue d'œil, sentant un début de panique l'envahir de nouveau. Elle avait eu beau se voiler la face, il était évident que les évènements de l'après-midi étaient graves et ne pouvaient rester sans conséquences.

— Leonor, tu ne comprends pas, c'est bien pire, reprit Matthew en évitant de se tourner vers Cyndie. Je ne sais pas exactement comment, mais l'une des assistantes a compris qui elle était. Quand je suis venu la chercher, elle m'a dit que si je ne l'amenais pas au gouvernement, elle nous dénoncerait demain matin.

Le visage de la jeune femme devint livide et elle se dégagea brusquement des mains de son mari pour lui tourner le dos et faire quelques pas dans la pièce. Le cœur de la petite fille s'était glacé dans sa poitrine. Elle n'aurait jamais dû s'endormir et parler dans son sommeil. Elle ne parvenait pas à imaginer ce qui allait arriver maintenant, mais se raccrochait de toutes ses forces à l'espoir que ses parents adoptifs n'allaient pas la livrer. Se retrouver de nouveau entre les mains des soldats eriquiens était un cauchemar absolument inenvisageable.

— Alors tu veux comme ça que je parte et que j'abandonne tout derrière moi ! cria Leonor, perdant tout sang-froid.

— C'est toi qui m'as rappelé que Cyndie était notre fille, autant que Damien.

L'enfant releva vivement la tête vers eux. Son frère adoptif lui souriait pour tenter de rendre la situation moins grave, même s'il se sentait lui aussi terriblement inquiet. Les yeux de Leonor étincelèrent et Matthew sentit comme un couteau s'enfoncer dans sa poitrine.

— Je me suis trompée, murmura sa femme d'un ton froid. Je n'aurais pas dû.

Elle se retourna vers lui avec un air suppliant.

— On... on peut encore la dénoncer et... et on fera comme avant ? Comme si elle n'avait jamais existé... On aura un autre enfant bien à nous, c'est possible et...

Cyndie ne résista plus et se releva d'un bond en se dégageant d'une secousse de la main qu'avait posée Damien sur son bras pour la retenir.

— Vous avez dit que j'étais votre fille ! Et maintenant vous changez d'avis et vous voulez m'abandonner ?

Elle avait pensé si longtemps que c'était de Matthew dont elle devait se méfier, et non de Leonor ! Celui-ci s'approcha d'elle et tenta de la calmer.

— Leonor ne parle pas sérieusement... C'est juste l'émotion et la peur qui nous rendent tous fous. Ne t'inquiète pas, on ne va pas te laisser tomber. N'est-ce pas ? ajouta-t-il en direction de la mère de Damien.

La réponse de sa femme fut très longue à venir.

— Il... Il y a Damien, tu comprends. C'est lui que nous devons protéger en priorité.

Matthew réagit avant que Cyndie ne le puisse.

— Mais tu me l'as dit toi-même : ils sont autant nos enfants l'un que l'autre...

Il recula pour prendre un peu de distance avec la petite fille sans quitter sa femme des yeux.

— Il faut juste qu'on parte ce soir le plus loin possible, acheva-t-il.

Sa femme le dévisagea longuement avant de se mordre la lèvre inférieure, de passer nerveusement une main sur sa nuque.

— Mais où ? questionna-t-elle. Nous ne pourrons pas quitter la planète en étant recherchés !

Leonor semblait désespérée. Quant à l'enfant, son bonheur fragile s'effondrait sous ses yeux.

— On trouvera une solution, rétorqua son mari. Le principal c'est juste de partir maintenant...

Il s'écarta de Cyndie et revint sur ses pas pour ramasser la valise qu'il avait laissé choir.

— Non, murmura Leonor d'une voix rauque, tandis qu'il refermait une main sur la poignée de cuir.

La petite fille ne faisait plus attention aux deux adultes. Maintenant qu'elle avait surmonté sa peur et comprit que Matthew n'avait pas l'intention de la livrer, elle se sentait résolue à le suivre. Que Leonor les accompagne ou non, cela n'avait pas d'importance pour elle. Pour Damien en revanche, c'était différent. Cyndie se tourna vers lui et rencontra son regard. Il s'était levé du sol pour aller se percher sur un appui de fenêtre, et les contemplait d'un air indéchiffrable. Lorsque leurs yeux se croisèrent, il essaya de sourire, mais son masque froid se fissura et sa sœur devina toute la peine et l'angoisse qui le dévoraient. Elle voulut un moment venir vers lui pour tenter de lui expliquer qu'elle regrettait tous les dégâts que son arrivée chez lui avait causés, mais elle n'en eut pas l'occasion.

— Non ? répéta Matthew, incrédule.

Leonor perdit toute froideur pour redevenir la femme qu'il avait toujours aimée.

— Écoute, il n'y a pas de photos ici de la petite... Pars avec elle, je ne vous dénoncerai pas et je dirai que je ne savais rien de l'identité de Cyndie. Deux personnes pourront bien mieux s'enfuir que quatre.

La princesse devina la peine de Matthew au moment où il crispa ses doigts sur la poignée de sa valise.

— Ils feront tout pour obtenir des informations, poursuivit-il. Ils te demanderont des portraits visuels.

Cyndie connaissait les capteurs fichés au poignet qui permettaient de transmettre les images que l'on avait dans la tête.

— La loi les interdit à m'obliger de faire ça.

— Mais Orys, comme le parlement, considèreront que nous sommes en guerre... Et Damien ?

— Tu sais comme moi que les capteurs ne sont pas adaptés au fonctionnement cérébral des enfants. Il ne trahira rien du tout si on le lui demande, c'est un petit garçon très intelligent.

Oui, et il allait s'en séparer. Il rejoignit Leonor et se planta devant elle, lui adressant un long regard trahissant sa douleur.

— Alors... Je suppose qu'on se dit au revoir maintenant ?

Cyndie vit qu'il avait eu du mal à laisser s'échapper ces mots. Peut-être que c'était pour lui comme si la guerre avait brusquement repris. Cette fois-ci, cependant, il ne tuerait personne. Non, il avait au contraire fait la promesse de tout faire pour la sauver, pour qu'elle n'ait plus à crier la nuit. Leonor se rapprocha à son tour de son mari et étouffa un sanglot en posant sa tête contre son épaule.

— Quand pourrons-nous nous revoir selon toi ? balbutia-t-elle au milieu de ses larmes.

— Bientôt... Très bientôt... Prends bien soin de notre Damien.

— Prends soin de Cyndie...

La jeune femme recula un peu avant de tout à coup embrasser son mari longuement.

— Et de toi, ajouta-t-elle ensuite en s'éloignant pour tenter de cacher ses émotions. Reviens-moi...

Matthew acquiesça puis se dirigea vers la porte du salon sans se retourner pour lui cacher ses nouvelles larmes. Chacun de ses pas semblait plus lourd que le précédent, lorsqu'il s'arrêta près du chambranle.

— Cyndie... Dis au revoir à Damien et à Leonor, puis viens avec moi. On dirait qu'on part en voyage...

La petite fille se leva lentement, serra la main de son frère sans un mot, et vint se ranger près de son père sans larmes, ni questions. Damien parut alors sortir de sa léthargie et il hurla.

— Papa, où tu vas ?

— Très loin. Apprends bien tes leçons, écoute maman, et rendez-vous bientôt, ok ?

Matthew se détourna ensuite pour se diriger vers le couloir et la porte d'entrée avec Cyndie. Il passa son bras devant le détecteur et la porte coulissa pour leur ménager un passage.

— Noooon Papaaa ! cria encore Damien, retenu par Leonor alors qu'il tentait de les suivre.

Son père ne se retourna pas et quitta l'appartement tandis que la petite fille se resserrait contre lui sans un mot. Avec un peu de chance, il saurait déjouer leurs poursuivants…

***

Cyndie avait l'impression de marcher depuis des heures à la suite de Matthew dans les grandes rues de la ville, et cela devait être vrai, vu qu'il faisait maintenant complètement nuit. Elle aurait aimé qu'ils puissent prendre un aéronef, mais c'était impossible. Il fallait être le plus discret possible. Cyndie se sentit un instant découragée, avant de jeter un coup d'œil à Matthew à côté d'elle. Il marchait vite, l'entraînant toujours plus avant, mais elle n'en pouvait plus. Cela faisait déjà deux heures qu'elle s'efforçait de le suivre en retenant à tout instant une plainte, mais un pas de plus et elle allait s'effondrer sur les dalles de pierres.

— Je… Matth… Je ne peux plus marcher, je suis désolée. On peut juste faire une petite pause, s'il te plaît ?

Il fallait absolument quitter la capitale. Mais pourquoi étaitelle si grande ? Matthew se tourna d'un air las vers Cyndie, hésita puis acquiesça lentement.

— C'est toi qui as raison. De toute façon je suis fatigué aussi.

Sa valise elle-même pesait lourd dans sa main et il regrettait déjà de ne pas avoir pris pour lui un sac à dos comme celui qu'il avait laissé à Cyndie. Il l'entraîna dans une rue plus petite que les autres et ils ne tardèrent pas à se laisser tomber dans un recoin un peu sombre au pied de ce qui devait être un petit magasin. La petite fille vint s'installer à côté de lui et se recroquevilla sur le sol froid. Elle avait besoin de se sentir proche d'un adulte.

— Tu veux boire quelque chose ? demanda-t-il doucement. Manger ?

— Pas faim... répondit-elle avant de brusquement changer de sujet pour articuler quelques mots d'une voix éraillée. On va y arriver ?

Matthew la regarda gravement en retour.

— Forcément, tu te souviens ?

— Quoi ?

— Je t'ai juré de te ramener à Sagan.

Le regard de la petite s'illumina d'un doux sourire, et elle ferma les yeux, collée contre lui, resserrant son manteau sur elle pour ne pas avoir froid. Bientôt, malgré sa volonté, Matthew s'endormit, fatigué de leur cavale de l'après-midi.

***

Ce fut une goutte d'eau sur le nez qui le réveilla. Il ouvrit les yeux pour constater qu'il faisait toujours nuit, mais un peu moins sombre, et il se demanda quelle heure il pouvait être. Matthew n'avait pas l'habitude de ne pas avoir son écran sur lui et il était comme gêné par la sensation de vide qu'il ressentait au poignet chaque fois qu'il bougeait le bras. En même temps, le garder était exclu.

Cyndie s'agita alors à son côté et ne tarda pas à se réveiller. Il faut dire qu'il pleuvait maintenant une petite pluie fine désagréable qui allait rapidement les refroidir. Elle releva la tête vers Matthew, toujours épuisée mais suffisamment revigorée pour envisager de reprendre la route.

— On s'en va ?

— On se repose encore un peu. Ensuite, dans une heure, on repartira vers le nord de la ville, pour essayer de gagner la campagne, ça te va ?

Elle inclina la tête.

— Je n'arrive toujours pas à comprendre comment la femme de ton atelier a pu si facilement découvrir qui tu étais…

L'enfant ne chercha pas à mentir.

— Un jour, sans le faire exprès, j'ai dit que les étendues d'eau salée, c'était vraiment bizarre, sauf que… Sauf que Sagan est la seule planète où il n'y a pas d'eau salée. Elle a essayé de me poser des questions, mais j'ai répondu que j'avais entendu ça à l'aquarium. Quand je me suis endormie le matin, j'ai parlé pendant mon sommeil, mais je ne me souviens pas de ce que j'ai dit. Je me suis réveillée parce qu'elle soulevait mon tee-shirt, et elle était en train de regarder mon tatouage… J'ai eu l'impression qu'elle en avait peur, et j'ai compris qu'elle avait trouvé qui j'étais. Je sais que c'est ma faute… Je n'aurais dû ni dormir ni parler sans réfléchir… J'aurais dû être plus prudente…

Cyndie se sentit incapable de poursuivre. Elle aurait aimé faire la fierté et la joie de quelqu'un, mais elle ne parvenait jamais qu'à s'attirer tous les ennuis possibles en y entraînant les seules personnes qui tentaient de l'aider.

Matthew de son côté se sentait triste, et le froid commençait à se faire sentir. Il saisit sa valise d'une main, prit la main de Cyndie dans l'autre, et se mit debout en poussant un gros soupir.

— On peut y aller maintenant, lâcha-t-il d'un ton las, on s'est suffisamment reposés.

L'enfant le suivit, sans un mot, sentant cependant la fatigue se rappeler à elle lorsqu'elle se redressa et vacilla quelques secondes avant de parvenir à avancer sans plus s'appuyer au bras de Matthew.

Ils marchaient depuis déjà dix minutes lorsque la pluie redoubla d'intensité et que l'homme entraîna l'enfant vers un abri dans une rue plus lointaine, attendant que le gros de l'averse passe. L'ancien soldat appréciait en connaisseur le courage de Cyndie, sa volonté de poursuivre leur périple et son calme, retenant ses larmes et les plaintes qu'elle aurait pu formuler. Il sentait que l'enfant semblait prête à se battre jusqu'au bout, autant contre les éléments déchaînés que contre la garde eriquienne qui allait bientôt se lancer à leur poursuite. Mais son cœur se déchirait aussi à la simple pensée de sa famille, celle qu'il laissait derrière lui. Peut-être pour toujours.

Les jumeaux de l'AM.Erica, à savoir les princes Liam et Edward, ont défrayé la chronique toute leur enfance, alors même qu'ils n'avaient encore aucun rôle politique. Toute une génération se souvient de la vidéo qui tourna sur toute la toile pendant plus d'une semaine. On les voyait installer de nuit une gigantesque tyrolienne entre certains gratte-ciels de Graël. De même qu'il est difficile d'oublier leurs sketchs comiques publiés sur leurs pages respectives, où l'on ne savait plus qui était Edward et qui était Liam.

Vie privée et publique des princes, Sixtine B., 3672.

Chapitre 42

- Edward -

— Des ambassadeurs d'Astra ? Mais mon père pense à quoi ? Il a perdu la tête ?

Edward arpentait, depuis maintenant cinq minutes, d'un air furieux, sa chambre de long en large, sans se tourner vers Salidaa assise. Elle reprit la parole sans élever la voix, sûre qu'il ne ferait pas attention à ce qu'elle allait dire, tant il était tout à sa colère.

— Votre père a eu la main forcée, c'est une évidence. Logiquement, le mien devrait déjà avoir envoyé quelqu'un chercher les deux adolescents et ils devraient être en route pour nous rejoindre ici.

— Ça m'est égal ! C'est ridicule, c'est presque une insulte !

La jeune fille détourna la tête. Le prince en voulait à la terre entière et se sentait redevenir méprisant et dur, alors qu'il se détestait lorsqu'il agissait ainsi. Cette pensée l'aida à se reprendre et il put focaliser son attention sur l'adolescente face à lui. Celle-ci paraissait extrêmement mal à l'aise, croisant et décroisant ses jambes fines, tout en paraissant hésiter. Cette conduite ne ressemblait pas à la franchise qu'il lui connaissait et il se calma tout à fait pour l'écouter.

— Edward...

Sa voix douloureuse acheva de lui apprendre que quelque chose lui échappait encore.

— Qu'y a-t-il ?

— Mes parents, je... Egrabe est exclue des alliances commerciales.

Il ne voyait pas où voulait en venir son amie. Néanmoins, son incompréhension mise à part, lorsqu'il vrilla ses yeux dans les siens quelque chose s'agita au fond de lui. À ce simple regard, il la vit légèrement rougir et sentit dans le même instant que lui aussi devait avoir le visage en feu. Comme si un trouble étrange les avait saisis tous les deux.

— Oui je suis au courant, s'empressa-t-il de répondre pour le lui cacher. C'est parce que vous n'avez pas rejoint assez tôt l'alliance de l'AM.Erica, n'est-ce pas ?

— Pas... pas exactement.

Le jeune homme fronça les sourcils en cherchant dans ses souvenirs, mais ne parvint cependant pas à se concentrer suffisamment pour comprendre la situation. Cela faisait déjà plusieurs jours qu'il sentait que quelque chose avait changé entre Salidaa et lui, probablement depuis leur mémorable bataille de boules de neige. Il avait peur. Reconnaître ce qu'il ressentait voulait dire faire un choix, en parler peut-être, et il se rendit compte qu'il n'était pas prêt à prendre le risque de perdre la jeune fille. Il s'efforça d'oublier ces pensées et se racla la gorge d'un air neutre pour reprendre la conversation.

— Quelle est la vraie raison de cette exclusion commerciale alors ?

— Je l'ai découvert il y a quelques années que… Il faut savoir que mes parents sont très attachés à leur alliance avec Mars. Cette association se voulait vraiment pacifique… Ils ne se doutaient pas qu'il y aurait autant de victimes…

— De quelle association parlez-v…

Edward se releva d'un bond, tremblant, partagé entre des sentiments contradictoires. Un abîme sembla s'ouvrir devant lui. Tout s'expliquait : il comprenait l'attitude étrange de son père lorsqu'il parlait de ces planètes, l'exclusion d'Egrabe, sa venue… Peu à peu, il prit conscience de fouler la terre de la planète en partie responsable de la mort des membres de sa famille.

— Alors ma mère et mon grand-père sont morts à cause de... de vous !

Il regardait avec une horreur grandissante Salidaa qui s'était levée elle aussi. Elle voulut s'approcher, mais il ébaucha un geste de recul et elle s'immobilisa, visiblement blessée. Il regretta aussitôt son geste et s'avança instinctivement vers elle. Il aurait voulu poser sa main sur son épaule pour la rassurer, lui dire qu'elle n'y était pour rien, ou la serrer contre lui, mais il n'osait rien faire. Se méprenant sur son silence, elle tenta de se justifier, des larmes de colère dans les yeux.

— Je n'étais pas responsable. Mais je devais vous prévenir aujourd'hui... Mon père n'a pas abandonné l'idée de prendre la tête de la galaxie, vous l'aviez déjà deviné, n'est-ce pas ? Ma mère est très liée à Mars et elle l'aidera de tout son pouvoir diplomatique... Or, l'AM.Erica n'a jamais été aussi faible qu'au sortir de la guerre. Vous avez vu l'armée qu'ils entraînent… Il faut que vous partiez maintenant.

Edward sursauta en comprenant en un éclair que ce qu'il avait vu l'autre jour représentait bien un réel danger, mais les dernières paroles de Salidaa étaient bien plus terribles encore. Il ne pouvait pas, ne voulait pas comprendre. Il se sentit devenir fiévreux, ayant l'impression que chaque fibre de son corps était tendue vers Salidaa. Sa seule certitude était qu'il ne voulait à aucun prix s'éloigner de l'adolescente qu'il appréciait de plus en plus.

— Partir ? Maintenant ? Mais pourquoi ? Votre père n'oserait quand même pas...

Ils s'étaient tous deux rapprochés instinctivement l'un de l'autre et elle plongea son regard dans le sien. D'un geste vif qui trahissait les émotions contradictoires qu'il ressentait, Edward saisit les mains de la jeune fille dans les siennes. Elle ne se dégagea pas, et agrippa ses paumes. Les mêmes sentiments inavoués se devinaient dans ses traits torturés par l'inquiétude.

— Vous tuer ? Bien sûr ! Vous êtes le seul représentant gênant de l'AM.Erica présent sur Egrabe. Mon père va choisir de se rallier aux enfants d'Astra : il verra en eux une cause diplomatique à défendre, officielle du moins. Dans quelques heures, je vous parie que toutes les communications avec l'AM.Erica seront coupées, que plus un de leurs vaisseaux spatiaux ne pourra atterrir ici et vous, vous serez...

— ... mort.

Edward baissa la tête et fit un pas en avant. Les deux jeunes gens étaient maintenant si proches que leurs souffles se mêlaient.

— Pourquoi faites-vous ça pour moi ? se risqua-t-il à demander. Pourquoi me prévenir ?

— Je...

Elle parut soudain à court de mots et voulut retirer ses mains des siennes pour se détourner, mais il la retint. Il se sentait trembler et des gouttes de sueur perlaient dans son dos et sur son front. S'il devait vraiment partir maintenant pour ne pas mourir… Alors il n'avait plus peur de se faire rejeter, de lui montrer ce qu'il éprouvait.

— Venez avec moi, reprit-il sans lui laisser le temps de trouver une excuse à sa conduite. Je ne partirai pas sans vous.

Elle tressaillit, et il espéra un instant qu'elle partageait ce qu'il ressentait, que leurs échanges de regards brûlants n'étaient pas un simple mirage.

— Ils sauront que vous m'avez prévenu, tenta-t-il d'argumenter, luttant contre la douleur qui lui tiraillait le cœur.

L'adolescente s'était dégagée et il recula. Il attrapa sa cape accrochée au mur et la boucla sur ses épaules en s'efforçant de contenir ses émotions qui menaçaient de le submerger. Lorsqu'il reprit la parole, ce fut en passant brusquement du vouvoiement de politesse au tutoiement.

— Salidaa... Nous savons tous les deux que ton père et ta mère ne t'aiment pas assez pour te pardonner mon départ.

Edward avait hésité à dire cela. S'il fuyait sans elle, en plus de souffrir de leur séparation, il craignait pour la sécurité de l'adolescente. Ses parents n'avaient jamais semblé très enclins à l'affection, et cette trahison pourrait les inciter à prendre des mesures violentes.

— Je ne peux pas partir, s'entêta-t-elle. Ma maison est ici, je n'ai rien à gagner à m'enfuir. Je préfère vivre ici et voir au moins une étincelle d'hésitation dans les yeux de mes parents lorsqu'ils me puniront pour mes actes. Mon rôle est de surveiller la ville, gérer les administrations, surveiller l'orphelinat, entre autres choses. Ma place a toujours été ici, dans cette ville, même si je regrette… que tu ne puisses plus rester avec moi.

— Salidaa...

— Je t'ai dit non ! cria-t-elle, au bord des larmes. Qu'est-ce que tu veux de plus ? Va-t-en d'ici, tu es déjà resté beaucoup trop longtemps depuis que je t'ai prévenu !

Edward ne pouvait pas lui obéir, pas comme ça, pas sans avoir tenté sa toute dernière chance. Il se rapprocha, mais elle recula. Le jeune homme s'immobilisa et écarta légèrement les bras pour témoigner de son impuissance, suppliant.

— Et si je te disais que tu es la fille la plus incroyable que j'ai jamais vue ? Que je n'oublierai pas cette danse dans cette auberge, ni cette bataille de boule de neige, ni tes sourires ? Que me répondrais-tu ?

Il détourna les yeux à son tour, les joues de nouveau brûlantes de l'aveu qu'il était en train de faire. Comme pour mieux le torturer, elle ne répondit rien et resta parfaitement immobile, le regard rivé droit devant elle. Il franchit alors les deux pas qui les séparaient, sans lui laisser le temps de réagir, et posa ses mains sur les épaules de l'adolescente, rassemblant tout son courage pour une dernière question, ses yeux ne fuyant plus les siens.

— Et si je te disais enfin que je t'aime ? Me suivrais-tu ?

***

Cela ne faisait que deux heures qu'Edward avait franchi au grand galop sur son tricorne les portes de la ville. Cela lui paraissait cependant une éternité. Il plantait ses talons dans le ventre de sa monture pour la forcer à garder l'allure, s'enfonçant toujours plus dans la forêt, sans but. Il ne pensait même pas à son père, à Egrabe prête à entrer en révolte, aux conflits... Non, il revoyait Salidaa refusant toujours de l'accompagner. Elle l'avait finalement forcé à s'enfuir en disant que s'il restait encore sur place, elle se dénoncerait à ses parents alors que s'il partait, elle avait une chance qu'ils ne la soupçonnent pas de trahison. Le jeune homme se sentait furieux, perdu, en colère contre le monde entier. Au bout d'un moment, il consentit à ralentir l'allure pour enfin s'arrêter.

Il tomba à terre à côté de l'animal qui s'allongea carrément entre les arbres, et demeura un long moment replié sur lui-même, retenant un cri qui cherchait à sortir de sa poitrine.

Il faisait totalement nuit maintenant, et les étoiles comme les deux lunes de la planète projetaient une lueur diffuse grisâtre, donnant à la forêt un aspect fantomatique. Edward alla attacher son tricorne par sécurité même s'il n'avait pas bougé de l'endroit où il s'était écroulé, trop fatigué de sa course folle. Le jeune homme revint ensuite s'asseoir au pied d'un des arbres. Il n'avait aucune idée de l'endroit où il se trouvait. Qu'allait-il faire ? Était-il en sécurité ? Qui l'aiderait sur une planète où il n'avait aucun allié ? Combien de temps mettrait le gouverneur à le retrouver ?

Et, parmi toutes ces pensées, les yeux de Salidaa, la sensation de ses paumes dans les siennes, son sourire, ses tenues bariolées. Edward laissa sa tête retomber entre ses mains crispées.

— Oh, que la vie est compliquée, murmura-t-il dans le silence de la nuit.

Un sourire amer étira ses traits lorsqu'il songea brusquement à son père qui l'avait envoyé se renseigner sur Egrabe. Que dirait-il lorsqu'il recevrait l'annonce de ses funérailles ? Le jeune homme ne conservait en effet aucune illusion : désormais les prochains jours allaient être une lutte pour sa survie, et chaque minute qui passait rendait sa situation plus précaire. Un gouverneur traître n'avait aucune chance de laisser le prince de l'alliance ennemie se balader librement sur son territoire. Son père... Edward ferma les yeux et pencha la tête en arrière pour pouvoir s'appuyer au tronc de l'arbre derrière lui. Oui, que dirait Orys ?

Il se sentait tellement mal. Depuis qu'il avait essuyé le refus de Salidaa après avoir compris ce qu'elle représentait pour lui. Son absence creusait comme un vide dans sa poitrine... Si elle avait été à ses côtés à cet instant, tout aurait été différent. Edward donna un coup de pied sur le sol et quelques débris de mousse s'envolèrent sur le côté avant de retomber sans un bruit.

— Mon père...

Ses yeux brillèrent. Il l'aimait sincèrement, et il était persuadé que celui-ci le lui rendait. Alors pourquoi à cet instant présent ne pouvait-il imaginer qu'une chose ? Qu'en apprenant la situation, Orys se contenterait de penser au soulagement d'avoir envoyé Edward et non sa cadette, Aileen. La petite chérie de leur père. Si l'adolescent n'avait jamais jalousé cette dernière, il sentait parfois la colère s'emparer de lui contre leur géniteur. Pour quelle raison affichait-il une telle préférence ? D'autant que selon Sandrine, cette préférence ne s'était manifestée que récemment. D'après elle, c'était environ six ans avant l'attentat de « Défendons la paix » que leur père avait commencé à regarder Aileen ainsi. Les rares fois où ils abordaient le sujet, James disait toujours « J'en suis sûr, il s'est passé quelque chose. Je m'en rappelle très bien de l'instant où il a changé... ». Il ajoutait qu'un lundi, après avoir reçu la visite d'un messager de Sagan, leur père avait demandé qu'on lui envoie Aileen. Il avait serré dans ses bras la petite fille de huit ans, et son fils l'avait entendu dire : « Tu dois être celle qui lui ressemblera le plus, comme tu es la plus jeune... »

Qu'avait-il voulu dire ?

Un bruit dans les fourrés derrière lui fit brusquement sursauter le jeune homme qui se redressa à demi. Cela ne devait être qu'une fausse alerte puisque quelques minutes plus tard, il n'entendit plus rien et se calma. Pour l’instant il fallait juste qu'il essaie de se reposer. Le lendemain, il allait devoir s'éloigner encore davantage et franchir des cours d'eau si possible, pour brouiller les traces.

Il était parti en catastrophe du palais et n'avait rien prévu ni pour se nourrir ni pour se réchauffer. Il n'avait heureusement pas neigé ces deux derniers jours, mais c'était presque un miracle. Edward se rapprocha alors du tricorne allongé, se colla contre l'animal pour profiter de sa chaleur et finit par s'endormir.

Son père l'aimait... Et ses frères et sœurs aussi. Dès qu'ils apprendraient la nouvelle, l'AM.Erica interviendrait pour venir le chercher et remettre au pas la planète dissidente. Le tout était de tenir jusqu'au lendemain, et jusqu'à l'arrivée des Eriquiens.

Une pensée le traversa alors au moment de s'endormir, l'empêchant de tout de suite fermer les paupières. Salidaa risquait de se trouver prise entre deux feux. Si réellement on venait à son secours, cela ne signifierait-il pas sa mort à elle ?

Liam a longtemps été considéré comme le jumeau du populaire Edward, et on lui pardonnait alors son austérité lorsqu'il était seul ou ses plaisanteries cassantes, destinées uniquement à rabaisser ses interlocuteurs. Ce n'est que des années plus tard que certains ont supposé que sans la présence d'Edward qu'il adorait, Liam aurait pu être autrement plus cruel et dangereux pour l'AM.Erica.

Vie privée et publique des princes, Sixtine B., 3672.

Chapitre 43

- Aileen -

— Rodolphe, réveille-toi !

— Quoi...

Le jeune homme se redressa en sursaut sous le regard amusé des quatre autres. Ils étaient une nouvelle fois installés à une table tous ensemble.

— Désolé... J'ai affreusement mal dormi, lâcha-t-il d'une voix pâteuse.

— Ah oui ? Tu as trop fait la fête hier soir ? Comment ça se fait que tu ne m'aies pas invité ?

La plaisanterie de Johan arracha bien un sourire à Rodolphe, mais Aileen le trouva encore lointain et anxieux. Le jeune homme n'était plus lui-même depuis que les ambassadeurs avaient embarqué. Au déjeuner une heure plus tard, elle s'arrangea pour lui poser une question à un moment où Laurie, Johan et Soralie étaient occupés à discuter des vertus du fald, une délicieuse boisson à la cerise, et du ternt, un mélange exotique de Mars.

— Tu connaissais l'une des personnes qui est partie ?

Rodolphe releva ses yeux mordorés vers elle puis les détourna.

— Une... une amie, expliqua-t-il à sa grande surprise. Elle est partie pour Egrabe, mais je suis mort d'inquiétude.

Aileen ne répondit pas tout de suite, stupéfaite de se découvrir comme un début de jalousie. Furieuse contre elle-même, elle s'efforça de retrouver son calme.

— T'inquiète, elle ne risque rien. Egrabe est sûre, sinon jamais mon père n'y aurait envoyé mon frère.

Aileen se tourna vers Soralie pour changer de sujet.

— Au fait ton projet de roman, ça avance ?

— Oui, pas mal du tout. J'ai bien développé les personnages... J'imagine en ce moment un retour des enfants à Astra.

Johan ne put s'empêcher de lâcher un commentaire sarcastique.

— Ce qui est une idée parfaitement ridicule. Après c'est ton problème...

Aileen sentit presque Rodolphe se tendre à côté d'elle et préféra ne pas se tourner vers lui, sûre de voir l'étincelle de colère et de nostalgie qui ne le quittait jamais briller dans ses yeux. Un espoir teinté de rancœur. Plus elle apprenait à le connaître, plus elle en prenait conscience. Elle s'efforça de concentrer ses pensées sur autre chose lorsque les micros du réfectoire crachèrent une annonce tout à fait inattendue.

— La princesse Aileen d'Erica est priée de rentrer de toute urgence chez elle en passant par le bureau du directeur. Je répète...

La jeune fille se leva d'un bond de son siège le cœur battant, tandis que toutes les conversations s'arrêtèrent.

— Ça arrive souvent des trucs comme ça ? demanda Rodolphe en tâchant de rencontrer son regard déboussolé.

— Jamais, lâcha-t-elle d'une voix blanche, se rendant alors seulement compte de sa panique bien réelle.

***

Son père avait envoyé à la princesse deux gardes du palais et un aéronef malgré leur rareté. Elle pressentait le pire en arrivant en haut des immenses escaliers du palais. Son frère Liam atterrit au même moment et ils se mirent à courir vers la grande salle. Là, essoufflés, ils ne virent qu'un garde qui leur désigna un nouvel escalier.

— Dans le bureau de réunion, lâcha-t-il en guise d'explication, le visage impénétrable.

Ils se remirent à courir dans la direction désignée et pénétrèrent dans la petite pièce. Sandrine et James étaient évidemment déjà là. Ils tombèrent chacun dans un siège, non sans avoir lancé aux autres membres de leur famille le même regard fou d'inquiétude.

— Alors ? demandèrent-ils d'une même voix. C'était quoi cette interruption des cours ?

Orys était debout devant la grande fenêtre qui donnait sur un balcon exigu et leur tournait le dos. Il fit simplement un petit signe de la main à sa fille aînée qui paraissait extrêmement troublée.

— Nous venons de recevoir de très graves nouvelles, commença celle-ci d'une voix éraillée.

Liam s'agita et l'interrompit avec brusquerie.

— Va droit au but s'il te plaît, cette attente est insoutenable !

Orys se retourna alors brusquement, le visage figé.

— Egrabe s'est révoltée.

Aileen ne sut dire ce qu'elle ressentit tout à coup. Son esprit fut comme paralysé par une horreur sur laquelle elle ne mettait pas encore de mots.

— Papa... Comment le sait-on ?

— Ils ont activé leurs boucliers magnétiques de protection, coupé les liens de communication et leur flotte de vaisseaux de guerre protège les points faibles de leur défense... Que veux-tu de plus ?

Après de longues secondes de silence, il reprit enfin la parole.

— Je n'ai aucune nouvelle d'Edward. Mais tout laisse à croire que... qu'il a été exécuté. On peut espérer qu'il soit gardé comme otage, mais ce n'est pas leur genre.

Aileen ne pouvait pas y croire, elle n'y arrivait pas. C'était juste... impossible. Edward était vivant, forcément. Comment son adorable frère aurait-il pu ne plus l'être ? James et Sandrine semblaient eux aussi toujours sous le choc de la nouvelle, même s'ils l'avaient tous deux apprise quelques minutes plus tôt. Le plus touché était peut-être Liam qui s'était laissé tomber sur le sol, au pied du siège qu'il occupait. On n'entendait que lui dans la pièce, car il laissait échapper des sanglots qui le secouaient de la tête aux pieds.

— Pas Edward ! cria-t-il avec violence, le visage rougi de larmes. Pas lui, pas... C'est n'importe quoi, il n'est pas mort !

Il ne pouvait cependant se voiler la face, quelles autres possibilités y avait-il ?

— Papa... Mars s'est révoltée aussi ? demanda-t-il en relevant la tête, d'une voix déformée par la colère.

Bien sûr, c'était presque une évidence. Aileen n'arrivait cependant plus à penser, ayant comme un gouffre à la place du cœur qui engloutissait tout en elle. Orys hocha la tête.

— Mars sera la première planète que nous allons attaquer, compléta-t-il à haute voix.

Aileen se releva de son siège, brusquement de nouveau lucide.

— Non ! Après tout il existe encore un mince espoir qu'Edward soit en vie...

— Mais Mars doit tomber le plus vite possible. Cette planète est encore plus dangereuse qu'Egrabe.

La jeune fille retrouvait là le père intransigeant qu'elle avait toujours connu, faisant passer les intérêts d'État avant les siens. C'était intolérable, mais l'adolescente ne savait quels mots employer pour le faire changer d'avis, d'autant que sa raison lui dictait qu'il était plus juste de vouloir sauver le plus d'Eriquiens possibles du danger qu'un frère peut-être déjà mort. Il était cependant impossible pour elle de s'y résoudre.

— Et une attaque conjointe ? lâcha James, tentant de trouver un compromis. Deux attaques, une pour chaque planète ?

Orys secoua la tête d'un air accablé avant de laisser son regard faire le tour de tous ses enfants.

— Ce serait difficile à mettre en pratique. L'AM.Erica n'a jamais été aussi faible... Nous n'avons que très peu de soldats.

Sandrine répondit en tâchant de maîtriser son émotion.

— Nous pouvons rapidement reconstituer l'armée. En faisant appel au volontariat d'abord, puis en obligeant ceux qui en ont l'âge de reprendre les armes.

— Les Eriquiens en ont assez de la guerre, objecta James. Ils ne se battront pas...

Orys reprit enfin la parole, rompant le silence qui s'était installé.

— Ils se battront. On ne leur en laissera pas le choix. Quant à mener le combat sur deux fronts... C'est peut-être la meilleure solution, mais nous ne sommes pas à l'abri d'un soulèvement général. Officiellement, Egrabe prend le parti des ambassadeurs d'Astra, comme Mars.

Aileen sursauta.

— Ça veut dire quoi ça ?

— Que leurs conditions pour revenir à la paix sont que nous donnions notre planète tout entière en guise de « réparations » aux enfants d'Astra... Cette alliance est très grave. Ils sont des milliers sur notre sol. Et nous savons qu'ils sont suffisamment organisés pour agir. Je ne pense pas qu'ils vont intervenir pour le moment, ils vont attendre encore un peu. Mais vous avez tous conscience du fait que nous sommes terriblement fragilisés, n'est-ce pas ?

Personne ne répondit : c'était inutile.

— Il faut d'urgence capturer les chefs d'Astra et mener la guerre à Mars et à Egrabe, poursuivit Orys, implacable.

— Astra n'existe plus. Vous voulez parler des enfants ?

C'était Sandrine qui était intervenue et son père lui décocha un regard neutre.

— Qu'est-ce qui fait un pays ? rétorqua-t-il. Une planète ? Non, c'est sa population. Celle d'Astra n'a jamais eu autant conscience de ses origines...

Aileen n'écoutait plus depuis quelques minutes déjà. Elle commençait seulement à comprendre au fond d'elle-même un désir nouveau : la vengeance. S'il n'y avait pas eu les ambassadeurs alors Edward aurait peut-être été encore en vie.

— Papa, comment comptez-vous les capturer ?

— Nous allons instaurer partout des points de contrôle. À chacun de leurs déplacements, nous vérifierons l'ADN...

— C'est contraire à la loi sur la vie privée.

C'était James qui était intervenu cette fois-ci.

— Peut-être. Mais aucune de ces fichues associations ne les défendra. Les Eriquiens vont tous les détester pour peut-être un mois, deux si nous avons de la chance, avec cette guerre qui commence. C'est le seul point positif que je vois à cette histoire.

Il fit une courte pause avant de poursuivre.

— Et nous allons recenser leurs tatouages afin d'en comprendre la logique. Je vais mettre tous les décodeurs de l'armée là-dessus.

Aileen releva la tête vers son père, et il fixa alors son regard dans le sien, soudain encore plus lointain.

— Nous tenons presque l'un des dirigeants.

Les quatre adolescents sursautèrent dans la pièce.

— Lequel ? demanda Liam d'une voix basse. Leur futur empereur ?

— Non, la petite de Sagan.

Orys se détourna de nouveau vers la fenêtre, et Liam se releva du sol où il s'était rassis pour formuler une accusation sans se maîtriser.

— Nous n'aurions pas à la poursuivre si vous ne l'aviez pas sauvée la dernière fois ! Vous critiquez ceux qui adoptent les enfants d'Astra, mais...

— Non !

Aileen avait crié en même temps que Sandrine. Elles échangèrent un regard, puis la cadette continua plus calmement sous le regard de son père :

— Sauver cette Cyndie Astra n'avait rien à voir. Papa n'a jamais voulu la destruction totale des deux planètes. Si on l'avait écouté, nous n'en serions pas là.

Elle sentit à cet instant qu'elle avait envie que quelqu'un la console et lui dise que tout cela n'était qu'un mauvais rêve et qu'Edward allait revenir.

— Elle a été dénoncée, reprit son père, et nos gardes sont allés à son domicile. La mère adoptive, Leonor VA-98-RP, a donné de son plein gré toutes les informations possibles permettant de retrouver au plus vite son mari qui s'est enfui avec Cyndie Astra. Elle a dit ne plus supporter les cris de cette dernière, et que son mari n'était plus le même depuis son retour de la guerre. Mais à mon avis, elle a simplement voulu protéger son fils à tout prix. Pour que personne n'imagine un instant qu'elle était favorable à la princesse de Sagan... Nos gardes sont à leurs trousses.

Il se tut et le silence retomba dans la pièce. Aileen avait envie de courir se réfugier dans sa chambre pour pleurer en même temps qu'elle avait envie de se sentir utile et de venger son frère. Liam partageait visiblement les mêmes sentiments.

— Deux armées... Laissez-moi en diriger une. Je suis bon stratège d'après vos leçons, et nos hommes suivront un prince.

Orys contempla un long moment son fils et, à l'instant où Aileen était sûre qu'il allait refuser, il inclina la tête. Elle voulut alors ouvrir la bouche pour réclamer la même faveur, mais son père la prit de court.

— Non, pas toi Aileen.

Elle lui lança un regard suppliant qui resta sans effet.

— Laissez-moi seul maintenant, ajouta-t-il sans qu'elle puisse argumenter. S'il vous plaît.

James et Sandrine furent les premiers à quitter la pièce. Liam tarda un peu, mais s'exécuta sur un dernier coup d'œil à son père, tandis qu'Aileen ne pouvait se résigner à se lever pour rejoindre la porte. Elle le fit pourtant, mais, au moment où elle s'apprêtait à s'en aller à son tour, son père l'interpella.

— Aileen...

— Oui ?

Leurs voix étaient méconnaissables.

— Aucune petite fille ne devrait avoir à crier la nuit, n'est-ce pas ?

Elle fronça les sourcils, sans comprendre.

— De qui parlez-vous ?

— De Cyndie Astra… murmura-t-il.

— Pourquoi me demandez-vous cela ?

— Non… Ce n'est rien… Oublie ce que je viens de te dire...

Aileen quitta cette fois-ci la pièce, intriguée, mais ne pensa ensuite plus qu'à sa tristesse, à cette sensation qui la désorientait, cette impression de tomber. Il n'y avait qu'Edward devant elle, ce désir de prendre sa revanche, de leur montrer à tous que l'on ne tuait pas impunément son frère.

***

— J'ai dit à Toes que nous ne ferions pas son concours de réalités virtuelles... Il a compris.

Aileen hocha silencieusement la tête et continua d'avancer les mains dans les poches dans l'allée du parc du lycée.

— Je suis désolé pour ton frère, Aileen. Peut-être qu'il est encore vivant...

Elle n'y croyait pas, mais ça faisait du bien de le dire.

— Tu m'as déjà dit que tu étais désolé, ajouta-t-elle, ne t'inquiète pas.

— Je m'en veux... C'est un peu notre faute, non ? Les enfants d'Astra...

Aileen trouva soudain insupportable que Rodolphe s'inclue dans le groupe de ceux qu'elle détestait aveuglement maintenant.

— Non, seuls les ambassadeurs sont responsables. Et leurs foutus dirigeants !

Ses yeux brillaient en disant cela tandis qu'elle s'efforçait désespérément de contenir sa peine. Rodolphe lui tendit gentiment un mouchoir et elle devina qu'elle avait dû laisser échapper quelques larmes.

— Les dirigeants, répéta-t-il comme en écho tandis qu'elle s'essuyait les joues.

— Oui. Mais bientôt nous n'aurons plus rien à craindre d'eux...

— Comment ça ?

Le jeune homme s'était arrêté net.

— Je te fais confiance. À ton avis, j'ai tort ?

Elle s'attendait à une réponse immédiate, mais elle le vit hésiter un long moment.

— Non, lâcha-t-il enfin dans un murmure, je ne trahirai rien de ce que tu me diras.

Il y avait toujours quelque chose de noble dans son attitude, même à cet instant.

— Mon père met en place des dispositifs d'analyse d'ADN dans tout le pays... Il ne restera qu'à prélever quelques gouttes de sang à des points réguliers de contrôle.

Aileen ne remarqua pas la soudaine pâleur de Rodolphe tant sa colère l'aveuglait.

— C'est contraire à vos lois, lâcha-t-il dans un souffle.

— Une loi d'urgence vient d'être prise par le parlement autorisant également le recensement de tous les tatouages et la recherche de leurs significations, ajouta-t-elle sans tenir compte de sa remarque.

Elle se tourna alors vers lui, remarqua son trouble et perdit de son enthousiasme sombre.

— Tel que je te connais, je suis certaine que tu détestes l'idée. Je ne vois pas ce qu'il y a de si dramatique pourtant.

— Vous allez capturer... mon empereur et sa sœur !

— Ah vraiment ? cria la princesse, oubliant tout dans un nouvel élan de colère. Alors comme ça, il faudrait épargner ton empereur ? Mais c'est lui qui les dirige tous ! C'est lui qui est responsable des ambassadeurs ! Et... et...

Elle se calma petit à petit et se remit à marcher en plantant là Rodolphe qui dut courir pour la rejoindre. Edward était mort ! Et elle en souffrait terriblement... Son ami ne disait plus rien lui non plus, jusqu'à ce qu'il se décide à reprendre lentement la parole.

— Moi aussi je te fais confiance, Aileen. Je suis important dans l'organisation des enfants d'Astra... et c'est presque de la traîtrise de te dire ça. Mais j'ai besoin de te jurer une chose... c'est que jamais, ô grand jamais, nous n'aurions tué Edward. Ni voulu le faire.

Aileen ne répondit pas, le cœur balançant entre une multitude de sentiments. Le solitaire, le taciturne Rodolphe était important dans leur plan ? Pour quelle raison le croyait-elle sans peine ? Mais alors, il était beaucoup plus dangereux que ce qu'elle avait deviné. Et s'il avait voulu gagner son amitié pour connaître leur plan ? Elle hésitait maintenant à lui faire confiance et sentait la peur la gagner. Rodolphe parut affreusement blessé de son silence et il tourna même carrément les talons pour s'éloigner. Ce fut elle qui le rattrapa cette fois-ci.

— Désolée. Je ne suis juste pas moi-même depuis hier après-midi, depuis l'annonce de mon père, depuis le message sur les écrans géants de la ville qui appelle les Eriquiens à rejoindre l'armée... Je te crois quand tu dis que vous ne vouliez pas la mort de mon frère.

Ils se dévisagèrent un instant, puis il se détendit un peu et un mince sourire éclaira ses traits.

— Tu les connais ? demanda Aileen en passant une main dans ses longs cheveux désordonnés. Le futur empereur et sa sœur ?

Rodolphe lui jeta un regard en coin.

— Tu as ma parole que je ne répéterai rien à personne, ajouta-t-elle précipitamment.

— Je les ai déjà vus. Aileen, si tu me fais confiance, aide-moi à les protéger. Qu'ils échappent à votre piège...

C'était comme si un mur s'était soudain dressé entre eux.

— Je ne protégerai pas ton empereur, lâcha-t-elle, la gorge sèche. Tu peux me comprendre Rodolphe : c'est seulement ainsi, en capturant les...

— Les chefs.

— Oui. C'est en capturant les grands meneurs, pas toi, que nous pourrons éviter la guerre. Tu connais quelque chose de pire qu'une guerre civile ?

— Les enfants d'Astra ne seront jamais des Eriquiens...

— C'est là que tu te trompes ! Je suis certaine qu'un jour tu finiras par aimer ta nouvelle patrie.

Elle bouillait intérieurement face à son insupportable ami, mais il ne répondit rien.

— Tu es fatiguée Aileen... ajouta-t-il une bonne minute plus tard. Tu ne devrais pas aller en cours cette après-midi.

— Tu m'en veux, n'est-ce pas ?

— Non, mais je trouverai bien une solution pour sauver mes dirigeants de vos pièges.

Il la planta là, la laissant trop stupéfaite pour réagir.

L'attitude imprévisible de Cyndie Astra s'explique par les traumatismes qu'elle a vécus : elle fait preuve d'une maturité indéniable pour son âge, mais une innocence maladive balaye celle-ci lorsque les fantômes de son passé ressurgissent. Elle oscillera toujours entre ces deux comportements, cherchant désespérément une enfance qui lui a été arrachée.

Vie privée et publique des princes, Sixtine B., 3672.

Chapitre 44

- Cyndie -

Cyndie marchait aux côtés de Matthew, le regardant discrètement. Il aurait pu tomber sans faire attention et l'enfant redressa la tête à cette pensée, décidée à surveiller les alentours pour eux deux s'il le fallait. Ce fut à cet instant que ses yeux accrochèrent un immense écran. Elle laissa échapper un cri, et tendit le doigt en avant, sentant l'adrénaline s'emparer d'elle.

— Oh, regarde le panneau !

Matthew releva lui aussi la tête. Il s'immobilisa net, les bras ballants et le regard fixé sur l'image qui se dévoilait sous leurs yeux. Leurs portraits à tous deux s'étalaient en place d'honneur à côté de messages incitant à se porter volontaire pour la reconstitution de l'armée. L'attention de Matthew était tout entière focalisée sur le visage de Cyndie.

— Tu le savais qu'ils mettraient des avis de recherche ?

Son père tenta de sourire sans y parvenir.

— Oui, se décida-t-il à dire.

Voyant sa mine emplie d'incompréhension, Matthew s'efforça de mieux exprimer ses inquiétudes.

— Normalement le gouvernement n'aurait pas dû avoir accès à des portraits de toi… Ce sont des photos mémorielles, ce qui veut dire que Leonor a accepté que l'on tire ces images de ses souvenirs. Je me demande juste ce… Ce qu'ils lui ont fait pour qu'elle accepte.

La petite fille ne sut que répondre. À la place, elle serra plus fort sa main. Une barbe naissante mangeait les joues de Matthew. Il leur faudrait encore un jour, peut-être deux, pour sortir de la ville.

Sortir de la ville sans se faire repérer venait de devenir beaucoup plus difficile. Matthew se pencha vers elle, se décidant à se détourner du panneau publicitaire. L'enfant remonta nerveusement la fermeture du pull chaud.

— Mets aussi la capuche de ton sweat, lui intima-t-il. Oui, voilà comme ça. Cache-moi ces cheveux trop repérables, ok ?

Il était dix-neuf heures et Cyndie avait hâte que la nuit tombe pour protéger leur fuite. Qu'avaient-ils pu faire à Damien ? Même si la petite fille avait du mal à pardonner à Leonor, elle avait conscience que Damien était son point faible. Bien qu'il ne l'avouât pas, les mêmes pensées agitaient son père d'adoption qui poussa un lourd soupir.

— Si Damien était allé vers un autre enfant le jour des adoptions… ça aurait été plus facile pour toi, non ? murmura Cyndie.

Son père hésita, puis opta pour la franchise avec un haussement d'épaules faussement détendu.

— Sans doute, mais je suis heureux qu'il ne l'ait pas fait. Quand je te regarde Cyndie… J'ai l'impression que quelqu'un, quelque part, m'a offert une chance de rédemption. Je t'aide à fuir, et ce faisant, je peux de nouveau assumer l'homme que je suis et cesser de haïr mon image dans le miroir. Ça vaut tous les risques, tu ne crois pas ?

Elle hocha la tête, la gorge nouée et incapable d'articuler le moindre mot. Il lui reprit la main sans attendre d'autre réponse, se redressa, ramassant la petite valise de cuir au passage. Ils se remirent à marcher dans les rues de la ville. Ils ne devaient plus être très loin de la limite de Graël et de la province des alentours maintenant. Cyndie elle-même accélérait le pas sans s'en rendre compte, devinant qu'une fois sortis de l'enceinte des tours de pierres, ils seraient enfin un peu plus en sécurité.

Elle courait presque, malgré les ampoules qui la faisaient souffrir à chaque nouveau pas, espérant contre toute attente fuir la ville dès la fin de la soirée.

Cela faisait déjà deux heures qu'ils marchaient tous deux, croisant quelques personnes qu'ils s'appliquaient à éviter pour ne pas attirer l'attention, mais cela ne fut pas suffisant.

— Halte ! hurla une voix inconnue derrière eux. Au nom de l'AM.Erica, halte !

La petite fille se retourna vivement en même temps que son père et blêmit à la vue des trois soldats fortement armés qui accouraient vers eux. Matthew l'empoigna sans attendre par le bras, la terreur déformant ses traits.

— Cours ! Cours comme tu n'as jamais couru !

La panique se ressentait dans chacune de ses paroles et il lâcha même leur valise. Cyndie bondit à ses côtés, oubliant tout pour ne plus songer qu'à fuir ce danger qui lui rappelait ses plus terribles souvenirs. Deux balles frôlèrent leurs oreilles et l'enfant baissa instinctivement la tête comme si cela pouvait la protéger.

— Tourne à gauche dans la prochaine rue ! lui cria Matthew sans ralentir, entre deux respirations.

Elle ne répondit pas, mais accéléra encore sa course en ignorant la douleur. Des larmes lui gonflaient les yeux, mais elle continuait rageusement. Pas question de laisser les soldats qui lui avaient déjà volé sa famille l'attraper maintenant ! À l'embranchement des deux rues, elle obliqua à gauche avec Matthew comme il l'avait prévenue et ils échappèrent ainsi pendant quelques minutes au bruit affreux des balles. Son père affichait une mine désespérée lorsqu'il se rua vers la première porte venue et tenta de l'enfoncer.

— S'il vous plaît ! cria-t-il en cognant le métal de ses poings. S'il vous plaît ouvrez, pour la vie d'une enfant !

Personne ne réagit. Il recommença à courir en entraînant Cyndie à sa suite. Les gardes s'étaient considérablement rapprochés maintenant. Une rafale de balle passa près d'eux et Matthew roula à terre avec sa fille dans un réflexe d'ancien soldat, les protégeant momentanément. Lorsqu'il se releva, Cyndie remarqua qu'il avait sorti une arme de sa veste.

— Tu mérites qu'on se batte pour toi... File. Jure-moi de t'en aller...

— Non... parvint-elle seulement à murmurer.

Il avait tout sacrifié pour elle et maintenant il exigeait d'elle qu'elle l'abandonne ! Elle avait peur de mourir, mais plus encore de se retrouver de nouveau seule au monde et abandonnée.

— Non ! cria-t-elle plus fort, tentant de marquer sa conviction alors que sa voix vacillait.

Matthew posa ses mains sur ses épaules et ébaucha un triste sourire.

— Il faut que quelqu'un puisse raconter un jour ce qu'il s'est passé ici, et ce sera toi. Je refuse que l'on meure tous les deux… Je veux que tu sois libre, petite princesse, et il n'y a que cela qui peut me rendre heureux. Tu sais mieux que personne ce que c'est que de vivre avec des regrets, mais toi au moins tu n'étais pas coupable.

Si tu disparaissais aujourd'hui, je ne pourrais pas me le pardonner. Je t'en supplie, obéis-moi comme une enfant le doit à ses parents : va-t-en.

Les soldats étaient tous proches, mais loin de quelques mètres encore. Cyndie sentit Matthew essuyer une larme qui roulait sur sa joue.

— Rendez-vous ! Vous n'avez nulle part où aller !

Le regard de Matthew brilla et il esquissa un sourire complice qui acheva de détruire l'enfant de l'intérieur.

— Bien sûr que si nous avons un endroit où aller… Lorsque tu rentreras sur Sagan, promets-moi d'avoir une pensée pour moi. Je rêvais de t'y accompagner, de t'aider à réaliser ton rêve, mais je sais que tu y parviendras, parce que tu es une enfant formidable et que ton destin est lié à cette terre que tu aimes tant !

Il se détourna d'elle sans attendre et tira, adroitement sur le premier homme qui s'élançait vers eux. Le soldat tomba à terre, fauché net dans son élan, et les autres reculèrent précipitamment pour s'abriter. La petite fille ne pouvait pas partir, pas sans un au revoir. Elle s'approcha brusquement de son père d'adoption et posa sa tête contre son dos transpirant, enlaçant sa taille de ses bras et fermant les yeux une demi-seconde.

— Merci Papa…

C'était la première fois qu'elle le disait, et elle sentit un long frisson traverser l'homme qui avait voulu la rendre heureuse. Alors seulement, elle tourna les talons et s'enfuit vers la première rue qui croisait celle où ils se trouvaient. Tout en courant, elle manqua de tomber à deux reprises, jetant de fréquents coups d'œil en arrière. La seule chose qui l'avait fait partir avait été l'espoir dérisoire que les soldats ne s'en prendraient pas à Matthew s'ils la voyaient s'enfuir. Après tout, c'était après elle qu'ils en avaient. Après quelques mètres, Cyndie s'immobilisa, essoufflée, pour risquer un dernier regard à cet homme auquel elle était maintenant réellement attachée.

Matthew était de nouveau en train de tirer, mais les gardes royaux s'étaient organisés et les trois balles manquèrent consécutivement leurs cibles. Eux en revanche ne le manquèrent pas : un premier projectile lui traversa le bras gauche, puis un autre la jambe droite, et enfin un dernier en pleine poitrine. Cyndie plaqua une main sur sa bouche pour couvrir le hurlement qui franchissait ses lèvres, tandis qu'il s'effondrait à terre au milieu de la rue déserte. L'enfant recula à tâtons, sa main s'appuyant au mur proche pour ne pas tomber. Les gardes s'avançaient déjà, tandis que d'autres arrivaient. Ils étaient bien une quinzaine maintenant, mais elle oubliait tout. Il n'y avait plus que ce dernier sourire, et cet homme qui tombait, mort, comme tous ceux qui avaient été trop proches d'elle. Maudite, elle était maudite. Un goût de sang en bouche comme si elle avait été blessée, Cyndie reprit sa marche, d'abord lentement puis plus vite, pour enfin se remettre à courir. Des larmes ruisselaient sur ses joues qu'elle essuya d'un geste rageur. Elle voulait s'éloigner, fuir pour prendre sa revanche en souvenir de Matthew : elle lui devait de rester en vie, et ce même si elle ne souhaitait qu'abandonner.

Une autre rue, encore une... Les gardes avaient mis trop de temps à réagir après Matthew. Chaque nouveau pas les semait un peu plus, mais l'enfant ne conservait guère d'illusion : il y avait son visage, son visage qu'elle ne pouvait plus supporter, sur les écrans géants de toute la ville. Bientôt, elle s'effondra sur le sol dans un recoin sombre à côté d'une petite boutique fermée à cette heure avancée de la nuit. Elle n'en pouvait plus et avait tantôt froid ou chaud.

Matthew… Un amer regret l'habitait et elle aurait voulu supplier quelqu'un, n'importe qui, pour expliquer qu'il méritait de vivre. Intimement, elle comprenait que sans son irruption dans sa vie, jamais il ne serait mort aujourd'hui. Ils la quittaient tous toujours. Il ne fallait plus qu'elle aime ceux qui l'entouraient. Cela faisait trop mal ensuite. Elle se recroquevilla sur le sol et ferma les yeux sans sentir la petite pluie fine qui reprenait.

Oh, si elle avait pu se réveiller ailleurs ! Cyndie aurait adoré pouvoir s'endormir au pied d'un arbre sur Sagan. Au lieu de cela, elle n'avait qu'un sol dur, des larmes plein les yeux qui se confondaient avec la pluie et une peur, terrible, angoissante, des soldats. Elle lutta pour garder les yeux ouverts de longues minutes, tentant même de se relever pour reprendre sa fuite, mais ses forces la trahirent et elle retomba durement. L'enfant ne put résister plus longtemps et céda à l'épuisement. Pourquoi était-elle toujours si seule ? Si terriblement seule...

— Eh les gars ! On l'a retrouvée !

Cyndie se réveilla en sursaut, apeurée, paniquée, et voulut se redresser, mais dix gardes l'encerclaient. Ils barraient toutes les issues, armes au poing, le regard fixé sur elle. L'enfant ne tenta même pas de s'échapper. Elle se referma sur elle-même, serrant ses bras autour de ses jambes, dans l'attente d'un coup ou d'un tir qui viendrait mettre fin aussi bien à son désespoir qu'à ses rêves inachevés. Elle aurait aimé être plus forte, plus grande, capable d'insulter les soldats et de soutenir leurs regards. L'image de sa cousine Sibylle traversa son esprit et elle se mordit violemment les lèvres pour retenir de nouvelles larmes. À cet instant, elle ressentait plus que jamais combien elle lui manquait et comme elle aurait aimé l'avoir auprès d'elle.

— Vous savez les gars, je n'aimerais pas être cette gamine. Elle n'a que des ennuis...

Personne ne répondit. Une femme recula de deux pas et baissa les yeux sur le sol, fixant ses pieds.

— Matthew n'aurait pas dû faire ça, mais je comprends son choix. Je regrette d'avoir tiré…

— Eh bien, tu ne devrais pas, Victory, riposta un autre garde tatoué. Il savait à quoi il s'exposait… Nous sommes en guerre contre Egrabe à cause des enfants d'Astra, ne l'oublions pas ! Même si… même si ça fait mal, je dois l'avouer. Matthew était un officier que tout le monde aimait, se portant volontaire pour aider ceux qui en avait besoin – ce qui devait représenter la moitié de son unité au moins.

Les regards se focalisèrent de nouveau sur l'enfant toujours recroquevillée au sol qui les écoutait.

— Il est mort pour cette petite, grogna un autre homme.

Cyndie se reprit à espérer contre toute attente, se raccrochant désespérément au reste d'humanité qui devait demeurer en ces hommes.

— Il n'aurait pas dû, murmura enfin le plus gradé. Personne n'a envie d'avoir une guerre civile sur les bras. Elle est peut-être attachante en chaton effrayé comme ça. Mais c'est l'un de leurs chefs.

À regret, le capitaine mandaté personnellement pour la poursuite de l'enfant royale hocha la tête et fit signe à deux de ses hommes de s'avancer. Ils s'emparèrent aussitôt de la petite fille qui tenta de se débattre.

— Non ! Lâchez-moi ! Laissez-moi rentrer à la maison ! Laissez-moi rentrer... Il... Il avait promis. Il avait dit qu'il me ramènerait à Sagan ! Papa, au secours !

Tout se confondait dans sa tête. Qui appelait-elle ? Matthew ou son véritable père ? Le capitaine des gardes secoua la tête sous la pluie.

— Fichu métier.

Il tourna ensuite les talons, laissant à ses hommes le soin d'escorter Cyndie. Elle ne vit pas ses Gardes du Corps, tapis dans l'ombre, furieux de ne pas avoir pu essayer de la sauver. Les soldats entraînaient l'enfant vers une destination qui lui était totalement inconnue, sous la pluie battante qui prenait un goût salé sur son palais, mêlée à la saveur de ses larmes.

Dans les années 2300, les dirigeants du pays Astra lancèrent une grande campagne pour promouvoir l'émigration sur Sagan. Leur but était à la fois politique, pour augmenter leur influence, ainsi qu'économique, pour exploiter au mieux les importants atouts de la planète. Sagan possédait des ressources en minerai uniques dans la galaxie, ce qui incita plus d'un tiers de la population astrayenne à s'y installer.

Coloniser pour mieux régner, Tiphaine D.V., 2934.

Chapitre 45

- Sibylle -

Sibylle était assise dans la chambre qu'on lui avait préparée sur un lit de bois archaïque, songeuse. Que signifiait le soutien aussi direct du gouverneur d'Egrabe ?

— Je peux ?

Carlys n'attendit pas d'autorisation, pénétra dans la pièce après lui avoir adressé un sourire ironique et alla s'assoir nonchalamment dans un siège recouvert de peau de mouton.

— Alors tu te poses des tas de questions, Al' ?

— J'avoue que je ne comprends pas l'attitude du gouverneur...

— Heureusement que, d'après ce que tu as laissé échapper, ton frère est plus doué en stratégie... C'est pourtant évident, non ?

— Ah bon ?

— Eh bien, poursuivit-il d'un air imperturbable mais visiblement très fier de lui, ça donne un prétexte à Egrabe pour entrer en guerre.

— Pourquoi en auraient-ils besoin ?

— Ils ne peuvent pas affronter toute l'alliance de l'AM.Erica. Mais en défendant officiellement notre cause, ils donnent un prétexte aux autres planètes pour ne pas s'engager aux côtés des Eriquiens. La plupart, et notamment Nepsys, s'en veut toujours du soutien qu'ils ont donné pour exécuter les massacres, et ils ne sont pas près de recommencer. Egrabe espère de plus notre soutien. Leur victoire – même avec l'alliance de Mars – n'est pas certaine, sauf si nous déclenchons la guerre civile qu'ils désirent sur l'AM.Erica.

Sibylle croisa les jambes en tailleur et posa pensivement son menton dans ses mains.

— L'idée est intéressante...

Elle fit une pause avant de compléter un peu froidement.

— La seule chose à savoir, c'est s'ils nous aideraient vraiment à la fin de la guerre.

— Pour moi, oui. Diplomatiquement, ils n'auront pas le choix. Nous avons tout à gagner à nous allier à Egrabe, même si je le déplore... Bon sang, tu me rappelles pour quelle stupide raison je me suis plongé dans la politique déjà ?

Elle fit un geste de la main pour balayer cette question rhétorique et fronça les sourcils, revenant au cœur du problème.

— À vrai dire, je crains qu'en étant présents, nous n'ayons plus le choix de nous allier ou non à eux. Mais s'ils perdent la guerre ?

— Dans ce cas-là, cette histoire d'ambassadeurs et d'alliance aura été la pire erreur que nous ayons faite... Enfin, que vous ayez faite, je ne me sens toujours pas concerné.

Alors qu'elle s'apprêtait à reprendre la parole, quelqu'un toqua à sa porte. Elle n'eut pas le temps de dire un mot que son ami répondait à sa place avec un sourire amusé.

— Entrez ! Je ne comprendrai jamais ceux qui ont la patience d'attendre une autorisation alors qu'il suffit de pousser le battant.

La princesse leva les yeux au ciel en souriant jusqu'à ce qu'elle découvre l'identité de sa visiteuse. Salidaa, l'énigmatique fille du gouverneur. Vêtue d'une robe de voiles violets, de grands pendants d'oreille assortis à quelques fils d'or dans sa chevelure, la jeune fille alla s'assoir sur un coussin au sol et inspira avant de parler.

— Il faut que vous m'aidiez tous les deux...

Elle continua sans leur laisser le temps de réfléchir.

— Vous saviez que le prince Edward se trouvait ici avant votre arrivée ?

Un frisson glacial parcourut la nuque de Sibylle qui tressaillit malgré elle.

— Il est mort ? demanda frontalement Carlys en perdant tout sourire.

Salidaa releva la tête vers l'une des meurtrières qui permettait d'apercevoir un mince bout de ciel bleu.

— Non, il s'est enfui avant. Ma mère est persuadée que je l'ai aidé...

— C'est le cas ? questionna-t-il plus détendu.

La jeune fille ne répondit pas, et Sibylle s'attarda un instant sur ses propres pensées. Elle ressentait un curieux mélange de soulagement et de colère. Elle aurait tant aimé voir la peine et la souffrance déchirer le cœur d'Orys. Elle aurait voulu voler la vie de son fils, pour tous les disparus de l'AS-SA. Pourtant, une autre part d'elle-même souhaitait ne pas se rabaisser à la hauteur de son ennemi. Le prince disparu était un garçon de son âge, innocent des actes de son père, mais il restait malgré tout difficile de se raisonner.

— Que veux-tu de nous, Salidaa ? demanda-t-elle.

— Protégez-moi. Mes parents me verront beaucoup d'utilité si je deviens, au moins à leurs yeux, votre amie et confidente. De plus, réclamez la vie d'Edward comme un bien d'Astra. Dites que, si on le capture, ce serait pour vous le ramener vivant.

Sibylle n'arrivait pas à dire « oui ». Elle se revoyait une année auparavant, apeurée comme les autres, terrorisée, tandis que les gardes eriquiens ouvraient les souterrains. Ce fut Carlys qui réagit, non sans lui avoir au passage lancé un coup d'œil presque furieux.

— Nous sommes d'accord, Salidaa. Mais de ton côté, il va falloir que tu nous aides...

— Une minute, s'interposa Sibylle. Qu'est-ce que cela peut apporter au plan, un accord pareil ?

— Tu exagères...

— Non, elle a raison, riposta tranquillement la fille du gouverneur. Par les temps qui courent, il est plutôt normal d'assurer ses arrières. Si vous m'aidez et jurez d'assurer la vie à Edward, je vous tiendrai au courant de toutes les nouvelles que je pourrais avoir de mes parents et des serviteurs. Être bien informé est un avantage non négligeable, et il va de soi que si vous avez besoin de quelque chose, vous pourrez toujours compter sur moi.

Elle paraissait si résolue et décidée que Sibylle hocha la tête, convaincue. Carlys continua de ronchonner dans son coin.

— Pas possible. Je suis entouré de filles toutes plus dingues les unes que les autres. Vous êtes au courant que les ados normaux de notre âge rêvent simplement d'organiser des fêtes d'anniversaire avec des mojitos ?

— Heu… Du quoi ? demanda son amie avec un sourire moqueur difficile à cacher.

— Une très ancienne boisson. Avec du rhum et de la menthe.

— Ah, dans ce cas-là je préférerais juste la menthe, objecta Sibylle.

— Toujours prête à me contredire. C'est fou ça…

Il avait du mal à cacher son amusement, et se tourna vers Salidaa qui le contemplait en retenant mal son rire également, bien que la situation soit grave. Toute la conversation se déroulait depuis le départ en astrayen, la fille du gouverneur maîtrisant parfaitement cette langue, ce qui dénotait une véritable curiosité intellectuelle. Elle redevint grave lorsque le silence s'installa de nouveau entre eux.

— Tant qu'Edward reste en vie, acheva-t-elle pour mettre fin à leur entretien, vous avez ma parole que c'est vous que je chercherai à aider.

Elle se releva ensuite, esquissa un geste de salut puis quitta la pièce sans laisser à Sibylle le temps de répondre.

— Tu m'expliques pourquoi elle prend le parti d'Edward contre ses parents ? lâcha-t-elle.

— Sib', tu es sûrement douée pour des tas de choses, mais tu es aussi rancunière qu'aveugle. Ma main au feu qu'elle l'aime...

— Il doit y avoir une bougie quelque part vu l'état des lieux.

— Al' ! C'est moi qui fais des blagues stupides d'habitude !

— Qui a dit que je plaisantais ?

— Ça aussi, c'est MA réplique.

— Preuve que tu deviens prévisible.

Ils se regardèrent alors et éclatèrent soudain d'un grand rire joyeux qui résonna dans toute la pièce.

***

— Vous avez demandé à me voir...

Ce n'était pas une question et Sibylle le comprit très bien. L'homme mettait instinctivement mal à l'aise. Le gouverneur d'Egrabe était un homme froid, rasé de près, chauve, fort et musclé, renvoyant une image menaçante. Il avait daigné enfiler une paire d'écouteurs-traducteurs pour pouvoir entendre la jeune fille dans sa langue. Sibylle détestait l'impression qu'il pouvait tout deviner de ses pensées d'un simple regard. D'autant plus que lui revenait à l'esprit tout ce qu'elle avait entendu dire de lui. Devenu gouverneur à dix-sept ans, il avait fait assassiner son rival politique – selon toute vraisemblance –, devenant ainsi l'unique candidat pour occuper la fonction de chef d'Egrabe. D'après ce qu'avait pu lui dire Saedor, la princesse savait qu'il était un homme retors, assoiffé de pouvoir et calculateur. Cela faisait des années qu'il n'aurait plus dû être en poste s'il avait respecté les lois egrabiques.

— Eh bien, nous voulions vous parler, mais...

Il se servit un verre d'un alcool rouge qu'elle ne connaissait pas sans lui en proposer.

— Je ne vois pas pour quelle raison j'aurais reçu les deux ambassadeurs alors que visiblement c'est vous qui dirigez le duo, observa-t-il calmement.

Sibylle sentit une pointe d'énervement, mais s'obligea à garder son calme. D'autant plus qu'il y avait beaucoup trop longtemps qu'elle ne s'était pas transformée. Elle avait tout intérêt à écourter cette réunion.

— Très bien. Nous voudrions visiter un peu les alentours d'Egrabe aujourd'hui, avec votre fille comme guide.

— Accordé.

— Ah ? Heu... Nous aimerions être informés de vos plans...

— Nous en rediscuterons quand vous m'aurez prouvé que vous pouvez déclencher une guerre civile sur l'AM.Erica.

Sibylle se garda bien de répondre que, pour le moment, il fallait encore qu'elle réfléchisse à tout ceci. Elle n'avait pas la moindre envie de se faire avoir par le sombre gouverneur d'Egrabe. Celui-ci avala tranquillement une gorgée de sa boisson.

— Pas d'autre demande ? demanda-t-il en haussant un sourcil narquois.

— Si, une dernière à vrai dire. Je... Nous réclamons la vie d'Edward d'Erica. Qu'on le capture vivant, si jamais vos hommes parviennent à le retrouver.

Elle avait volontairement pris un ton légèrement méprisant sur les derniers mots. Il fallait qu'il comprenne qu'elle n'était pas une gamine manipulable.

— C'est Salidaa qui vous a demandé ça ?

— Absolument pas. Vous savez ce que c'est que de perdre les gens que vous aimez ? Vous savez ce que c'est que de vivre un an sous terre en ayant à chaque minute l'impression que vous allez mourir, que ça ne peut pas continuer ainsi, que les troupes de l'AM.Erica vont débarquer ? Vous imaginez ce que l'on ressent quand on est adopté par ceux qui ont tué vos parents ? Je veux me venger moi-même.

— Accordé, mademoiselle Astra, dit-il après de longues secondes de silence.

Sibylle tressaillit puis comprit que le gouverneur n'avait utilisé ce terme que comme une généralité. Elle remarqua pourtant avec un léger malaise qu'il avait noté sa réaction et qu'il la fixait maintenant d'un regard curieux.

***

— Ahhh ! Quelqu'un m'explique comment on tient sur cette fichue bestiole ?

Ça, c'était une exclamation de Carlys qui venait encore de tomber de cheval. Salidaa et Sibylle avaient immobilisé leurs tricornes au sommet d'une petite colline d'herbe verte et regardaient en contrebas un petit village animé où couraient des enfants, accompagnés de quelques femmes et hommes se promenant dans les rues. Il faisait froid, et la princesse s'était chaudement couverte avant de sortir dehors, encore que, d'après Salidaa ils avaient de la chance : cela faisait plusieurs jours qu'il n'avait pas neigé. Sibylle était folle de curiosité et mourait d'envie de découvrir chaque parcelle d'Egrabe. Tout y était si étrange ! Même monter simplement les tricornes était... bizarre. Les maisons lui semblaient tout aussi déstabilisantes : en bois, en torchis, en pierre parfois... Rien à voir avec les hautes tours de verre d'Astra !

— Ton père n'a jamais eu envie de, disons, moderniser ta planète ?

Elles en étaient venues naturellement au tutoiement ; il faut dire aussi qu'avec Carlys, il était difficile de faire autrement. Salidaa secoua la tête.

— Non. Egrabe ne serait plus Egrabe sinon... C'est ce qu'il dit toujours. Mais il y a aussi une mentalité paysanne persistante chez nous et une question de moyens financiers. Depuis quelques années, tout l'argent de l'État passe dans l'armée qui, elle, est pourvue de tout l'attirail moderne imaginable.

— Je suppose que ça nous arrange aujourd'hui.

La princesse fit une pause, puis reprit la parole après une hésitation, changeant de sujet.

— C’est peut-être indiscret ce que je vais te demander mais… Tu n’es liée à personne de ton âge ici ? Je ne te vois jamais avec un ami ou simplement quelqu’un qui ne soit pas un soldat ou un garde.

— Disons simplement que je n’ai pas des parents faciles. À vrai dire, Edward est la première personne dont je me suis sentie proche. Je manque d’expérience en matière d’amitié… Et encore plus en amour. Mais puisque tu parles de cela, j’espère que nous parviendrons à nous comprendre toutes les deux, et qu’un jour nous serons heureuses de nous revoir, quand tout cela sera fini.

Un peu gênée, Sibylle se retourna sur sa selle pour voir arriver Carlys à un très petit trot.

— Dou... Doucement... n’arrêtait-il pas de dire en sautant sur sa selle sans parvenir à suivre le rythme. Oh ! J'ai dit dou-ce-ment...

Lorsqu'il arriva à leur niveau, il arrêta son tricorne avec un soulagement visible.

— Ouf ! À mon avis, je suis né pour être cavalier...

— Oh, aucun doute là-dessus !

Sibylle éclata de rire avant de se retourner vers Salidaa.

— Ton père ne m'a rien dit de ses projets. Quand compte-t-il réellement attaquer l'AM.Erica ?

— Il n'a pas l'intention de s'en prendre à eux...

Elle plongea son regard dans le sien avant de terminer.

— ... Il va simplement les attendre. Mars est aussi entrée en guerre ; les forces de l’AM.Erica n’ont jamais été aussi faibles. J’espère que vous pourrez déclencher votre guerre civile, Carlys et toi, car, sinon, mon père pourrait devenir nettement plus dangereux pour vous qu’il ne l’est actuellement.

Elle s’arrêta puis termina avec un sourire ironique.

— Il n’apprécierait pas de m’entendre dire cela, mais il y a longtemps que je me fiche de son avis !

Elle était superbe ainsi, laissant deviner la révolte qui couvait en elle, et Sibylle songea qu’elle n’avait peut-être pas tort d’espérer qu’elles deviennent un jour amies.

Sagan était l'une des planètes les moins habitées de son système, ce qui explique la présence d'une nature omniprésente. Le chef-lieu du gouvernement, à savoir le palais royal, se situait sur la face la plus longtemps exposée à la chaleur solaire dans l'année. C'était un bâtiment original constitué de trois uniques tours fines et reliées entre elles, formant un parfait triangle. Elles étaient en verre coloré, suivant l'architecture propre à Astra.

J'ai vu tomber un empire, témoignage de Raphaëlle P., 3128.

Chapitre 46

- Cyndie –

Ils l'avaient laissée là sans un mot, après l'avoir forcée dans la nuit noire à escalader le gigantesque escalier d'entrée alors qu'elle ne tenait plus debout. Le palais lui avait semblé froid et lugubre. De toute façon, elle avait toujours détesté les bâtiments eriquiens, tous composés de pierre taillée.

L'enfant s'était roulée en boule sur le sol dallé de la petite pièce fermée à clef, dans le coin le plus sombre. Elle aurait aimé disparaître complètement, ou que les soldats oublient totalement son existence. Sa respiration était hachée et son cœur cognait trop vite dans sa poitrine, tandis qu'elle s'efforçait sans y parvenir de ne pas trop appréhender la suite. Qu'allaient-ils lui faire ? Elle laissa échapper un léger cri en se rendant compte que c'était auprès de Matthew ou de sa cousine qu'elle aurait aimé avoir une réponse.

Cela faisait cinq heures qu'elle se trouvait là, espérant sortir de ce rêve affreux tout en sachant qu'il n'y avait pas d'autre réalité. Elle n'avait plus la force de pleurer et sentait juste la faim et la soif la tirailler. Elle serra plus fortement ses bras autour de ses jambes, secouant ses boucles blondes au passage. Ce geste avait beau être inutile, il lui venait naturellement. Se faire la plus petite possible était sa façon à elle de tourner le dos au monde entier et de se créer une bulle imaginaire. La porte de la pièce s'ouvrit alors en coulissant et Cyndie refusa de lever les yeux. Elle se recroquevilla encore un peu plus, paniquée lorsqu'un homme vint s'agenouiller devant elle. C'était l'un des gardes qui l'avait capturée. Les battements de son cœur s'accélérèrent et elle ferma les yeux.

— Enfant... Tiens, une bouteille d'eau. Et de quoi manger.

Cyndie releva la tête et sentit que le garde réprimait son émotion à la vue de son regard.

— Je n'en veux pas, articula-t-elle d'une voix basse, détachant chacun de ses mots.

— C'est qu'il faut que tu manges, insista le garde. Allez, ça te donnera des forces...

Elle le fixait de ses yeux bleus avec une insistance dérangeante et il détourna son regard. Il posa la bouteille et la nourriture à côté d'elle et se releva, gêné.

— Bon, tu fais ce que tu veux de toute façon.

Elle releva son fin visage vers lui.

— Vous allez faire quoi de moi ?

C'était la seule question qui avait de l'importance au fond. Il rougit et l'enfant le remarqua.

Sans un mot, il fit demi-tour et sortit de la pièce. Elle ne se départit de son apathie qu'une bonne heure plus tard pour attraper la bouteille d'eau et l'ouvrir lentement, à petits gestes appliqués. Elle avala deux gorgées, mais cela ne la désaltéra pas. Elle avait soif d'autre chose... D'une présence, d'une certitude. De trouver quelqu'un qui enfin ne la quitterait jamais... Elle n'y croyait plus.

L'enfant ne toucha pas à la nourriture que le garde lui avait apportée et se recroquevilla à nouveau, passant d'une position assise à une autre, à même le sol. Elle ferma les yeux puis tenta de s'endormir. Le temps passait toujours plus vite ainsi lorsqu'elle n'avait pas à réfléchir. Elle avait la sensation d'avoir attendu quelque chose toute sa vie : que ses parents reviennent de cette réunion qui devait amener la fin de la guerre, déjà.

« Ta mère et ton père ne reviendront pas ». Cyndie avait malgré tout passé des heures à les attendre inutilement dans le spatioport le plus proche du palais. Des centaines de vaisseaux atterrissaient ou décollaient, et chaque personne qui passait devant elle lui avait jeté un regard compatissant et apitoyé. Tout ce temps ne lui avait servi qu'à ressasser les douces cajoleries de sa mère ou le regard grave, mais empli d'amour, de son père qu'elle aimait tant. Il lui avait fallu deux mois pour accepter cette vérité. Alors, elle avait été voir son grand-père, avait grimpé sur ses genoux et brusquement fondu en larmes, ce qu'elle n'avait pas fait jusque-là, même lors de la cérémonie d'adieux. Il avait été là pour la soutenir au moins, puisque la consoler était impossible. Il s'était efforcé d'être présent malgré ses nouvelles responsabilités. Seule les paysages de sa planète et son grand-père avaient réussi à atténuer sa peine, mais la guerre n'avait pas tardé à tout lui reprendre.

L'enfant ouvrit un œil et fixa le sol devant elle. Quelqu'un y était assis, deux mètres plus loin. Elle se redressa rapidement pour fixer des yeux effarés sur le nouvel inconnu.

— Qui êtes-vous ?

Elle levait instinctivement un bras devant elle pour se défendre, mais l'homme ne fit pas un geste et se contenta de poser un doigt sur ses lèvres.

— Chut, calme-toi. Je suis là depuis une heure. Je ne t'ai pas fait de mal, n'est-ce pas ?

Cyndie avait appris depuis longtemps qu'une apparente sympathie ne signifiait rien. Elle se redressa avec hésitation jusqu'à s'adosser au mur, désespérée à l'idée de n'avoir encore une fois aucun endroit où fuir. L'homme portait un costume de la même couleur que celui des soldats gris, mais il ne semblait pas en être un malgré les quelques prestigieuses décorations qui ornaient sa poitrine. Quelque chose chez cet homme lui rappelait un vieux souvenir enfoui. Face à la peur qui l'habitait, l'enfant ressentait pourtant une étrange impression positive à son égard.

— Tu es la princesse de Sagan, commença-t-il, brisant le silence. C'est un titre plutôt encombrant par les temps qui courent.

Il était assis, la contemplant toujours tandis qu'elle hésitait à affronter ses yeux bruns.

— Tu sais que tu n'as pas à avoir peur de moi ? Je ne veux que ton bien.

Il semblait poser une question mais il n'y avait rien à répondre. Il tendit une main en avant sans qu'elle comprenne ce qu'il voulait. Elle le fixa, le visage atone.

— Cyndie ?

Les yeux de l'homme étaient toujours animés de cette tension étrange qu'elle ne comprenait pas.

— Je ne te demande rien. Simplement de me faire confiance... Tu comprends ?

Elle aurait voulu reculer immédiatement, mais le mur dans son dos l'en empêchait. Elle jeta un coup d'œil à sa main tendue et refusa de la serrer en détournant les yeux. Il parut extrêmement peiné et laissa ses doigts glisser sur le sol. Sa tristesse parut disproportionnée pour l'enfant, presque fausse, mais elle ne releva pas, toujours apeurée.

— Cyndie...

— Vous ne m'avez même pas dit qui vous étiez, s'empressa-t-elle de dire.

— Tu as raison. C'est mal de ma part.

Il parut vouloir dire son nom mais n'y parvint pas. Le mot refusait de franchir ses lèvres.

— Pourquoi voulez-vous m'aider ?

L'adulte et l'enfant se regardèrent alors pendant de longues secondes. Il rappelait décidément à Cyndie quelqu'un, mais elle ne se souvenait ni de l'époque ni de l'endroit où elle avait pu le voir.

— Je veux t'aider parce que tu ne mérites pas ce que tu as vécu. Et parce que je suis incapable de ne pas fléchir en voyant ton visage torturé et tes yeux plein d'effroi… Je venais te dire au revoir, avant que tu sois emmenée en cellule définitive jusqu'à la fin de ta vie, mais je me rends compte que je ne peux pas faire ça, pas avec toi.

— Je n'ai rien de plus que les autres, je ne comprends toujours pas.

— Disons que je me suis toujours intéressé à ton histoire et à tout ce qu'elle a de tragique. J'ai souvent pensé à toi et voulu t'aider, Cyndie.

— Je ne vous crois pas, répliqua l'enfant avec hargne. Si vous êtes ici, c'est que vous êtes avec les soldats qui m'ont arrêtée. Ils ont tué mon père adoptif !

— Je serais presque jaloux de cet amour que tu portes à cet homme, si je ne pensais pouvoir être moi aussi un véritable père pour toi. J'aurais aimé que tu ne te caches pas parmi les enfants d'Astra... Je t'aurais adopté, et tu n'aurais jamais eu à vivre les épreuves des dernières heures.

— Et alors ? Ils vous auraient tué vous aussi, c'est tout.

Elle vrillait sur l'inconnu ses grands yeux bleus, incapable de comprendre l'importance qu'elle semblait avoir pour lui.

— Je... Je ne pense pas non.

L'enfant resta aussi immobile qu'une statue. Il ne savait visiblement pas comment s'y prendre pour expliquer ce qu'il voulait dire. L'homme se décida après quelques hésitations à entamer de plus amples explications.

— J'espérais que tu me reconnaîtrais… Je suis celui qui t'a sauvée sur Sagan.

Elle tressaillit violemment et son visage perdit aussitôt le peu de couleurs qui lui restaient. Les flammes dévorantes repassèrent devant ses yeux tandis qu'elle y associait soudain le visage de l'inconnu devant elle.

— C'était vous !

Les traits se précisèrent dans son inconscient et elle fut certaine qu'il disait la vérité.

— Je me souviens bien de vous. Vous êtes l'Eriquien qui m'a défendue sur Sagan, qui a empêché les autres de me tuer, observa-t-elle sans manifester d'émotion.

Toute la tension qu'elle avait accumulée se relâcha et l'impression de danger qu'elle n'avait cessé de ressentir disparut en grande partie. Elle ne désirait pas davantage la présence de cet homme, mais il lui avait déjà prouvé par le passé qu'il était prêt à la défendre. Une pensée troublante se fit alors jour dans son esprit. Elle avait appris l'identité de son sauveur à son arrivée sur l'AM.Erica après avoir surpris une conversation entre deux gardes à ce sujet. L'enfant n'en avait parlé à personne, ressentant presque de la honte à l'idée de devoir quelque chose d'aussi important à la personne la plus haïe par les enfants d'Astra.

— Vous êtes…

— Le roi Orys, acheva-t-il à sa place.

— Pourquoi m'aidez-vous ? répéta-t-elle froidement.

— Si tu me laisses te sauver une nouvelle fois… Je jure que tu sauras un jour la vérité. Pour le moment, je ne veux pas te la dire, mais tu peux grandir libre avec moi, sans être obligée de m'aimer et de m'être agréable, si c'est cela qui t'inquiète.

Il paraissait fatigué, amer et déçu, mais l'enfant n'y prit pas garde. Elle n'avait d'autre issue possible que de s'en remettre à lui, comme jadis.

— Je serai une enfant sage si vous me permettez de partir d'ici, c'est promis.

Le 12 septembre 3121, quelques heures avant l'attentat, les dirigeants de toute la galaxie se trouvaient réunis sur la station orbitale Thanos, terrain neutre et dépendant d'une association. L'ambiance était étrangement festive, comme si tous ces rois, empereurs et présidents, se permettaient pendant quelques secondes, d'oublier leurs craintes et de parler avec leurs pires ennemis.

Chroniques d'un siècle, Anonyme, Tome 2, 3345.

Chapitre 47

- Edward -

Le soleil se levait dans le ciel et le jeune homme se réveilla en frissonnant. La nuit n'avait pas été chaude. Emir, son tricorne, toujours attaché, trouvait quand même le moyen d'étendre le cou pour mastiquer quelques brins d'herbe. Il posa sa main sur le front entre les trois cornes, amusé par l'animal.

— J'aimerais bien pouvoir manger de l'herbe comme toi, murmura-t-il avec un sourire. J'ai faim.

Il poussa ensuite un soupir, se rapprocha de l'animal et se hissa sur la selle après l'avoir rapidement ressanglé. À peine était-il sur son dos qu'Edward planta ses talons dans sa monture et la lança au trot, puis au petit galop, entre les arbres, sans avoir la moindre idée de sa destination.

Ce n'est que deux longues heures plus tard, alors qu'il allait au pas pour ménager Emir et tenter de se reposer, qu'il s'arrêta net en s'apercevant qu'il atteignait l'orée de la forêt. Les arbres lui avaient apporté l'illusion d'être en sécurité et il détestait soudain l'idée de sortir de leur ombre protectrice. Il hésita, piétina sur place quelques minutes, puis fit résolument avancer sa monture. Alors qu'il dévalait une colline au petit galop, une odeur caractéristique parvint à ses narines et il ralentit l'allure pour tourner la tête vers l'ouest. L'air ramenait vers lui des relents de fumée des habitations alentour. Edward immobilisa complètement Emir et laissa sa main lui flatter l'encolure tandis qu'il réfléchissait à haute voix.

— Ce n'est pas raisonnable d'aller les voir... Pas raisonnable du tout !

Il n'avait cependant pas le choix. Avec un peu de chance, s'il trouvait vraiment des villageois, on lui donnerait peut-être un sac de nourriture et une gourde d'eau pour remplir les sacoches de cuir désespérément vides qui se balançaient de chaque côté de sa selle.

Qu'aurait fait Salidaa ? Les battements de son cœur s'accélèrent à la pensée de la jeune fille et il n'hésita plus. Elle aurait fait confiance à la population d'Egrabe, il en était presque certain. Abandonnant toute prudence, le prince fit tourner sa monture et la mit au trot rapide pour grimper l'un des versants de la colline. Lorsqu'il parvint au sommet de celui-ci, il découvrit un gros village, qui ressemblait davantage à un amas de fermes désordonnées. Devant la première maison, deux enfants aux joues barbouillées de saletés arrêtèrent de jouer au milieu du chemin pour le regarder avec curiosité.

— Bonjour, je peux parler à vos parents ?

La petite fille aux cheveux bruns désigna un verger derrière la ferme.

— Ils sont là-bas.

— Vous vous promenez ? ajouta le garçonnet d'un ton intrigué.

Edward se contenta d'un sourire amical pour toute réponse et se laissa tomber à terre. Il s'éloigna à pied dans la direction indiquée, tirant sa monture à sa suite. Il trouva le père en train de fumer une pipe étrange et la femme en train de cueillir dans un panier ce qui ressemblait à des pomeas. L'homme lui lança un coup d'œil bourru.

— Qu'est-ce que tu veux ?

— Pourriez-vous me donner quelque chose à manger ? Et une gourde éventuellement ?

Ils échangèrent un regard en fronçant les sourcils et l'homme se leva pesamment. La femme vint se poster derrière Edward et un frisson désagréable parcourut l'échine de celui-ci lorsqu'elle agrippa les rênes de sa monture, les lui prenant des mains.

— Que faites-vous ?

L'homme répliqua, mettant sa pipe dans la poche de son large pantalon.

— On a eu des messages, tu sais. Le prince Edward...

— Ce n'est pas moi.

— Alors tu ne devrais avoir aucune peine à le prouver devant le maire. Je ne veux pas d'ennuis, tu comprends ça ? On va t'amener à notre ami et lui décidera de ton sort...

Edward voulut bousculer sans ménagement la femme qui tenait Emir, mais elle était plus forte que ce à quoi il s'attendait et ce fut elle qui le maintint en respect. En désespoir de cause, le jeune homme tenta de les convaincre, tandis que le mari lui attrapait le bras pour l'immobiliser.

— Laissez-moi partir. Vous n'aurez qu'à faire comme si vous ne m'aviez jamais vu…

— Mais c'est peut-être ce qu'on fera, petit gars. Par ici, on n'aime pas tellement le gouverneur... N'empêche que j'obéis au maire, et je t'ai déjà dit que c'est lui qu'il faudra convaincre. Maintenant tu marches ou je te traîne jusque là-bas ?

Edward se dégagea, s'efforçant de ravaler sa rage et sa colère.

— Très bien.

Il hésita puis se décida à réclamer à manger, de nouveau.

— Je peux peut-être avoir à manger, du coup ?

La femme acquiesça et elle envoya l'un des enfants lui chercher de quoi se rassasier tandis qu'ils l'entraînaient vers le centre du village. Edward avala rapidement le morceau de panol aux épices qu'on lui remit. Leurs pas menèrent le jeune homme au milieu de l'unique chemin de terre dur sinuant entre les maisons les plus proches du village. Par mesure de précaution, les deux fermiers avaient laissé aux enfants le soin de garder Emir, le privant ainsi de sa monture et de toute possibilité immédiate de fuite. Dans la ruelle, de nombreuses portes s'ouvraient.

— Tous chez le maire, ça va être drôle ! s'exclamait son geôlier à tout bout de champ avec son fort accent et de grands moulinets des bras. On a trouvé le petit prince eriquien...

Côté discrétion, Edward songea avec ironie qu'il n'aurait pas pu demander mieux. L'exaspération le disputait au désespoir. Ils passèrent ainsi trois nouvelles maisons séparées de bosquets de verdure, une nouvelle fermette, tandis qu'une petite foule railleuse grandissait derrière eux. Edward finit par rejoindre un bâtiment blanchâtre et longiligne, s'étalant à un coude de la ruelle au bout d'un sentier caillouteux de quelques mètres. En quelques minutes, tout le village sembla venir s'entasser dans la petite salle commune. Lui-même avait été installé de force dans un siège face à la petite foule. À sa gauche, un homme d'au moins cinquante ans ne tarda pas à prendre place et ce ne fut qu'alors que le silence se fit dans la pièce. Le prince dévisagea avec une certaine réticence ce nouveau venu qui allait visiblement déterminer son sort. Celui-ci avait une petite barbe noire taillée en pointe, des yeux intelligents et fixait en retour ostensiblement Edward de son pénétrant regard. À regret, le jeune homme dut s'avouer que le reconnaître ne relevait pas vraiment de l'exploit. Il portait toujours sa longue cape, n'ayant rien d'autre pour se protéger du froid et sa monture le dénonçait tout autant. Un léger brouhaha commençait à envahir la salle. L'homme se leva et Edward remarqua qu'il était habillé avec beaucoup plus de recherche que la plupart des autres habitants du village.

— Nous n'aimons pas le gouverneur... Mais je suggère que nous lui amenions quand même notre invité. Je n'ai pas envie de risquer nos vies à tous.

Son ton était flegmatique, tranquille, et il ne semblait pas le moins du monde impressionné par le statut du jeune homme. Il avait parlé dans la langue officielle de la planète, en eriquien. Plusieurs personnes hochèrent gravement la tête et les autres se contentèrent d'échanger des coups d'œil furtifs, comme s'il était déjà condamné. Le prince n'avait jamais ressenti ce déluge de sentiments qui l'envahit alors. Il voulait désespérément vivre, d'autant plus maintenant que Salidaa ne quittait pas ses pensées. Il se leva lentement de son siège, tâchant de rassembler ses idées pour les exprimer avec cohérence. Personne ne fit le moindre geste pour l'en empêcher, ce qui l'enhardit à prendre la parole.

— Vous n'aimez pas le gouverneur ? Mais vous allez me livrer quand même ? Vous êtes tous des lâches !

La plupart ne réagirent pas, sous le choc de son intervention. Le maire croisa les bras sur sa poitrine, plissant légèrement les yeux. Un fin sourire énigmatique monta à ses lèvres.

— Tu as vu son armée, petit ! cria une vieille femme d'une voix aiguë.

— Mais cette armée, c'est vous ! objecta-t-il vigoureusement. Combien de vos frères, de vos sœurs, de vos enfants y sont ? Arrêtez d'avoir peur, faites-les revenir ! C'est ainsi que l'on monte une révolution !

Tout le monde se tut, et Edward ne sut comment interpréter ce soudain silence. L'homme qui semblait diriger toute la bourgade se caressait pensivement la barbe, le fixant toujours d'un air amusé.

— Tu nous appelles à la révolte ? demanda-t-il tranquillement. Toi, un étranger ?

Le jeune homme s'efforça de trouver en lui l'aplomb nécessaire pour répondre à cette remarque pertinente.

— Oui. Votre gouverneur a trahi Astra pour ma patrie. Ne le laissez pas vous rendre parjures une seconde fois.

— D'aucuns diront que c'est juste, au contraire. Si nous voulons retrouver notre honneur et effacer notre crime, ne devrions-nous pas aider aujourd'hui ceux que nous avons trahis hier ?

L'homme fixait maintenant si intensément des yeux Edward que le prince avait du mal à ne pas détourner la tête.

— Je... Non, ce ne serait qu'une trahison supplémentaire. Vous vous attireriez encore plus le mépris de la galaxie entière.

Au grognement qui sortit presque aussitôt de toutes les gorges, le jeune homme sentit qu'il venait de commettre un impair.

— Donc, vous nous méprisez, alors même que nous vous avons permis de gagner la Guerre des Deux Alliances ? s'exclama une svelte adolescente.

— Ce n'est pas ce que j'ai voulu dire, corrigea précipitamment Edward qui pensait pourtant en son for intérieur le contraire. L'AM.Erica a toujours été reconnaissante envers Egrabe pour son aide !

— Mais nous sommes maintenus hors de tout accord commercial depuis des années, et traités en paria par la moitié des planètes des différents systèmes, cria un homme. Trouvez-vous cela juste ? Quand mon gosse tombe malade, je n'ai aucun moyen de lui acheter l'un de vos précieux médicaments, et je ne peux m'enrichir en vendant notre vin de Pamyre chez vous...

— Peut-être que cela ne vous paraît pas juste... Mais vous pouvez changer cela.

— Ahah, en vous libérant, n'est-ce pas ? éclata l'adolescente qui s'était déjà imposée dans la discussion, sa chevelure rousse flamboyant sur ses épaules nues malgré le froid.

— Exactement, répliqua Edward, tâchant de faire abstraction du mépris qu'il avait perçu dans la voix de la demoiselle.

Tout le monde parlait maintenant en même temps, emplissant la salle d'un brouhaha insupportable. Il suffit au maire de s'avancer de quelques pas, sa main caressant toujours mécaniquement sa barbe noire, pour ramener le silence. Il s'adressa au prince de sa voix onctueuse, empêchant Edward de détourner les yeux.

— Nous en avons tous assez des réquisitions de soldats, des impôts monstrueux pour une armée dont nous n'avons que faire, de la course aux étoiles qui est uniquement le but que de notre gouverneur. Quant à lui, nous le haïssons, et nous ne t'avons pas attendu pour préparer notre révolution. La seule question véritable qui se pose, cher ami, est celle-ci : que peux-tu nous apporter, en vie ? Si tu n'as pas de réponse, laisse-moi abréger tes jours d'un coup de poignard, ça sera mieux pour nous tous. Un prince eriquien en moins dans la galaxie devrait faire quelques heureux, en plus de notre si merveilleux gouverneur lorsqu'il recevra ta dépouille. Il a beau avoir fait passer l'ordre de te ramener à lui vivant, je pense que ta mort ne lui déplairait pas non plus.

Edward avait la gorge sèche et les mains moites. Il avait l'impression de se retrouver devant une séance particulièrement houleuse du conseil restreint, à ceci près que le sujet à l'ordre du jour était sa vie.

— Je... Je suis bon tacticien.

L'adolescente méprisante esquissa une moue narquoise et il sentit qu'il ne s'avançait pas sur la bonne voie.

— Intéressant. Mais il en faudra plus pour nous convaincre. Nous connaissons bien mieux que toi notre planète et, avant que tu nous sois utile, je crains que nous n'ayons beaucoup à t'apprendre.

Le prince perdait pied, lorsqu'il se rappela le début de la conversation.

— Je représente l'AM.Erica, poursuivit-il plus assuré. Je peux vous permettre d'accéder à l'alliance commerciale et surtout, je peux vous épargner le courroux de ma planète. Tout le monde sait comment l'AS-SA a terminé... Vous pouvez éviter le danger d'être considérés comme des ennemis des Eriquiens en me prenant à vos côtés dans votre révolution. Le gouverneur est un risque suffisant, pourquoi vouloir en plus affronter les miens alors que vous pouvez l'éviter et n'en tirer que des avantages ?

Chacun s'était tourné vers le maire, attendant sa réponse.

— Eh bien... commença celui-ci, j'espérais cette réponse. Puisque nous semblons avoir tant d'intérêts communs, accueillons donc comme il se doit notre noble visiteur !

La petite foule applaudit à tout rompre, tandis que le prince avalait difficilement sa salive. Il avait l'impression désagréable d'avoir été joué d'un bout à l'autre et de commencer seulement à comprendre la tactique du chef de la bourgade. Celui-ci savait depuis le début ce qu'il voulait obtenir, mais il avait laissé à Edward le soin d'en convaincre ses concitoyens.

***

— Pas mal, pour tout à l'heure. Tu leur aurais fait faire n'importe quoi...

Edward était seul avec le maire dans ce qui s'apparentait à la pièce à vivre de sa maison.

— Je suppose que tu as compris que je voulais que ce soit toi qui leur parles… Si cela avait été moi, ils auraient eu l'impression que j'espérais seulement que tu nous aides, alors que là ils te considèrent dorénavant comme engagé dans notre cause. Dis-moi, Edward, à part l'avantage de rester en vie, quel intérêt vois-tu dans ce combat qui n'est pas le tien ?

Le jeune homme s'agita sur son siège, songeant qu'il n'était toujours pas certain d'être totalement hors de danger.

— Je veux aider mon père à reprendre le contrôle de la galaxie et à remettre au pas les dissidents. À mon échelle, je peux le faire ici en soutenant votre révolte. De plus, votre guerre se jouera à l'ancienne, si je puis dire. Cela contribue à m'y intéresser, parce qu'il sera question de stratégie et de réflexion, non simplement de posséder le plus possible de matériel technologique haut de gamme.

— L'aventure te tente, gamin ? De nous rendre notre propre liberté ? Parce que tu avais raison tout à l'heure : je n'ai jamais supporté l'idée que la galaxie tout entière me pointe du doigt comme un traître. Je ne laisserai pas notre cher gouverneur faire encore ce qui lui plaît à notre détriment, donc si je peux l'éviter...

— Cela ne me tente pas, non, parce que je ne peux m'empêcher de penser à tous ceux qui mourront dans un combat. Cependant, si on peut dire qu'il y a des guerres plus justes que d'autres, j'ai envie de voir la vôtre, de tenter de limiter les pertes.

— Décidément tu m'intéresses. Je t'apprendrai à connaître Egrabe mieux que moi-même, et tu m'apporteras en retour tes connaissances stratégiques. Et pour les deux enfants d'Astra ? Ils n'ont pas d'importance pour nous, alors tu peux bien décider de leur sort, en tant que représentant de l'AM.Erica.

Le jeune homme fronça les sourcils malgré lui. Il savait quelle devait être la réponse, mais elle restait dure à dire.

— On essaiera de les capturer. Et on les enverra à mon père...

Je suis convaincue que la population astrayenne était vouée à disparaître. Sa croissance démographique n'a cessé d'être négative depuis la colonisation planétaire. Les nouveaux lieux habitables et non hostiles ont attiré la grande majorité des Terriens hors de la future Astra. (...) Même si cela m'attriste de l'avouer, je pense que la mort de tous les adultes d'Astra a permis de sauver leur nation. Le salut du sang astrayen ne pouvait se faire que par le métissage.

Préface de *La chute programmée d'une planète,*
J. MY-LN, 3959.

Chapitre 48

- Rodolphe -

— Salut Lint… lâcha Rodolphe en s'engouffrant précipitamment dans l'appartement.

Il se rua sur la porte de sa chambre, passa son poignet sous le détecteur et referma la porte derrière lui. Il retira précipitamment tous ses vêtements avant que son museau n'apparaisse. Deux minutes plus tard, le loup blanc, superbe, se tenait au milieu de la pièce. Rodolphe n'avait pas ressenti un tel besoin de se défouler depuis longtemps. Bon sang, la tristesse d'Aileen l'avait rendu fou ! Il se sentait si responsable de la mort d'Edward...

Il n'aurait pas dû y attacher de l'importance, mais il raya cependant le parquet avec violence pour tenter de combattre ses sentiments. Et ensuite... Il y avait ce que la jeune fille lui avait dit. Les mesures prises par son père pour retrouver d'urgence l'empereur, sa sœur et sa cousine. Comment allait-il faire ? La panique le dominait tout entier lorsqu'il s'acharna de nouveau de toutes ses forces sur le plancher. D'habitude, il essayait de faire le moins de bruit possible mais, ce soir, il se fichait de tout. Ce ne fut qu'une heure plus tard qu'il reprit forme humaine. Rodolphe inspira très fort, expira, tout en sueur, avant de gagner la douche attenante à sa chambre. Le jet d'eau froide le calma un peu. Il en ressortir quelques minutes plus tard, habillé, et se dirigea vers sa chambre qu'il verrouilla avant de rejoindre Lint dans le salon.

Ce dernier leva sur lui un regard surpris.

— Qu'est-ce que je peux faire pour toi ?

Rodolphe se sentait tendu comme il ne l'avait jamais été lorsqu'il gagna l'un des sièges pour s'assoir face à son père d'adoption.

— Je suis quoi pour vous ?

Lint resta silencieux une bonne minute avant de répondre.

— Mon fils. Dès que tu feras un effort pour essayer d'oublier que je suis un méchant Eriquien...

— Alors... commença-t-il péniblement d'une voix rauque. Votre fils a besoin d'aide.

Le vieil homme posa sur lui un regard calme, et lui répondit plus doucement qu'il ne l'avait jamais fait.

— Rodolphe, je ferai tout ce que je peux pour toi.

— Je... Je suis recherché par votre police. J'ai... J'ai besoin d'une fausse identité ADN.

C'était surréaliste comme demande et Lint s'y attendait si peu qu'il laissa échapper un hoquet de stupeur.

— Une identité ADN ?

Il fronça les sourcils et garda le silence quelques longues minutes, réfléchissant intensément, puis il reprit la parole calmement.

— Alors je veux la vérité. Qu'est-ce que tu as fait de si grave ?

— Rien, répondit l'adolescent d'un air sombre. J'existe.

—Je ne comprends pas... tu...

— Lint... Je suis le futur empereur d'Astra.

Les mots tombèrent comme la foudre dans le salon. Il se mit à respirer très fort, tapant du bout des doigts sur ses accoudoirs d'un geste nerveux et répéta quelques mots sans suite.

— Très bien, très bien...

Rodolphe n'avait jamais été autant sur le qui-vive. Sa seule chance était de s'enfuir le plus vite possible si Lint le dénonçait. Il voulut reprendre la parole, mais son père adoptif lui fit signe de se taire.

— Attends, laisse-moi digérer l'info.

Il se leva ensuite sous le regard de Rodolphe et arpenta la pièce en se mordant le poing pour ne pas crier. Ce ne fut qu'au bout d'une bonne vingtaine de minutes qu'il s'immobilisa enfin.

— Je vais essayer de me procurer des changeurs d'ADN sur le marché noir... Mais ça vaut une fortune.

Rodolphe n'avait pas réfléchi plus loin que cette conversation.

— Je pourrais essayer de gagner de l'argent. Je vais participer à des réalités virtuelles...

Restait à convaincre Aileen.

— Pour l'argent, ça ne sera pas de refus. Je veux bien te donner tout ce que j'ai, mais j'aimerais qu'on conserve un toit. Et moi, avec ma pension de guerre.... Je pars tout de suite, j'ai un ami pas vraiment en règle avec la loi et qui aime bien vendre des trucs par dessous le manteau... Bouge pas de là, gamin...

Il voulait croire qu'il allait l'aider et cela lui apportait un certain réconfort.

***

Rodolphe avait très mal dormi, conservant au fond de lui une peur difficile à combattre. Même le retour de Lint avec les appareils promis ne l'avait pas complètement détendu, alors ne pas appréhender la suite était presque impossible. En s'approchant du lycée, il s'efforça de prendre un pas parfaitement détendu malgré l'attroupement devant les grilles. Des gardes. Ils formaient un long cordon de sécurité et le jeune homme se sentit ralentir en devinant dans leurs mains des capteurs-analyseurs.

— Salut, Rodolphe.

Aileen venait de s'approcher de lui et de le rejoindre dans la rue. Elle avait toujours terriblement mauvaise mine depuis la nouvelle concernant son frère.

— Coucou, répondit-il d'un ton crispé. Ça va un peu mieux ?

— J'imagine...

Elle avait dit cela sans conviction et ne reprit pas la parole avant qu'ils se soient placés dans l'une des files.

— À mon avis, ton empereur va être ou en fuite ou arrêté à partir d'aujourd'hui.

Rodolphe ne répondit rien, se contentant de songer qu'il était presque soulagé de savoir Sibylle hors d'atteinte sur Egrabe. Quant à sa cousine Cyndie... Il essayait d'éviter d'y penser. Tous les enfants d'Astra avaient été mis en alerte pour la retrouver avant les soldats, mais il n'était pas sûr que cela suffise. Le jeune homme porta la main instinctivement derrière son oreille et vérifia que le minuscule appareil argenté était bien planté dans sa peau. Il ressentait comme un picotement désagréable, tandis que ce dernier lui inoculait des substances inoffensives mais suffisantes pour dérouter les appareils analyseurs. Plus que deux personnes entre eux et le garde de leur file. Le jeune homme ferma les yeux. L'appareil ne fonctionnait qu'une semaine durant, après quoi il lui faudrait en trouver un autre avec l'aide de Lint. Sa situation avait rarement été plus précaire.

— Votre bras !

Une main impatiente se tendit, mais Aileen fut la première à donner son poignet. Le garde la reconnut cependant et s'adoucit immédiatement.

— Oh vous princesse, ce n'est pas nécessaire ! s'exclama-t-il avec un sourire.

— Si, je souhaite me soumettre comme tout le monde à la procédure.

— D'accord.

Il préleva son ADN et la lumière de l'appareil passa au vert. Rodolphe tendit ensuite le bras. La sueur collait ses cheveux à son front et ses mains devaient être terriblement moites, mais il s'efforçait de le cacher derrière un sourire calme. La pointe de l'appareil s'enfonça dans son poignet et il arrêta de respirer pendant quelques secondes jusqu'à ce que l'engin passe au vert.

— Vous pouvez y aller.

Rodolphe repassait une main encore nerveuse dans ses cheveux pour effleurer le minuscule boîtier rassurant lorsqu'une pensée troublante l'envahit. Sans l'avertissement d'Aileen, il aurait été pris dès aujourd'hui. Elle lui avait peut-être sauvé la vie sans le vouloir. Il y repensait encore en entrant derrière elle dans leur classe et en allant s'assoir à leur table habituelle.

— Toujours les mêmes qui arrivent en dernier, lâcha Johan en guise d'accueil, accompagné d'un petit sourire faussement ironique.

— C'est ça, venant de ta part, c'est le bouquet !

— Heu ! Je suis bon élève et...

Il n'eut pas le temps de répondre que le professeur Kevans entra dans la salle.

Ce fut en cours de géographie que Soralie lança la conversation, deux heures plus tard.

— Dites, vous pensez qu'ils vont les capturer ? Les deux enfants royaux ?

Aileen lui lança un regard agacé, n'appréciant pas son ton désolé.

— Oui. Et je l'espère bien. Si nous les capturons, il n'y aura pas de guerre civile, et nous éviterons des milliers de victimes.

Rodolphe ne pouvait que reconnaître la justesse de ce raisonnement, même si cela lui déplaisait. Soralie secoua la tête avant de répondre.

— Moi, je les plains. Tu veux les condamner à la prison ou à la mort... Je te parie qu'ils sont intégrés maintenant et n'aspirent qu'à la paix, n'est-ce pas Rodolphe ?

L'adolescent ne s'attendait pas à être pris à partie, mais Laurie s'interposa avec un fort accent astrayen.

— Bien sûr. S'il y avait une guerre civile, ce ne serait absolument pas notre faute. Quoique les dernières mesures du roi Orys, comme celle de ce matin, soient discriminantes. C'est dur à vivre...

— Tu vois ? s'exclama Soralie triomphalement en se tournant vers Aileen. Tu ne vas pas me dire que tu doutes de Laurie ou de Rodolphe ?

La fille d'Orys n'avait jamais paru aussi épuisée et lasse.

— Non, lâcha-t-elle finalement tout en secouant la tête. Je vous fais confiance, bien sûr... Mais je dois vraiment penser à l'AM.Erica, et toi tu l'oublies Soralie ! Maintenant si vous voulez bien m'excuser.

Elle se leva de son siège, ramassa rapidement ses affaires qu'elle fourra en vrac dans son sac, puis alla voir le professeur après un coup d'œil à Rodolphe. Kevans la laissa partir sans discuter et l'adolescent la suivit longuement des yeux même après que la porte se fut refermée derrière elle.

Un témoin a affirmé que Faline Astra, grièvement blessée, a expiré dans les bras de son mari qui avait accouru pour tenter de la sauver. Vizar de Sagan a perdu les quelques minutes qu'il aurait pu mettre à profit pour fuir et a été assassiné quelques secondes plus tard par un tir dans le dos, alors qu'il serrait sa femme contre lui. Les derniers mots de Faline auraient été : « Merci... Merci pour tout et particulièrement pour ma petite fille... »

Vie privée et publique des princes, Sixtine B., 3672.

Chapitre 49

- Liam -

Liam pénétra dans sa chambre et resta un long moment simplement appuyé au battant de la porte. Il n'arrivait toujours pas à croire que son frère soit porté disparu et probablement mort. Edward n'aurait jamais dû aller sur Egrabe ! Un éclat métallique traversa le regard du jeune homme qui tâcha de reprendre le contrôle de ses émotions sans y parvenir. Il s'avança dans la pièce, plutôt petite, aux plafonds pentus et pourvue d'une unique fenêtre accompagnée d'une porte de communication. Le prince la poussa mécaniquement et pénétra dans la chambre d'Edward, identique à la sienne jusqu'à la couleur des murs, orange-jaune foncé. Le jeune homme alla s'assoir à même le sol, appuyé contre l'un des sièges. Il fit des yeux le tour de la pièce, s'attardant un instant sur le tapis uniforme, la plancher ciré, la couchette métallique au mur et les deux fauteuils installés de part et d'autre d'une table numérique.

Être ici rappelait douloureusement à Liam que son jumeau était la personne qui comptait le plus au monde pour lui. La peine lui tiraillait le cœur, mais il refusait encore de croire à sa mort. Il était décidé à ne l'accepter que le jour où il aurait sous les yeux une preuve tangible. Ses pensées revinrent à leur père et il grimaça un sourire triste. Liam l'aimait et souffrait de se sentir moins apprécié qu'Aileen, comme eux tous. Il désirait conquérir son estime, mais sa préférence affichée pour leur sœur cadette le poussait à se révolter, à chercher par tous les moyens possibles à mettre en colère le roi, au moins juste pour avoir la sensation d'exister.

Le jeune homme sortit alors de ses pensées et grimaça. Il détestait ces moments de nostalgie, mais ne pouvait y échapper maintenant qu'il ressentait douloureusement l'absence d'Edward. Il se releva d'un bond, furieux de s'être laissé aller si longtemps, et se dirigea de nouveau vers sa propre chambre. Il ne lui restait plus qu'à prendre les quelques affaires dont il aurait besoin maintenant. Il allait se venger, et sans attendre. Il allait faire souffrir d'abord les enfants d'Astra. Attaquer Mars les empêcherait de gagner la guerre. Ensuite, Liam comptait bien ne pas lâcher le commandement de la planète rebelle. Jusqu'à la fin de ses jours, il rappellerait à son père l'absence d'Edward, par tous les moyens possibles, pour le torturer lentement et le faire souffrir autant que lui. Alors qu'il jetait dans un sac pris au hasard dans l'armoire murale quelques vêtements, il sentit une présence derrière lui. Deux mains se posèrent sur ses épaules, et de longues mèches de cheveux noirs effleurèrent son cou.

— Fiche-moi la paix, Eléonore.

— Oooh... Mon joli Liam serait-il fâché ?

Il n'avait pas besoin de se retourner vers elle. Elle s'habillait toujours de la même façon. La jeune femme avait vingt ans, comme lui, et revêtait systématiquement les mêmes combinaisons noires moulantes à la limite de la provocation. Seules ses coiffures variaient selon les jours : chignon relevé lui dégageant son cou blanc comme l'albâtre ou mèches folles se répandant dans son dos, la rendant plus attirante encore. Cette fille était aussi belle que dangereuse. Elle se rapprocha un peu plus de lui, passant ses mains autour de son torse en dépit de ce qu'il venait de dire.

— Tu prévoyais de t'en aller sans moi ?

La jeune femme était maintenant collée contre son dos, et son discours prit des intonations rauques qui n'étaient pas sans évoquer au prince les grognements d'un fauve.

— Tu sais que je n'apprécie pas ces cachoteries.

Furieux, Liam se dégagea et entreprit d'attraper sur sa table ce qui pouvait lui être utile.

— Tu sais très bien où je vais, rétorqua le jeune homme, je prends le commandement de la flotte de Mars.

— Oooh... Papinouchou accepte de te confier quelque chose ?

Il lui lança un regard noir qui ne la fit même pas frémir. Leur relation avait toujours été étrange, comme s'ils étaient en lutte perpétuelle. Il n'en demeurait pas moins que les deux jeunes gens se respectaient selon leurs propres critères et se considéraient comme des égaux.

— Tais-toi, répliqua-t-il froidement.

Il fit une pause, inspira, puis se décida à reprendre la parole.

— Quant à ce voyage, tu es libre de te joindre à moi. Tu es ma compagne après tout et... ma complice. J'aime bénéficier de tes services lorsqu'il s'agit de soutirer une information à quelqu'un ou de trouver de l'argent. Alors j'espère que tu es prête.

Sa voix s'était faite coupante. Elle esquissa un petit sourire aux reflets diaboliques, nullement touchée par les menaces perçant dans sa voix. Ni l'un ni l'autre ne savait réellement qui était le pire des deux, mais ce qui demeurait, c'était que la jeune femme avait déjà tué ; le vol et l'intimidation lui étaient, de même, familiers.

— Je ne sais pas, feignit-elle d'hésiter, s'amusant à poursuivre sa provocation. Il me semble que ton cher Papinouchou nous avait ordonné de rompre tout contact il y a au moins un an. Il ne me trouvait guère fréquentable.

Liam la rejoignit et lui attrapa ses fins poignets, entrant dans le jeu de la jeune femme.

— Crois-moi, il a autre chose à faire. Et ça m'est égal. Autre chose, Eléonore ?

— Tu es toujours aussi insupportable, mais c'est ce qui me plaît chez toi. Ah si, autre chose en effet... J'ai toujours rêvé d'être reine. Tu t'arrangeras pour me faire une petite place sur la planète rouge ?

Il eut un léger sourire et l'attira contre lui en la prenant dans ses bras.

— C'est prévu, ma douce...

Il se pencha ensuite et l'embrassa avant de reculer et de la relâcher.

— On part demain avec le premier vaisseau de repérage de la flotte. Le reste des navires spatiaux nous rejoindra plus tard, quand il y aura assez de recrues. Rejoins-moi à l'embarquement à l'aube.

— Nous ne passons pas la nuit ensemble ?

— Non, pas ce soir. Je dîne avec James et Sandrine, à qui mon père a demandé de me donner des conseils stratégiques, donc tu ne restes pas.

Elle fit une moue boudeuse.

— Donc il faut que je te quitte maintenant ? Tu n'es pas drôle !

— Mes plus sincères regrets.

Il avait lâché cela froidement et ses paroles parurent agacer sa compagne qui se leva prestement du meuble où elle s'était posée.

— Ça va... lâcha-t-elle d'une voix sifflante. À demain alors. À quel quai d'embarquement faudra-t-il que je me présente ?

— Celui du quartier réquisitionné des militaires.

— Et ce depuis la guerre d'Astra d'ailleurs... Tout cela ne nous rajeunit pas.

Elle lui lança un même temps un clin d'œil amusé.

— À demain, Eléonore, répondit-il en se détendant légèrement.

Elle disparut comme elle était venue, aussi silencieuse qu'il était possible de l'être. Le prince se demanda un instant si elle viendrait effectivement le lendemain, tant elle était imprévisible, puis il finit par hausser les épaules et supposer qu'elle le ferait. Elle demeurait fidèle à elle-même et telle qu'il l'avait rencontrée : infernale, mais c'était ce qui lui plaisait. Eléonore restait cependant son seul sujet de désaccord avec Edward, et cette pensée ramena Liam à sa tristesse, l'empêchant de poursuivre la préparation de ses bagages.

La première fois que son frère avait rencontré sa petite amie, le jeune homme s'était tout de suite rendu compte que le courant ne passait pas. Il n'y avait en même temps pas grand-chose de commun entre le prince le plus aimé de l'AM.Erica, connu pour sa générosité, et cette fille des rues, à peine éduquée et pleine de fiel et de provocation. Elle apprenait vite cependant, et savait maintenant parfaitement se comporter face aux officiels qu'elle croisait aux côtés de Liam. Il était malheureusement trop tard pour rattraper la première impression qu'elle lui avait faite.

Eléonore était la seule chose sur laquelle il n'avait pas cédé. Il en était resté une antipathie réciproque entre la personne qu'il aimait le plus au monde, son frère, et celle qui lui était indispensable. Cette situation pesait lourd sur l'âme de Liam, même s'il refusait de le reconnaître.

***

— Scanner d'identité...

— Vous devez me reconnaître, non ?

Ces gardes stupides agaçaient toujours le prince et particulièrement en cette matinée où il était pressé de pénétrer dans le vaisseau qui allait le conduire aux alentours de Mars. Il laissa cependant l'homme passer sur lui son détecteur, sachant qu'il n'avait pas encore le pouvoir d'imposer ses volontés.

— Salut Liam ! se fit entendre derrière lui une voix joyeuse et ironique. Me voilà.

Imprévisible comme toujours. Le garde parut stupéfait à la vue de la jeune femme qui lui décocha un regard assorti d'un sourire ravageur. Elle ne portait avec son éternelle combinaison noire qu'un sac léger de la même couleur, mais Liam se fichait bien de savoir si elle avait tout ce qu'il lui fallait ou non. Pour son contrôle à elle, le garde mit beaucoup plus de temps, la dévorant des yeux.

— Bougez-vous, on n'a pas que ça à faire.

L'homme rougit terriblement, bafouilla et, quelques secondes plus tard, ils pouvaient avancer.

— Jaloux ?

Eléonore le fixait de son regard qui paraissait toujours enflammé.

— Énervé. Je me fiche de savoir qui tu t'amuses à séduire, mais ne me fais pas perdre mon temps.

— Un petit ami intelligent et normal se soucierait plus de mes relations avec les autres hommes...

— Sauf qu'il n'a jamais été question de romance passionnée entre nous, juste de complicité. Je préférerais éviter de te perdre, mais je ne m'inquiète pas spécialement. Tu t'ennuierais trop avec n'importe qui d'autre que moi. Si j'ai tort, envoies-moi le CV d'une jolie blonde pour que je change un peu, de préférence aussi insupportable que toi.

Il accéléra ensuite le pas sans même lui jeter un coup d'œil. Ils arrivèrent bientôt en vue des derniers grillages qui entouraient l'aire de décollage et, après avoir franchi le point de contrôle final, pénétrèrent sur le terrain. Lorsque Liam monta dans le vaisseau, il sentit un malaise l'envahir. Son père l'attendait, calme en apparence, mais les traits plus figés que de coutume.

— Bonjour, Liam. Comment vas-tu ? commença d'emblée celui-ci avant de poursuivre sans attendre de réponse. La mission dont tu prends le commandement est extrêmement importante, et je compte sur toi pour que nous restions perpétuellement en contact. Autre chose : je t'ai déjà fait la remarque d'essayer de te rendre sympathique auprès de tes hommes. La loyauté se gagne, et ce n'est pas seulement ton titre qui te permettra de l'acquérir. Essaie de suivre l'exemple de ton jumeau ou d'Aileen.

À ce dernier nom, le jeune homme se braqua, mais son père ne parut pas s'en rendre compte, son regard désormais focalisé sur Eléonore.

— Qui est-ce ?

— Mon aide de camp.

Se souviendrait-il du visage de celle qu'il lui avait demandé de ne plus voir ? Liam esquissa une légère moue de mépris en se rendant compte que son père ne reconnaissait pas la jeune fille, même si pour l'heure cela l'arrangeait.

— Si elle s'habillait et se coiffait autrement déjà, grogna-t-il. Tu choisis étrangement tes relations, Liam.

Il semblait ailleurs, comme concentré sur un autre problème, et son fils détesta encore une fois se sentir ainsi mis à l'écart. Son père lui donna une légère tape amicale sur l'épaule, un peu bourrue.

— Vous allez me manquer Papa, se força-t-il à dire, sachant que c'était les mots qu'il attendait de lui.

Orys eut un léger sourire.

— Prends bien garde à toi et ne va pas jouer la forte tête. Je ne veux perdre aucun autre de mes enfants. Je t'aime, d'accord ?

— Je... Je vous obéirai.

À cet instant précis, il aurait peut-être pu penser le faire s'il n'avait surpris le regard méprisant et moqueur d'Eléonore. Orys reprit alors la parole, rompant le charme de l'instant.

— Il y a quelque chose que... j'aurais voulu te dire Liam avant que tu t'en ailles...

Son père s'arrêta et parut ne pas pouvoir continuer sa phrase.

— Que voulez-vous me dire ?

— Je... Non, rien. Je te dirais ça plus tard.

Il tourna les talons pour se diriger vers la sortie de l'appareil, sans même un regard à Eléonore qui n'avait pourtant pas l'habitude d'être ignorée. Liam se sentait une fois de plus rejeté. Quelle était cette confidence que son père avait failli lui faire ? Ils n'étaient plus que deux dans la salle centrale de l'appareil lorsqu'Eléonore, devinant son humeur, vint le rejoindre pour appuyer sa tête sur son épaule.

— Quelle importance s'il file raconter sa vie à ta sœur, chéri ? murmura-t-elle d'un ton plein de fiel. Tu n'as besoin de personne d'autre que moi.

Elle approcha ses les lèvres, souriante. Liam oublia tout pour l'embrasser à en perdre haleine. Ils se séparèrent quelques minutes plus tard à bout de souffle et elle passa langoureusement une main dans ses cheveux.

— Ouh, j'ai bien fait de t'accompagner... Je n'aurais pas pu me passer de toi.

— J'espère bien.

Il tourna les talons pour pénétrer dans la cabine qui lui était réservée. Il attendrait un peu avant de montrer la place qu'il entendait donner à Eléonore devant tous les soldats... dès qu'ils se seraient suffisamment éloignés de son père. Elle serait sa complice, comme elle l'était habituellement, et il comptait bien se servir d'elle pour faire rentrer dans le rang les inévitables récalcitrants. La peur permettait toujours de dominer les soldats, alors que la loyauté pouvait faillir, contrairement à ce qu'en pensaient son père, Aileen et même Edward. Il alla s'assoir dans son espace personnel, s'isolant ainsi des autres. Là, tout de suite, il aurait bien eu besoin d'Eléonore pour ne penser à rien d'autre.

— Altesse ?

Liam tourna la tête vers la porte de sa cabine.

— Oui ?

— Je suis votre capitaine des gardes. Je vous remettrai tous les rapports et vous tiendrai au courant du moindre évènement d'importance.

Il avait la peau mate et la trentaine environ. Liam eut un sourire froid.

— Ce sera parfait, capitaine.

— Je n'ai pas très bien compris le rôle de votre conseillère en revanche... On pourrait peut-être la mettre à l'intendance ? Nous avons eu un désistement de dernière minute et...

— Non.

Le ton du prince était froid et sans appel. Il avait beau ne pas témoigner ouvertement une forte passion à la jeune femme, il détestait qu'on la rabaisse devant lui.

— Ce n'est pas une subalterne, poursuivit-il. Comptez qu'elle sera toujours à mes côtés et que vous devrez exécuter chacun de ses ordres.

— Mais… tenta l'autre avant de s'arrêter devant le regard sombre de Liam.

— La hiérarchie n'a aucune importance et je me fiche de vos codes. Vous comprendrez rapidement qu'il vaut mieux ne pas me contrarier. Ni elle d'ailleurs.

Visiblement, le capitaine n'avait pas apprécié le ton de sa réponse, et Liam grimaça un sourire. C'était contraire à tous les préceptes de son cher Papa, encore une fois.

La couleur de peau peut être artificielle et certains ont prétendu que c'était le cas pour Cyndie Astra. Les nuances bleues, typiques de ses origines saganaises, auraient été régulièrement trafiquées depuis sa naissance. Sans doute pour la faire ressembler davantage à Vizar, et que personne ne conteste sa paternité.

Vie privée et publique des princes, Sixtine B., 3672.

Chapitre 50

- Aileen -

Liam partait aujourd'hui pour Mars. Aileen serait volontiers allée lui dire au revoir, mais un je ne sais quoi dans son attitude le matin même l'en avait dissuadée. Liam était de loin celui de ses frères et sœurs qu'elle avait le plus de mal à comprendre. Elle était allongée sur sa couchette lorsqu'un bruit la fit se redresser sur un coude. On toquait à sa porte.

— Entrez ! lâcha-t-elle en élevant la voix.

La porte s'ouvrit en coup de vent sur son frère James qui lui fit signe de la suivre.

— Viens vite, Papa veut nous montrer l'enfant de Sagan...

Elle sauta de sa couchette pour le rejoindre près de la porte. Pourtant, quelque chose en elle n'avait pas envie de découvrir l'enfant, de s'y attacher... La numéro trois des enfants d'Astra. Une bombe à retardement... Elle voulait la sauver bien sûr, mais ce n'était pas possible et elle se désolait à cette idée. Elle se mit à marcher vite à côté de son frère dans le couloir.

— Ils l'ont attrapée quand ?

— Hier. Le père adoptif a tenté de la protéger... Il est mort.

Aileen aurait aimé avoir Rodolphe à ses côtés. Cette situation prouvait ce qu'elle avait tenté de lui faire comprendre : les héritiers d'Astra ne pouvaient que détruire leur entourage.

Ils étaient maintenant arrivés devant le bureau et James poussa la porte sans façon. Aileen le suivit, mais marqua un temps d'arrêt sur le palier. Elle ne s'était absolument pas attendue à découvrir un tel spectacle. Son père paraissait terriblement changé, son regard entièrement focalisé sur une enfant blonde réfugiée dans un fauteuil le plus loin possible des autres personnes présentes. Il ne tourna même pas la tête vers eux à leur arrivée.

— Voici James et Aileen, expliqua Orys en fixant toujours la petite.

Cyndie ne répondit rien, se contentant de jeter un bref coup d'œil à Aileen qui eut le temps de surprendre un regard bleu vif, empli d'une peur et d'une peine insupportables. Orys ne paraissait pas le moins du monde se rendre compte de l'étrange situation.

— Ce seront tes frères et sœurs, poursuivit-il, si tu acceptes que je t'adopte.

Aileen sursauta en même temps que James, mais Sandrine, qui était déjà présente et qui avait déjà dû entendre cette partie imprévue du programme ne tressaillit pas.

— Papa ! Que dites-vous ?

— Aileen, je... j'ai décidé de prendre en charge Cyndie.

— Mais elle sera encore plus dangereuse chez nous !

La jeune princesse se sentait totalement perdue. Son père, qu'elle avait toujours vu sévère mais juste, se mettait lui-même en défaut.

— C'est une ennemie, c'est...

— C'est une enfant, Aileen, elle est innocente.

— Dans ce cas, ils le sont tous !

Sandrine ne disait rien, pas plus que James, trop stupéfait pour réagir. La princesse observait son père, sans savoir quoi ajouter.

— Si vous réagissez ainsi Papa, murmura-t-elle d'une voix sourde, alors le temps qu'il reste à l'AM.Erica est compté.

Son père la dévisagea longuement et elle revit l'homme qu'elle avait toujours connu : solide, mais, à cet instant précis, triste également.

Il reprit alors la parole sans la quitter des yeux.

— James, Sandrine, est-ce que vous pouvez aller nous attendre dans le salon au fond du couloir avec Cyndie ? Je veux parler avec votre sœur.

James fut le premier à partir, agacé, puis Sandrine vint prendre par la main Cyndie qui refusa de la toucher, mais qui accepta de la suivre. Lorsque la porte claqua, Orys poussa un long soupir et son sourire disparut pour laisser place à une expression de profonde lassitude.

— C'est toi qui as raison Aileen, commença-t-il. Simplement je ne pouvais pas la condamner à la prison pour toujours...

— Pourquoi ? C'est ce que vous ferez pour le futur empereur et sa sœur, non ?

Elle ne comprenait plus. Son père traversa alors la pièce et sortit d'un tiroir un cahier fin relié de cuir rouge.

— Ta mère était impossible à aimer, murmura-t-il, les yeux rêveurs. Aileen... Mon mariage avec elle fut la plus grosse erreur de ma vie, même si je ne regrette rien, car je vous ai eus, vous tous, et que vous êtes des enfants merveilleux. Après ta naissance elle est devenue insupportable. Tu n'aimerais pas toi-même la façon dont elle a décrit sa vie dans ce carnet...

La jeune fille resta muette de stupéfaction. Son père ne lui avait jamais parlé ainsi de sa mère.

— Je… Maman était quelqu'un de bien… tenta-t-elle maladroitement.

Les mains de son père se crispèrent sur le joli carnet.

— Elana était certes belle et intelligente. Je l'ai admirée dès que je l'ai rencontrée à ce gala. J'ai voulu apprendre à la connaître et à l'aimer, mais elle a tout précipité. J'étais fou, sous son charme, j'ai tout fait pour lui plaire, y compris ce qu'elle voulait le plus : le mariage.

Il fit une pause et Aileen sentit le goût âcre de la bile qui lui remontait dans la gorge.

— Ce n'est que plus tard que j'ai compris, continua-t-il lentement. Elana n'aimait qu'elle-même et, en tant qu'héritier de la couronne, j'étais ce qu'elle avait trouvé de mieux pour se mettre en avant. Même vous, elle vous utilisait. Nos enfants n'étaient qu'un moyen de faire une énième fois la une des journaux people.

— Vous… Cela ne peut pas être vrai ! Et quel rapport avec Cyndie ?

L'adolescente se sentait au bord des larmes, refusant ce portrait dressé par son père d'une femme qu'elle avait idéalisée toute son enfance. Orys parut avoir soudain du mal à trouver ses mots, et il pâlit encore un peu plus.

— Cyndie est une enfant attachante… Et je veux la sauver, la rendre heureuse. Faire au moins une fois dans ma vie ce que je souhaite. Je veux adopter cette enfant, et qu'elle m'aime pour ce que je suis, et non une couronne. J'ai rencontré il y a dix ans la mère de Cyndie sur Sagan en visite officielle. C'était une femme incroyable et… Je lui dois bien ça.

Son père avait toujours été parfait aux yeux d'Aileen et elle avait envie de le supplier d'arrêter, ne comprenant rien à cette nouvelle attitude. Aileen n'arrivait pas à aligner plus de deux pensées cohérentes.

— Si vous adoptez Cyndie… Qu'est-ce que cela va changer dans nos vies ? demanda-t-elle d'une voix blanche. Les dirigeants n'ont pas le droit de prendre avec eux des enfants d'Astra, selon l'une de VOS lois !

Il hocha lentement la tête, ignorant la colère grandissante de la jeune fille. Aileen releva lentement la tête vers son père lorsqu'il reprit la parole.

— La seule chose qui va changer, c'est que je vais abdiquer.

Quelque chose se brisa dans l'âme d'Aileen, la faisant se relever d'un bond du siège où elle venait de se poser.

— Non ! Papa, vous ne pouvez pas faire ça, l'AM.Erica a encore besoin de vous, Sandrine aussi.

— Ta sœur n'a rien à voir dans cette histoire, parce que c'est toi qui vas prendre ma suite.

Une horreur sans nom gagna la princesse qui s'attendait à tout sauf à une déclaration de ce genre. Elle recula, tituba et se rattrapa de justesse au mur derrière elle.

— Papa ! Je suis la dernière ! cria-t-elle.

— Mais la plus méritante... Cette loi est stupide et je prétends la changer. J'ai encore suffisamment de pouvoir pour ça. Liam est instable même s'il est extraordinairement intelligent. S'il y a quelqu'un qui peut réussir à prendre Mars, c'est lui. Mais il n'est pas fait pour s'assoir sur un trône. Edward est, selon toute probabilité, mort...

— Mais Sandrine ? Et James ? Ils étudient depuis des années pour diriger !

Orys lui renvoya alors un regard froidement décidé, de ceux qu'il avait quand il ne changeait pas d'avis.

— Aileen, ils sont tous les deux pourvus de bien des qualités, mais pas de celles qui font les dirigeants. Sandrine est une fille beaucoup trop gentille qui se fera toujours avoir. Ce n'est pas comme cela que nous pourrons sauver l'AM.Erica du danger qui la menace.

— Papa, vous... vous ne comprenez pas.

Elle ne pouvait pas prendre leur place. C'était totalement impossible.

— Quant à James, il manque terriblement de sens stratégique et de bon sens. Autre chose Aileen, tous les sondages le montrent :

tu es la préférée des Eriquiens. Ils seront tous d'accord pour te voir accéder au pouvoir après moi.

— Vous oubliez quelqu'un d'important dans cette histoire. Je ne suis pas d'accord.

Aileen avait dit cela d'une voix sourde, les yeux assombris et le cœur lourd. Elle ne reconnaissait à cet instant pas ce père qu'elle aimait tant. Sandrine ! Sandrine qui étudiait avec acharnement depuis qu'elle avait cinq ans. Et James, qui avait toujours dit qu'il n'avait d'autres ambitions dans la vie que de l'aider une fois qu'elle serait dirigeante. Non, son père ne pouvait pas faire ça.

— Je ne prendrai pas la place d'un autre.

— Aileen, quel est le premier précepte que je vous ai appris à tous ?

Elle baissa la tête pour répondre d'une voix à demi brisée.

— La patrie avant tout. Mais vous n'êtes pas en train de suivre votre propre précepte, sinon vous n'adopteriez pas Cyndie.

Il s'approcha alors d'elle, perdant sa froideur, pour redevenir un père doux et bienveillant. Il lui prit le menton et lui releva la tête pour qu'elle le regarde droit dans les yeux : il les avait pleins de larmes contenues.

— Crois-moi, j'aurais voulu éviter tout ça. Je voulais t'en parler beaucoup plus tard... Cyndie ou pas, cela avance juste le terme, mais ne change pas le fond. J'ai fait mon temps, et il est de mon devoir au contraire d'assurer maintenant ma succession.

— Vous le projetiez depuis longtemps ?

Sa voix était emplie de peur et de surprise. Jamais Aileen n'avait imaginé diriger un jour l'AM.Erica.

— Depuis que j'ai compris que tu étais née pour être reine. Qu'ils le veuillent ou non, tes frères et sœurs devront l'accepter...

Elle frémit, et la colère la reprit.

— Je ne veux pas ! Combien de fois faudra-t-il vous le dire ?

Elle en voulait terriblement à son père à cet instant et n'avait plus qu'une envie : s'enfuir dans sa chambre, mieux encore, du palais, et aller se réfugier elle ne savait où. Pour quelle raison pensait-elle soudain à Rodolphe ? Elle ne voulait pas le savoir, elle ne voulait plus réfléchir, ni comprendre. Elle se dégagea de son père qui voulait la prendre dans ses bras, se leva du fauteuil où elle était et alla se camper devant l'une des fenêtres.

— Vous... Vous ne devriez pas parler comme ça, lâcha-t-elle froidement. Mettons Cyndie en prison, c'est... c'est ce qu'il y a de mieux pour tout le monde. Rien ne nous empêchera d'aller la voir et de la rendre la plus heureuse possible.

— La laisser grandir entre quatre murs ? Aileen, je ne le pourrais pas. Tu sais, ce jour où je l'ai sauvée sur Sagan... Je ne l'ai jamais oubliée. Elle a le regard de sa mère et Faline était une femme que j'ai connue, autrement plus digne d'être reine qu'Elana.

— Ne me parlez pas d'elle !

— Aileen, écoute-moi ! As-tu un souvenir, un seul, de ta mère t'adressant un geste d'amour ? Elle n'aimait qu'elle-même, tu entends ?

— J'étais trop jeune... murmura-t-elle, la gorge serrée. Je ne me souviens pas...

— Interroge Sandrine alors. Ou James. J'ai voulu te protéger et je t'ai laissée idéaliser ta mère, Aileen... J'aurais peut-être dû te faire lire son carnet. Elle ne parle pratiquement jamais de vous.

Elle avait tant envie qu'il cesse de détruire tout ce en quoi elle avait toujours cru. Elle recula vers la porte, chercha à tâtons le détecteur, passa précipitamment son poignet dessous.

— Qu'importe le passé ! Il ne me regarde pas... Enfermez Cyndie. Oubliez-la si vous le pouvez. Je ne serai jamais reine...

La jeune fille sentit les larmes lui venir aux yeux alors qu'elle se mettait à courir dans le couloir. Sandrine l'attendait quelques pas plus loin, mais Aileen la bouscula sans un mot, sentant que si elle restait une seule seconde avec elle, elle lui dirait tout, tout ce qu'elle venait d'entendre.

***

Cela faisait deux jours qu'Aileen séchait les cours et n'arrivait plus à sourire à ses frères et sœurs. Cyndie n'était pas réapparue et la jeune fille espérait de tout cœur que son père avait suivi son conseil et oublié toutes ses folles idées. Elle en doutait cependant en s'asseyant dans l'un des sièges du salon de télévision. Deux caméramans vérifiaient les derniers réglages et Aileen était installée entre Sandrine et James, Orys debout derrière eux. Il posait ses mains d'un geste paternel sur les épaules de sa cadette pour tenter de la rassurer, mais cela ne faisait qu'augmenter son anxiété. Il lui chuchota quelques mots à l'oreille juste avant que les caméras ne s'allument pour l'annonce officielle – aucun des enfants ne savait ce que leur père s'apprêtait à dire au pays.

— Ne t'inquiète pas, tu sais que je ne veux que le bien de l'AM.Erica et le vôtre.

Il était trop tard pour demander davantage de précision, car le journaliste s'avançait déjà avec un étincelant sourire, tandis qu'elle s'efforçait de faire bonne mine.

— Votre Majesté, vous avez demandé à faire une annonce officielle. Peut-on vous demander ce que vous désirez nous faire partager ?

Orys avait toujours eu un don pour s'exprimer en public et se rendre sympathique. Il afficha donc, comme à son habitude, une attitude à l'aise et s'avança dans le petit espace couvert par les caméras.

— Bien sûr, mais j'espère que vous voudrez bien patienter un instant. J'ai envoyé chercher quelqu'un et visiblement cette personne a du retard.

— Peut-on vous demander qui est-ce ?

Orys devint grave et regarda droit vers les caméras.

— Une enfant de neuf ans, presque dix. Une enfant qui n'a jamais pu être très longtemps heureuse...

La porte du salon s'ouvrit alors et une jeune garde entra dans la pièce, poussant Cyndie en avant. La petite fille se laissa entraîner vers le roi mais recula de quelques pas derrière lui, tâchant de se mettre hors de portée. Orys eut un sourire amical à l'intention de la petite qui n'y répondit pas, avant de relever la tête vers le journaliste stupéfait et les caméras pour commencer ses explications.

— Cette petite fille que vous voyez ici est Cyndie Astra.

Le journaliste et les caméramans laissèrent échapper des exclamations de surprise.

— Mes gardes l'ont capturée avant-hier, poursuivit-il calmement. Tout le monde connaît le danger que représente cette enfant...

Un lourd silence suivit la déclaration d'Orys.

— Ce danger, je pense pouvoir le combattre personnellement. J'ai donc décidé, après de longues réflexions, de l'adopter et de l'éduquer comme ma fille. Je voulais que tout le monde l'apprenne de ma bouche.

Après un temps qui parut interminable, le journaliste s'avança d'un air hésitant, ne sachant visiblement comment s'exprimer.

— Mais, Majesté... Vous avez vous-même insisté pour qu'aucun des dirigeants politiques ou militaires ne prenne en charge un enfant d'Astra. Cyndie est de Sagan, d'accord, mais cela la rend tout aussi dangereuse. Encore plus vu votre position... elle pourrait ainsi avoir accès à des dossiers secrets et...

Orys l'interrompit en levant une main d'un geste calme. Sandrine fronça les sourcils à côté d'Aileen. Cette dernière aurait aimé se trouver à l'autre bout du monde. Surtout pas vissée sur ce siège en attendant la réponse de son père comme si toute sa vie en dépendait.

— J'y ai beaucoup réfléchi. J'ai donné énormément de ma vie à mon pays et je continuerai à le servir, mais d'une autre façon. Je compte me retirer de l'exercice du pouvoir pour me concentrer sur l'éducation de mes enfants.

L'annonce était telle que le journaliste s'immobilisa. Sandrine était devenue très pâle. Ne laissant cependant pas le temps au journaliste de répondre là où de toute façon toute parole était superflue, Orys vrilla son regard dans celui de sa cadette et elle ne vit aucune hésitation chez lui lorsqu'il annonça tranquillement à toute la galxie et en direct :

— C'est ma fille Aileen qui prendra ma suite. Le couronnement ne pouvant avoir lieu qu'à vingt ans selon nos traditions, d'ici là elle conservera officiellement son titre de princesse.

Son regard passa de sa cadette, sous le choc, à James puis à Sandrine et il termina d'un ton très calme, comme si tout cela était prévu depuis longtemps.

— Ses frères et sœur se sont désistés en sa faveur, estimant qu'elle était la plus à même de diriger.

Il se retourna ensuite de nouveau vers Aileen qui avait la sensation que le monde s'écroulait autour d'elle.

— Longue vie à la princesse et future reine Aileen d'Erica !

Les caméramans, le journaliste et son père commencèrent à applaudir. C'était surréaliste. Sandrine se tenait bien droite, blême, refusant le moindre regard à sa sœur. Sur un regard de son père, pourtant, elle commença mécaniquement à applaudir. Leur frère ne tarda pas à faire de même, mais c'était des claquements de mains secs, sans chaleur, dépourvus d'enthousiasme. Les yeux d'Aileen croisèrent ceux d'Orys qui pencha légèrement la tête, esquissant un début de salut. Cyndie, juste derrière lui, resta debout sans faire un geste, ses grands yeux bleus fixés sur un point invisible du mur. Comment le roi avait-il pu faire cela juste pour une inconnue ? Une flamme de colère vint envahir la princesse, remplaçant le désespoir, et ce fut à cet instant que les pièces du puzzle se mirent en place dans son esprit.

Des souvenirs l'envahirent, l'empêchant de sourire comme elle l'aurait dû. Le souvenir de son père quelques jours après l'attentat ne la quittait plus. Il l'avait serrée dans ses bras et lui avait chuchoté à l'oreille en pleurant : « La femme que j'ai le plus aimée au monde… est morte ! Tu seras ma petite fille pour deux, n'est-ce pas Aily ? ». Elle avait naïvement pensé qu'il parlait de sa mère. À la lumière des nouveaux événements, la vérité devenait facile à comprendre. Il avait eu une liaison avec Faline… Au visage de son père, Aileen devina qu'elle avait effectivement saisi la vérité, et qu'il en avait conscience. Ils continuèrent de se fixer, sans un mot, sous les applaudissements de la salle qui ne cessaient pas.

Cyndie Astra était sa demi-sœur, et elle venait de lui voler la fin de son insouciante enfance.

BIOGRAPHIE

- ISAURE DE VILLERS -

On m'a demandé d'écrire une biographie et là, pour une fois, j'ai eu le syndrome de la page blanche. Rédiger sur soi à la troisième personne ? C'est terriblement difficile.
Alors laissez-moi simplement vous dire que je suis étudiante en droit, passionnée d'histoire, de littérature, de politique. Qu'à chaque instant de ma vie je découvre un nouveau livre, j'en cherche un de plus pour un nouvel univers à partager. Si je devais n'en citer qu'un, mon préféré, ce serait *Les Racines du Ciel* de Romain Gary. Mais je pourrais aussi vous dire que l'un des auteurs que j'admire le lus est Victor Hugo.
En sortant un peu de ce cadre, sachez que j'ai un frère et une sœur, avec qui je partage tout, qu'un jour j'adopterai un chat, quand j'aurais un jardin ou une vie plus organisée (à savoir moins de vacances !), et que je souhaite à chacun une seule chose vraiment : de réaliser ses rêves.

@Auteur-Azylis

@Azylis

CATALOGUE DE LA MAISON

On aurait pu vous écrire des pavés sur chacun de nos livres en vous vantant leur qualité et leur originalité pour vous faire craquer.
Néanmoins, nous avons fait les choses différemment ! Nous avons choisi de **vous laisser lire selon vos affinités**.

Rendez-vous sur notre site :
www.betapublisher.com/qrcodes

Ou

Scannez simplement ce QR code avec l'appareil photo de votre téléphone ou une application dédiée

Et **choisissez** un **couple de mots-clés** pour **plonger** au cœur de nos multiples **univers** !
Voilà, le tour est joué.

Bonne découverte !

BESOIN DE TRANSPARENCE ?

Parce qu'il nous semble important d'apporter de la **transparence** dans notre travail et au cœur de notre maison, nous avons créé **le label « Naked Book »** vous indiquant que ce roman n'a rien à vous cacher : de son **coût d'impression** à **la répartition des revenus** dans notre chaîne du livre.

« Notre chaîne » ? Oui, car il est important de préciser que notre maison fonctionne sur un modèle différent de celui des « grandes » maisons. En effet, nous avons fait le pari de **l'impression à la demande** (où le livre est imprimé pour vous à la commande). Un choix économique lié à une forte conviction environnementale. Un livre imprimé rien que pour vous et **pas de mise au pilon**, c'est-à-dire d'invendu détruit. Ce choix rend une large diffusion plus compliquée (mais pas impossible !) et altère quelque peu la chaîne du livre.

Pour plus d'informations, nous vous invitons à **participer à nos lives** sur nos réseaux sociaux traitant de ce sujet ainsi qu'à **regarder nos multiples vidéos explicatives** :)

Suivez-nous !

@betapublisher et sur Wattpad @Beta_undercover

Coût d'impression unitaire chez nos différents imprimeurs

- Chez BoD (imprimé en Allemagne) = 12 €
- Chez Amazon PoD (vendu uniquement sur Amazon) = 0 €

Graphiques réalisés sur le prix de vente TTC du roman soit 16 €

Répartition des revenus lors de l'achat du roman sur **la librairie en ligne de BoD** - notre imprimeur *(nombres approximatifs)*

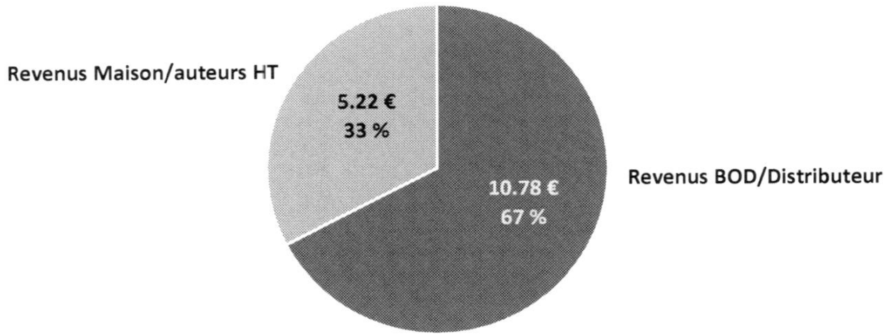

Répartition des revenus lors de l'achat du roman sur **Amazon** - Amazon PoD est notre imprimeur et prend 4 € par livre, en moyenne, pour les frais de gestion qui sont décomptés des revenus nous revenant. *(nombres approximatifs)*

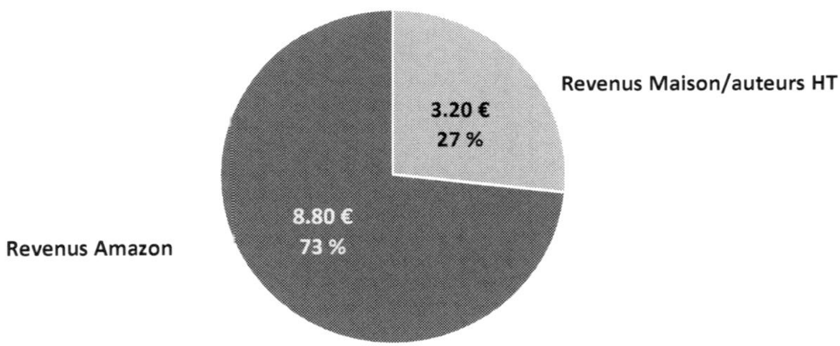

Répartition des revenus lors de l'achat du roman via **tous les autres réseaux de vente** - BoD en imprimeur *(nombres approximatifs)*

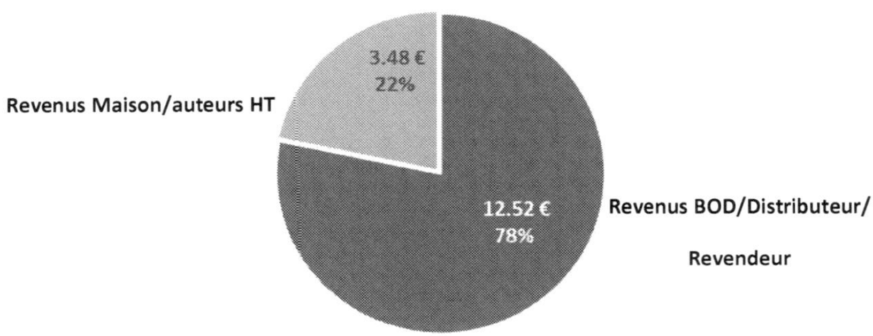

Printed in Great Britain
by Amazon

54039583R00220